U. D. Müller-Braun

Stille Nacht

S.
M.
11.C.

U. D. Müller-Braun

STILLE NACHT

Ein Eintracht Frankfurt-Krimi

SOCIETÄTS VERLAG

PASSEND DAZU …

ISBN: 978-3-95542-348-3
384 Seiten · Broschur
15,00 Euro

ISBN: 978-3-95542-382-7
368 Seiten · Broschur
15,00 Euro

Der Umwelt zuliebe nicht in Folie verpackt.

Satz: Julia Desch, Societäts-Verlag
Umschlaggestaltung: Müller-Braun, Societäts-Verlag
Umschlagabbildung: © schankz/Shutterstock
Papiertextur S. 66–68, 201–203, 305–306:
Paladin12/Shutterstock
Druck und Verarbeitung: Zarbock, Frankfurt
Printed in Germany 2021

ISBN 978-3-95542-407-7

Besuchen Sie uns im Internet:
www.societaets-verlag.de

PROLOG

SEVERIN

Ich laufe. Jetzt schon seit Wochen. Seit meiner dämlichen Sprachnachricht. Ich habe mir am nächsten Morgen vorgenommen, mein Leben zu ändern. Mich zu ändern. Aber ich habe nur die bequemen Chucks gegen Laufschuhe ausgetauscht. »In denen läuft es sich fast von allein«, hat mir Achim versprochen. Inzwischen weiß ich, dass er als Redakteur vielleicht ganz brauchbar ist. Als Laufschuhexperte eher nicht.

Musik dröhnt in meinen Ohren und übertönt meine lauten, schnellen Schritte. Früher, an einem normalen Tag, hätte man das Aufsetzen der Sohlen nicht gehört. Weil diese Stadt immer Lärm macht. An normalen Tagen. Jetzt kann ich mich sogar atmen hören. Aber ich mag diese Stille nicht und lasse mich deshalb lieber von alten Queen-Songs beschallen.

In meiner Jugend habe ich Fußball gespielt. Ansonsten war ich nie wirklich der sportliche Typ. Aber inzwischen sterbe ich nicht mehr schon nach einem Kilometer und das Laufen hilft mir. Es bläst meinen Kopf frei und lässt mich meinen Körper wieder spüren. Nimmt all das, was geschehen ist, von mir. Wenn auch nur für einen kurzen Augenblick.

Die Straßen Frankfurts sind für diese Uhrzeit ziemlich leer. Das Virus kam und hat sie leergefegt. Und ein Teil von mir hat sich nur dazu entschieden, joggen zu gehen, um frische Luft zu atmen und mich frei zu fühlen, während die ganze Welt eingesperrt ist.

Ich denke an Lydia. *Lydia. Ob es wohl je wieder normal zwischen uns sein wird? Ob wir je zusammenfinden? Als Freunde oder vielleicht sogar …* Ich denke, alles ist möglich. Ich würde viel dafür geben, wenn das bedeutet, an ihrer Seite zu sein. Sie in meinem Leben zu haben.

Ich biege von der Saalburgstraße in die Berger Straße ab und mustere die Schaufenster, hinter denen alles dunkel ist. Die Stühle, die leer sind. Es ist richtig so, doch es fühlt sich falsch an. Aber wann hat es sich je richtig angefühlt, Menschen zu schützen, auch wenn man es mit solchen Mitteln tun muss? Ich kann ein Lied davon singen. Ich kann verstehen, wie weit man geht, um Leben zu retten. Und das ist am Ende doch genau das, was hier geschieht. Die leeren Straßen und das Eingesperrtsein retten Leben.

Und so langsam frage ich mich, wann ich eigentlich damit beginnen will, mein Leben zu retten. Wann ich endlich erwachsen werden will. Mit mir selbst im Reinen. Wird dieser Tag kommen? Oder werde ich auf ewig Severin, der Idiot bleiben, der alles vermasselt, obwohl er doch eigentlich das Richtige tun will?

KAPITEL 1

23. DEZEMBER 2020, 17.34 UHR

LYDIA

»Mama? Du? Was ... Wieso ... äh ...« Ich kann fühlen, wie das Blut aus meinem Kopf in die Tiefe sackt und sich mein Magen nach innen wölbt. Sprechen kann ich dafür nicht.

»Ja, Mäuschen. Ich bin es!« Wortfetzen dringen an mein Ohr. Kommen von weit, weit her. Jedenfalls empfinde ich das so.

»M ... ama?«, bringe ich noch einmal hervor. Mein Puls rast und meine Beine sind nicht mehr in der Lage, die läppischen 52 Kilogramm zu tragen, die ich nach einem halben Jahr als Gleichstellungsbeauftragte der Eintracht mit Mühe auf die Waage bringe. Ich blicke mich fast panisch nach einer Sitzgelegenheit um. Als ob ich mich direkt vor meinem Elternhaus nicht bestens auskennen würde. Aber: Ich fürchte, mein Orientierungsvermögen ist gerade außer Kraft gesetzt. Ich schaue rechts, schaue links, aber da ist nichts. *Ob ich reingehen soll?* Es sind nicht mal 50 Meter bis zur Haustür. Besser nicht! 50 Meter können weit sein. Also gleite ich wie ein Plumpsack zu Boden. Sollen die Nachbarn doch denken, was sie wollen, wenn sie die Eintracht-Vizepräsidentin wenige Meter vor ihrem Elternhaus kreidebleich auf dem Bürgersteig hocken sehen.

Vielleicht sollte ich die Maske aufsetzen, schießt es mir durch den Kopf. Dann erkennt mich nicht gleich jeder. Im gleichen Atemzug beantworte ich mir die Frage selbst: »Lydia Heller. Hast du sie eigentlich noch alle!«, entfährt es mir hörbar. Ich nehme das Handy wieder ans Ohr. »Nein. Mama. Du warst nicht gemeint. Obwohl: Äh. Verzeih, aber: Hast du sie noch alle?«

»Ach Mäuschen. Es spielt keine Rolle, was mit mir ist. Glaub mir. Es geht um dich. Sonst würde ich mich wohl kaum so aus dem Nichts heraus bei dir melden.«

»Aus dem Nichts heraus trifft es ziemlich gut.«

Ich habe ein Stück Fassung zurückgewonnen und kann sogar diesen leicht schnippischen Ton, den ich im Kommunikationsseminar für Pressesprecher erlernt habe, in diesen Satz legen. Das hilft auch bei Presseleuten, eine Art dunkelgelbe Karte zu zeigen, wenn sie immer wieder die gleichen blöden Fragen stellen.

»Weihnachten ist doch erst morgen, Mama. Und normalerweise bringt der Briefträger eine Ansichtskarte irgendwo aus Afrika oder was weiß ich woher, mit zwei Wörtern: Frohes Fest!« Ich lege eine kleine Pause ein. Das mit den lieblosen Karten soll erst einmal bei ihr ankommen. Dann hole ich aus.

»Dein letzter Anruf war …«

»Ich weiß. Aber dieses Jahr ist eben alles anders. Ich erkläre es dir. Alles«, unterbricht mich ihre Stimme merkwürdig schroff.

Plötzlich schießt es mir durch den Kopf. *Corona! Meldet sie sich bei mir telefonisch … einfach nur, weil sie krank ist, und Angst davor hat zu sterben, ohne vorher noch ein paar Dinge ins Reine gebracht zu haben?*

»Bist du mit diesem Virus infiziert?«

»Nein, Mäuschen. Ich bin nicht infiziert.«

»Okay. Was willst du dann? Und hör auf, mich Mäuschen zu nennen. Ich bin schon lange nicht mehr dein Mäuschen!« Ein kurzer Moment der Stille entsteht. Offenbar muss sie meine Antwort erst verdauen.

»Was ich will? Das lässt sich nicht so einfach in drei Worten sagen. Du musst zu Papa und ihm mitteilen, dass ich angerufen habe. Er weiß dann, was zu tun ist. Und bitte, Mäuschen: Tu einfach, was ich sage. Es ist wichtig. Vielleicht sogar überlebenswichtig!«

Ihre Stimme klingt plötzlich so, als hätte ich mein Zimmer mal wieder nicht aufgeräumt. Und das ›überlebenswichtig‹ macht mir Angst.

»Hallo! Mama! Du erinnerst dich doch, oder? Es ist ein paar Tage her, dass wir uns zuletzt gehört haben. Gefühlt: ein paar Jahre. Und du willst das mit deinem Gouvernantenton mal eben aus meinem Gedächtnis streichen? So, als wäre nichts gewesen. Denkst du wirklich, ich glaube noch an den Weihnachtsmann? Ich bin kein Kind mehr … und du hast irgendwann entschieden, nicht mehr meine Mutter sein zu wollen.«

»Nein. Mäuschen. Will ich nicht. Und würde ich ja auch nicht, wenn es nicht so wichtig wäre. Also, ich meine das Aus-der-Welt-schaffen. Nicht das Muttersein. Ach, egal. Du bist in Gefahr.«

»Klar, Mama. Ich sitze hier auf dem Bürgersteig in einer reinen Anliegerstraße und bin ziemlich aufgelöst. Aber: Ich sitze.

Also umfallen kann ich nicht, und es sieht auch nicht so aus, als käme der Gruber aus der 79 hier mit seinem aufgemotzten Flitzer um die Ecke gebogen, um mich über den Haufen zu fahren!«

Meine Stimme ist ziemlich am Ende ihrer Kapazitäten angelangt.

Mama scheint das aber überhaupt nicht zu beeindrucken. »Du musst mir einfach nur vertrauen. Ich rufe nicht an, um dir ... äh ... euch ein schönes Weihnachtsfest zu wünschen. Ich melde mich, um dich zu warnen!«

»Jetzt? Vor was denn? Wie wäre es mit einem Anruf gewesen vor meiner Blinddarm-OP, vor der Abi-Prüfung oder meinem ersten Tag bei der Eintracht? Das mit dem Telefonieren soll weltweit funktionieren, habe ich gehört!«

»Ja, das wollte ich auch immer mal wieder, aber ...«

»Was aber! Mama! Willst du mich verarschen?! Wir leben seit einem Jahr in Corona-Zeiten – gut. Weltweit – auch gut, aber da kann man doch völlig gefahrlos telefonieren. Oder nicht?«

»Ach, Mäuschen! Wenn das alles so einfach wäre.«

»Sicher einfacher, als seinen Koffer zu packen und sich auf Nimmerwiedersehen zu verabschieden. Weißt du was, Mama: Leck mich!«

Das hat gesessen. Zumindest herrscht jetzt Stille am anderen Ende der Leitung. Vielleicht, weil diese Art Gefühlsausbruch so gar nicht zu mir zu passen scheint. Ich bin selbst überrascht. *Leck mich ... ?* Aber – was soll's. Ihre Sprachlosigkeit gibt mir Gelegenheit, ein bisschen auszuholen: »Weißt du, es kann ja sein, dass dich Papa mit seiner Eintracht nur noch genervt hat. Aber was war denn mit mir?«

»Hat es dir Papa nicht gesagt?« Mit sechs Wörtern bringt sie mich wieder aus dem Konzept.

»Was hat mir Papa nicht gesagt?«

Es ist alles so irreal. So völlig aberwitzig. Ich habe die Stimme meiner Mutter beim ersten Ton wiedererkannt. Sie war so vertraut. So völlig vertraut. Als wäre sie niemals weg gewesen. Als wäre da nicht mehr als ein Jahr vergangen, dass ich sie zum letzten Mal am Telefon gehört habe. Und gleichzeitig klang dieses ›Ach Mäuschen‹ so fremd. So entfernt. So schuldig. Eine Träne kullert meine Backe hinunter zu meinem Mundwinkel. Sie schmeckt salzig. Salziger als normal, habe ich das Gefühl.

»Warum ich gegangen bin. Hat Papa es dir nicht gesagt?«

»Nein. Papa hat nicht ein Wort dazu verloren. Er ist damals in seinem Kabuff verschwunden und erst nach vielen Stunden wieder aufgetaucht. Gesagt hat er nichts. Was hätte er denn auch sagen sollen? Dass er dich mit seiner allumfassenden Eintracht-Liebe letztlich fortgetrieben hat? Und dass dir dabei dein Kind völlig egal war? Mama! Hätte er mir das sagen sollen?«

»Ich kann dir nicht sagen, was er hätte machen sollen. Es war seine Entscheidung.«

Und wieder bollert das Blut durch meine Halsschlagader. »Seine Entscheidung!«, brülle ich wie nach dem 5:2 gegen die Bayern letztes Jahr: »Seine Entscheidung! Ich fürchte, du bringst da ein bisschen was durcheinander.«

»Es ist jetzt nicht der richtige Zeitpunkt, um darüber zu streiten. Du musst mir einfach vertrauen. Wo bist du gerade? Im Stadion? Am Riederwald? In Kronberg?«

»Vor Papas Haustür.« Ich versuche, die Worte Papas Haustür möglichst lang zu ziehen. Jeder Buchstabe soll sie daran erinnern, was sie aufgegeben hat. Dass sie mich aufgegeben hat. Schmierentheater, ich weiß, aber das ist mir in diesem Moment egal. Seit vergangenem Mittwoch haben wir wieder einen Lockdown und ich noch immer nicht alle Weihnachtsgeschenke.

Leider haben aber keine Geschäfte mehr auf. Also muss ich Gutscheine schreiben und mir irgendwelche Kleinigkeiten einfallen lassen. Außerdem ist heute eine Mini-Weihnachtsfeier bei der Eintracht, zu der ich eigentlich nicht will, weil ich Heiligabend mit Papa verbringen möchte und Angst habe, mich bei dieser Feier anzustecken und ihn dann gleich mit. Er gehört mit seinem scheiß Schlaganfall auch noch zur Risikogruppe. Und weil ich auf Nummer sicher gehen will, werde ich nicht zu dieser Feier gehen und zusätzlich noch einen Test machen. Außerdem hat sich Sev heute abgemeldet, weil er mit seinen ›Buddys‹ aus dem Greifvogel natürlich den Todestag von Mic begehen möchte. Ohne mich. Was ja okay ist, wenn ich nicht genau wüsste, dass er vor Sonntag wahrscheinlich kein Lebenzeichen mehr von sich geben wird. Was mir eigentlich ganz egal sein könnte – wir sind ja schließlich kein Paar –, was mir aber eben verflucht nochmal nicht egal ist. Ich sag's mal so: Es ist einfach alles wirklich sehr, sehr, sehr viel. Und dann ruft mich meine Ex-Mutter an und will mich vor was auch immer warnen. Mal ehrlich. Fröhliche Weihnachten fühlt sich dann doch irgendwie anders an.

Ich spüre, wie die Galle in meiner Speiseröhre Zentimeter für Zentimeter nach oben klettert.

»Kannst du jetzt bitte einfach tun, was ich sage?«

Wieder so ein Schlüsselwort, das mich innerlich verbluten lässt. *Mama meldet sich nach Monaten und wenn ich nicht spure, setzt es Stubenarrest, oder was? Ja, wo sind wir denn?*

Es fällt mir schwer, mich zu beherrschen. »Aus welchem fernen Land rufst du eigentlich an?« Sarkastischer hätte nicht einmal Böhmermann diese Frage betonen können.

»Aus Afghanistan! Könntest du mir vielleicht zehn Minuten gönnen?«

Ihr Ton erinnert mich an die Mama, die ich erleben durfte, als ich Kläuschen von nebenan ein blaues Auge verpasst hatte, weil er gesagt hat, die Bayern wären viel besser als die Eintracht. Da war ich sieben und er hatte wahrscheinlich sogar recht. Aber das war mir egal. Ich hätte niemandem erlaubt, so etwas ungestraft zu sagen. Klaus schon gar nicht. Der wollte schließlich mein Freund sein. Und Mama hat mir dann für das blaue Auge in aller Schärfe zwei Wochen Hausarrest aufgebrummt. Was unter dem Strich betrachtet auch pädagogisch nicht wirklich wertvoll war. Zwei Wochen lang hatte ich schließlich keine Gelegenheit, mich mit Kläuschen zu versöhnen. Aber bei Mama gab es da kein Pardon. Und schwups – ein Satz in dieser Tonart reichte, schon stand die kleine Lydia wieder vor ihr. Das funktionierte selbst aus 5.000 Kilometer Entfernung.

»Geh rein zu Papa. Kannst du das für mich tun, bitte!«

Eigentlich hätte ein Fragezeichen ans Satzende platziert werden müssen, aber ich höre nur ein Ausrufezeichen. Und dann dieses Geräusch, das ein Telefon von sich gibt, wenn der Gesprächspartner am Ende der Leitung aufgelegt hat.

Es dauert eine halbe Ewigkeit, bis ich das Handy von meinem Ohr nehmen kann. Hunderttausend Gedanken schwirren durch meinen Kopf. Ungeordnet, zusammenhanglos, chaotisch. *War das tatsächlich meine Mutter, mit der ich eben telefoniert habe? Oder hat mir mein Kleinhirn einen bitterbösen Streich gespielt?* Morgen ist schließlich Weihnachten. Da kann sich das Unterbewusstsein schon mal dazu aufraffen, seltsame Geschichten zu produzieren. Es gab Zeiten, da habe ich sogar ans Christkind geglaubt. Und an den Osterhasen.

Mit aller Macht versuche ich, mir diesen blödsinnigen Gedanken aus dem Kopf zu schütteln und blicke nach oben. Direkt in zwei rehbraune Augen. Und wieder knallt mein Puls auf weit über 100. Diesmal ist es nur der Schreck. »Was um Himmels willen!«

»Lydia? Bist du das? Was sitzt du denn hier auf dem Bürgersteig herum? Auch wenn wir heute noch 11 Grad haben, was ja am 23. Dezember nicht wirklich kalt ist, willst du ja wohl Weihnachten nicht mit einer Erkältung im Bett liegen?«

Ich schwenke meinen Blick von den beiden rehbraunen Augen knapp zwei Meter nach oben und blicke fassungslos in die Augen von Eric Presfeth.

»Eric? Du? Was ...«

Der Lange grinst und streckt mir seine Hand entgegen. »Frau Vizepräsidentin! Würden Sie mal Ihren Hintern von der Straße heben. Als meine Stellvertreterin kann ich doch wohl ein wenig Contenance einfordern. Auch wenn Sie am Telefon sicherlich gerade erfahren haben, dass ich nächstes Jahr nicht nur auf 3.000 Großflächenplakaten für die Meinungsfreiheit eintreten werde, sondern auch nächstes Jahr so wie es aussieht in Oberursel vom Hochtaunuskreis einen Sonderpreis für das Engagement gegen Rassismus und für Vielfalt und Integration erhalten werde, gibt es keinen Grund, vor mir auf den Knien herumzurutschen.«

»Eric. Scheiße. Nein. Sorry. Glückwunsch! Zu den Plakaten und zu diesem Preis.«

Irgendwie scheint mein Kopf nicht mehr wie üblich zu funktionieren. Ich starre abwechselnd den Präsi und Country, seine englische Bulldogge, an. *Die beiden Gesichter ähneln sich immer mehr,* finde ich, und muss lachen.

»Immerhin. Lydia Heller. Du kannst schon wieder lachen«, grinst Eric Presfeth gut gelaunt zurück. Aber das hält nicht lange an. Schon klingt er besorgt: »Was war denn nun wirklich? Brauchst du einen Arzt?«

Um gleich wieder in seine hemmungslos humorige Art zurückzufallen: »Corona? Oder wartest du hier immer, bis die Gäste deines Vaters das Haus verlassen haben. Damit keiner merkt, dass du wieder bei ihm wohnst? Mit 30!«

»Ach, Eric. Nein. Meine Mutter hat mich gerade angerufen. Du weißt, dass sie das nicht sehr häufig tut. Das hat mich ein wenig aus der Rolle gebracht.«

Ich weiß, dass ich ihm das sagen kann. Er war schließlich auch mit ihr befreundet. Nicht nur mit Papa. Aber er hat nie einen Hehl daraus gemacht, wie sehr er sie dafür verachtet, einfach gegangen zu sein.

»Deine Mutter?! Welch überaus seltener Gast!« Seine Stimme konnte schon immer innerhalb eines Wimpernschlags von warm auf kalt wechseln. Er schüttelte den Kopf: »Sie konnte schon immer Menschen aus der Fassung bringen!«

Mit einem kurzen Schweigen lassen wir diesen Gedankengang kommentarlos stehen. Ich ergreife seine noch immer ausgestreckte Hand und ziehe mich hoch. Auf meine Beine zurück ins Leben. Und schon tickt mein Hirn wieder im Hellerschen Rhythmus.

»Was machst du eigentlich hier? Bei Papa?«, will ich wissen. Eigentlich lässt der Lockdown freundschaftliche Annäherungen schließlich nicht zu.

»Deinem Papa einen Weihnachtsbesuch abstatten. Was glaubst du denn?«

»Ja. Aber Corona! Was, wenn du ihn jetzt angesteckt hast?«

»Ach, Lydia. Ich gehöre zum erweiterten Kreis der Mannschaft und werde doch ständig getestet. Traust du mir tatsächlich zu, dass ich ausgerechnet bei deinem alten Herrn ein Risiko eingehe?« Er zückt eine FFP2-Maske und wedelt triumphierend damit herum.

»Sorry. Ich bin noch ein bisschen neben der Spur. Der Anruf. Tut mir leid.«

»Macht nichts. Kommst du denn zu unserer kleinen improvisierten Feier in die Geschäftsstelle? Ich fahr da jetzt hin.«

»Nee, Mr. President. Ich will Weihnachten mit Papa verbringen und kein Risiko eingehen. Außerdem muss ich die Sache mit meiner Mutter klären. Sie meinte, ich solle Papa dazu fragen. Aber bei der Art und Weise, wie der gewöhnlich die Dinge ausschmückt, weiß ich wahrscheinlich am Ersten Weihnachtsfeiertag immer noch nicht, um was es eigentlich geht. Also sei so lieb: Grüß alle, wünsch ihnen frohe Weihnachten von mir. Wir sehen uns am Montag in der Präsidiumssitzung. Die findet doch statt? Per Zoom – wie üblich?«

»Wie du willst! Und – bevor ich es vergesse: Du kannst am Montag dann ruhig öffentlich machen, dass du in Kronberg ausgezogen bist und wieder zu Hause wohnst. Es wissen doch eh alle.«

Damit breitet Eric seine Arme aus und gibt mir einen Moment der völligen Geborgenheit. Direkt gefolgt von Panik – coronakonform geht anders.

»Danke, Eric. Hab ein frohes Fest!«

Er murmelt ein »Du auch« und ich blicke ihm einen Moment versonnen hinterher. *Drahtig,* geht mir durch den Kopf, als er in einer geschmeidigen Bewegung in seinen 911er flutscht. So ganz anders als Papa, wenn er sich mühevoll aus seinem Rolli quält. Klar: Auch bei Eric geht das nicht mehr so flüssig wie noch vor 20 Jahren, als ich seinen Flitzer das erste Mal vor unserer Haustür gesehen habe. Damals habe ich gedacht: Das kann nicht sein, dass ein so großer Mann in einem so kleinen Auto Platz hat. Und damals war Papa auch noch fit wie ein Turnschuh.

Manchmal ist das Leben schon fies, denke ich und bereite mich innerlich auf die amüsante Begegnung der dritten Art vor, die jetzt vor mir liegen dürfte. Bei Papa etwas über Mama herauszufinden, war schon immer so gut wie unmöglich. Allein beim Wort ›Mama‹ geht er für gewöhnlich zu wie eine Auster. Mal sehen, wie das jetzt ausgeht.

Ich atme zweimal tief durch und stecke den Schlüssel in die Tür.

KAPITEL 2

23. DEZEMBER 2020, 17.39 UHR

SEVERIN

»Was zum Henker tust du da, Sev?«

»Geht dich nichts an«, gebe ich zurück, ohne Tim anzuschauen.

»Du durchsuchst *meine* Schränke. Ich finde schon, dass mich das etwas angeht.«

»Psst, Mobby Dick.«

»Severin!«, brummt er und packt meinen Arm, um mich zu sich zu drehen. »Was tust du da?«

»Ich suche nach einem passenden Geschenk.«

»In meinen Schubladen?« Er zieht seine Brauen hoch. »Und für wen soll das Geschenk sein?«

»Für Lydia.«

»Du hast komplett den Verstand verloren«, murmelt er kopfschüttelnd vor sich hin und setzt sich resigniert auf seinen dämlichen Ledersessel.

»Warum denkst du, dass du bei mir ein Geschenk für Lydia finden wirst?«

»Ich habe keine andere Wahl. Die Läden haben dank des Kackvirus zu.«

»Deshalb denkt man nicht erst einen Tag vor Weihnachten über Weihnachtsgeschenke nach.« Tim schüttelt den Kopf und seufzt. »Versuchs bei eBay Kleinanzeigen.«

»Ich liebe dich!«, sage ich mit einem breiten Grinsen, nehme mein Bier vom Couchtisch und setze mich, bevor ich einen Schluck nehme und mein Handy zücke.

»Was wünschen sich Frauen?«, frage ich dann hilflos und sehe zu Tim auf. Aber schon in dem Moment muss ich laut loslachen. »Als ob du das wüsstest.«

»Witzig. Mit deinem Wissen über die Frauen, die mit einem wie dir in die Kiste steigen, kommst du bei Lydia auch nicht weit.«

»Mh«, mache ich und verziehe den Mund, während ich die Angebote in der Nähe durchsuche.

»Vielleicht sollten wir uns der Frage stellen, warum du Lydia etwas schenken willst.« Seine Stimme nimmt diesen bestimmten Ton an. Etwas leiser und unschuldig. Das macht er immer, wenn er mich etwas sehr Privates fragt.

»Weil ich geträumt habe, dass sie mir etwas geschenkt hat, und ich dastand und nichts hatte.«

Tim blinzelt, als würde er auf die richtige Antwort warten. Aber genau so ist es gewesen.

»Sie wird dir niemals was schenken.«

»Und warum nicht, Schlauberger?«

»Weil ihr nicht zusammen seid.«

»Tim … Du hast mir auch was geschenkt. Sind wir jetzt neuerdings zusammen?«

»Du bist mein bester Freund«, kontert er und hebt die Schultern.

»Und Lydia ist meine beste Freundin.«

»Das hast du vermasselt, als du dich besoffen von Jules getrennt hast, nur um Lydia dann eine lallende Sprachnachricht zu schicken, wie sexy sie doch ist.«

»Erinnere mich nicht daran«, stöhne ich und presse die Lider zusammen. Ich wünschte, ich könnte diese Nachricht und Lydias Reaktion darauf vergessen.

»Wenn deine rötlichen Haare auf die Sonne treffen, dann ist das für mich die Verkörperung von Sommer …«

»Halt's Maul, Tim!«, zische ich und reibe mir über die Stirn, während Tim leise vor sich hin kichert. *Wirklich witzig.* Lydia hat mich daraufhin zwei Wochen ignoriert und dann so getan, als wäre nie etwas gewesen.

»Vielleicht sollte ich heimfahren und in der Schmuckschublade meiner Mom suchen.«

»Wag es, Sev! Deine Mutter ist der liebenswerteste Mensch der Welt und hat das sicher nicht verdient.«

Ich swipe weiter und bleibe an einer alten Armbanduhr hängen. Als hätte ich keine Kontrolle über meine Mimik, verziehen sich meine Lippen zu einem Lächeln.

Genauso eine Uhr hat Lydia von ihrer Mutter geerbt. Wir haben dann später in der Uni Spiele gespielt, um uns herauszufordern, aber vor allem, um die Zeit zu vertreiben.

Jede volle Uhrzeit stand für ein Buch. Lydias Lieblingszeit war 16 Uhr, denn da haben wir uns Rätsel zu Emilia Galotti gestellt. Soll ein Mensch verstehen, warum sie dieses Buch so liebt. Der Minutenzeiger stand damals für die Personen im Buch und wir mussten dann eine Frage aus ihrer Sicht beantworten. Ich habe meistens kläglich versagt.

Später, als Lydia die Uhr gestohlen wurde, haben wir das Spiel nie wieder gespielt. Offenbar hat ihre Mutter ein ähnliches Spiel mit ihr und dieser Uhr gespielt und der Verlust des letzten Gegenstands, den sie von ihr noch hatte, hat alles verändert.

»Ich hab was«, sage ich und reiße mich selbst aus meiner Trance. »Los, wir fahren nach Eschersheim. Dann lasse ich dich bei deinen Eltern raus und fahre anschließend zu meinen.«

»Und wie komme ich dann zur Weihnachtsfeier ohne Auto?«, hakt Tim genervt nach.

»Erstens sind Weihnachtsfeiern verboten und zweitens muss ich, nachdem ich bei meinen Eltern war, sowieso zum Stadion.« Ich mache eine kurze Pause. »Mics Todestag.«

»In Ordnung«, raunt Tim und steht auf. »Und du bist dir sicher, dass du morgen bei mir sein willst? Es ist Heiligabend.«

»Du kennst doch meine Mom. Nie in Amerika gelebt und trotzdem feiern wir erst am Ersten Weihnachtsfeiertag. Morgen wird nur Nastassia da rumlaufen und alle verrückt machen, weil im Braten keine giftigen Stoffe sein dürfen.«

Tim grinst. Ich weiß, dass es ihm viel bedeutet, an Heiligabend nicht allein sein zu müssen. Seine Eltern fahren noch heute zu Tims Oma in den Osten. Er bleibt hier, weil er kein Risiko für sie darstellen will. Und auch heute treffen sie sich nur mit viel Abstand in ihrem Garten, um einen Glühwein zu trinken. Also haben wir beschlossen, zu zweit zu feiern. Lydia wird bei ihrem Dad sein. Und ehrlich gesagt, habe ich keine Ahnung, ob ich sie gerne in unserer kleinen Runde dabei hätte. Es ist einfach seltsam zwischen uns. Als hätten wir die Freundschaftsebene verlassen und würden jetzt in der ›da ist was zwischen uns, was keiner benennen will‹-Ebene feststecken.

»Los jetzt, der Kerl ist nur noch ’ne halbe Stunde zu Hause.«

Als wir in meinem Mustang sitzen, beginnt Tim nervös auf seinem Handy herumzutippen. Ich runzle die Stirn und versuche einen Blick zu erhaschen. Aber ich erkenne nichts.

»Was machst du da?«

»Geht dich nichts an.«

»Wow. Ich dachte, wir sind beste Freunde.«

Tim wirft mir einen genervten Blick zu. »Es geht dich zwar trotzdem nichts an, aber ich schreibe mit einer Frau.«

»Ist sie ein Roboter?«

»Siehst du! Und genau aus diesem Grund erzähle ich dir sowas nicht!«, zischt er und verschränkt zornig die Arme vor der Brust.

»Entschuldige. Also nochmal von vorne. Woher kennt ihr euch?«

»Tinder«, sagt er und mustert mich, als würde er auf den nächsten dummen Spruch warten. Aber ich zügle mich. »Und weiter? Wie heißt sie? Wie alt? Woher? Ist sie heiß?«

Er schnauft. »Sie heißt Meike und ist 27. Hier aus Frankfurt.«

»Soll ich dich lieber bei ihr rauslassen?« Ich zwinkere ihm lasziv zu. Aber Tim schüttelt nur bedröppelt den Kopf. »Ich kann sie nicht treffen.«

»Und warum nicht?«

»Weil sie sicher denkt, dass ich besser aussehe als …«, er deutet an sich hinab, »so!«

»Was für ein Schwachsinn. Außerdem hast du doch sicher ein Bild drin.«

»Ja, aber da bin ich gut getroffen und schlanker.«

Ich blinzle. »Wann warst du mal schlanker? Als du zehn warst?«

»Nicht witzig. Nach dem Studium habe ich eine Weile eine Diät gemacht.«

»Und weiter? Jeder hat während Corona zugenommen. Schieb's darauf.«

»Das ist alles nicht so einfach wie für dich, Sev. Ich habe nie Dates. Ich wüsste nicht mal, was ich sagen soll.«

»Aber du schreibst ihr doch auch. Du machst einfach genau so weiter, nur dass du nicht schreibst, sondern die Worte ausnahmsweise aus deinem Mund kommen.«

Tim zuckt mit den Schultern und sieht aus dem Fenster.

»Ist das Gespräch damit beendet?«, hake ich nach und bekomme nur ein sanftes Nicken. Allerdings werde ich keine Ruhe geben. Jetzt vielleicht, damit er sich nicht noch weiter in seinen Hasenbau zurückzieht. Aber früher oder später bekomme ich ihn schon dazu, sie zu treffen.

Ich halte bei der Adresse, die der Kerl angegeben hat, kaufe die Uhr und fahre Tim dann zu seinen Eltern, bevor ich zum Nordend fahre, parke und am Holzhausenpark vorbei zum Haus meiner Eltern schlendere.

»Mom!«, rufe ich, als ich mich durch den Flur voller Weihnachtsschmuck gequetscht habe und in die Küche trete, wo – wie immer einen Tag zu früh – Nasti steht und die Packungen überprüft, die Mom zum Kochen benutzen will.

»Wo ist Mom?«

»Hallo auch«, zischt Nasti und spitzt ihre Lippen.

»Hallo. Wo ist Mom?«, wiederhole ich genervt und versenke meine Hände in den Hosentaschen. Vielleicht hätte ich mich dicker anziehen sollen.

»Im Garten mit Papa. Irgendein bescheuertes Rentier aufstellen.«

»Danke, Schwesterlein«, sage ich, schnappe mir einen Apfel und gehe durch das Esszimmer hinaus auf die Terrasse, wo Mom steht und Dad Anweisungen zubrüllt, der nicht sehr elegant auf der Leiter steht. Ein Rentier, Kabel und Stecker in der Hand.

»Oh hallo, Honey«, sagt Mom und drückt mir einen Kuss auf die Wange.

»Ja, haltet doch am besten noch ein Kaffeekränzchen, statt mir zu sagen, wo dieses Mistvieh hin soll!«, beschwert sich Dad sichtlich genervt von oben.

»Jesus«, flucht Mom auf Englisch und berührt ihre Schläfe.

»Stell ihn einfach irgendwo hin, bevor du dich noch umbringst.«

»Na schön.« Dad schmeißt das Rentier förmlich auf das Dach und wir alle sehen dabei zu, wie es immer weiter hinabrutscht, bis es in der Regenrinne steckenbleibt und schief hinabhängt, Dad den Stecker reinsteckt und von der Leiter steigt. Ich hebe belustigt meine Brauen. »Ein echtes Kunstwerk.«

»Deine Mutter kann einfach keine klaren Aussagen treffen«, beschwert er sich und klopft mir auf die Schulter. »Und ich muss jetzt ins Gericht. Hab den Kollegen frei gegeben und den Notdienst selbst übernommen.«

»Sieht man«, kommentiere ich den Anzug, den er trägt. »Passende Kleidung, um auf dem Dach herumzuklettern.«

»Er hätte den Weihnachtsschmuck auch wie alle anderen Nachbarn schon vor dem ersten Advent anbringen können. Aber dein Oberstaatsanwalt-Vater hat ja zu viele Termine, um die Bitten seiner Frauen wahrzunehmen«, gibt Mom ihren Senf dazu.

»Wie auch immer«, sagt Dad, küsst Mom und verschwindet dann.

Mein Blick ruht noch eine Weile auf dem Rentier, das aussieht, als hätte es sturzbetrunken seinen Schlitten verloren, wäre vom Himmel direkt auf unser Dach geknallt und würde jetzt von der Regenrinne aus in unseren Garten reihern.

»Komm rein, Honey«, höre ich Mom sagen und folge ihr.

»Was machst du überhaupt hier?«, fragt Nasti durch die offene Küchentür, ohne ihren Blick von der Packung Soßenbinder, die sie gerade inspiziert, abzuwenden. Seitdem sie im Internet auf eine App gestoßen ist, die alle für Kinder gefährlichen Stoffe aufzählt, ist sie wie besessen, etwas ›Hochgiftiges‹ im Essen anderer Leute zu finden. Wahrscheinlich nur, um dann hämisch zu grinsen und zu sagen: »Ohne mich – tot!«

»Ich wollte Mom besuchen«, gebe ich zurück und ziehe dann die Uhr aus der Tasche. »Und fragen, ob du Geschenkpapier hast.« Ich blinzle Mom unschuldig an, während Nasti mit der Zunge schnalzt.

»Ich hoffe, das alte Ding ist nicht für mich.«

»Seit wann bekommst du Geschenke von mir?«, kontere ich und zwinkere ihr zu.

»Hauptsache, du hast etwas für Leonard besorgt. Du weißt, wie sehr er seinen Onkel liebt.«

»Und das tut er nicht mehr, wenn ich ihm nichts schenke?«

»Hört auf, Kinder«, mischt sich Mom ein und nimmt mir die Uhr ab. »Ist sie für Lydia? Kommt sie auch?«

»Nein. Sie feiert bei ihrem Pa.«

»Wie schade. Aber ich schaue mal, was ich finde.« Sie drückt mir die Uhr wieder in die Hand und verschwindet, woraufhin mir ein kleines »verdammt« über die Lippen gleitet.

»Hast wohl gehofft, dass sie es dir einpackt«, giftet Nasti. Ich atme tief ein und ignoriere sie. Stattdessen beiße ich in den Apfel, um auch meinen Mund daran zu hindern, mit irgendeiner unpassenden Gemeinheit auf ihre Provokation einzugehen. Stoff gäbe es schließlich genug.

Wir schweigen uns an, bis Mom wiederkommt und mir ein Tütchen in die Hand drückt. Ich stecke es zusammen mit der

Uhr zurück in meine Hosentasche und schmeiße den Apfel in den Müll. »Ich treffe mich jetzt mit Hel, Gustav und Kev. Wir sehen uns übermorgen.«

»Komm bloß nicht zu spät, Severin. Pünktlich um 12 Uhr öffnen wir die Geschenke.«

»Ich weiß, Mom«, sage ich, küsse sie auf die Stirn und gehe. Nasti winke ich nur knapp zu.

Als ich Tim wieder eingesammelt habe, ist auch er seltsam schweigsam und ich bekomme allmählich das Gefühl, dass dieses Weihnachten anders wird. Scheiß Corona hat alles verändert. So langsam könnte es wirklich vorbei sein.

»Hier, dein Test«, sagt Tim dann irgendwann und legt ein Päckchen in meine Mittelkonsole. »Woher hast du den? Außerdem war ich heute Vormittag im Testzentrum. Weißt du doch.«

»Doppelt hält besser. Und ich habe Verbindungen.«

»Klingt, als wärst du ein Schmuggler.«

»Ja genau, Severin. Ich schmuggle nebenberuflich Corona-Tests.«

»Das erklärt auch deine teure Wohnung.«

»Witzig«, mault er und beginnt mir vorzulesen, was ich zu tun habe. Als wir am Stadion angekommen sind und Tim sei Dank direkt vor dem Stadion parken konnten, hat er mich bereits so zugelabert, dass ich mir das blöde Stäbchen freiwillig in die Nase stecke und drehe, bis meine Augen leicht tränen.

Tim nimmt es und drückt es in das kleine Gefäß, bevor wir eine Viertelstunde warten und er mir endlich das Okay gibt, auszusteigen.

»Wie gesagt, ich war schon heute Vormittag negativ.«

»Du bist immer negativ«, lacht Tim und klopft sich selbst auf die Schulter. Ich stimme in sein Lachen ein, auch wenn das wirklich der schlechteste Witz aller Zeiten war. Aber ich muss den Plan verfolgen, ihn mutig genug zu machen, um sich mit dieser Meike zu treffen. Außerdem ist Weihnachten und da muss man ja angeblich nett sein.

»Also ... Wir sehen uns dann später im Greifvogel«, beginnt Tim mit einem Blick auf seine Uhr. Ich hasse es, wenn er in seinen Planungsmodus fällt. »Sind von hier aus ja nur 20 Minuten zu Fuß. Oder irgendjemand nimmt mich nachher mit und setzt mich ab. Aber du fährst dann nicht mehr! Stell dein Auto an der Rennbahn ab und gib am besten Hel den Schlüssel.«

»Ich würde nie betrunken fahren, Tim«, gebe ich mit Unschuldsmine zurück und sehe mich um, bis ich Hel und Gustav entdecke, die gerade den Weg vom Haupteingang hochkommen.

»Also, viel Spaß mein kleiner Frauenheld, hab dich lieb«, sage ich zu Tim, kneife ihm in die Wange und laufe zu den anderen.

»Du mich auch, Severin!«, ruft Tim mir nach und verabschiedet mich dabei mit einer nicht gerade netten Handbewegung.

Ich begrüße Hel, die mich eine halbe Ewigkeit drückt, bevor Gustav mich väterlich in den Arm nimmt und seine Hand auf meinen Rücken klatschen lässt.

»Hier sind unsere Ergebnisse«, sagt Hel und zeigt mir eine Mail auf ihrem Handy.

»Hel, ich vertraue euch.«

»Na, schließlich hast du auf die Tests bestanden«, brummt Gustav durch seinen weißen Bart und deutet dann hinter sich, wo Kevin erscheint und mir die Faust entgegenhält.

»Was ist mit Claudia?«

»Sie ist im Greifvogel geblieben und bereitet alles vor, wenn wir danach zu ihr kommen«, sagt Hel und deutet auf die Tribüne, die im Dunkeln noch gewaltiger aussieht. Mehr als 30

Meter hoch reckt sie sich in den düsteren Abendhimmel. Hels Blick vernebelt sich.

»Wir legen nur diese blöden Blumen ab und dann gehen wir wieder, ok?«

Ich nicke. Wir alle wissen, dass sie nicht gerne hier ist, und doch war es ihre Idee. Vielleicht weiß sie tief in ihrem Inneren, dass sie sich diesem Ort, nein, dem ganzen Stadion irgendwann stellen muss, wenn sie Mic und dem Fußball wieder nah sein will.

Hel drückt mir eine Blume in die Hand und schenkt mir ein trostloses Lächeln, bevor wir die Rampe hochgehen. Ich versuche, die Gedanken an Mic und seinen Selbstmord zu verdrängen. Versuche, nicht darüber nachzudenken, wie allein er sich nach seiner Verhaftung und dem darauffolgenden Freispruch gefühlt haben muss. Zwar hatte er nichts mit der Bombe und den Morden zu tun, die der Ordner begangen hat, aber einmal verhaftet und unter Verdacht, wird man das nur schwer wieder los. Mic hat es nicht geschafft und ich wünschte, ich wäre mehr für ihn da gewesen. Ich wünschte, er hätte sich mir oder Hel oder einem der anderen anvertraut. Aber so war er nie gewesen. Mein Herzschlag beschleunigt sich schmerzhaft, als wir direkt unter der Nordwestkurve stehen. Mic, das Stadion, das alles hier fühlt sich wie ein altes Leben an. Eines, nach dem ich mich manchmal sehne. Oder vielleicht sehne ich mich viel eher nach einer Zeit, in der noch nicht alles dermaßen befleckt war. Jetzt ist es das. Und ich bin es auch.

KAPITEL 3

23. DEZEMBER 2020, 18.57 UHR

LYDIA

Ich glaube, du bist ernsthaft in Schwierigkeiten. Ich kann mir nicht vorstellen, dass deine Mutter sich meldet, wenn es nicht wirklich wichtig wäre!«

Papas Gesicht nimmt bei diesem Satz einen denkwürdigen Ausdruck an. Das macht mich noch zorniger. Ich fühle mich so maßlos hintergangen. In den letzten Minuten habe ich Papa von diesem merkwürdigen Anruf erzählt und war absolut sicher: Der alte Mann würde aus allen Wolken fallen. Aber nichts da. Ja, er war ein wenig über den Zeitpunkt ihres Anrufs überrascht. Am 23. Dezember hatte er damit wohl noch nicht gerechnet. Wenn, dann frühestens Samstag. Aber kaum habe ich ihm gesagt, dass sie mich warnen wollte, änderte sich sein Verhalten schlagartig. Wie bei einem Schauspieler, der in seine Rolle schlüpft. Aus Dr. Jekyll wird Mr. Hyde. Plötzlich schien mir der ältere Herr im Rollstuhl, den der Abgang seiner Frau, meiner Mutter, in meinen Augen zu einem gebrochenen Mann hat werden lassen, völlig verändert. Fast verhält er sich wie ein Komplize dieser Frau.

»Hallo! Mama hat sich in den letzten 15 Jahren höchstens zweimal im Jahr gemeldet. An Weihnachten und zum Geburtstag. Fertig.«

»Genau das meine ich ja.«

Sein Blick geht bei diesem Satz aus dem Küchenfenster hinaus in den Garten und bleibt offenbar an der alten Weide hängen, die er vor vielen Jahren gepflanzt hat. Den Blick kenne ich nur zu gut. Ich habe in diesen Momenten immer gedacht: Jetzt hat sich seine Erinnerung an irgendeiner Eintracht-Episode aufgehängt. Aber jetzt auch? Lange Pause.

»Es gibt einen guten Grund, warum Mama uns damals verlassen hat. Und der hat mit meiner Eintracht-Leidenschaft eher weniger zu tun. Nur am Rande sozusagen. Wobei dieser Rand schon eine entscheidende Rolle gespielt hat.«

»Papa! Bitte! Komm mir jetzt nicht mit irgendwelchen kryptischen Andeutungen. Erzähl mir doch einfach die Wahrheit. Ich denke, die habe ich langsam wirklich verdient. Ich verstehe nämlich rein gar nichts mehr.«

Ich schaue ihn mit leeren Augen an. Das sichere Gefühl in der Magengegend, dass wohl gleich eine Welt zusammenbrechen wird. Meine Welt. Und ich weiß: Genau darauf habe ich nach diesem elenden Seuchenjahr mit all den Einschränkungen null Bock. Solange ich nur stellvertretende Pressesprecherin der Fußball AG war – alles gut. Klar: Wir hätten im Nachhinein besser darauf verzichtet, unbedingt noch schnell gegen Basel zu spielen. Aber egal. Doch dann musste Eric ja wegen der Vorkommnisse im Stadion am 15. November letzten Jahres auf die Idee kommen, mich übergangsweise zur Vizepräsidentin des Vereins und

Gleichstellungsbeauftragten zu machen. Dummerweise ziemlich genau in dem Moment, in dem sich ein Virus auf den Weg machte, die Welt in Unordnung zu stürzen. Die Eintracht hat mit Basketball, Boxen, Eishockey, Eissport, Fanabteilung, Fechten, Fußball, Handball, Hockey, Leichtathletik, Ringen, Rugby, Tennis, Tischtennis, Triathlon, Turnen, Ultimate Frisbee und Volleyball 18 Abteilungen und damit unendlich viele Sportlerinnen und Sportler, die von der Pandemie eiskalt erwischt wurden und von den Abteilungsleitern und dem Präsidium Antworten erwarteten und ja auch verdient hatten. Gleichgestellt habe ich seither wenn überhaupt nur noch die gendergerechte Schreibweise unserer Presseinfos. Und ich wollte doch so viel bewirken. Hoffentlich kommt irgendwann wieder eine Zeit, in der alles normal ist. So normal, wie es eben sein kann …

»Heute ist der 23. Dezember. Ich habe eine Menge Stress hinter mir in diesem Jahr. Also, bitte, komm mir nicht mit Game of Thrones, Teil 74, oder mit dem Sandmännchen.«

Papa schaut betroffen, bringt seinen Rolli in Position und wuchtet sich auf den Küchenstuhl. »Setz dich!«, befiehlt er dann und deutet auf die Bank, auf der ich schon als Kind gesessen habe, um meine Hausaufgaben zu machen. Natürlich hatte ich auch einen Schreibtisch in meinem Zimmer, aber am liebsten kritzelte ich meine ersten Wörter genau hier in mein Heft. Und Mama schaute mit einem prüfenden Blick zu, während sie Kartoffeln schälte oder etwas Leckeres zubereitete.

»Weißt du, Schatz. Um alles zu verstehen, muss ich ziemlich weit zurückgehen.«

»Von mir aus bis in die Steinzeit. Hauptsache, die Geschichte ergibt Sinn!« Ich beiße mir auf die Lippen. So patzig sollte meine Antwort gar nicht ausfallen. *Vielleicht hat Tim doch recht, dass ich ziemlich auf dem Zahnfleisch gehe …*

»Und ich erzähle dir das nur, weil ich deine Mutter kenne und sicher bin: Du musst das jetzt wissen.« Er atmet tief ein. So, als müsse er Anlauf nehmen.

»Alles begann mit dem Tag, an dem ich deine Mutter kennengelernt habe. Das ist lange her. Genauer: mehr als 30 Jahre. Aber ich erinnere mich daran so gut wie heute. Es war der 30. November 1989. Genau drei Wochen nach dem Mauerfall. Ein Donnerstag. Ich war in Bad Homburg in der Redaktion. Ziemlich früh, jedenfalls für meine Verhältnisse. Um kurz nach 8 Uhr. Was daran lag, dass ich zeitig wieder weg wollte, weil ich am Abend eine Verabredung hatte. Mit einer Kollegin. Johanna.«

»Papa. Bitte. Nicht wieder abschweifen!«

»Ist ja schon gut. Auf jeden Fall hat es so um halb neun einen unglaublichen Knall gegeben. Ich wusste gleich: Da ist etwas explodiert. Irgendetwas Großes. Ich dachte erst, das war am Bahnhof, aber keine Wolke am Himmel. In die Richtung konnte ich ja gucken.«

»Das heißt, das war in der alten Redaktion?«

»Ja, genau und – weißt du – das hat so gescheppert, da haben die Scheiben vibriert. Und ich habe nur gedacht: Das ist jetzt die Geschichte deines Lebens. Aber vom Fenster aus war nichts zu sehen. Bis zum Karstadt runter – nichts. Also habe ich meine Jacke geschnappt und bin los. Die Louisenstraße entlang Richtung Europakreisel. Und überall standen Menschengruppen, haben diskutiert und gestikuliert und in alle möglichen Himmelsrichtungen gezeigt. Aber Genaueres wusste offensichtlich niemand. Also: Ich immer weiter. Hab gedacht: Vielleicht ist bei Fresenius irgendetwas in die Luft geflogen. Oder ein Tanklastzug hatte am Kreuz einen Unfall und ist explodiert.«

»Und dann?«

»Dann sind die ersten Blaulichter aufgetaucht. Am Europakreisel vorbei Richtung Kaiser-Friedrich-Promenade. Und ich dachte noch: Wow. Hat es etwa die Taunus Therme erwischt? Und da ist mir deine Mutter in die Arme gelaufen. An der Tankstelle am Kreisel. Mit Schmackes. Sie hat sich im Laufen herumgedreht, und ich hatte wirklich keine Chance mehr auszuweichen.«

Wieder schaut Papa durchs Fenster in den Garten zur alten Weide und mir wird inzwischen klar: Nein, da draußen im Garten sucht er definitiv nicht nach verborgenen Eintracht-Erinnerungen …

»Blödmann! Kannst du nicht aufpassen – hat sie mich angeschnauzt. Und ich war sofort verliebt. In ihren Blondschopf. Ihre wunderschönen blauen Augen. Dieses freche Mundwerk mit leichtem Berliner Akzent. Sofort.«

»Papa. Komm doch mal zum Punkt. Bitte.«

Keine geschmackvolle Unterbrechung. Das kann ich sofort an seinem Gesicht sehen. Und eigentlich tut es mir auch schon wieder leid. *Warum kann ich mein Mundwerk nicht einfach mal halten?*

»Ach, Kind. Wie wäre es denn, wenn du mal aufhören würdest, davon auszugehen, dass du allein darunter zu leiden hattest, dass sie gegangen ist, und mich mal kurz in Erinnerungen schweifen lässt?«

Ich schwanke. Verstehe, dass er ebenfalls emotional angeschlagen ist. Trotzdem: Tief in mir begehrt etwas auf, aber ich entscheide, nichts zu sagen.

»Sie hatte merkwürdige rote Sprenkel im Gesicht und auf ihrem Pullover, und ich habe sofort gedacht: die Bombe! Ohne, dass ich überhaupt wusste, dass da eine Bombe explodiert war. Hat sie am Ende etwas damit zu tun? Aber zwei Augenaufschläge später hat sich keiner mehr für die Bombe interessiert. Jedenfalls sie nicht und ich auch nicht.«

»Ja, Hedwig Courths-Mahler lässt grüßen. Sie hätte eure Liebesgeschichte nicht schöner beschreiben können. Und dann seid ihr wahrscheinlich in den Kurpark und habt – oh Gott, ich will es gar nicht wissen – und am Ende kam ich dabei heraus. Aber das hilft mir gerade nicht wirklich weiter. Warum ist sie nach 15 Jahren gegangen und wovor will sie mich jetzt warnen?«

»Alles war gut. Die roten Spritzer waren kein Blut, sondern Kirschsaft. Die Flasche war ihr aus der Hand geglitten, als die Bombe am Seedammbad hochgegangen ist. Sie war zufällig gerade da, als das Attentat verübt wurde und Herrhausen gestorben ist. Wie das Schicksal eben manchmal spielt: Nah genug, um das Glas mit dem Kirschsaft vor Schreck fallen zu lassen, weit genug entfernt, um ohne Verletzungen davonzukommen.«

Mit einem kurzen Kopfschütteln beamt sich Papa zurück, wie er es so schön nennt. *Typisch Generation Star Trek.*

»Ich habe ihr dann meine Jacke übergehängt und sie zu Michael ins Petit Café gebracht. Sie brauchte offenkundig einen starken Kaffee. Besser noch einen Schnaps, aber dafür war es einfach zu früh.«

»Papa!«

»Ist ja gut. Auf jeden Fall war sie erst zwei Tage vorher mit ihrem alten Trabi aus der DDR gekommen, um den kapitalistischen Westen mal genauer zu begutachten, wie sie meinte. Geschlafen hat sie in der Jugendherberge und eigentlich wollte sie mit der Bahn nach Frankfurt, hatte sich aber verlaufen.«

»Papa! Geht es ein bisschen knapper?«

»Knapper? Sie haben ein Kind gezeugt, geheiratet und lebten glücklich und zufrieden in einem kleinen Häuschen in Zeilsheim … knapp genug?«

»So knapp nun auch wieder nicht.«

»Doch, das passt schon. Ich habe nicht viel gefragt, und sie mochte nicht viel aus den alten Zeiten erzählen. Ihre Eltern waren bei einem Verkehrsunfall ums Leben gekommen. Es gab keine Geschwister oder sonst jemanden. Und ihr Studium hatte sie nach dem Unfall der Eltern geschmissen. Die Zeichen standen wie im ganzen Osten auf Neuanfang. Hier. Bei mir.«

»Aber wie können zwei Menschen, die sich so aufeinander eingelassen haben, plötzlich auseinandergehen. Das passt doch gar nicht!«

»Es war alles gut, bis zu einem Sonntagmorgen im Oktober 2002. Da stand plötzlich ein Kerl vor unserer Haustür. Johannes Grahms. Sagte, er sei ein alter Bekannter deiner Mutter. Aus DDR-Zeiten. Wolle mal Erinnerungen auffrischen. Ich hatte sofort ein ungutes Gefühl und deine Mutter ist kreidebleich geworden, als sie ihn sah.«

»Warum hast du ihn nicht einfach vor die Tür gesetzt?«

»Wollte ich ja, aber deine Mutter hat mich nicht gelassen. Und dann haben sich die beiden in den Garten verzogen und vielleicht eine halbe Stunde lang miteinander gesprochen. Deine Mutter war ziemlich aufgebracht. Sie hat ihn dann zur Tür gezerrt und ihm gesagt, dass sie sich bei ihm melden wird. Danach hat sie zwei Tage lang erst mal gar nichts gesagt und mir dann ihre wahre Geschichte erzählt.«

»Ihre wahre Geschichte?«

»Ja, Kind: Deine Mutter ist nicht in der ehemaligen DDR aufgewachsen, sondern in Hamburg. Sie hat weder ihre Eltern bei einem Verkehrsunfall verloren noch jemals ihr Studium beendet. Dafür hatte sie Mitte der 70er Jahre keine Zeit. Sie wurde 1973 als Hausbesetzerin verhaftet und von den Polizisten bei dieser Aktion ziemlich gedemütigt. Sie haben ihr wohl sogar an die Brüste gepackt. Was sie dazu brachte, sich – kaum wieder auf freiem Fuß – mit Mitgliedern der sogenannten Komitees gegen Folter zu treffen.«

Jetzt war es an mir, fassungslos aus dem Fenster zu starren. Ich bin erst weit danach geboren, aber ein bisschen was aus dieser Zeit ist mir durchaus bekannt. Ganz abgesehen davon, habe ich gerade erst den Film der ›Deutsche Herbst‹ gesehen, und Stuttgart-Stammheim als Symbolstätte der Auseinandersetzung zwischen Staat und RAF schlechthin bei einer Klassenfahrt besucht. Ich weiß: Die Entführung der Lufthansa-Maschine Landshut und der Versuch, die inhaftierten RAF-Terroristen freizupressen, ist gescheitert, und daraufhin haben Baader, Ensslin und Raspe Selbstmord begangen. Wie Ulrike Meinhoff schon vor der Urteilsverkündung. Die Erpresser haben daraufhin den Arbeitgeberpräsidenten Schleyer ermordet. Der Staat hat sich zwar nicht erpressen lassen, dafür aber ein Menschenleben geopfert. Toller Film. *Und Mama gehörte dazu?*

»Die galten als Teil der Sympathisantenszene der RAF.«

»Ja, und damit kannst du dir ja vorstellen, wie die Geschichte weitergegangen ist.«

»Meine Mutter – die Terroristin?« Tränen schießen in meine Augen und ich kann sie nicht aufhalten. Sollte das wirklich stimmen, was Papa mir gerade auftischt? Besser, ich wache gleich auf und das Christkind stupst mich sanft an der Schulter.

»Sie ist noch zweimal wegen unerlaubten Waffenbesitzes und der Schmuggelei von Sprengstoff und schwarzem Afghan aus Holland aufgegriffen worden, aber eine wirkliche Nähe zum terroristischen Kern konnten die Behörden ihr nicht nachweisen. Ende der 70er hatte sie dann die Schnauze voll von den permanenten Übergriffen der Behörden und schloss sich noch mehr den Geächteten, wie sie diese nannte, an. Aber gut, sie war gerade mal 22. Da macht man eine Menge dummes Zeug.«

»Dummes Zeug?« Allein schon die Vorstellung, was Papa mir jetzt noch alles auftischen würde, sorgt für einen kalten Schauer in meinem Nacken.

»Nachdem sie sich 1978 auch noch in einem palästinensischen Lager im Jemen, warum auch immer – ich nehme mal an, es gab auch einen passenden Palästinenser dazu –, militärisch ausbilden ließ, ergriff sie 1980 die Chance auf ein halbwegs normales Leben, wie sie dachte. Sie verließ mit einigen anderen RAF-Aussteigern die BRD und floh in die DDR, wo sie vom Ministerium für Staatssicherheit mit offenen Armen empfangen wurde. Sie bekam den Decknamen Julia Decker, einen fiktiven Lebenslauf und eine Einzimmerwohnung in Gotha.«

Mit einem tiefen Seufzer entlädt sich plötzlich Papas komplette Anspannung. Ich schaue ihm ins Gesicht. Sehe diese Mischung aus Traurigkeit, Wut und unendlicher Liebe, der selbst diese ganze furchtbare Geschichte, all die Lügen davor und die vielen einsamen Jahre danach nichts anhaben konnten.

»Und was wollte sie in Bad Homburg? Ausgerechnet als die RAF Herrhausens Auto in die Luft gejagt hat?«

»Sie hat mir geschworen, dass sie damit nichts, aber auch überhaupt nichts zu tun hatte!«

»Und wer war dieser, wie nochmal, Grahms?«

»Ein verdammtes Arschloch? Der hat alles kaputtgemacht. Weil er in der Gauck-Behörde ihre Akte aufgetrieben hatte. Ihre und viele andere. Und damit versuchten er und seinesgleichen Kohle zu machen. Grahms war nichts anderes als ein schmieriger Erpresser aus Erfurt, der den famosen Einfall hatte, die Ossis abzukassieren, die ihre Stasi-Akten lieber geheim halten wollten.«

»Aber was hätte Mama denn passieren können?«

»Na ja. Zehn Jahre in der DDR. Unter den Fittichen der Stasi. Selbst wenn sie niemanden in dieser Zeit wirklich verraten hat, weil sie ja doch nur ängstlich in ihrem eigenen Kokon zu überleben versuchte, das hätte schon für eine Menge Wirbel gesorgt. Abgesehen davon, dass das Herrhausen-Attentat niemals aufgeklärt wurde.«

»Du meinst, die Bundesanwaltschaft hätte sich auf Mama als Verdächtige gestürzt und es ihr angehängt?«

»Klar. Alle Angeklagten wurden entweder freigesprochen oder die Verfahren eingestellt. Sie hatten bereits erklärt, dass nur noch gegen Unbekannt ermittelt wird. Und dann kommt heraus, dass eine vorbestrafte ehemalige RAF-Sympathisantin mit militärischer Ausbildung und jahrelangem Unterschlupf in der DDR zufällig keine 300 Meter entfernt vom Tatort war. Wie wäre das wohl ausgegangen?«

»Scheiße! Nicht gut, nehme ich an.«

Mit weit aufgerissenen Augen sitze ich vor Papa, der mir plötzlich sehr klein, sehr verletzlich vorkommt. Weil sie ihn unendlich viel Kraft gekostet hat, aber er noch immer wie ein Löwe um sie kämpft. Oder für sie? Seine Augen glänzen plötzlich.

»Ja. Und weil sie sicher war, dass ich und vor allem du darunter unendlich zu leiden gehabt hätten, hat sie sich entschieden zu gehen.«

»Und du? Warum hast du sie nicht zurückgehalten?«

»Als ob irgendwer oder irgendetwas deine Mutter hätte zurückhalten können. Nein. Nein, wenn sie eine Entscheidung getroffen hatte, gab es kein Zurück.«

Ich zögere. *Ist es okay, wenn ich jetzt weiter bohre? Noch mehr – die ganze Geschichte – erfahren will. Statt ihm eine Pause zu gön-*

nen? Mein Kopf entscheidet schnell. *Ja! Nach so vielen Jahren Ungewissheit und falschen Schlussfolgerungen ist es richtig. Alles muss auf den Tisch. Jetzt.*

»Und wo ist sie hin? Zurück in den Osten?«

»Ich weiß es nicht. Aber ich glaube eher, sie hat ihre alten Kontakte in den Jemen aufgefrischt.«

»In irgendein militantes Wüstenlager? Und dort hüpft sie jetzt mit Kopftuch und komplett verschleiert von Sanddüne zu Sanddüne und ist Teil einer Miliz?«

»Nun schnapp mal nicht gleich über, Kind. Deine Mutter und Kopftuch, das ist wie Grabowski mit der Nummer 1 auf dem Rücken. Geht gar nicht! Und als Terror-Oma ist sie auch nur schwer vorstellbar.«

Immerhin: Seinen Humor hat er wieder, schießt es mir durch den Kopf, und gleichzeitig verwirrt mich all das maßlos. Kein Wunder: Mein halbes Leben habe ich nicht verstanden, warum meine Mutter mich verlassen hat. Und ich hatte ja nur zwei Möglichkeiten: Den Grund bei mir zu suchen oder bei ihr. Also habe ich nach einigen furchtbaren Jahren mit fettigen Haaren, Pickeln, abgekauten Fingernägeln und einer Menge Schwachsinn im Kopf mich selbst geschützt und ihr die Verantwortung zugeschoben. Während mein Vater einfach nur geschwiegen hat. Und all das soll plötzlich völlig anders sein.

»Die ganze Geschichte ist doch inzwischen längst verjährt. Warum ist sie nicht zurückgekommen? 30 Jahre sind eine Ewigkeit, wenn du niemanden umgebracht hast…« Pause. »Hat sie, Papa?« Allein der Gedanke daran sorgt für reichlich Unbehagen in meiner Magengegend, und ich zähle im Kopf die Sekunden, bis Papa endlich antwortet.

»Nein. Hat sie sicher nicht. Sie hat ein paar äußerst dämliche Jugendsünden auf dem Kerbholz und ein paar üble Freunde um sich geschart. Es ist so ein bisschen wie bei Susanne Albrecht. Da ist ebenso bis heute nicht eindeutig klar geworden, ob die RAF-Leute sie nicht ganz bewusst eingefangen haben, weil sie Zugang zu Ponto hatte.«

»War Mama am Ende da auch dabei?«

»Ach Quatsch! Der Mord ist doch längst aufgeklärt. Sie war ja nicht mal in der Nähe von Oberursel, und ob sie einen der Beteiligten überhaupt gekannt hat, weiß niemand.«

»Okay, Papa. Aber was weiß sie, wovor sie mich warnen kann? Wieso soll ich denn jetzt in Gefahr sein?«

»Gute Frage. Keine Ahnung. Aber so viel ist sicher: Wenn sie einen Tag vor Heiligabend aus Afghanistan anruft, um dich zu warnen, hat sie einen guten Grund dafür.«

Damit dreht er sich von mir ab und rollt zu einem Schränkchen im Flur. Er zieht eine Schublade heraus und kramt eine alte Blechschachtel hervor. Papa öffnet den Deckel und streckt mir ein Uralthandy entgegen. »Prepaid«, schnauft er. »Brauchst nur auf Wiederwahl zu drücken. Dann bekommst du Antworten auf deine Fragen.«

»Und das Passwort?«

»Kind, dieses Teil ist fast 20 Jahre alt. Passwort ist heute. Damals war es einfach ich bin drin.«

Ich öffne den Deckel, schalte das Museumsstück an und drücke auf den Wiederwahl-Knopf. Es tutet und eine Stimme meldet sich: »Yes!«

»Mama?«

»Ah. Gut. Du hast mit deinem Vater gesprochen.«

»Habe ich. Und er hat mir die Geschichte erzählt. Nach so langer Zeit. Darüber will ich aber mit dir jetzt nicht sprechen. Wenn du das willst … musst du nach Deutschland kommen. Hierherkommen.« Ich habe all meinen Mut für diesen Satz zusammengenommen und komme mir jetzt vor wie der Held aus irgendeinem meiner Schmachtfilme, die ich mir so gerne reinziehe. Jedoch nicht lange.

»Ach, Mäuschen! Wenn das alles so einfach wäre«, nimmt sie mir die Luft aus den Segeln. Aber so lasse ich sie diesmal nicht davonkommen. Ich schalte das Handy auf Lautsprecher.

»Niemand hat behauptet, dass es einfach wäre. Ich schon gar nicht. Ich dachte drei Jahre meines Lebens, ich sei daran schuld, dass meine Mama mich nicht mehr lieb hat. Drei lange Jahre. Also erzähl mir nicht, was einfach ist.«

Schweigen.

»Sag mir bitte einfach nur, wovor du mich warnen willst, und dann lass Papa und mich in Ruhe Weihnachten feiern und genieß dein Leben in der Wüste.«

Eigentlich würde ich gerne auflegen und nie wieder dieses versiffte Handy anfassen. Es ist zu viel Zeit vergangen, um verzeihen zu können. Viel zu viel.

»Ich habe hier ein paar alte Freunde. Die haben etwas aufgeschnappt. Es geht um Frankfurt. Um ein Attentat. Bei euch.«

»Wie – bei uns?«

»Irgendwo am Stadion. Sie haben Pläne gesehen.«

»Pläne? Pläne von der Arena gibt es haufenweise im Internet. Was soll daran gefährlich sein? Mama!«

»Ich kann dir nicht mehr sagen, ohne meine Leute in Gefahr zu bringen. Eigentlich dürfte ich nicht mal mit dir telefonieren. Halt dich einfach heute fern vom Stadion. Dann ist alles gut.«

Diese Frau schafft es in einem unglaublichen Tempo, mich völlig aus der Fassung zu bringen. Erst der Anruf. Dann die Warnung. Jetzt das Stadion und ein angebliches Attentat. Dazu die ganze alte Geschichte von Papa. Gedankenfetzen schwirren in meinem Kopf umher und es gelingt mir nicht, auch nur einen einzigen davon einzufangen. Fragend schaue ich Papa an, aber der sitzt mir auch nur mit weit aufgerissenem Mund gegenüber und scheint zwischen Verzückung, weil er ihre Stimme hören kann, und Entsetzen hin- und herzupendeln.

»Bleib weg vom Stadion heute, versteh doch. Mehr will ich nicht.«

»Ja. Ist gut. Hatte ich eh nicht vor. Also: Den Anruf hätten wir uns ersparen können. Machs' gut, Mama. Frohe Weihnachten!«

Ich klappe den Deckel des Handys zu und reiche es Papa.

»Kannst du wegpacken. Ich bin hier. Also kann nix passieren, hat sie gesagt.«

Ich schaue ihn an und spüre plötzlich meine zittrigen Beine. Ich habe in den vergangenen Jahren eine Menge abgefahrene und nicht alltägliche Sachen erlebt. Privat mit Sev und natürlich auch mit der Eintracht. So schnell haut mich nichts mehr vom Hocker, aber die letzten zwei Stunden waren dann doch harter Tobak. ›Too much information‹, würde Tim jetzt sagen.

Papa nimmt mir das Teil ab. Rollt zurück zum Schränkchen und zögert plötzlich. Dann dreht er den Rolli herum und hält mir das Handy hin. »Ich glaube, es ist besser, wenn du das Teil jetzt erst mal bei dir behältst. Für alle Fälle.«

Ich blicke ihn an und streiche ihm über die Wange. »Okay. Wenn du meinst.«

»Hmmm«, brummt er und wendet sich ab. Und ich bin nicht sicher, was er meint. Will er, dass ich sie jederzeit erreichen kann, oder doch vielmehr, dass er es in dieser Nacht besser nicht kann?

KAPITEL 4

23. DEZEMBER 2020, 19.00 UHR

SEVERIN

»Wer fährt denn um diese Uhrzeit ins Stadion?«, lacht Hel. »Haben die hohen Herrschaften etwa ihren eigenen Chauffeur-Service? Na dann kann der Schampus ja in Strömen fließen.« Sie tut so, als hielte sie mit spitzen Fingern ein Sektglas und prostet uns zu. Dann rümpft sie die Nase und duckt sich hinter einem Strauch weg. Oder stolpert eher, als plötzlich drei schwarze Vans nur knapp an uns vorbei die Rampe zur Geschäftsstelle hochfahren. Gustav, Kev und ich stellen uns ebenfalls zu ihr. Sehen muss uns hier jetzt niemand. Es ist zwar nicht sicher, ob das Betreten des Stadiongeländes um diese Zeit überhaupt unter den §123 Hausfriedensbruch fällt, aber in Corona-Zeiten weiß man ja nie.

Trotzdem sehen diese komplett schwarzen Vans ohne Schriftzüge oder wenigstens einem Eintracht-Adler nicht gerade nach Eintracht-Fahrzeugen aus.

Ich hebe meine Brauen, als ich die verdunkelten Scheiben sehe. »Vielleicht bekommen sie auch hohen Besuch«, lache ich und überlege, ob Tim irgendetwas erwähnt hat. Mobby Dick redet einfach zu viel, als dass ich mir alles merken könnte. Vor allem bei seinen Erzählungen von dieser dämlichen Weihnachtsfeier habe ich abgeschaltet.

»Und die dürfen mich dann fast über den Haufen fahren?«

Ich runzle die Stirn. Ein ungutes Gefühl macht sich in mir breit. »Lass uns nachschauen, wer diese Rüpel sind.« Ich zwinkere ihr zu.

»Was?«, empört sich Hel und schüttelt den Matsch von ihren Schuhen ab. Ohne Erfolg. »Die Idee, sich hinter dem Busch in Sicherheit zu bringen, war wohl nicht so schlau, was?«

»Mir ist nicht nach Scherzen, Severin«, schnaubt Hel zurück.

In dem Moment halten die Autos mit quietschenden Reifen direkt vor der Eingangstür der Geschäftsstelle. Zu sehen ist nichts. Es brennt nur die Notbeleuchtung. Die tollen Eintrachtler wollen wohl keine Aufmerksamkeit auf ihre illegale Party ziehen. Türen werden geschlagen. Ich höre Stimmen. Tiefe brummende Stimmen, aber wir sind zu weit weg, um sie zu verstehen.

»Vielleicht wird die Party aufgelöst. Ist schließlich verboten sowas«, gibt Kevin zum Besten. *Sein Ernst?* Ich bin mir sicher, dass er sich an keine der Regeln hält.

»Ich gehe jetzt nach Tim sehen. Geht einfach schon mal vor.«

»Nein, wir werden mitkommen«, sagt Gustav bestimmt und hängt sich an meine Fersen.

Wir schleichen die Rampe hinauf und halten uns dabei dicht an der Böschung. Zu sehen sind wir im Dunkeln so sicher nicht. Ich gehe Schritt für Schritt auf die Fahrzeuge zu und erwarte jede Sekunde, dass mich irgendwer vom Sicherheitsdienst erkennt.

»Bist du jetzt Geheimagent geworden oder was tust du da?«, zischt Hel mit zusammengekniffenen Augen.

»Sie müssen uns ja nicht gleich mit festnehmen«, gebe ich schulterzuckend zurück.

»Dein Auto steht da, Severin. Und leider hast du vergessen, es mit Blättern zu tarnen.« Hel lacht, bis ihr Blick wieder auf ihre vor Kurzem noch weißen Sneaker fällt und sie den Mund verzieht. Ich schüttle belustigt den Kopf und suche nach den Fahrern. Aber da ist niemand. Die Fahrzeuge stehen mit offenen Türen und laufenden Motoren da, anscheinend sind die Fahrer in der Geschäftsstelle. Ich lasse kurz mein Handy aufleuchten und richte das Licht auf eines der Kennzeichen der Vans. Es ist abgeklebt. Hier stimmt etwas so ganz und gar nicht. Aber bevor ich das wirklich zu Ende denken kann, ertönt ein lauter Knall von drinnen. Schreie sind zu hören. Dann wird die Tür aufgerissen. Rauch dringt heraus und vier vermummte Gestalten stürzen zu den Fahrzeugen. Der Größe und Körperbauten nach scheinen es Männer zu sein. Gustav und Kev laufen einem davon direkt in die Arme. Einen Moment lang scheint der Kerl davon überrascht zu sein und Kev nutzt diesen, um sich mit einem Satz in die Böschung in Sicherheit zu bringen. Gustav hingegen zögert zu lange und bekommt im gleichen Moment den Kolben einer Maschinenpistole ins Gesicht. Sein weißer Bart färbt sich rot und er geht mit einem lauten Stöhnen zu Boden. Ich erstarre. Buchstäblich. Ich sollte ihnen helfen, aber kann mich nicht bewegen. *Was zum Teufel passiert hier?*

Wie in Trance sehe ich dabei zu, wie weitere vermummte Männer Menschen mit Müllsäcken über den Köpfen zu den Autos bringen. Gewimmer dringt durch die Nacht. Dann folgt ein Schrei.

»Lasst mich los, ihr Arschlöcher!«, brüllt einer. Unverkennbar Eric Presfeth, der Präsi. Er erntet einen heftigen Schlag in die Magengrube für sein Geschrei und geht ebenfalls zu Boden. Ein Tritt ins Gesicht bringt ihn endgültig zum Schweigen. Die Brutalität dieser Typen dringt mir bis ins Mark. Und da endlich löse ich mich aus meiner Starre.

Ich packe Hel und ziehe sie hinter einen Wandvorsprung. Einer der Männer schießt eine Gewehrsalve Kugeln in die Richtung, in die Kev verschwunden ist.

Ich starre fassungslos auf die Waffen der Männer. Sie packen Gustav, stülpen ihm einen Sack über den Kopf und zerren ihn ins Auto. Er stöhnt. Der Schlag mit dem Gewehr war übel, es muss ihm heftig zugesetzt haben.

»Was soll das?«, wimmert Hel neben mir. Ich will mich aus der Nische hervorwagen, doch sie hält mich fest. »Spinnst du, Snobbi? Die haben Waffen!«

»Ich lasse ganz sicher nicht zu …«, knurre ich, doch Stimmen unterbrechen mich. Weitere Geiseln werden zu den Fahrzeugen gebracht. Ich zähle mindestens sechs. Macht mit den ersten Opfern und Gustav ein knappes Dutzend, die die Täter in ihre Gewalt gebracht haben. Und dann sehe ich unter dem blauen Müllsack eine schäbige Cordhose in Giftgrün, die ist unverkennbar. *Tim …*

Ich will zu ihm rennen, aber Hel krallt ihre Finger in meinen Unterarm. Ich stoße sie von mir weg. Viel zu grob. Sie stöhnt auf. Laut. Zu laut. Einer der Männer kommt direkt auf uns zu.

Mein Puls beschleunigt sich, während ich am Boden nach irgendetwas suche, was sich als Waffe nutzen ließe. Aber warum sollte hier ein Ast oder sowas herumliegen? Ich entscheide mich, das Arschloch zu überrumpeln, renne gebückt nach vorne, springe mit beiden Beinen zuerst und erwische ihn mit meinem

Kick knapp unter der Kniescheibe. Es knackt und er geht mit einem merkwürdigen Gurgelton zu Boden.

Da höre ich Hel wieder schreien. Wut kocht in mir hoch und als ich mich zu ihr umdrehe, steht einer der Vermummten hinter ihr und hält ihr ein Messer an die Kehle.

Nein. Nein. Nein. Das kann nicht sein. Was zum Henker passiert hier? In dem Moment greift mich der Kerl, dem ich wahrscheinlich doch nicht die Kniescheibe gebrochen habe, am Knöchel und reißt mich herum. Unbedacht mache ich einen Schritt nach hinten und dann trifft mich ein dumpfer Schlag am Kopf.

Schritte. Schreie. Türen, die zugeschlagen werden. Das Geräusch, das Autos von sich geben, wenn sie mit durchdrehenden Reifen lospreschen. Motorengeheul. Dann komme ich endlich wieder zu Bewusstsein. Ich drehe mich voller Schmerz um und sehe noch, wie sie Tim in den letzten Van stoßen und losfahren.

Nein!

Mein Hals ist trocken. Meine Kehle brennt, mein Kopf pocht, alles um mich herum dreht sich. Aber ich muss aufstehen. Ich muss ihnen hinterherfahren. *Ich muss Tim da rausholen.*

Mit all meiner verbliebenen Kraft stütze ich mich am Boden ab und hieve meinen Körper nach oben. Ganz vorsichtig berühre ich meinen feuchten Hinterkopf. Blut.

Aber ich muss weiter. Übelkeit überkommt mich, bis ich endlich an meinem Auto angekommen bin und wieder klarer sehe. Das Adrenalin dringt an die Oberfläche und lässt mich den Schmerz vergessen.

Ich steige ein, starte den Motor und fahre los. Mein Herz rast, während ich meinen Mustang an seine Grenzen bringe. Die Schranke vor mir ist unten. *Wie sind sie da rausgekommen? Scheiß drauf.* Ich gebe Vollgas und halte darauf zu. Die Stange knallt gegen mein Auto, fliegt durch die Luft und landet krachend auf meinem Dach. Aber mir ist alles egal. Diese Bastarde haben meine Freunde in ihre Gewalt genommen und sich definitiv mit dem Falschen angelegt.

Als ich vorne am Eingang an der Otto-Fleck-Schneise ankomme, sehe ich die drei schwarzen Vans nur 20 Meter von mir entfernt auf der gegenüberliegenden Fahrspur Richtung Oberforsthaus. *Die Schweine wollen in die Stadt. Was ist das für ein scheiß Plan? Mit Geiseln mitten in die Stadt?*

Ich fahre in die Schneise. So viel Vorsprung wie diese Schwachmaten eben noch hatten, sind sie garantiert über den Autobahnkreisel zurück nach Frankfurt gefahren. Aber das kommt für mich nicht mehr in Frage. Ich würde sie verlieren, also ziehe ich in Höhe des Tiefgarageneingangs bei voller Geschwindigkeit die Handbremse und reiße das Lenkrad nach links. Die Reifen geben einen erbärmlichen Ton von sich. Mit einem lauten Knall schlägt das Heck in den Zaun auf der anderen Straßenseite ein, aber ich habe es geschafft, also trete ich das Gaspedal wieder durch und fahre weiter über die Mörfelder Landstraße in Richtung Kennedyallee. *Wo sollten sie sonst hin?*

Als ich die Kolonne endlich vor mir erkenne, atme ich auf. Ich drücke das Gas durch, aber auch sie sind jetzt verdammt schnell unterwegs. Meine Hand fingert nach meinem Handy in der Hosentasche. Als ich es endlich zu greifen bekomme, wähle ich Lydias Nummer. Warum auch immer. Vielleicht, weil die Entführten da vor mir in den Vans ihre Leute sind. Oder weil es um Tim geht. Oder weil sie der einzige Mensch ist, den ich gerade hören will.

»Was hast du angestellt?«, ertönt ihre Stimme in der Freisprechanlage. Sie klingt angriffslustig. Aber das wundert mich nicht wirklich. Meine letzte Aktion war ziemlich daneben.

»Lyd, hör mir zu! Da waren Vans und bewaffnete Männer vorm Stadion und haben alle mitgenommen.«

»Wen haben sie mitgenommen«?, fragt sie irritiert.

»Ich denke alle, die bei eurer Weihnachtsfeier waren. Und Gustav, Hel und ... Tim ... Gustav hat ziemlich was abbekommen. Ich fahre hinter ihnen her. Du musst meinen Standort verfolgen.«

»Und wie soll ich das machen?«, fragt sie verblüffend ruhig. Inzwischen bringt sie wirklich nichts mehr so leicht aus der Ruhe, fast schon so, als hätte sie etwas geahnt.

Ich versuche blind, ihr meinen Live-Standort auf WhatsApp zu schicken, während ich die Fahrzeuge im sicheren Abstand verfolge. Wir sind zwar wieder im Lockdown, aber trotzdem ist in Richtung Hauptbahnhof eine Menge Verkehr, Pandemie hin oder her.

Die Täter haben offenbar ein klares Ziel und einen klaren Zeitplan. Sie rasen nicht, aber sie fahren weiterhin sehr zielstrebig mit Tempo 70. Mehr als die meisten anderen, die sich an die vorgeschriebenen 50 km/h halten, aber nicht genug, um wirklich aufzufallen. Dazu wechseln sie ständig die Spur. *Oder haben sie mich entdeckt?*

Ich bleibe kurz vor der Stresemannallee deutlich zurück, weil diese verdammte Ampel dort immer rot ist. Und ich habe sicher keine Lust, direkt hinter ihnen stehenzubleiben. Ich tippe mal, dass die Schranke auf meinem Dach eine auffällige Beule hinterlassen hat.

»Ich hasse dich!«, schnauze ich die Ampel an und bete, dass endlich Grün wird.

Die Ampel springt um. Einen Moment lang habe ich Zeit durchzuatmen und mir zu überlegen, was ich tun kann. Einfach weiter hinterherfahren, ist wohl das Beste. Lydia kann meinem Live-Standort folgen und schon haben wir die kleinen Bastarde.

Ich versuche, die sechs, sieben Autolängen zwischen den Tätern und mir zu halten. Über die Friedensbrücke, die Wilhelm-Leuschner-Straße lang – alles kein Problem. Aber wo verdammt wollen die hin?

Vielleicht 150 Meter vor mir biegt der Corso in die Mainluststraße. Richtung Theatertunnel. *Die fahren wirklich Richtung Innenstadt. Was soll das Ganze?*

Vor mir leuchten die Bremslichter eines alten Corsa auf. Die Fahrerin fuchtelt wild mit den Armen und zeigt mir an, dass sie zurücksetzen will. Nicht ausgerechnet jetzt, oder?

Ich reiße das Steuer herum und versuche links an ihr vorbeizukommen, doch die Wagen haben schon an Abstand gewonnen.

Plötzlich trompetet es zwischen meinen Beinen. Mein Handy. *Lydia.*

»Lydia, du musst der Polizei Bescheid sagen. Du musst…« Ich sehe die Vans gerade noch so im Theatertunnel verschwinden und schlage gegen mein Lenkrad. »Hast du mich verstanden?«

»Ja«, wispert sie. Ich presse kurz meine schmerzenden Augen zusammen. »Ich habe eine Kopfverletzung, ich weiß nicht, wie lange ich ihnen noch folgen kann.«

Blinzelnd starre ich auf die Straßensperrung vor mir. Eine Barke, lauter Hütchen. »Fuck!« *Wie sind diese Bastarde in den Tunnel gekommen? Fuck! Fuck! Fuck!*

»Severin, was passiert da?«

»Nichts«, brülle ich sie an. Und fahre an den Hütchen vorbei in den Tunnel. In diesem Moment explodiert etwas am Ende der langen Kurve. Ich bremse. Das Heck bricht aus. Aber bevor ich gegen die Tunnelwände knalle, wird das Auto langsamer und bleibt stehen. Panik kriecht meine Kehle hinauf, als ich nach und nach den ausgebrannten Van vor mir erkenne.

Nein. Mein Herz bleibt stehen. Setzt aus. Mein Verstand begreift nicht, was ich da sehe.

»Nein!«

»Was ist los?«, schreit Lydia. Aber ich bin nicht in der Verfassung zu reden. Mit weit aufgerissenen Augen und bebenden Lippen sitze ich da, das Handy entgleitet mir und ich starre auf den Van, in dem Tim saß. Ich erkenne ihn sofort, weil ihm eine Radkappe hinten rechts fehlt, was mir schon vorhin aufgefallen ist.

»Tim«, hauche ich und steige aus. Ich stolpere vorwärts.

»Tim!«, brülle ich und nähere mich den heißen Flammen. »Tim!« Ich komme beim Van an und halte mir meinen Jackenärmel vor Nase und Mund, aber es hat keinen Sinn. Der Van brennt lichterloh. Die Menschen, die darin waren, hatten keine Chance. *Nein.* Mein Verstand ist nicht in der Lage, zu verarbeiten, was meine Augen sehen. Ich renne verzweifelt um diesen glühenden Feuerball herum. Renne hin und her, weil ich mir sicher bin, dass Tim vorher rausgesprungen ist. *Er muss rausgesprungen sein. Er kann nicht …*

»Tim!«, schreie ich wieder. *Warum verflucht antwortet er nicht?*

»Tim, verdammt!« Meine Kehle schnürt sich zu. Heiße Tränen steigen in meine Augen. *Nein!* Ich schüttle den Kopf, hindere meinen Körper daran, zusammenzubrechen und renne wieder zu dem Van. Renne weiter zur anderen Seite des Tunnels. So weit, dass ich den Ausgang in Richtung Berliner Straße schemenhaft erkennen kann. Ich schreie, höre den Hall meiner eigenen Stimme und bilde mir ein, es wäre Tim. *Er darf nicht tot sein. Er kann nicht.* Mein Herz bricht und bricht und zerreißt mir dabei die Brust. Schießt ätzende, bittere Säure durch meinen gesamten Körper und drückt mir die Kehle zu.

»Tim«, hauche ich nur noch heiser und lasse mich auf meine Knie sinken. Sehe wie in Trance dabei zu, wie der Van weiter brennt. Wie mein Leben brennt. Tim ist mein bester Freund. Er ist meine bessere Hälfte. Er ist so viel für mich. So vieles, was ich ihm nie gesagt habe. Er darf nicht tot sein.

Schritte ertönen hinter mir. Ich drehe mich um. Ich flehe, dass dort Tim steht. Stattdessen ist es einer seiner Mörder. Ich sehe seine dunklen Augen förmlich aus den Löchern der Sturmhaube herausquellen. Sehe seinen schief gelegten Kopf, als würde er mich belächeln. Ich rapple mich auf, wische mir die Tränen aus dem Gesicht und gehe auf ihn los. Er ist überrascht, weshalb ich einen Schlag in sein Gesicht landen kann. Er hebt sein Knie und rammt es mir in den Unterleib. Lähmt mich, aber ich fange mich und schlage ihm mit der Faust gegen sein Kinn. Er stöhnt auf. Flucht in einer fremden Sprache und bevor er mir erneut einen Tritt verpassen kann, donnere ich ihm meine Faust ein zweites Mal ins Gesicht. Dunkelheit umhüllt mich. Meine eigene Dunkelheit, die ich so lange tief in mir versteckt habe, bricht aus mir heraus und ich schlage wieder und wieder zu. Ich höre seine Nase brechen. Ich spüre das Blut durch die schwarze Haube, die sein Gesicht verdeckt. Ich schlage auch dann noch zu, als er am Boden liegt. Verpasse ihm einen Tritt und schreie bestialisch auf. Tims Gesicht taucht dabei immer wieder vor meinen Augen auf. *Diese Bastarde haben ihn umgebracht. Haben meinen besten Freund genommen. Ihn dieser Welt und mir genommen.*

Ich schlage wieder zu. Höre noch seinen Kiefer knacken, bevor ich von hinten gepackt werde. Ich wehre mich. Winde mich wie ein Tier, aber es sind zwei Männer, die mich festhalten. Zwei dieser Monster. Ich trete um mich. Will sie verletzen. So sehr verletzen, wie sie Tim verletzt haben. Wie sie mich verletzt haben. Wie sie meine Seele unwiderruflich zerstört haben. Aber ich habe keine Chance. Das Letzte, was ich sehe, ist, wie sich der Kerl vom Boden erhebt, dann wird mir etwas über den Kopf gestülpt. Darauf folgt ein gezielter Schlag auf meine Schulter und ich verliere mich in der unendlichen Tiefe der Bewusstlosigkeit.

KAPITEL 5

23. DEZEMBER 2020, 19.43 UHR

LYDIA

Papa! Rufst du bitte die Polizei an und sagst ihnen, irgendwo im Bereich des Theatertunnels wird gerade – keine Ahnung wer – entführt. Wahrscheinlich alle, die bei der Weihnachtsfeier der Eintracht in der Geschäftsstelle waren. Nein. Das sag bitte nicht. Sonst müssen alle in Quarantäne und bekommen eine ordentliche Geldstrafe aufgebrummt.«

Manchmal könnte ich mich wirklich ohrfeigen für meine Art zu denken. Eintracht immer zuerst. Genau das, was ich meinem Vater stets vorgeworfen habe. Aber ich bin genauso geworden wie er. Keinen Deut besser. Und deshalb hat Severin wahrscheinlich die Flucht ergriffen. Hat keinen Bock mehr auf mich gehabt. Der alte Hooligan, der gelernt hat, dass es auch ein Leben ohne die Eintracht gibt. Und jetzt ist er in Lebensgefahr. Nur weil ich meiner Mutter nicht vertraut und ihn nicht gewarnt habe. Dabei wusste ich doch genau, dass er im Stadion ist. Wegen Mic. Und sie hat gesagt: Wenn du nicht im Stadion bist, kann dir nichts passieren. *Was bin ich denn nur für ein Mensch. Habe nur an mich gedacht und keine Sekunde lang an Severin oder die anderen. Eric. Tim. Das Team. Scheiße. Verdammt. Scheiße.*

Tränen rinnen über mein Gesicht. Sagen mir, wie viel mir an diesem blöden arroganten Arsch liegt. Wie sehr ich Severin liebe. Schon immer geliebt habe.

Papa nimmt mich in den Arm.

»Soll ich das der Polizei wirklich genau so sagen. Oder möchtest du den Text noch überarbeiten?«

Dieser Mann hat es schon immer verstanden, mich mit diesen kleinen Spitzen, die er wie ein erfahrener Fechtmeister zu setzen versteht, zur Weißglut zu bringen. Selbst jetzt.

»Nein, Papa. Keine Überarbeitung. Nur anrufen und das, was ich gesagt habe, durchgeben. Sie sollen den Theatertunnel abfahren und mir sagen, dass Sev nur einen seiner berühmten Suff-Scherze gemacht hat.«

»Okay.« Ich starre den alten Mann an und bin verblüfft. Zum ersten Mal, jedenfalls soweit ich denken kann, macht er wirklich, was ich sage. Aber das ist dann auch nicht das Richtige.

»Hallo! Hier spricht Heller. Klaus Heller. Ich soll Ihnen von meiner Tochter sagen, dass gerade irgendwo im Bereich des Theatertunnels … ja, in Frankfurt. Wo denn auch sonst … jemand entführt wird. Sie hat auch keine Ahnung, wer«, flötet er.

»Papa!«, ich reiße ihm das Telefon aus der Hand.

»Guten Abend. Mein Name ist Lydia Heller. Ich habe gerade von Severin Klemm einen Anruf erhalten. Darin schildert er mir, dass im oder in der Nähe des Theatertunnels ein Verbrechen verübt wird. Könnten Sie das bitte überprüfen?«

»Wie stellen Sie sich das vor, junge Frau?«

»Was heißt, wie stellen Sie sich das vor? Der Zeuge Severin Klemm sagt, dass hier Menschen entführt wurden und in Gefahr sind. Das muss ja wohl ausreichend sein, um den Tunnel zu kontrollieren?«

»Frau Heller. Haben Sie eine Vorstellung davon, wie viele Menschen hier täglich anrufen und von Entführungen berichten. Nur weil einer mal Zigaretten holen gegangen ist. Wenn Sie verstehen, was ich meine. Seit Corona hat sich die Zahl mehr als verdoppelt.«

»Herr … wie auch immer Sie heißen. Da fällt mir ein: Wie heißen Sie eigentlich?«

»Raubein. Obermeister Raubein.«

Ich versuche, meinen Puls mit aller Gewalt herunterzudrücken, atme dreimal tief durch und greife dann zu einem Mittel, das ich eigentlich nicht mag, das aber meist funktioniert.

»Okay. Herr Obermeister Raubein. Sehen Sie: Dieser Severin Klemm ist zufälligerweise der Sohn von Oberstaatsanwalt Klemm. Es mag sein, dass er zu den ausgemachten Witzbolden dieser Welt gehört, aber wenn es um seinen Freund Tim geht, hört auch für ihn der Spaß auf. Also: Er hat mich vor wenigen Minuten angerufen und gesagt, am Stadion bei der Eintracht-Geschäftsstelle seien Menschen entführt worden. Von irgendwelchen vermummten Gestalten. Und die seien jetzt im Theatertunnel. Mehr konnte er mir nicht sagen, dann ist die Verbindung abgerissen. Wahrscheinlich, weil er in den Tunnel gefahren ist.«

Ich stocke und mir wird klar, dass ich das eigentlich nicht weiß, sondern nur hoffe. Weil ich mir nicht vorstellen will, dass ihm etwas Schlimmes passiert ist.

»Also, Herr Raubein. Mehr weiß ich auch nicht, aber Sie müssen dort doch irgendwelche Überwachungskameras haben, um nach dem Rechten sehen zu können.«

Ich finde es schon pervers, dass ich ihm sagen muss, was zu tun ist, und bete trotzdem inständig, dass er es einfach tut. Am anderen Ende der Leitung herrscht erst einmal Stille. Immerhin. *Sollte er wirklich …?*

»Frau Heller?«

»Ja. Ich bin noch hier. Was ist?«

»Sind Sie die von der Eintracht?«

»Ja, ich bin die von der Eintracht. Aber das spielt jetzt wirklich keine Rolle.«

»Ich wollte es ja nur wissen, weil … Tommy, mein Enkel, ist so ein großer Fan der Eintracht. Und wenn ich ihm morgen bei der Bescherung erzähle, dass ich mit Ihnen gesprochen habe, flippt der aus.«

»Herr Raubein! Das tue ich jetzt auch gleich!« Schweigen.

Dann ein förmliches »Können Sie dranbleiben?«

»Ja. Natürlich. Ich kann dranbleiben.«

Papa schaut mich fragend an. Normalerweise würde er triumphierend mindestens drei Pirouetten mit seinem Rolli drehen. Weil ich bislang auch nicht mehr erreicht habe als er. Die Polizei ist so kurz vor Weihnachten offenbar dünn besetzt. *Na klar. Wer will schon bis zum frühen Morgen an Heiligabend Dienst schieben. Das machen wirklich nur die ›Special Forces‹*, geht es mir durch den Kopf.

Dann knackt es zweimal in der Leitung.

»Homburg. KHK Ulf Homburg. Was kann ich für Sie tun?«, meldet sich eine angenehme Stimme. Noch dazu eine, die Kompetenz ausstrahlt. Ich atme auf.

»Herr Hauptkommissar. Homburg. Mein …«, ich zögere einen Moment, »mein … Freund Severin Klemm hat mich eben angerufen und gesagt, am Stadion bei der Eintracht-Geschäftsstelle seien Menschen entführt worden. Er ist den Entführern gefolgt, bis sie im Theatertunnel verschwunden sind. Er hat mir seine Position zugemailt, aber der Kontakt ist abgerissen.«

»Aha!«, sagt der Mann. »Und wann soll das gewesen sein?« Schon die Formulierung bringt mich auf die Palme. Wann soll das denn gewesen sein? Das fragt so doch nur einer, der dir nicht glaubt.

»Vielleicht vor einer Viertelstunde. Schließlich ist mein Anruf dank Ihres Kollegen schon 10 Minuten her.«

»Na ja, das müssen Sie dem Obermeister Raubein schon verzeihen. Der macht normalerweise keinen Telefondienst. Nur wegen den anstehenden Feiertagen. Und indem er Sie zu mir durchgestellt hat, hat er ja eigentlich alles richtig gemacht, nicht wahr?!«

Dieser Mann versucht mich offenkundig zu beruhigen. Was ihm allerdings nicht wirklich gelingt. *Heißt das, die Polizei hat längst eine Meldung von den Vorgängen im Theatertunnel bekommen und er will mir die Wahrheit nicht sagen? Weil …* schon wieder mag ich den Gedanken nicht zu Ende bringen. Zu schlimm ist die Vorstellung, Severin könnte etwas zugestoßen sein. Oder war bei der Weihnachtsfeier gerade der Nikolaus unterwegs, hat leckere Geschenke verteilt und sie schlafen jetzt alle den Schlaf der Gerechten.

»Jaja, alles gut. Ich bin ihm auch nicht böse, aber bitte sagen Sie mir doch endlich, was in dem Tunnel los ist. Sie müssen doch Überwachungskameras da unten drin haben. Falls ein Unfall passiert oder ein Unglück.«

»Ich lasse das gerade überprüfen, Frau Heller. Dauert aber einen Moment. Haben Sie eine Vorstellung davon, wie viele dieser Kameras in der Stadt verteilt sind?«

»Nein, habe ich nicht. Warum auch? Ich bitte Sie ja auch nur eine, vielleicht zwei dieser Kameras zu überprüfen und mir dann zu sagen, was mit Severin ist! Können Sie das bitte für mich tun?!«

KAPITEL 6

23. DEZEMBER 2020, 20.17 UHR

SEVERIN

Ich öffne meine Augen und starre auf eine kahle Wand. *Was?* Benommen versuche ich mich zu erinnern, was passiert ist. Und dann wird es mir klar. Mein Herz brennt wie Feuer, als ich das lodernde Auto vor mir sehe. Langsam verstehe, was geschehen ist. Begreife, dass Tim …

Ich will mich aufrappeln und die Männer finden, die dafür verantwortlich sind, aber meine Hände und Beine sind gefesselt. Ich starre fassungslos auf die Kabelbinder und realisiere endlich vollends, was passiert ist. Ich bin ihnen hinterhergefahren und schließlich haben sie mich bewusstlos geschlagen und mitgenommen.

Ein Stöhnen reißt mich aus meinen Gedanken. Ich sehe mich um, doch alles liegt in einem trüben Dunkel. Es dauert einen Moment, bis ich hinter ein paar Transportkisten einen Mann sitzen sehe.

»Geht es dir gut?«, frage ich und versuche in seine Richtung zu robben.

Wieder stöhnt er auf und sieht dann verwundert auf seine eigenen Fesseln.

»Was ist passiert?«, fragt er mit einem Akzent und blinzelt.

»Irgendwelche Bastarde haben uns entführt«, knurre ich und dann sieht er auf. Mich direkt an. Seine dunklen Augen wecken ein vertrautes Gefühl in mir. *Ich kenne ihn. Aber woher?*

»Habe ich dich schon mal gesehen?«, frage ich, als ich bei der Kiste angekommen bin und kurz die Augen schließe. Mein Kopf dröhnt. Der Typ legt den Kopf schief und mustert mich. »Severin, oder?«

Ich schärfe meinen Blick, um mir das Gesicht noch einmal genau anzusehen. *Er ist Ausländer. Araber… Syrer vielleicht.* Aber ich kann mich beim besten Willen nicht erinnern. »Arbeitest du für die Eintracht?«, will ich wissen und sehe mich im Raum um. Statt hier ein Pläuschchen zu halten, sollten wir vielleicht besser einen Ausweg finden.

»Ich habe für die Eintracht gespielt. Sie wollten wohl einen Ausländer bei ihrer kleinen Feier dabeihaben.«

Ich hebe meine Brauen. *Wann soll der bei der Eintracht gekickt haben?* Mein Gedächtnis lässt mich offensichtlich im Stich.

»Hast du eine Idee, wie wir hier rauskommen?«, fragt er und reckt seinen Nacken.

»Ich wüsste zunächst erst mal ganz gerne, wo wir hier eigentlich sind«, brumme ich und wieder taucht Tims Gesicht vor mir auf. Ich verscheuche es, so schnell es geht, und sehe dann zur Tür.

»Kannst du aufstehen?«, frage ich mit einem Blick hinter die Kisten. Er verzieht sein Gesicht und schüttelt den Kopf. »Ich glaube, sie haben mir das Bein gebrochen.«

Na super. Also versuche ich mich hochzuhieven und zur Tür zu hüpfen. Mein Kopf explodiert beinahe. Und wie erwartet, ist die Tür verschlossen. *Was jetzt? Und wo sind die anderen? Da stand doch nur einer der Vans, oder nicht?*

Ich lasse mich wieder auf den Boden sinken und lehne meinen Kopf gegen die Tür.

»Du hast dir echt den falschen Zeitpunkt ausgesucht, um bei der Weihnachtsfeier den Quoten-Kicker zu geben und in alten Geschichten zu schwelgen«, sage ich resigniert und sehe auf. Sein Blick trifft mich. Etwas wie Trauer schwappt zu mir herüber.

»Alte Geschichten?«, murmelt er in gebrochenem Deutsch. »Einen wie mich vergisst man schnell. Keiner will alte Geschichten hören.«

»Na, immerhin haben sie dich eingeladen«, sage ich, vor allem, um mich abzulenken.

»Und das macht alles andere wieder gut?«, kontert er traurig und zuckt mit den Schultern. »Ich hätte nicht hingehen sollen. Das sind Menschen, die sich für Einzelne nicht interessieren.«

Ich verziehe den Mund. So gerne ich hier eine kleine Lästerrunde über die obere Etage der Eintracht und ihre Arroganz und Ignoranz abhalten würde, kann ich einfach nicht tatenlos herumsitzen.

»Es sollte dir egal sein. Was hast du mit diesen Leuten zu tun? Nichts.«

Ich blicke mich weiter um. Hier ist nichts außer diesen Blechkisten auf Rädern. Aber irgendwann wird jemand kommen. Sie werden uns ja nicht einfach verrotten lassen. Und für genau diesen Moment wäre es gut, vorbereitet zu sein.

»Wir sind hier offenbar eingesperrt, weil diese Eintracht-Männer noch mehr Menschen verärgert haben. Also ist es mir nicht egal«, raunt er.

»Vielleicht wollen sie Geld«, sage ich und krieche wieder zu den Kisten, um darin nach einer Waffe oder etwas Brauchbarem zu suchen.

»Geld …«, wiederholt er mit einem fiesen Lachen. »Und was machen wir beide, was machen du und ich dann hier? Denkst du wirklich, dass einer dieser Bosse Geld für uns zahlt?«

Ich kneife die Augen zusammen und denke nach, während ich den Deckel der Kiste öffne. *Ja, was mache ich hier? Warum hat der Anführer nicht zugelassen, dass sie mich einfach erschießen? Hat er mich erkannt? Gewusst, dass ich der Sohn des Oberstaatsanwalts bin? Das ist das Einzige, was mein Leben wertvoll macht. Aber das wäre ein Riesenzufall.*

»Mir ist scheißegal, was sie von mir wollen«, bricht sich der Zorn in mir plötzlich seine Bahn. »Diese Bastarde haben meinen besten Freund getötet.«

Wieder legt er den Kopf schief. Schweigt aber.

»Wie heißt du eigentlich?«, frage ich, um mich selbst ein bisschen runterzubringen. Dabei starre ich in die Kiste vor mir, zerre einen Beutel heraus und schrecke perplex zurück. *Drogen.*

»Ich heiße Assad.« Ich nehme die Stimme meines Mitgefangenen nur nebenbei wahr.

»Warum haben die hier Drogen?«, frage ich und spüre Hitze in meinem Nacken. Sie kriecht an meiner Wirbelsäule entlang und lässt mich schaudern. Der Beutel in meiner Hand ist voller Tabletten und einem weißen Pulver. Wahrscheinlich Koks. Mein Kreislauf lässt mich im Stich und plötzlich fühlt es sich so an, als wäre ich ein echter Junkie.

Nachdem ich endlich von dem Ritalin runtergekommen bin, das sie mir schon als Kind eingeflößt haben, habe ich es tunlichst vermieden, mit anderen Drogen in Kontakt zu kommen. Auch wenn ich solche eigentlich nie hätte nehmen wollen, man weiß ja nie. Nicht das Koks und auch die meisten Tabletten nicht. Würde ich da nicht unter ihnen die Schachtel Ritalin erkennen. *Es könnte mir helfen, klarer zu werden. Mich zu konzentrieren. Gerade jetzt, da ich …*

»Was ist los?«, fragt Assad und reckt den Kopf ein wenig.

»Nichts«, lüge ich, werfe den Beutel zurück und knalle den Deckel zu.

Mein Herz pumpt schnell und unregelmäßig. Kalter Schweiß läuft mir über den Rücken. Ich schaue zu ihm. Er beobachtet jede meiner Bewegungen mit Argusaugen.

Ich lehne mich erschöpft gegen eine der Wände und wir schweigen eine ganze Weile, bis Assad erneut das Wort ergreift.

»Als ich neu in Deutschland war, das war am Anfang eurer Flüchtlingskrise, da haben mich ein paar Typen in Niederrad auf dem Nachhauseweg abgefangen«, sagt er mit ruhiger, tiefer Stimme. Fast so, als würde er damit keine Emotionen verbinden.

»Sie wollten mich verprügeln. Weil ich anders aussah als sie. Das hat ihnen als Grund gereicht.«

Ich fahre mit meiner Zunge die Zähne entlang. Mich interessiert diese Geschichte nicht. Mich interessiert gar nichts mehr, außer der Möglichkeit, all das hier zu vergessen und nach dem zu greifen, was genau vor mir in der Kiste in einem Plastikbeutel liegt. Ich will mich und den Schmerz in meiner Brust betäuben. Will …

»Aber da war ein junger Mann, der mir geholfen hat. An der Straßenbahnhaltestelle vor der alten Rennbahn. Von dort wollte ich zum Stadion.«

Ich öffne meine Augen und sehe ihn an. Ich erinnere mich. Er war dieser Typ, den sie erst beschimpft und dann bespuckt haben. Und ich war es, der ihm geholfen hat.

Eigentlich wollte ich zum Greifvogel und mit Gustav, Hel und Kat reden, aber ich war zu früh. Der Greifvogel war noch zu und bei Claudia zu klingeln, habe ich mich nicht getraut.

Ich bin zur Straßenbahnhaltestelle und da sind mir plötzlich diese Arschlöcher aufgefallen, die einen Ausländer in die Ecke drängten.

»Das warst du?«

Seine Lider zucken kurz. »Ich sage ja, man erinnert sich nicht an mich.«

Ich atme schwer. »Das war ein anderes Leben. Es ist sicher fünf Jahre her. Diese Zeit habe ich hinter mir gelassen.«

Er lacht freudlos auf. »Wenn es nur immer so leicht wäre, ein Leben zu verlassen und ein neues zu betreten.«

Hinter mir ertönt ein Geräusch an der Tür.

»Achtung!«, sage ich und Assad nickt, während ich mir den Eisendeckel der Kiste schnappe und aufstehe, um mich neben die Tür zu stellen. Wenn ich schon keine Waffe habe, kann ich mich mit dem Ding wenigstens verteidigen.

Die Tür wird geöffnet und vor mir taucht einer der Vermummten auf, doch als ich gerade zuschlagen will, spüre ich etwas Hartes, Kaltes an meinem schmerzenden Hinterkopf. Ich drehe mich langsam um und erstarre. Hinter mir steht Assad. Nicht mehr gefesselt. Kein gebrochenes Bein. Stattdessen hält er mir eine Waffe an den Kopf. Mein Verstand braucht eine ganze Weile, um das hier zu sortieren und zu verstehen.

»Du hättest mich nicht auch vergessen sollen, Severin Klemm«, sagt er mit einem merkwürdig traurigen Blick. Als wäre das hier eine Prüfung gewesen, die ich nicht bestanden habe. Als wäre er darüber wirklich betrübt.

»Ich …«, will ich etwas erwidern. Aber was soll ich sagen? Was würde das hier ändern?

»Es ist nicht immer so leicht, ein neues Leben zu beginnen. Ich wünschte, es hätte auch nur eine Menschenseele interessiert, was aus mir geworden ist.«

Ich schlucke schwer. »Was ist passiert?«

Er hebt seinen Mundwinkel. »Das werde ich dir zu gegebener Zeit erzählen, Severin. Und jetzt los!«

Er deutet mit seiner Waffe Richtung Tür, bevor er sich hinabbeugt und meine Fußfessel durchschneidet.

Als ich hinaustrete und das Glas vor mir erkenne, klettert bittere Säure meine Kehle hinauf. Entsetzt öffne ich den Mund und starre auf Frankfurt. Frankfurt von oben. Und ich weiß sofort, wo wir sind.

Meine über alles geliebte Frau,

ich schäme mich so sehr, denn ich habe versagt. Ich konnte meinen kleinen Bruder und deine Schwester nicht beschützen. Vor diesen Gottlosen, die nichts als sinnlose Gewalt und Tod über die Unseren gebracht haben. Die diese schändliche Bluttat auf unschuldige Kinder auf dem Weg zur Schule ausgeführt haben und sich noch mit Gewehrsalven in den Himmel dafür brüsten, Elend und Tod in unser Leben zu tragen. Seit so langer Zeit.

Ich hätte auf dich hören und rechtzeitig meiner Heimat, unserer Heimat, den Rücken kehren sollen. Irgendwo ins gelobte Land gehen. Nach Deutschland zu meiner Schwägerin. Zu meinem Zwillingsbruder, denn ich bin sicher: ich hätte all diese bösen Gedanken, die ihm falsche Menschen in den Kopf gepflanzt haben, mit meiner Hilfe vertrieben, und wir hätten ein gutes Leben führen können.

Ja. Weit weg von der geliebten Heimat. Weit weg von den Verwandten, von den Freunden. Aber in Frieden.

Meine über alles geliebte Frau: Verzeih mir. Das, was unverzeihlich ist. Was niemand verzeihen kann. Was ich mir selbst niemals werde verzeihen können.

Mit welcher Überheblichkeit habe ich die Welt betrachtet? Mit welchem Gleichmut hingenommen, dass die Fratze des Feindes immer längere Schatten auf uns geworfen hat. Wie oft habe ich nachts auf dem Dach unseres Hauses gehockt und am dunklen Horizont die Blitze der Raketen und die Feuer gesehen. Mit angstvoll zusammengekniffenen Augen. Wie oft bin ich dann hinunter gegangen, habe meiner Tochter und meinem Sohn mit dem Zeigefinger sanft über die Nase gestrichen und geflüstert: Keine Angst. Ich beschütze euch!

Wie oft? Zu oft.

Und dann bin ich zu dir ins Bett geschlichen, meine über alles geliebte Frau, und habe sehr wohl gespürt, wie sehr dein Körper gezittert hat. Vor Angst. Habe dich dann wortlos umschlungen und schweißgebadet die weiße Decke unseres Zimmers angestarrt. So lange, bis ich überall rote Flecken gesehen habe. Blutflecken. Und mir vornahm, dieses Leben zu ändern.

Aber ich habe nicht gehandelt, wie ein Mann handeln muss. Habe mich doch wieder ängstlich verkrochen und dafür einen unsagbar hohen Preis bezahlt. Wie viel würde ich dafür geben, wenn ich noch einmal die Chance bekäme, alles richtig zu machen. Nicht den Worten der Ältesten blind zu vertrauen und für den Frieden zu beten, statt aufzustehen und den Kriegern auf beiden Seiten Einhalt zu gebieten.

Mein Leben würde ich dafür geben. Glaub mir. Ohne eine Sekunde zu zögern. Aber ich fürchte, dies ist jetzt wieder nur eine Träumerei. Wer könnte den blutrünstigen Kriegern Einhalt gebieten, wenn die ganze Welt genüsslich zuschaut, wie unser Volk sich abschlachtet? Ich? Wohl kaum.

Ja. Hätte mein Talent gereicht, um meine alte graue Welt gegen eine neue schillernde einzutauschen, dann würde mein Wort jetzt vielleicht in der Welt gehört werden. Vielleicht.

Vielleicht auch nicht. Aber ihr wäret in Sicherheit. Müsstet nicht tagein, tagaus um euer Leben bangen. Könntet mit euren Freunden zusammenkommen und sagen, was euch bewegt. Ohne Angst, verraten zu werden. Könntet wählen, ohne ein Gewehr im Rücken zu spüren. Könntet lernen, was immer ihr erlernen wollt. Könntet euren Glauben leben, ohne befürchten zu müssen, es ist nicht genug, was ihr tut. Könntet Fremde freundlich willkommen heißen. Ohne Angst, dass sie unter eurem Dach nach eurem Leben trachten. Könntet wann immer ihr wollt den Himmel betrachten, ohne Angst, dass eine Rakete vor euren Augen explodiert und die Metallsplitter eure Körper in tausend Fetzen reißen. Könntet in Frieden leben, ohne Angst vor jedem neuen Tag.

Mein Gott, was habe ich getan! Was habe ich euch genommen? Was gibt mir das Recht, von meiner Liebe zu euch zu sprechen. Nichts mehr!

KAPITEL 7

23. DEZEMBER 2020, 00.20 UHR

LYDIA

Ein rascher Blick auf die Uhr zeigt mir, dass meine Einschätzung richtig war. 20 Minuten von Zeilsheim zum Stadion – um diese Uhrzeit und zu Corona-Zeiten kein Problem. Eigentlich ärgere ich mich sogar, dass ich nicht schneller war. Severin hätte die Strecke in 15 Minuten geschafft. Jedenfalls hätte er das gesagt und dabei die Motorhaube seines Mustangs getätschelt. Oder er hätte eine Abkürzung genutzt. Was weiß ich. Auf jeden Fall ist dieses Getätschel lächerlich. Er mochte dieses Auto eigentlich gar nicht. Schlimmer noch: Er hat es gehasst, weil sein Dad es ihm vor die Tür gestellt hat. Aber inzwischen steht er drauf, damit anzugeben. Dieser Idiot.

Ich bin mit dieser Fahrzeit äußerst zufrieden. Das abschätzige ›Sind Sie sich sicher?‹ dieses Hauptkommissars, nachdem ich seine Frage, wie lange ich wohl von Zeilsheim zum Stadion brauche, forsch mit ›20 Minuten‹ beantwortet habe, klingt mir noch im Ohr. Wie auch immer: Ich bin ja froh, dass er mir nicht geraten hat, gemütlich mit Papa ein bisschen Fernsehen zu schauen und ihn seine Arbeit machen zu lassen. Stattdessen hat er mich gebeten, zum Stadion zu kommen, weil es dort wohl tatsächlich einen Vorfall gegeben hat. Ob er endlich begriffen hat, dass Severins Anruf garantiert kein Fake war?

Ich biege von der Mörfelder in den dunklen Weg zum Stadion ab. Langsam, vorsichtig. So als könnte es sein, dass hier noch bösartige Heckenschützen auf mich lauern. »Quatsch, Heller! Mach hier nicht das Mädchen«, brülle ich mich im Spiegel an. Hier ist niemand. Die Parkplätze rechts und links sind leer. Gespenstig leer. »Lydia Heller, du bist hier schon Hunderte Male nachts rein- und rausgefahren. Kein Grund, panisch zu werden«, versuche ich mein Spiegelbild zu beruhigen. Dann packe ich das Teil und drücke die Abblendfunktion. Mag ja sein, dass ich die seltsame Angewohnheit habe, Selbstgespräche in Form von Interviews zu führen. Aber nicht jetzt!

Im Lichtkegel vor mir taucht die Schranke auf. Jedenfalls das, was von ihr übrig geblieben ist. Der größte Teil liegt ein paar Meter weiter am Rand des Weges. *Mein Gott. Was war hier los?* Ich versuche, konzentriert zu bleiben und die nächste Panikattacke gar nicht erst aufkommen zu lassen. Vergeblich. Der Gedanke an Severin, der wahrscheinlich vor einer knappen Stunde hier durchgefahren ist, weil er unbedingt irgendwelche Attentäter verfolgen musste, statt seinen verdammten Hintern in den Greifvogel zu schieben, sich grenzenlos abzufüllen und drei Tage ins Koma zu fallen, lässt meinen Magen erneut rebellieren. *Warum muss dieser blöde Kerl eigentlich immer mit dem Kopf durch die Wand?*

Das gleißende Blaulicht vor mir reißt mich aus meinen Gedanken: *Polizei.* Und schon dehnt sich das merkwürdige, beklemmende Gefühl in meiner Magengegend aus. Ich muss schlucken. Wie damals, als plötzlich im Stadion alle Lichter ausgingen und das Gesicht von Vera auf der Anzeigentafel erschien. Es ist jetzt fast genau ein Jahr her, dass diese tödlichen Rätsel Sev und mich durch die Stadt gehetzt haben. Damals war hier auch alles in dieses furchtbare zuckende Blaulicht gehüllt.

Ein Beamter hält mir seine Kelle vor die Motorhaube. Zwingt mich stehenzubleiben. Ich kurbele das Fenster herunter, um ihm zu erklären, dass ich erwartet werde. Von Hauptkommissar … *ich habe den Namen vergessen. So ein Mist.*

»Hier können Sie nicht weiter«, rasselt der Uniformierte mit grimmigem Blick herunter. »Die Spusi muss ihre Arbeit machen.«

»Die Spurensicherung!«, entgegne ich mit Tatort-Kennerwissen. »Müssten die nicht eher in der Geschäftsstelle ihre Spuren suchen?« Eigentlich weiß ich gar nicht, warum ich nicht einfach meine Karre abstelle und die paar Meter zu Fuß laufe, statt mich auf Diskussionen einzulassen.

»Na ja. Junge Frau. Ich fürchte, da sind die Kollegen natürlich auch und das mit ganz großem Besteck. Große Sache hier … Oder haben die Eintracht-Bonzen einfach nur alle Corona-Regeln außer Kraft gesetzt und sind sich im Suff ein bisschen in die Haare geraten? Würde mich jetzt nicht wirklich wundern«, grinst er blöde und beugt sich dabei zu mir runter wie der Glöckner von Notre-Dame. »Und wer sind Sie noch mal schnell?«

Der Bulle wird mir von Sekunde zu Sekunde unsympathischer und die Geschichte immer mysteriöser. *In was ist die Eintracht, in was ist Sev da bloß hineingeraten?*

»Am besten, Sie stellen Ihr Auto hier ab und melden sich da oben bei dem Kollegen.« Er deutet ein paar Meter die Rampe hinauf auf einen jungen Mann, der direkt unter einem der offenbar eilends herbeigekarrten Scheinwerfer steht. Davon gibt es eine ganze Menge, und wieder schießt mir der schale Gedanke durch den Kopf: *Was um Himmels willen ist hier passiert?*

Der Polizist weist mir mit seiner Kelle einen Parkplatz zu und ich bin absolut sicher, wie wichtig er sich in diesem Moment fühlt. Ich kenne diese Typen, die es im Leben nicht wirklich weit gebracht haben, und dann mit Vorliebe Frauen ihre Macht demonstrieren müssen. Seitdem ich im Präsidium den Aufgabenbereich ›Gleichstellung und sexualisierte Gewalt‹ verantworte, habe ich offenbar nur noch mit genau diesen miesen Typen zu tun. Ein merkwürdiger Magnetismus.

»Wunderbar. Danke. Der Kollege dort?« Ich deute auf den jungen Mann unter dem Flutlicht. »Genau – *Mer*bolt. Der hat ein paar Streifen *mehr*«, grinst er und haut sich mit der Hand auf die Schulter. »Kommissar-Anwärter Hans Merbolt. Wenn der Ihnen nicht helfen kann, weiß ich auch nicht weiter.«

Ich drehe mich angewidert weg und gehe auf den Mann unter dem Lichtkegel zu, nestele meinen Ausweis heraus und stelle mich vor: »Lydia Heller. Ich sollte herkommen. Hat Kriminalhauptkommissar … sorry, ich habe mir seinen Namen nicht gemerkt … irgendeine Stadt im Taunus …!«

»Homburg. KHK Homburg, oder?« Dabei zückt er sein Notizbuch und geht mit dem Finger offenbar eine Liste durch. »Ah. Hier. Heller. Sind Sie die Pressesprecherin?« Seine Stimme klingt verdammt jung, aber hinter der Maske kann ich das nicht so genau einordnen. ›Ein paar mehr Streifen‹, hat der andere gesagt. Also kann er keine zwanzig mehr sein. Wahrscheinlich eher so mein Alter.

»Stellvertretende Pressesprecherin und Vizepräsidentin des Vereins, bitte.« Ich beiße mir mit Schmackes auf die Lippe. *Lydia Heller. Das hättest du dir sparen können.*

»Ja«, sagt die sympathische Stimme hinter der Maske, schaut von seinem Büchlein auf und kann sein Grinsen nicht verbergen: »Ich weiß! Tschuldigung! Frau Vizepräsidentin.« Das V … i … z … e lässt er dabei auf der Zunge zergehen und ich bin mir nicht sicher: Hat er Spaß daran, mich aufzuziehen oder ist er einfach nur genervt, weil ich ihn so überheblich verbessert habe?

»Alles gut«, antworte ich verwirrt. Dass sich bei mir jemand entschuldigt, gehört eher zu den seltenen Ereignissen meines Eintracht-Daseins. Und sein Grinsen hat mich verlegen gemacht.

Er macht mit einer fast schon galanten Bewegung den Weg frei und deutet auf die Eingangstür der Geschäftsstelle. Besser – was von ihr übrig ist. »Herr Homburg erwartet Sie.«

Ich komme mir vor wie in einem falschen Film. Sissi, die junge Kaiserin oder so. Den habe ich ein paar Mal mit Papa gesehen und fand den Großvater, der immer so getan hat, als sei er schwerhörig, echt cool. Und der Polizist vor mir kommt mir gerade vor wie der Oberst Böckl, der Adjutant der Kaiserin, der auch immer so herrlich unterwürfig war. Und eigentlich nur furchtbar verliebt. *Wobei ich nicht davon ausgehe, dass dieser Herr Merbolt sich in mich verliebt hat. Herrgott, was denke ich da eigentlich wieder für einen Unsinn zusammen?* Vielleicht spielt mir mein Unterbewusstsein diesen Streich, um zu verhindern, dass ich ständig darüber nachdenke, wie ich Severin erreichen kann. Um zu hören, dass es ihm gut geht.

Der Anblick des Eingangsbereichs bringt mich schlagartig zurück ins Leben. Die Scheibe der Tür ist zersplittert. Auf dem Flur liegen überall Scherben herum. Die Vase, die Max von den Chinesen geschenkt bekommen hat, ist in tausend Teile zersprungen. Hier muss ein Kampf stattgefunden haben, schießt es mir durch den Kopf. Hier hat sich eindeutig jemand mit Leibeskräften gewehrt. Gegen was oder wen auch immer. Überall stehen Polizeibeamte herum. Die Mitarbeiter der Spurensicherung in ihren weißen Overalls haben Nummern aufgestellt. Vor dem Empfangstresen untersuchen sie einen dunklen Fleck auf dem Boden. *Ist das Blut?* Einer der Beamten macht Fotos, ein anderer sprüht irgendeine chemische Substanz auf den Fleck. *Sie wollen bestimmt sehen, ob es wirklich Blut ist,* schießt es mir durch den Kopf.

Ich gehe an der Kaffeeküche vorbei. Am Boden liegt etwas. Abgedeckt. Wie damals in der Tiefgarage. Aber das ist kein Mensch. Viel zu klein für einen erwachsenen Menschen. Eine Blutlache. Wer um Gottes willen bringt denn sein Kind mit zu einer Weihnachtsfeier? Eine Frau im weißen Overall tritt auf mich zu. »Sind Sie von der Eintracht?« Ich nicke apathisch. »Vielleicht können Sie?«, will sie wissen und zieht das weiße Tuch zur Seite.

»Country! Nein. Nicht Country!«, schreie ich entsetzt auf. Erics Hund. Die Schweine haben ihn mit einem Messer getötet. Es liegt direkt neben ihm. Die Beamtin deutet mit einem fragenden Blick darauf. Ich verstehe. »Ja. Gehört zur Küche«, mache ich einen Schritt auf die Arbeitsplatte zu, öffne die Schublade und zeige ihr den Platz, wo die Messer aufbewahrt werden. Sie nickt. »Welches Schwein würde, statt zu schießen, nach einem Messer suchen, um einen Hund zu töten?«, frage ich entsetzt. »Vielleicht sollte es lautlos geschehen. Aber wir wissen es noch nicht.« Ich höre das, was sie sagt, wie aus weiter Ferne. Wie in Trance und gleichzeitig distanziert. So als würde mein Kopf sich langsam selbst ausschalten.

Eine Hand legt sich auf meine Schulter. Zieht mich weg.

»Da links, bitte!« Ich habe gar nicht bemerkt, dass mich Merbolt begleitet hat und jetzt direkt hinter mir steht. Er schiebt mich aus der Küche hinaus und dann durch eine halb offene Tür in Max' Büro.

»Ah. Fräulein Heller. Schön, dass Sie sich die Zeit genommen haben!«

Ich schaue den Mann vor mir erstaunt an. *Ist das Homburg?*

»Hauptkommissar Homburg. Fräulein Heller. Wir hatten telefoniert.«

Die Welt ist wirklich winzig und spielt ihren Bewohnern merkwürdige Streiche. Es ist keine zwei Stunden her, dass mir mein Vater nach mehr als 30 Jahren endlich gebeichtet hat, wo er und meine Mutter sich tatsächlich zum ersten Mal begegnet sind – nicht im berüchtigten Dorian Gray am Flughafen sonntagmorgens am Ende einer langen Technonacht, sondern nur ein paar Meter von der Stelle entfernt, an der Alfred Herrhausen ermordet wurde. In Bad Homburg. Und jetzt steht ausgerechnet ein Polizist mit dem Namen Homburg vor mir und ist offenbar meine einzige Chance, etwas über Severin zu erfahren. Was ihm passiert ist – und ob er lebt. Und dann bringt es dieser Hauptkommissar Homburg auch noch fertig, mich innerhalb eines Atemzuges gleich zweimal mit Fräulein anzusprechen.

»Sagen Sie einfach Lydia.«

Ich habe keine Lust, ihm den Unterschied zwischen der Anrede Fräulein und Frau zu erklären, Das habe ich im letzten halben Jahr zu oft gemacht. »Lydia genügt.«

Treffer versenkt. Seine Augen zeigen mir, dass er verblüfft ist. Damit hat er wohl nicht gerechnet. Und wahrscheinlich hält er das jetzt für ein Zeichen von Vertrautheit. Dabei ist es mir einfach nur lieber, er sagt Lydia als Fräulein Heller. Noch lieber wäre es mir freilich, ich würde endlich aus diesem Albtraum erwachen.

»Äh. Also. Fräulein Lydia …«

»Einfach nur Lydia, bitte!«

»Ja. Also: Lydia ... Wir haben telefoniert. Sie haben diesen Anruf bekommen von Herrn Klemm, nicht wahr?« Sein ›nicht wahr?‹ zeigt mir deutlich, der Mann weiß nichts oder er will mir nicht sagen, was er weiß.

»Sagen Sie mir doch endlich, was los ist, Herr Homburg«, flehe ich beinahe.

»Das ist nicht so einfach ... Lydia. Wir wissen es nicht, aber wir werden es herausfinden. Vertrauen Sie mir.«

»Ich soll Ihnen vertrauen? Wirklich? Wie stellen Sie sich das vor. Ich kann ja nicht mal Ihr Gesicht sehen. Mit Ihrer scheiß Maske!«

Jetzt ist Homburg noch verwirrter. Er schnappt mich am Arm und zieht mich aus der Glastür hinaus auf die Tribüne. Wie oft habe ich mit Max hier gesessen und wir haben uns ausgetauscht. Haben Strategien ausbaldowert und dabei auf die mächtige Lichtanlage über dem Rasen geschaut. Der heilige Frankfurter Rasen, den keiner betreten darf, der nicht keimfrei ist. Weil er ja sonst irgendein Rasenvernichtungsbakterium einschleppen könnte. Das gab es schon und ruckzuck war der Rasen gelb und musste ausgetauscht werden. Macht rund 100.000 Euro. Darauf kann jeder Finanzchef eines Fußballvereins gerne verzichten.

Ich schüttle meinen Kopf. Über mich selbst und meine Gedanken und um mich wach und zurück in die Gegenwart zu rütteln. *Wie kann man in dieser Situation über den Rasen im Stadion nachdenken?*

Ich ziehe mein Handy aus der Tasche und starre darauf. Weil ich so sehr hoffe, dass Severin anruft und mir sagt, dass alles okay ist.

»Herr Klemm wird nicht anrufen.« Der Ton von Homburg lässt mein Blut gerinnen. »Nein? Woher wollen Sie das wissen?«

»Sein Handy ist abgestellt. Wir gehen davon aus, dass die Täter es entdeckt haben. Aber das heißt ja nichts«, beeilt er sich zu sagen. An meinen Augen hat er wohl erkannt, was der Satz ›Herr Klemm wird nicht anrufen‹ bei mir auslöst. Panik macht sich für einen Moment lang breit. Weil sich ›er wird nicht‹ für mich anhört wie ›er kann niemals mehr‹. Polizisten könnten ein wenig empathischer mit Menschen umgehen.

»Sorry. Das wollte ich nicht!« Homburgs Stimme klingt plötzlich sehr sanft. Er hat seine Maske abgenommen und schaut mich fast schon besorgt an. Ich muss lächeln. Hat er meine Gedanken gelesen? Oder einfach nur erkannt, dass sein Satz völlig daneben war?

»Schon gut. Sie tun auch nur Ihre Arbeit.«

Seine linke Augenbraue erhebt sich fast unmerklich und ich weiß sofort: Diesen Satz will niemand gerne hören. Ich könnte mich ohrfeigen.

»Tut mir leid. Es ist für mich nicht normal, so dumm daherzureden.«

»Schon gut. Die Situation ist ja nun auch alles andere als normal.«

Die Tür wird aufgerissen. »Herr Homburg. Hier ist Ober …«

Weiter kommt der Kollege nicht. Severins Vater schiebt sich an ihm vorbei durch die Tür.

»Sie sind Homburg? Gestatten, Klemm. Oberstaatsanwalt Klemm«, rasselt Severins Vater herunter. Fehlt nur noch, dass er die Hacken zusammenschlägt.

»Schön«, sagt Homburg: »Wir haben auf Sie gewartet. Dann kann's ja jetzt losgehen.« Mit diesen Worten setzt er seine Maske wieder auf und ruft dem Kollegen nach: »In drei Minuten Lagebesprechung. Am besten gleich hier im Büro. Sagen Sie bitte den anderen Bescheid!«

Ich blicke von einem zum anderen und fühle mich plötzlich sehr klein.

Der Oberstaatsanwalt unterbricht das Schweigen. Jetzt erst scheint ihm aufzufallen, dass ich hier bin.

»Lydia? – Haben sie dich erreicht oder warst du hier dabei?«

Er scheint noch gar nichts zu wissen von Severins Anruf und dem, was im Theatertunnel passiert ist. Ich schaue ihn mit großen Augen an und bin sehr froh, dass Homburg für mich in die Bresche springt.

»Sie ist hier, weil sie einen Anruf Ihres Sohnes bekommen hat. Er war offenbar hier, als das passiert ist, und hat die Täter bis in den Theatertunnel verfolgt.«

»Severin? Aber der wollte doch mit seinen Freunden einen netten Abend haben? Er war doch vorhin noch bei uns.«

»Und ist dann hierhergefahren, um sich mit seinen Freunden zu treffen. Wegen Mics Todestag ...«, erkläre ich und zögere, »hier sind dann offensichtlich irgendwelche vermummten Gestalten aufgetaucht, in die Geschäftsstelle eingedrungen und haben – ich weiß nicht wen – entführt oder als Geisel genommen oder ... ja, was eigentlich? ... Und sind dann wohl geflüchtet.« Ich mache einen Moment Pause. Gehe einen Schritt auf Severins Vater zu. »Severin ist hinterher. Hat sie verfolgt, mich unterwegs angerufen und seinen Standort gesendet. Deshalb weiß die Polizei, dass im Theatertunnel irgendetwas passiert sein muss.«

»Wir haben dort ein ausgebranntes Fahrzeug und den Wagen Ihres Sohnes vorgefunden«, ergänzt Homburg. »Aber keine Toten oder Verletzten.«

Severins Vater braucht offenkundig ein paar Sekunden, um das Gehörte zu verdauen.

»Warum macht der Junge immer wieder sowas?«, murmelt er, »warum?«

Trotz der Maske ist zu sehen, dass alles Blut aus seinem Gesicht gewichen ist, er ist kreidebleich. Seine Augen, die eben noch energisch geblitzt haben, sind leer.

Ich scheiße auf Corona und nehme ihn in den Arm. »Er hat gesehen, dass diese Schweine seinen Freund Tim haben. Deshalb ist er hinterher. Ihr Sohn würde einen Freund niemals im Stich lassen«, flüstere ich ihm zu.

»Wir wissen nicht genau, was dort im Tunnel passiert ist. Die Kollegen sind dabei, die Bilder der Überwachungskameras auszuwerten. Lassen Sie uns reingehen, dann bekommen wir das auf den großen Bildschirm«, unterbricht Homburg und deutet auf die Glastür.

Severins Vater zuckt mit den Schultern. Sein Körper bewegt sich aus der Hüfte leicht nach vorne. Seine Beine bleiben stehen. Der Kopf schnellt dann abrupt zurück. Homburg und ich schauen uns an. Es braucht keine weitere Verständigung zwischen uns. Er schlüpft eilig durch die Tür und lässt uns einen Moment.

Ich löse meine Umarmung und schüttle Severins Vater an beiden Schultern. »Wir müssen in Erfahrung bringen, was passiert ist. Nur so können wir Severin helfen. Sie müssen diese Schweine kriegen, Herr Oberstaatsanwalt!«

Er schaut mich mit großen, angstvoll aufgerissenen Augen an. Severin müsste ihn so sehen. Dann würde er vielleicht das harte Urteil über seinen Alten überdenken. Er hat immer nur den kantigen, rechthaberischen Juristen und das überlebensgroße Familienoberhaupt gesehen. Ich sehe einen Menschen, der in diesem Moment einfach nur unsagbare Angst verspürt. Aber ich bin gleichzeitig sicher, er wird sich, wie sein Sohn, berappeln und schließlich in den Angriffsmodus wechseln. So sind die Klemms einfach. Wie der Sohn, so der Vater.

Und tatsächlich: Es dauert ein paar tiefe Atemzüge, dann gewinnt der Oberstaatsanwalt die Oberhand.

»Danke. Lydia. Du hast recht: Wir müssen die Schweine kriegen.« Mit diesen Worten bahnt er sich den Weg an mir vorbei zur Tür und kehrt zurück in seine andere Welt.

Ich folge ihm in das Büro von Max, das jetzt eher aussieht wie bei einer PC-Schulung, und bin dankbar, dass mir Kriminalhauptkommissar Homburg mit einer Handbewegung einen Stuhl anbietet. Die Bilder, die wir gleich zu sehen bekommen, sind im Sitzen wahrscheinlich besser zu ertragen.

Drei Beamte sind noch damit beschäftigt, die Technik aufzubauen und alles zu verkabeln. Homburg nutzt die Zeit. Sicher auch, weil er weiß, dass keiner hier Lust darauf hat, auf einen schwarzen Bildschirm zu starren und sich im Kopf seine eigenen Bilder zu machen.

Wieder wird die Tür einen Spalt weit aufgerissen und ein Kopf erscheint. Es ist dieser Merbolt. Er strahlt dienstbeflissen. »Herr Homburg. Hier ist eine Frau Lacker. Kommissarin Lacker vom K14. Sie sagt, Herr Klemm habe sie hergebeten. Weil sie die Eintracht-Verantwortlichen von einem anderen Fall her gut kennt.«

Severins Vater sieht auf. Er wirkt immer noch etwas aus der Spur gebracht. Winkt dem Beamten zu. »Ja, ja, Frau Lacker. Soll reinkommen. Jetzt erst recht.«

Dabei bemerkt er sehr wohl den fragenden Blick von Homburg als auch meine veränderte Körperhaltung.

»Ich habe sie im Polizeipräsidium getroffen, als der Anruf kam, und ihr gesagt, es ginge um die Eintracht. Da hat sie gefragt, ob sie die langweilige Nacht vor Heiligabend nicht mit ein bisschen Action aufpeppen könnte. Ich wusste nicht, dass Severin damit etwas zu tun hat«, versucht er ihren Auftritt zu erklären. Es sieht fast so aus, als täte ihm seine Entscheidung leid.

Währenddessen rattert es in meinem Kopf: *Das Verhältnis von Severin zu Jules war im Hause Klemm offenbar bestens bekannt und*... ich will gar nicht weiterdenken. Dass zwischen ihr und Severin mehr war als das übliche Techtelmechtel eines spätpubertierenden Ex-Hooligans mit seinem ärgsten Feind, wusste ich. Da konnte Severin erzählen, was er wollte. Und diese Sprachnachricht, nachdem er die Beziehung angeblich beendet hatte, hat ja Bände gesprochen. Auch wenn das bei Sprachnachrichten durchaus Sinn der Sache ist, hätte ich vielleicht ein bisschen länger darüber nachdenken sollen. Statt mich bedröppelt in mein Schneckenhaus zurückzuziehen. Es ist Sev nicht leichtgefallen, die Beziehung zu beenden. Weil sie ihn wirklich liebt und er viel zu spät bemerkt hat, dass seine Gefühle nicht reichen. Aber er hat es getan. Für mich?

Jetzt steht Jules in der Tür und ich muss mich wirklich bemühen, ihr die Tiefschläge, die sie in den nächsten 30 Sekunden wird einstecken müssen, nicht zu gönnen.

Lydia Heller. Sei keine eifersüchtige Hexe, schreit mein Kopf. Mein Bauch schweigt.

»Okay«, sagt Kriminalkommissar Homburg: »Zur Sache. Gegen 19 Uhr hat Lydia Heller«, dabei deutet er auf mich, und Jules hebt kurz ihren linken Arm, weil sie jetzt erst wahrgenommen hat, dass ich auch im Raum bin, »einen Anruf von Severin Klemm erhalten, in dem er mitgeteilt hat, dass es hier in der Geschäftsstelle von Eintracht Frankfurt einen Überfall gegeben hat.«

Homburg zögert. »Und weiter«, fordert ihn Severins Vater zum Weitersprechen auf. Ich schaue zu Jules, die an ihrer Maske herumnestelt. Ihr Gesicht ist aschfahl.

»Frau Heller hat uns dankenswerterweise sofort angerufen. Aber leider wurde ihr Anruf erst mit Verzögerung an mich durchgestellt. Ich habe, da ich Frau Hellers Aussage als sehr glaubhaft eingeordnet habe, die Bilder der Überwachungskameras angesehen, und tatsächlich ein paar Merkwürdigkeiten registriert.«

»Merkwürdigkeiten?« Jules Stimme klingt anders, als ich sie in Erinnerung habe. Unsicher. Zittrig. So ganz und gar nicht nach einer taffen Polizistin.

»Ja. Vor der Einfahrt von der Seite Hauptbahnhof aus war eine Baustellensperrung aufgestellt. Also Barken und Warnsignale. Aber es gibt natürlich einen Tag vor Weihnachten keine Baustelle im Tunnel. Und im Inneren konnte ich einen offenbar beschädigten roten Wagen und einen brennenden Van erkennen. Wir haben daraufhin sofort ein paar Streifen dort hingeschickt.«

»Mit welchem Ergebnis?« Dem Tonfall zu urteilen, hat sich Klemm offenkundig wieder im Griff.

»Der Van ist scheinbar durch eine Autobombe in die Luft gejagt worden. Aber: Alle Insassen müssen vorher rausgelassen worden sein. Jedenfalls haben wir nichts gefunden. Keine Leichenteile und auch keine Verletzten. Niemanden.«

»Und was ist mit Severin?« Warum ich das Selbstbewusstsein habe, hier als Gast diese Frage zu stellen, weiß ich nicht. Jules nickt leicht. Severins Vater hustet, bringt dann ein ruppiges »Ja. Weiter. Los! Homburg. Spannen Sie uns nicht auf die Folter!« heraus.

»So wie es aussieht, gab es ein Handgemenge. Wir haben Blut gefunden. Aber die Menge spricht nicht für eine gefährliche Verletzung. Eher wie das Ergebnis einer typischen Schlägerei. Sagt die Spusi. Unter Vorbehalt natürlich. Genaueres frühestens morgen Vormittag, wenn die Spurenlage eindeutig ist.«

»Aber da unten gibt es doch Kameras?«, Severins Vater ist offenkundig mit den Ergebnissen nicht zufrieden. Ich bin fast sicher: Da fehlt nicht viel und er würde Homburg ans Schlawittchen gehen.

Doch der behält die Contenance: »Die gibt es, Herr Oberstaatsanwalt. Natürlich. Aber die wurden manipuliert. Wir haben keine Bilder von den Vorgängen im Tunnel zwischen 19.20 und 19.40 Uhr. Warum die Täter die Störung dann wieder rausgenommen haben ... keine Ahnung. Aber das war kein Zufall. Sie wussten, was sie tun. Nur so viel scheint klar: Mit zwei der drei Vans, mit denen sie im Stadion waren, sind sie offenbar weitergefahren. Die versuchen uns an der Nase herumzuführen.«

Es klopft. Kommissar-Anwärter Hans Merbolt steckt den Kopf herein. »Sorry, wenn ich störe, aber wir haben sie!«

Homburg schnellt herum. »Wen haben wir?«

»Die Kollegen haben die Kameras in der Umgebung des Tunnels kontrolliert und die Täter erwischt. Sie haben wohl gedacht, sie können uns veräppeln. Aber nicht mit uns, aber sowas von nicht mit uns!«

»Merbolt«, raunzt Homburg seinen jungen Kollegen an.

»Ja, sorry. Wir haben sie natürlich irgendwo im Osten der Stadt vermutet. In der Hanauer oder sogar Richtung Fechenheim. Aber nein. Sie sind einfach dreimal um die Ecke gefahren und stehen jetzt vor dem Commerzbank Tower am Kaiserplatz. Schau'n Sie selbst. Wir spielen Ihnen die Live-Bilder auf den Monitor.«

»Super. Merbolt. Danke. Gute Arbeit. Sagen Sie das bitte auch den Kollegen.« Merbolts Schulterbereich wird ein paar Zentimeter breiter und der ganze Kerl ein Stück größer. Jedenfalls kommt es mir so vor.

Der Bildschirm flackert kurz auf. Dann sehen wir zwei Vans vor dem Bankenturm, der gut 200 Meter in den Nachthimmel ragt. Immerhin das viertgrößte Hochhaus Deutschlands, wie ich von Severin weiß, der im vergangenen Jahr mächtig von der Pressekonferenz des FFC dort geschwärmt hat. »Du kannst dir nicht vorstellen, wie es ist, da oben aufs Klo zu gehen. Als Kerl. Nicht in einer Kabine, sondern mit freiem Blick von oben hinunter auf die City. Du hast das Gefühl, du strullerst auf den Hauptbahnhof«, hat er gefeixt. »Was passiert da?«, frage ich vorsichtig.

»Die Kollegen sind seit genau 4 ½ Minuten vor Ort und beobachten den Platz. Es tut sich nichts.« Homburg räuspert sich kurz und fragt dann nach der aktuellen Lage. Das Krächzen des Funkgeräts macht die Szene gespenstig. »Keine Aktion an den Fahrzeugen. Over«, hören wir eine unbekannte Stimme. »Sollen wir vorrücken?«

Vorrücken? Nachdem die Schweine bereits ein Auto in die Luft gesprengt haben? Ich weigere mich, mir auszumalen, dass Severin, Tim und die anderen Geiseln in den Fahrzeugen sitzen und beim Vorrücken der Polizei eine Sprengladung gezündet wird. »Bitte nicht«, flüstere ich flehend und schaue dabei Severins Vater an. Er wird das nicht zulassen, oder?

»Können wir denn nicht erst mal definitiv feststellen, ob in den Fahrzeugen Menschen sind? Zum Beispiel mit einer Wärmebildkamera?« Er will offenbar ebenfalls kein Risiko eingehen. Ich blicke zu Homburg. Versuche, aus den Augen des Einsatzleiters zu lesen, auf welcher Seite er steht. Da mischt sich Jules ein. »Das würde viel zu lange dauern, bis die Kollegen das Gerät vor Ort hätten«, sagt sie mit erstaunlich fester Stimme. War klar. Polizistin durch und durch. Selbst die Tatsache, dass ihr Exfreund vielleicht unter den Geiseln ist, kann sie nicht schocken.

Ich flehe den Himmel an, dass wenigstens Hauptkommissar Homburg ein Einsehen hat, und vergesse fast, dass meine Stimme hier überhaupt nicht zählt und selbst Jules Meinung kaum Gewicht haben dürfte. Aber: Homburg weiß genau, dass seine Entscheidung mit ziemlicher Sicherheit das Leben des Sohnes des Oberstaatsanwalts gefährden könnte. Auf seiner Stirn haben sich Schweißtropfen gebildet. Er schluckt und wischt sie mit dem Ärmel weg. Dann richtet er sich auf. »Versetzen wir uns doch mal in die Täter. Wenn sie ihre Opfer umbringen wollten, hätten sie das im Theatertunnel getan. Ohne, dass wir hätten zuschauen können. In dem explodierten Wagen war auch niemand, das war nur Show. Nein, nein, nein. Da sitzt niemand drin. Das sind keine Terroristen. Das sind Entführer. Die gewinnen mit dem ganzen Zauber hier nur Zeit, um an einen für sie sicheren Ort zu gelangen. Die wollen uns ablenken. Und genau das müssen wir verhindern.«

Das nachfolgende Schweigen liegt bleischwer auf uns allen. Jules nickt stumm. Severins Vater schüttelt fast unmerklich den Kopf. Nur ich bin noch nicht überzeugt. »Und wenn sie doch in den Fahrzeugen sitzen und die Täter nur darauf warten, dass Ihre Männer sich nähern?«

»Ja. Was dann, Lydia? Dann können die Kollegen natürlich abwarten und wir hocken am Zweiten Weihnachtsfeiertag noch hier.« Jules Stimme klingt plötzlich aggressiv. *Will sie mir und der ganzen Welt beweisen, dass sie sich nicht durch persönliche Gefühle in ihren Entscheidungen beeinflussen lässt. Ausgerechnet jetzt?*

Ich blicke wieder zu Homburg. Sehe, in welch furchtbarem Dilemma er steckt. Sehe auch, wie sich die Ader an seiner rechten Schläfe immer weiter herauspresst. Und wie er zum Funkgerät greift. »Vorrücken!«, lautet sein knapper Befehl. Dann schaut er mich fast entschuldigend an und hebt die Hand in Richtung des großen Bildschirms. Als wolle er sagen: ›Seht, was ich getan habe.‹

»Vorrücken. Verstanden!«, antwortet die Stimme und im gleichen Moment zerschneidet gleißendes Licht die Szene. Für einen Moment ist auf dem Bildschirm gar nichts zu sehen. Dann zucken einzelne Blitze und lassen den Karlsplatz taghell erscheinen. Durch das Funkgerät hören wir drei, vier gewaltige Explosionen. »Mein Gott. Sie haben alles in die Luft gesprengt, KHK Homburg. Noch bevor wir vorgerückt sind, haben sie gesprengt«, schreit die Stimme. Laufgeräusche, ohrenbetäubendes Knallen, Schreie. Dann ein gurgelnder Laut und die verzweifelte Frage: »Sehen Sie das?« Dann schwenkt die Kamera von den brennenden Fahrzeugen und einigen Polizisten, die sich von Trümmerteilen getroffen schreiend am Boden wälzen, weg nach oben. Zur Spitze des Bankenturms. Mein Atem stockt. Ich habe das Gefühl zu ersticken. Halte mir den Mund zu, um nicht loszuschreien. Die Spitze des Towers brennt lichterloh. Immer wieder erhellen kleinere Explosionen den Abendhimmel. Eine mächtige Glasscheibe schliddert die Fassade entlang nach unten wie ein Steinchen, das man übers Wasser springen lässt. Brennende Metallteile knallen krachend auf die Erde.

KAPITEL 8

23. DEZEMBER 2020, 20.31 UHR

SEVERIN

Ich blinzle, während ich erkenne, wo wir uns befinden. Im Fernmeldeturm. Meine Knie geben nach, aber ich kämpfe dagegen an, die Schwäche zuzulassen.

»Ich will, dass du zusiehst, wie ich beginne«, sagt Assad und scheucht seinen vermummten Gehilfen weg, während er mich weiter nach vorne an das Glas drängt. Meine Kehle verkrampft sich. Ein lautes Knacken lässt mich zucken. Ein Lautsprecher. Dann ertönt die Stimme eines Kindes.

»Stille Nacht, heilige Nacht…«, singt es. Und auf einmal sehe ich vor mir eine Explosion und Feuer. Ich reiße die Augen auf. Gehe näher an die Scheibe, als könne ich es so verhindern, aber ich sehe machtlos dabei zu, wie die Spitze des Commerzbank Towers brennt. Ich sinke auf die Knie. Durch die Lautsprecher hallt immer noch diese unendlich zarte Kinderstimme.

»Stille Nacht, heilige Nacht!
Alles schläft, einsam wacht
nur das traute, hochheilige Paar.
Holder Knabe im lockigen Haar,
schlaf in himmlischer Ruh,
schlaf in himmlischer Ruh.«

»Bring ihn weg!«, sagt Assad und ein weiterer Vermummter tritt hervor und packt mich grob am Arm.

»Waren da Menschen drin?«, schreie ich ihn an und versuche, gegen seinen Griff anzukommen.

Assad sieht mich nachdenklich an. »Es stört dich also, wenn hier in deiner Heimat Bomben hochgehen«, stellt er eher fest, als dass es eine Frage ist.

»Natürlich!«, knurre ich und balle meine Hände zu Fäusten.

»Es interessiert aber keinen von euch, dass so etwas in meinem Land tagtäglich passiert. Dass Schulen und Kindergärten hochgejagt werden. Kinder brennen.« Nun ist seine Stimme nicht mehr gleichgültig. Zorn flackert in seinen Augen auf.

»Bring ihn jetzt weg. Ich brauche ihn gleich wieder.«

Der Vermummte zerrt mich durch den runden, gläsernen Raum, bis er eine Tür öffnet. Im Raum erkenne ich die anderen Geiseln. Unter ihnen auch Gustav und Hel. *Gott sei Dank. Sie leben.* Ganz im Gegenteil zu … *Tim.* Doch dann sehe ich auch ihn. Ich öffne meinen Mund, um etwas zu sagen, aber meine Beine geben nach und ich sinke in mich zusammen. Der Griff des Mannes wird stärker und hält mich aufrecht. Und dann sieht auch Tim mich an.

»Was machst du hier?«, fragt er entgeistert und steht auf.

»Ey! Du bleibst sitzen!«, brüllt meine Begleitung ihn an. Er hat keinen Akzent.

»Und du!«, spricht er dann mich an und schubst mich in den Raum. »Bleib sitzen, bis ich dich hole.« Mit diesen Worten schließt er die Tür.

Ich stürme auf Tim zu und umarme ihn. Drücke ihn so fest, dass er quietscht. Aber mir ist es egal. Ich dachte, ich hätte ihn verloren. Ich dachte, er wäre tot. Jetzt ist kein Platz für den unterkühlten Severin, der ihm einen Spruch drückt.

»Du bist mein bester Freund«, sage ich, was ich mir so sehr gewünscht habe, noch sagen zu können.

»Okay, aber deshalb musst du mich nicht zerquetschen«, lacht Tim. »Ich liebe dich auch.«

»Du musst es nicht übertreiben, Mobby Dick«, sage ich mit einem Zwinkern und wende mich dann Gustav und Hel zu. Auch sie hätten tot sein können. Erleichterung durchströmt mich. »Geht es euch gut?«

Hel nickt nur geistesabwesend und Gustav verzieht den blutenden Mund.

Ich sehe zu den anderen Geiseln. Neben dem Präsi erkenne ich nur den Mannschaftsarzt. Die zwei Frauen und drei Männer, die noch dabei sind, kenne ich nicht.

»Schläft der etwa?«, frage ich mit erhobenen Brauen, als ich Eric beobachte.

»Die haben ihm was gespritzt, weil er nicht aufhören wollte, sie in irgendwelche Gespräche zu verwickeln«, erklärt Tim. »Was ist hier los, Severin?«

Ich erzähle ihm, was passiert ist. Zumindest das, was ich mitbekommen habe, lasse aber meinen Schmerz über seinen vermeintlichen Tod weg.

»Wir sind im Fernmeldeturm?«, hakt er viel zu laut nach.

»Psst«, mache ich, um die anderen hier nicht zu verunsichern.

»Die haben die Spitze des Commerzbank Towers abgefackelt. Ich glaube, die meinen es echt ernst.«

»Wirklich, Sev?« Tim schaut mich ungläubig an. »Dafür brauchst du ein brennendes Hochhaus? Wir sind ihre Geiseln.«

»Ja ja«, murmele ich genervt und sehe mich um. Aber wonach eigentlich? Soll ich etwa durch einen Lüftungsschacht abhauen und Hilfe holen? In 200 Metern Höhe? Ganz bestimmt.

Ich verziehe den Mund und lasse meinen Blick weiter kreisen. Wieder entdecke ich diese Metallkisten. *Was haben die hier hochgeschafft? Oder sind das Überbleibsel von früher? Und was wollen die mit diesen Drogen hier oben?*

»Was passiert da draußen?«, fragt die Frau, die ich nicht kenne, und setzt sich zu uns.

»Lisa«, stellt sie sich vor.

»Ich bin Severin«, entgegne ich und mustere ihre blutgetränkte blonde Strähne.

»Was wollen die von uns?« Ihre Stimme bebt.

»Das werden wir noch früh genug erfahren«, mischt sich der Mann ein, der neben Lisa gesessen hat.

»Aber wir kommen doch hier raus, oder?«, fragt Lisa, als könnte ich das wissen. Aber welcher Entführer verschanzt sich in einem 200 Meter hohen Turm, wenn er Lösegeld erpressen will und dann alle freilässt? Er würde in der Falle sitzen. Doch diese Vermutung behalte ich für mich. Denn es bedeutet, dass der Entführer entweder nur für sich oder für uns alle kein schönes Ende geplant hat. Mir wird eiskalt.

»Du bist der Kerl aus der Presse, der ständig irgendwelche Fälle für die Polizei löst, oder?«, fragt der Mann und verengt seinen Blick.

»Ja, ist er«, übernimmt Tim für mich. »Hat der Entführer irgendetwas gesagt?«, wendet er sich dann flüsternd an mich.

»Er hat nur darüber geredet, dass sich niemand für sein Schicksal interessiert hat, und offensichtlich kommt er aus einem Land, in dem Krieg herrscht.«

»Syrien?«

Ich zucke mit den Schultern. Es gibt sicher noch eine Menge andere Länder auf der Welt, in denen gerade Krieg herrscht. Viel zu viele. Mein Kopf brummt.

»Was ist in der Geschäftsstelle passiert?«, richte ich mich an Tim.

»Ich wollte mir gerade etwas zu essen holen, als ich ein paar Gestalten gesehen habe, die auf uns zukamen. Dann ist auch schon eine Rauchbombe oder sowas explodiert, und ich konnte kaum noch was sehen. Nur hören.« Sein Blick wandert zu Eric, und obwohl der schläft, senkt er seine Stimme. »Und die haben seinen Hund getötet. Einfach so.« Er schluckt und verzieht das Gesicht. »Dann haben sie uns gepackt, uns Säcke über den Kopf gestülpt und uns in die Vans gesteckt.«

»Und dann?«, hake ich nach. »Was ist im Tunnel passiert?«

»Sie haben uns rausgeholt und durch irgendeine Tür da herausgeführt.«

Ich verziehe den Mund. Und bevor ich noch etwas sagen kann, geht die Tür wieder auf.

»Es ist so weit!«, sagt Assad und deutet auf mich. »Komm!«

Ich atme tief durch und stelle mich seinem siegessicheren Blick, als er mich vor dieser Kiste stehen sieht. *Hat er mitbekommen, dass ich in einem dieser Blechdinger seine Drogen gefunden habe? Weiß er etwa von meiner Sucht? Will er, dass ich die Kontrolle verliere? Nein, das ist unmöglich. Ich bin zufällig hier.*

»Du, du und du, ihr kommt auch mit!«, befiehlt er Lisa, dem Mannschaftsarzt und Tim. Meine Lider zucken. Was will er von ihnen?

Wir folgen ihm hinaus, zusammen mit vier bewaffneten Typen, fahren eine Etage nach oben und kommen in einem leeren Raum ohne Fenster an, in dem eine Kamera und einige Laptops aufgebaut sind. Ansonsten gibt es hier nichts. Keine Transportkisten. Nur nackte Betonwände.

»Was wird das, Assad?«, spreche ich ihn direkt an. Seine Miene bleibt starr.

»Das ist mein Spiel. Und meine Regeln, Severin Klemm.«

Ich schlucke die heiße Spucke, die sich in meinem Mund sammelt, und straffe meine Haltung. Wenn er spielen will, spiele ich. Nur, dass er definitiv in der besseren Position ist. *Und warum zum Teufel sagt er ständig meinen Namen? Ich erinnere mich, dass ich mich ihm damals mit meinem vollen Namen vorgestellt habe. Aber was hat er davon?*

»Als ich dich vorhin in dem Tunnel gesehen habe. Gesehen habe, wie du um dein Leben kämpfst, habe ich entschieden: Du wirst mein Sprachrohr und meine Marionette sein, Severin Klemm. Und du hättest es verhindern können. Wenn du dich an mich erinnert hättest. Dann hätte ich dir die Freiheit geschenkt.«

»Auf die scheiße ich, wenn du gleichzeitig meine Freunde in deiner Gewalt hast.«

Assad nickt bedächtig. »Tapferer Severin. Aber jetzt genug. Stell dich da hin!« Er deutet auf einen Punkt vor der Kamera, der mit einem weißen Kreuz markiert ist.

Ich will mich weigern, einen Aufstand machen, aber das hat keinen Sinn. Die Waffen sind auf mich gerichtet und noch schlimmer ist, dass Tim und diese Lisa bei mir sind.

»Ihr beiden stellt euch hinter ihn!«, weist er die beiden an und schiebt dann den Mannschaftsarzt in die Mitte hinter mich. Er nimmt einen Zettel aus seiner Tasche und gibt ihn mir. Zögernd entfalte ich diesen und lese die Worte darauf. Mein Herzschlag beschleunigt sich. »Das lese ich nicht vor.«

»Doch, das wirst du.«

Assad winkt und seine Männer richten ihre Waffen wieder direkt auf mich.

»Nein!«, sage ich mit fester Stimme.

»Nein?«, fragt er und grinst bitter. Dann winkt er in Tims Richtung und die Gewehrläufe ändern ihr Ziel. Meine Kehle schnürt sich zu.

»Es war schön zu sehen, wie sehr du dich über das Überleben deines besten Freunds gefreut hast«, sagt Assad und ich begreife, dass dieser Bastard eine Kamera in dem Raum hat. *Gut gespielt, Severin. Du hast ihnen Tim auf einem scheiß Tablett serviert.*

»In Ordnung«, brumme ich dann resigniert. Meine Augen suchen auch diesen Raum ab. Aber hier gibt es nur die Tür hinter Assad. Und ich habe keine Ahnung, wie wir hier runterkommen würden, selbst wenn wir fliehen könnten.

»Warum machst du das?«, frage ich direkt heraus, weil mir nichts Besseres einfällt.

Assad schnauft. »Weil ich es kann.«

»Und deshalb bringst du Menschen in Gefahr? Feuer mit Feuer bekämpfen? Ist es das, was du willst? Ein Freier für einen Freien, ein Sklave für einen Sklaven? Eine Frau für eine Frau?«

Assads Blick verengt sich, als ich den Koran zitiere.

»Ich mache das hier nicht für einen Gott. Ob meiner oder deiner.«

»Für wen dann?«

»Das wirst du noch erfahren, Severin Klemm.« Er benutzt meinen Namen wie eine Waffe. Nur, um mir zu verdeutlichen, dass er mich besser kennt als ich ihn. Dass er mehr weiß. Aber vor allem, dass er sich an mich erinnert und ich mich nicht an ihn.

»Und jetzt: lies!« Er geht einen Schritt auf die Kamera zu. »Und wenn du auch nur eine einzige Silbe sagst, die nicht dort niedergeschrieben steht, stirbt dein Freund.«

Ich schlucke bittere Galle, dann drückt er den Knopf und die Kamera leuchtet rot. Ich starre in das Objektiv. Hinter Assad hebt ein vermummter Mann, der am Laptop sitzt, den Daumen. »Wir sind live.«

Live. Mein Herz rast. Ich kann kaum geradeaus denken. Angst ummantelt mich und drückt zu. Erdrückt meine Brust und lässt mich ersticken. Doch dann hole ich Luft und lese, was auf dem Zettel steht.

»Menschen sind keine Ware. Schicksale sind nicht egal. Oder?« Ich presse die Lippen aufeinander. »Ihr, die ihr euch doch so fromm an eure Gesetze haltet, brecht sie. Denn in eurer schönen Fußballwelt sind Menschen genau das. Eine Ware, die verkauft wird. Ein Mensch, der geschätzt und an den Meistbietenden verkauft wird. Wie das Vieh auf dem Markt. Wer gibt euch das Recht, aus einem Menschen einen Spieler zu machen. Nicht nur einen Fußballspieler, sondern eine Spielfigur auf eurem geldgeilen, perfiden Spielfeld.«

Ich hole zitternd Luft.

»Aber gut. Hier sind wir. In einer Welt, in der ihr die teuren Spieler hochleben lasst und die wertlosen auf den Müll werft. In der ihr sie so lange zu Objekten macht, bis sie selbst vergessen, wer sie eigentlich sind. In der sie sich umbringen, weil sie sich nicht mehr verstecken können.

Ihr habt diese Welt erschaffen. Ihr alle. Aber wollen wir doch mal sehen, liebe Eintracht, was ihr zahlen werdet, wenn es um das Leben eurer Leute geht.

Also … hiermit ist der Transfermarkt eröffnet. Ihr kennt euer Spiel nur zu gut: Eine Geisel für eine Transfersumme. Und die erste Summe, die bezahlt werden muss, um eure Geisel zu bekommen, ist die von Mark-Oliver Kempf, der gerade für Stuttgart im Pokal spielt. Sein höchster Marktwert lag bisher bei acht Millionen Euro und genau diese Summe verlange ich. Ihr werdet das Geld auf ein Offshore-Konto überweisen. Die Daten werden euch in dieser Sekunde eingeblendet. Zeit habt ihr, bis in Stuttgart zur Halbzeit gepfiffen wird. Keine Sekunde länger. Ansonsten erhöht sich der Preis. Und damit nicht nur die Summe.«

Ich starre weiter auf das Blatt Papier in meiner Hand. Auch wenn dort kein weiteres Wort mehr steht. Ich kann nicht aufsehen. *Diese Summe wird niemand bezahlen.* Kalter Schweiß rinnt meinen Nacken hinunter.

KAPITEL 9

23. DEZEMBER 2020, 20.46 UHR

LYDIA

Lydia Heller! Warum heulst du eigentlich? Severin lebt. Das ist doch das Wichtigste, oder?«

Ich schiebe meinen Kopf ein gutes Stück näher an den Spiegel vor mir. Betrachte mich und bin mir nicht ganz sicher, ob ich das eigentlich bin. Diese rot unterlaufenen Augen. Die hässlich verwischte Wimperntusche. Tränensäcke. Selbst meine Haare sehen eher aus wie ein … ›Wischmopp‹, würde Severin sagen und ich muss wieder grinsen. Wie ein bekloopptes Honigkuchenpferd. *Er lebt.*

»Frau Heller. Kann es sein, dass Ihr Kleinhirn den Geist längst aufgegeben hat. Sie haben es nur noch nicht mitgekriegt?«, frage ich das ramponierte Gesicht im Spiegel. Ich weiß, es ist eine superblöde Angewohnheit von mir, mich selbst zu interviewen. Vor allem, weil ich es ja nicht im Kopf mache, sondern mir manchmal sogar ein imaginäres Mikrofon hinhalte. Natürlich nur, wenn es keiner sehen kann. Ich bin ja nicht wahnsinnig. *Oder doch?*

»Frau Heller, was würden Sie sagen: Sind Sie ein bisschen wahnsinnig?«

»Äh – wie meinen Sie das?«

»Na ja. Sie stehen vor dem Spiegel im Damenklo, halten sich ein imaginäres Mikrofon vor den Mund und stellen sich selbst Fragen, deren Antworten Sie selbstverständlich kennen. Wenn Sie mich fragen, klingt das sehr wahnsinnig, oder?«

Ich zögere einen Moment. *Soll ich antworten?* »Kein Kommentar«, gebe ich nuschelnd zum Besten, beuge mich hinunter und schaufele mir zwei Hände voll Wasser ins Gesicht. Was mein Aussehen nicht wirklich verbessert, wie ich leider feststellen muss.

Leck mich! Es gibt nicht einen klitzekleinen Grund, warum ich gut aussehen müsste. Also: Leck mich!

Severin kommt mir wieder in den Kopf. Dafür, dass ich mein Weihnachtsfest eigentlich ganz anders und vor allem ganz ohne ihn geplant hatte, schleicht er sich reichlich oft ein. Wahrscheinlich, weil er in höchster Gefahr ist. Weil ich schon zweimal innerhalb einer Stunde befürchten musste, dass er nicht mehr lebt. Oder? *Aber warum kommen mir dann Eric, Tim und die anderen nicht in den Kopf. Warum nur Severin? Wahrscheinlich nur, weil ich ihn schon so lange kenne. Viel länger als die anderen,* versuche ich, mir den wahren Grund klein zu denken. *Dieser Blödmann. Muss sich aber auch immer wieder in die dümmsten Situationen bringen. Wie damals in der Türkei.*

Ich greife zu meinem Handy. Ich muss Max erreichen. Der Einzige, der nicht bis zum nächsten Spiel am 2. Januar frei gemacht hat, ist er. Der wollte sich das Spiel in Mainz angucken und sich mit dem neuen Sportvorstand treffen. Sein Handy ist aus. Ich nehme an, genau deshalb. Die Personalie ist noch streng geheim. Da will man nicht gerne von irgendwelchen Reportern gestört werden.

Damit drehe ich mich zur Tür um und kann gerade noch so ausweichen. »Lyd!«, höre ich die Stimme von Max, der die Tür aufgestoßen hat und jetzt mit der linken Hand aufhält. »Kannst du mir bitte mal erzählen, was hier genau läuft. Ein Herr Merbolt hat mich zu einem Herrn Homburg geschickt, aber den kann ich nicht finden.«

»Du? Gott sei Dank! Habe gerade vergeblich versucht, dich zu erreichen.«

Ich drücke mich durch den Türrahmen an seinem Arm vorbei. Er packt mich mit der anderen Hand. »Lyd. Ist das wahr? Eric ist entführt worden? Das kann doch nicht sein?«, fleht er.

»Ich fürchte ja. Ich habe ihn bei Papa in Zeilsheim getroffen und er wollte direkt hierher. Das war so um sechs. Außerdem … sein Hund. Country. Sie haben ihn erstochen. In der Küche. Diese Schweine.«

Ich muss die Augen schließen, sehe aber im gleichen Moment Country unter dem weißen Tuch in der Küche liegen und rundherum das viele Blut. »Aber genau weiß ich es auch nicht, Max. Niemand weiß etwas Genaues. Nur dass Severin, Tim und einige andere in der Hand von Entführern sind, das ist eindeutig.«

»Entführer? Wieso denn Entführer. Ich dachte, es geht um einen Überfall?«

»Na ja. Der Überfall war nur der Anfang. Danach sind sie in die Stadt geflüchtet und haben als Ablenkungsmanöver ein paar Autos in die Luft gesprengt und den Commerzbank Tower zu einer Weihnachtskerze gemacht.«

Betretenes Schweigen. Max ist durch die Situation offenbar mindestens so überfordert wie ich. Ich packe ihn an beiden

Händen. »Max. Es ist so gut, dass du da bist. Es kommt alles wieder in Ordnung, hörst du. Wir müssen einfach nur tun, was sie von uns verlangen, und alles kommt wieder in Ordnung. Ganz sicher, Max.«

»Oh Gott. Warum habe ich nur zugestimmt, unser Spiel heute zu verlegen. Wir wären alle in Leverkusen gewesen und nichts wäre passiert.« Max schaut verwirrt auf das Chaos, das uns umgibt, und schüttelt den Kopf. »Ich hatte gleich so ein Scheißgefühl!«

»Glaubst du denn wirklich, das alles hier ist Zufall? Die wussten doch genau, was sie tun. Vom Überfall hier im Stadion, wo außer ein paar Eintrachtlern keiner ist, bis zum Feuerwerk auf dem Turm. Vielleicht haben sie gehofft, ein paar Spieler von uns zu erwischen. Und jetzt machen sie uns mit allen Mitteln Angst. Eine Heidenangst. Damit wir tun, was sie verlangen. Aber ein brennendes Gebäude ist immer noch besser, als wenn sie der Neuen Presse Erics Ohr schicken.«

Ich wundere mich ein wenig über mich selbst. Habe wohl doch zu viele Krimis gesehen. Von zu vielen Entführungsgeschichten gehört oder gelesen. Das mit dem Ohr war Getty III. Lange, bevor ich geboren wurde. Irgendwann in den 70ern wurde der Milliardärssohn als 16-Jähriger entführt und sein stinkreicher Großvater weigerte sich, das Lösegeld zu zahlen. Ich weiß das, weil ich im Sommer den Film ›Alles Geld der Welt‹ von Ridley Scott gesehen habe. Christopher Plummer spielt da den Getty.

»Wo haben sie dich denn eigentlich hergeholt?« Ich versuche Max abzulenken. Uns beide abzulenken.

»Die beiden Kollegen vom LKA haben mich aus dem Stadion geholt, aber nur etwas von einem Überfall auf die Geschäftsstelle erzählt. Ich dachte natürlich an Diebstahl. Als ich gefragt habe, ob nicht jemand anderes da behilflich sein kann, haben sie mir mit kryptischen Andeutungen klar gemacht, dass es besser ist, nicht weiter zu diskutieren. Also bin ich mit.«

»Und es ist gut, dass du da bist.«

Ich schaue ihn an. Betrachte sein völlig entgeistertes Gesicht. Ich kenne Max, seitdem ich denken kann, aber so habe ich ihn noch nie gesehen.

Gepolter und Stimmengewirr am Ende des Flurs zerreißen meine Gedankenwelt. Ein ganzer Trupp schwarz gekleideter Polizisten bahnt sich den Weg an den blau uniformierten Beamten vorbei in Richtung Max' Büro. »Homburg!«, grölt eine schneidende und durch und durch unsympathische Stimme: »Kriminalhauptkommissar Homburg! Himmel, Arsch und Zwirn – wo steckt denn der Kerl? Aufm Klo oder beim Kaffeekränzchen, oder was?«

Die Männer lachen auffällig laut.

»Ja. Auf der Toilette. Ihm ist das Video der Entführer auf den Magen geschlagen. Uns allen ist das Video auf den Magen geschlagen!« Severins Vater kommt aus der Küche. In der Hand eine Flasche Sekt, so hat er den Auftritt der Sondereinheit argwöhnisch beobachtet. Neben ihm steht Jules. Nein. Eigentlich versteckt sie sich hinter dem breiten Kreuz des Oberstaatsanwalts.

»Meusel. Polizeirat Gregor Meusel. Landeskriminalamt. Ich übernehme das hier jetzt. Besser ist es«, schnarrt die Stimme dieses Menschen durch den Raum. Mir wird schlecht. Weil ich sofort das Gefühl habe, die Chancen für Severin und die anderen, heil aus der Sache herauszukommen, haben sich soeben auf ein Minimum reduziert.

Homburg hat es ja geahnt. »Das war es für uns. Jetzt übernehmen die großen Buben, die echten Polizisten«, hat er, noch immer erstarrt von den grausamen Bildern auf dem Platz und an der Spitze des Turms, vor sich hingemurmelt. Und dann laut gesagt: »Aber das ist gut so, denn das ist ja auch wirklich eine Hausnummer zu groß für uns!«

Fast wirkte er sogar erleichtert über die Wachablösung. Jules hat bloß genickt, und nur Severins Vater hat aufbegehrt. »Kann ja sein, dass die Kollegen aus Wiesbaden jetzt eingeflogen werden, aber solange tragen Sie hier die Verantwortung«, hat er fast gebrüllt. Die Angst um seinen Sohn hatte sich in jedes seiner Worte geschlichen. Todesangst.

Homburg hat sich aufgerichtet und dann erst mal einen Bericht von der Einheit am Commerzbank Tower angefordert. »Bis die Sondereinheit des LKA hier übernimmt, bleibt es unsere Baustelle«, hat er gesagt.

»Offenbar ist die Sprinkleranlage losgegangen und verhindert zumindest, dass sich das Feuer weiter ausbreitet. Die Feuerwehr trifft gerade ein. Sie wollen hoch und sehen, was zu machen ist. Die Autos hier auf dem Platz … phht – keine Chance. Das eine brennt noch, das andere haben wir mit unseren Feuerlöschern gelöscht. Over!«

Ich habe dann nur gedacht: *Spinnt der. Der kann doch jetzt nicht einfach ›Over‹ in sein Funkgerät plärren und uns keine Information darüber geben, ob Menschen zu Schaden gekommen sind.* Meine Lippe zitterte und Severins Vater hat es dann nicht mehr ausgehalten. Er hat Homburg das Funkgerät aus der Hand gerissen und den Beamten am anderen Ende der Leitung angeschrien und gedroht, dass er ihn persönlich für alles verantwortlich macht. Völliger Quatsch, aber der hat dann relativ kleinlaut gemeldet, sie hätten keine Verletzten gefunden. Keine Verletzten und auch keine Toten. »Nur drei Beamte wurden durch herumfliegende Trümmerteile getroffen«, sagte er schließlich vor seinem nächsten ›Over!‹.

Einen Moment lang herrschte dann fast so etwas wie Jubelstimmung. »Ja!«, hat Severins Vater gebrüllt, und Jules strahlte mich selbstbewusst an. So als wollte sie sagen, siehst du, kleine Pressesprecherin, unsere Entscheidung vorzurücken, war genau richtig. Angriff ist die beste Verteidigung.

Nur Homburg sagte nichts und ließ sich in Max fetten Ledersessel fallen.

Eine ganze Weile herrschte atemlose Stille und wir blieben alle unseren Ängsten überlassen. Bis Polizeianwärter Merbolt völlig aufgeregt reinkam und sagte, wir müssten uns ›das‹ unbedingt anschauen. ›Das‹ war eine Videobotschaft. Dann hat er an der Fernbedienung herumgefingert und Severin war plötzlich zu sehen.

Homburg fand danach als Erster seine Sprache wieder. »Wann spielen die Stuttgarter?«, schrie er Merbolt hinterher.

»20.45 Uhr«, kam die prompte Antwort. Homburgs Gesichtsfarbe änderte sich schlagartig von weiß in aschfahl. »Das heißt, die Entführer wollen bis 21.30 Uhr acht Millionen Euro. Das ist absolut hirnrissig. Wo sollen wir in weniger als einer Stunde acht Millionen Euro herbekommen?«

Das ist jetzt eine halbe Stunde her und seitdem hat sich eigentlich nicht viel getan. Was mir bereits den zweiten Heulkrampf eingebracht hat. Und ich bin ziemlich sicher, dabei wird es nicht bleiben.

Homburg hat viel herumtelefoniert. Mit dem Polizeipräsidenten, dem LKA, sogar dem Innenministerium. Das Ergebnis hatte vor wenigen Minuten seinen Auftritt. Polizeirat Meusel.

»Was hältst du von dieser Truppe?« Severins Vater hat sich hinter mir aufgebaut. Die Flasche Sekt immer noch in seiner

Linken. Was auch immer er damit wollte. Es war schon ein völlig verrücktes Bild, als er da im Türrahmen mit der Flasche stand. Gerade so, als gäbe es irgendetwas zu feiern.

»Kein gutes Gefühl«, raune ich ihm zu. »Typen wie ihn kenne ich von den Gesprächsrunden mit der Stadion-Security. Großes Maul …« Weiter komme ich nicht. Meusel hat mich entdeckt und deutet mit ausgestrecktem Arm auf mich.

»Wer sind Sie eigentlich. Und viel wichtiger: Was machen Sie hier?«

»Lydia Heller. Stellvertretende Pressesprecherin der Eintracht und …«, ich verschlucke den Rest. »Und …?«, bohrt Meusel nach. »Und nix!«, antworte ich leise.

»Okay. Und was wollen Sie dann hier?« Ich überlege einen Moment, ob ich einfach Homburg vorschiebe. Er hat mich schließlich gebeten herzukommen, überlege es mir aber anders. »Ich arbeite hier, kenne mich aus und habe einen Generalschlüssel. Vom Vorstand war zu diesem Zeitpunkt niemand zu erreichen. Und es ging anfänglich ja auch darum festzustellen, was hier in der Geschäftsstelle passiert ist. Ob beispielsweise etwas gestohlen wurde.« Meine Stimme zittert leicht und ich ärgere mich, dass ich mich vor diesem arroganten Arsch verteidige. Homburg springt mir zur Seite.

»Frau Heller ist außerdem diejenige, die von Severin Klemm während der Verfolgung angerufen wurde. Sie kennt ihn seit vielen Jahren persönlich sehr gut. Da dachte ich …«

»Ach, Homburg. Denken soll man den Pferden überlassen. Es ist ja schön und gut, dass Frau Heller den … wie … Klemm … ach ja … kennt, aber deshalb hat sie hier in der Einsatzzentrale noch lange nichts zu suchen.« Damit wendet er sich wieder an mich: »Also gibt es hier vielleicht einen Raum, in dem Sie sich das Video in aller Ruhe ansehen können? Einmal, zehnmal, hundertmal, bis Ihnen irgendetwas am Verhalten von Severin Klemm auffällt, das uns vielleicht weiterhilft?«

»Tims Büro«, sage ich mit einem kalten Lächeln. Wobei ich eigentlich viel mehr Lust hätte, diesen Herrn Oberrat eigenhändig zu erwürgen. Er fordert mich mit einer Handbewegung auf, zu verschwinden, aber so leicht wird er mich nicht los. »Halten Sie es nicht für besser, ich schaue mir das Video hier an? Tims Büro ist dort hinten am Ende des Flurs. Soll ich Sie wirklich jedes Mal rufen, wenn ich glaube, etwas gesehen zu haben? Und dann kommen Sie angeflitzt und stellen fest, da war gar nichts?«

Ich befürchte, mit dem Wörtchen ›angeflitzt‹ habe ich mir ein heftiges Echo verdient. Aber nein. Er nickt zwei, drei Mal und deutet dann auf den Fernseher in Max' Büro und die beiden eilends aufgebauten Monitore daneben. »Aber das hier muss alles frei bleiben!« Ich habe das Gefühl, jeder Satz von ihm endet mit einem Ausrufezeichen.

»Kein Problem. Ich lasse noch einen Bildschirm reinschaffen«, sagt Homburg und schaut zu Merbolt. Der saust sofort los.

Meusel klatscht dreimal in die Hände. »Na gut, Männer. Dann mal los. In spätestens zehn Minuten will ich hier eine Kommandozentrale haben, die ihren Namen verdient. Außerdem brauche ich den Polizeipsychologen und den Spezialisten für Entführungen. Schmieder, die Labertasche. In 22 Stunden ist bei Meusels daheim Bescherung. Bis dahin werden wir das kleine Problem hier ja wohl aus der Welt geschafft haben. Wenn ich bitten darf.«

Wie an der Strippe gezogen setzen sich die Schwarzuniformierten in Bewegung. Und eins muss man ihnen lassen. Im Gegensatz zu der Truppe, die ich bei meiner Ankunft hier vorgefunden habe, scheinen die Männer ein klares Ziel zu verfolgen und genau zu wissen, was sie tun.

Meusel greift sich Severins Vater und zieht ihn zur Seite. Die beiden flüstern und ich ahne, was dort gerade passiert. Der Oberstaatsanwalt wird wegen Befangenheit nach Hause geschickt. War klar – sein Sohn ist schließlich direkt betroffen. Er widerspricht nicht einmal, nickt nur und wendet sich schließlich in Richtung Ausgang ab. Dann bekommt er von Meusel noch eine Breitseite. »Und, Klemm: Das ist nichts gegen Sie. Wissen Sie ja. Da sind mir die Hände gebunden. Also fahren Sie nach Hause und trösten Sie Ihre Gattin. Wir sagen Bescheid, wenn alles vorbei ist.«

Für einen Moment streckt Wolfgang Klemm seinen Körper. Wirkt nicht mehr wie ein alter Mann, dem das Herz herausgerissen wurde, sondern kraftstrotzend. Für einen Moment. Dann sinkt er wieder in sich zusammen und trottet davon.

»War das wirklich nötig?«, fragt Homburg, aber Meusel winkt nur mit der flachen Hand ab. »Homburg. Passen Sie auf. Das hier ist mein Spiel. Punkt. Ich bestimme, was gemacht wird. Machen Sie sich lieber Gedanken um Ihre Kollegin. Kommissarin Lacker war ja wohl gut bekannt mit Klemm Junior. Wenn ich recht informiert bin.« Meusel grinst schäbig und schlägt mit der flachen Hand auf seine Faust. »Intim, oder?«

Echt widerlich! Auch wenn ich Jules nun nicht gerade zu meinen Freundinnen zähle, krampft sich mein Magen zusammen. Niemals zuvor bin ich einem solchen Menschen begegnet. So viel steht fest. Und das, obwohl man im Fußball schon dem einen oder anderen Fiesling über den Weg läuft. Mir wird regelrecht übel. Aber gleichzeitig wächst auch die Bewunderung für die Arbeitsweise dieses Sondereinsatzkommandos. Meusel muss bereits auf dem Weg hierher umfangreich über die Sachlage und alle Beteiligten informiert worden sein. *Und er reagiert schnell und kompromisslos. Er hat keine Zeit für Debatten,* denke ich, und das beruhigt. Dieses Monster, das Severin und die anderen in seiner Gewalt hat, braucht einen gewieften Gegenspieler. Auch ein Monster eben. Sonst sind sie alle verloren.

Meusel macht keine Anstalten, Jules ebenfalls nach Hause zu schicken. »Ihre Verantwortung«, raunt er Homburg zu. Der nickt und deutet auf die Uhr. »21.25 Uhr. Gleich Halbzeit. Was sollen wir tun?«, will er wissen.

»Als Erstes machen Sie mal den Fernseher an. Wollen mal sehen, wie lange in Stuttgart noch gespielt wird. Dann schauen wir uns in aller Ruhe das Ende der ersten Halbzeit an. Es gibt keine Alternative, denn die Order von oben ist eindeutig und klar: Mit Erpressern wird nicht verhandelt. Never!«

Dieses ›never‹ klingt für mich wie ein Todesurteil. Und zum ersten Mal fange ich an zu frieren. Alles an mir schüttelt sich. Ich spüre, dass ich am ganzen Körper zittere und versuche, mich krampfhaft zu beherrschen. Vergebens. Meusel mustert mich amüsiert. »Das hier ist schon ein bisschen was anderes als so ein Fußballspielchen mit 22 Kerlen, die alle den Ball haben wollen, nicht wahr, Fräulein Heller«, grinst er mich dreckig an und verzieht seinen Mund dabei so, als ekele ihn Fußball einfach nur an.

Er erinnert mich an Christopher Plummer in dem Getty-Film. Er spielt den überaus hartherzigen Großvater, der sich lange weigerte, das Lösegeld zu zahlen, sehr eindrucksvoll.

»Da. Sehen Sie. Es gibt zwei Minuten Nachspielzeit.« Homburg deutet aufgeregt auf die Zeitangabe auf dem Bildschirm und zieht sich einen Stuhl bei. Alle anderen rücken näher an den Fernseher heran. Die Spannung im Raum ist jetzt greifbar und auch Homburg ist offenbar ganz und gar nicht wohl in seiner Haut. Kein Wunder: Die Bilder, die wir bisher zu sehen bekommen haben, lassen nicht vermuten, dass die Entführer unsere Tatenlosigkeit einfach nur hinnehmen werden. Wie also werden sie diesmal versuchen, ihren Drohungen Nachdruck zu verleihen? Wird Severin noch einmal als ihr Sprachrohr herhalten müssen? »Clever«, hat Homburg nach dem ersten Video gesagt. »So haben wir keine Chance, die Entführer zuzuordnen. Sie wollen uns offenbar sehr bewusst im Dunkeln darüber lassen, wer sie sind.«

Jetzt gerade fingert er unablässig an seinem Ohr herum und wieder kommt mir dieser Getty in den Sinn. »Bitte nicht«, murmele ich. *Nicht Severins Ohr…* Mein Herz schlägt brutal gegen meine Brust.

Ganz anders Polizeirat Meusel. Sein Gesicht ist entspannt und er hat beide Hände ausgebreitet. Breitbeinig steht er vor dem Bildschirm. So als müsse er ein Oratorium dirigieren.

»Dann wollen wir doch mal sehen, wie pünktlich unser Freund ist.«

KAPITEL 10

23. DEZEMBER 2020, 20.49 UHR

SEVERIN

Die bezahlen das niemals!«, wispert Lisa hinter mir, als die Kamera bereits aus ist. Assad redet mit dem Mann hinter dem Laptop und ich halte einfach weiter das Papier fest. *Das ist zu viel Geld. Und was wird Assad tun, wenn er das Geld nicht bekommt?*

»Das werden sie«, versuche ich sie zu beruhigen, was nur mäßig hilft. Sie hat nach dem letzten Satz auch begriffen, dass es einen Grund gibt, weshalb sie auch hier ist. Wenn sie nicht bezahlen, erhöht sich der Preis, und das nicht nur aufs Geld bezogen.

Ich blicke hinter mich zu Tim, der wie erstarrt wirkt.

»Assad, was wird das hier?«, gehe ich in die Offensive. Eine andere Möglichkeit sehe ich nicht.

»Wir warten«, antwortet er und kommt einen Schritt auf mich zu.

»Sie werden nicht zahlen«, zische ich, so leise es geht, damit Lisa nicht noch mehr in Panik verfällt.

»Und dafür werden sie büßen.«

»Das ist viel zu viel Geld und die Zeit war viel zu knapp.«

»Zu viel?« Assad lacht. »Diese Vereine zahlen gut und gerne das Zehnfache, wenn es um einen Topspieler geht, Severin. Denk mal an die Messis dieser Welt, die über 100 Millionen wert sein sollen. Aber für ein Menschenleben ist diese Summe hier zu hoch?« Er spuckt vor Zorn und seine Hände ballen sich zu Fäusten. Etwas, das ich so auch von mir kenne. Assad trägt diese Dunkelheit in sich, die immer wieder auch aus mir herausbrechen will. Und das alles begann, als wir diesen jungen Mann nach dem Pokalspiel in Rostock zusammenschlugen. Eigentlich stand ich nur dabei. Aber dabeizustehen und nichts zu tun, ist fast noch schlimmer. Selbst während der Uni-Zeit hatte ich oft Probleme, meine Aggressionen zu verbergen. Lyd hat mir da rausgeholfen.

Ich verenge meinen Blick, als ich an unser Spiel denke. Und an … *Nathan der Weise. Der Bruder des Sultans hieß Assad.* Ganz langsam hebe ich meine Hand und tue so, als würde ich mich an der Brust kratzen, um zu fühlen, ob sie mir die Uhr abgenommen haben, die ich für Lyd besorgt habe. Sie ist noch da. Mein Herz hämmert laut und schnell gegen meine Brust. Ich muss einen Weg finden, sie anzulegen, um Lyd eine Botschaft zu schicken. Vielleicht können sie Assads Familie finden, wenn sie seinen Namen kennt. Ich verziehe den Mund. *Welche Uhrzeit stand für Nathan der Weise?*

Ich denke nach. Versuche mich zu erinnern, wann wir uns Fragen dazu gestellt haben. Es muss 15 Uhr gewesen sein, weil wir da immer im Casino essen waren.

Aber wie soll ich unbemerkt diese beschissene Uhr anziehen und sie auf 15 Uhr stellen? Und wie zum Teufel soll ich dann die Frage unterbringen, damit sie weiß, dass es um die Figur des Bruders geht?

Severin Klemm. Denk nach. Du musst einen Weg finden. Es ist die einzige Chance, hier herauszukommen. Es vergehen Minuten, in denen ich mir einen Plan zurechtlege, ihn wieder verwerfe und einen neuen Weg suche. So lange, bis ich plötzlich aus meinen Gedanken gerissen werde.

»Gleich ist Halbzeit«, murmelt einer der Vermummten. Wieder kein Akzent.

»Sieh nochmal nach«, weist Assad den Mann am Laptop an. Er schüttelt den Kopf. »Keine Transaktion«, höre ich zum ersten Mal seine Stimme. Der Typ wiederum hat einen Akzent, aber es klingt osteuropäisch und nicht arabisch wie bei Assad. *Wie hat sich diese Truppe zusammengefunden?* Zumindest bin ich mir jetzt sicher, dass Assad die Wahrheit sagte, als er mir versicherte, dass es hier nicht um einen Gott ginge.

Es muss also etwas mit der Eintracht zu tun haben. Aber was? Weil diese Jungs ihn verprügeln wollten, als er in Frankfurt war, um bei der Eintracht vorzuspielen? Das ergibt keinen Sinn. Hat er überhaupt anschließend für die Eintracht gespielt?

»Es ist so weit!«, sagt der Vermummte, der das Spiel verfolgt, und Assad gibt mir einen neuen Zettel. Ich bin kaum in der Lage, den alten loszulassen. Als wäre er mein Anker. Aber Assad entreißt ihn mir und deutet auf das neue Blatt Papier. Dann zieht er etwas aus seiner Tasche und drückt es mir ebenfalls in die Hand. Ein Messer. Mein Magen verdreht sich. *Was zum Teufel…*

»Wir sind drauf!«, ertönt die Stimme des Kerls am PC und ich sehe in das rote Licht der Kamera.

»Keine Sorge«, lese ich und schlucke schwer. Sofort richtet einer der Männer ein Gewehr auf Tim. »Ich habe damit gerechnet, dass ihr nicht zahlt, denn ich kenne euch geldbesessenen

Bastarde. Hier also die neue Forderung. Auf dem Transfermarkt ganz neu eingetroffen: Felix Wiedwald. 2,5 Millionen. Das macht jetzt 10,5 Millionen Euro bis zum Abpfiff des Spiels.«

Ich stocke, als ich die nächsten Zeilen lese. Ein Klicken lässt mich zusammenfahren. Weitere Waffen richten sich auf Tim. *Fuck.* Ich hebe, wie auf dem Zettel befohlen, das Messer und gehe zu Lisa. Mein Puls beschleunigt sich und stolpert immer wieder. Ein unangenehmer Schauer fährt mir über den Rücken.

»Und wenn das Geld nicht bis zum Abpfiff da ist, wird sie eine tödliche Wunde davontragen – von mir«, presse ich zwischen zusammengebissenen Zähnen hervor. Lisa keucht auf und beginnt zu weinen. Der Mannschaftsarzt stöhnt erschrocken, als er zu begreifen scheint, aus welchem Grund er hier ist.

»Beeilt euch«, lese ich das Letzte vor, das auf dem Zettel steht, und starre in die Kamera. Schicke stumm den Wunsch hinaus, dass diese Idioten endlich zahlen. Ich sehe es in Assads Augen, sie wirken so starr, so undurchdringbar. Wenn das Geld nicht bis zum Abpfiff auf seinem Konto ist, wird er mich zwingen, sie zu töten. Oder er wird es selbst tun. Vor mir steht ein Mann, der, so wie es aussieht, nichts zu verlieren hat. Und das sind die Gefährlichsten.

KAPITEL 11

23. DEZEMBER 2020, 21.40 UHR

LYDIA

Es dauert einen Moment, bis die Stille nach Severins letztem Wort unterbrochen wird. »Okay, Leute. Jetzt bringt mal eure Ärsche in Bewegung. Können wir feststellen, wo das herkommt? Und vor allem, ob das eine Konserve ist, oder tatsächlich live?«, poltert Meusel.

»Nee, Chef. Keine Chance. Die spielen das über irgendeine IP-Adresse ein. Bevor wir da einen Provider überzeugt haben, dass es besser ist, die Karten auf den Tisch zu legen, ist Ostern«, antwortet einer seiner Männer.

»Scheiße!« Für einen kurzen Moment präsentiert sich Meusel nicht überheblich und siegesgewiss. Er rauft sich die Haare. Na ja, wenn man bei dieser Skinhead-Frisur von Haaren sprechen kann. Alle anderen im Raum sehen gebannt zu ihm.

Aha. Godfather, denke ich und dieser Hauch von Normalo ist auch schon wieder verschwunden. Meusel hat jetzt die Hände hinter seinem Kopf verschränkt. »Okay, Arschloch. Du willst mir also drohen. Da hast du dich aber geschnitten«, murmelt er fast unhörbar. Um im gleichen Moment erneut loszupoltern: »Wissen wir eigentlich, wer diese Frau ist? Wie wichtig sie ist? Und natürlich, ob irgendjemand auf dieser Welt bereit sein könnte, für ihr Leben 10 Millionen hinzublättern?«

Am liebsten würde ich ihm mit der flachen Hand direkt ins Gesicht schlagen. *So ein Fiesling. So ein … Arschloch.* Ich mache einen Schritt auf ihn zu, aber Jules schiebt ihre Schulter vor mich. Als wüsste sie genau, was ich nur zu gerne tun würde. Dann schaut sie mich an. »Nein. Lass. Meusel ist ein guter Mann! Der Richtige für das hier!« Ich blicke sie ungläubig an. Das kann sie doch nicht ernst meinen. Nachdem er sie vorhin so runtergeputzt hat. Mit bloßen Worten. Vor allem aber mit seiner Geste. Meine aufgerissenen Augen können sie offenbar nicht beeindrucken. »Lydia. Ich kenne ihn. Von der Ausbildung. Damals. Da war er noch frisch beim LKA. Hatte gerade eine Einheit übernommen. Immer mit großen Schritten die Karriereleiter rauf. So einer ist nicht nach jedermanns Geschmack, aber glaub mir, wenn einer diesen irren Erpresser knacken kann, dann Meusel. Er hat Erfahrung mit solchen Typen und er weiß: Wir dürfen nicht klein beigeben. Nicht schwach werden. Wir müssen das in der Hand haben. Sonst haben wir keine Chance. Er weiß das. Glaub mir. Meusel weiß das genau.«

Homburg hat die ganze Zeit geschwiegen. Jetzt rafft er sich auf: »Sollen wir noch mal mit dem Polizeipräsidenten sprechen, ob es nicht doch denkbar wäre, das Lösegeld zu zahlen?«

»Der Polizeipräsident? Welcher Polizeipräsident? Haben Sie nicht begriffen, dass kein Polizeipräsident der Welt das entscheiden könnte und – was viel wichtiger ist – es wird nicht mit Entführern und Erpressern verhandelt. Genauso wenig wie mit Terroristen. Jedenfalls nicht über Geld. Nur über meine Leiche. Basta!« Sein Kopf ist purpurrot angelaufen. »Und solange der nicht mit uns redet, sondern nur seine Filmchen schickt, geht gar nichts.«

»Aber«, wende ich ein und ernte ein barsches »Was aber?«

»Aber ... seine Drohung. Was, wenn er Lisa tötet?«, will ich wissen.

»Dann wird er das vermutlich auch tun, wenn wir ihm das Geld überwiesen haben. Und er droht munter weiter mit ihrer Ermordung und fordert noch mehr Geld. Und wenn sie tot ist, nimmt er sich euren Präsidenten vor. Aber so spielen wir dieses scheiß Spiel nicht.«

Er wendet sich ab und blickt in den grau flimmernden Bildschirm. »Schröder. Wenn wir dieses Video nicht zurückverfolgen können, wie können wir ihm dann eine Botschaft zukommen lassen? Wir müssen mit diesem Scheißkerl in Verbindung treten. Sonst können wir hier auch gleich zusammenpacken.«

»Vielleicht sollten wir die Medien einschalten. Ich gehe mal davon aus, dass er Fernsehen guckt. Wie sollte er sonst seine Drohung wahr machen. Er muss irgendwo sitzen und das Spiel in Stuttgart sehen. Nur so kann er mitbekommen, wann der Schiri abpfeift. Und ich bin sicher, er will seine Drohung pünktlich in die Tat umsetzen.« Homburg ist aufgesprungen und scheint so etwas wie die zweite Luft bekommen zu haben. Eben noch völlig apathisch, erscheint er mir fast wie aufgekratzt. Aber ich fürchte, das wird nicht lange anhalten. Meusel grinst nur blöd.

»Und wie wollen Sie innerhalb einer knappen halben Stunde eine Botschaft ins Fernsehen bringen? Mal abgesehen davon, dass jeder das sehen oder hören kann. Wollen Sie ernsthaft sagen: Meine Damen und Herren, entschuldigen Sie die Störung, aber wir müssen kurz einem fiesen Verbrecher eine Botschaft zukommen lassen. Ruf mich an!« Meusel lacht bitter auf und haut sich vor Vergnügen auf die Schenkel. »Geile Idee, Homburg! Echt geile Idee!«, grölt er. Da meldet sich Max zu Wort: »Das kann schon schnell gehen, Herr Meusel. Wir sind schließlich gut vernetzt. Die Frage ist eher, was wir sagen wollen.«

»Ja, ja ich weiß. Ihr kriegt alles hin. Scheiß Fußballer. In ganz Deutschland dürfen Silvester höchstens fünf Personen zusammen feiern, aber die Herren Fußballer dürfen am 2. Januar wieder mit 22 Mann auf dem Platz rumrennen. Mal ganz abgesehen von den Trainern und den Offiziellen. Ich würde auch gerne mit 50, 60 Leuten meinen Geburtstag feiern. Glauben Sie mir. Aber ihr seid ja was Besonderes.«

Max lässt sich durch den Wutausbruch nicht abbringen. Seitdem die Bundesliga, wenn auch ohne Zuschauer, wieder spielen darf, muss er sich mit diesem Thema nahezu täglich auseinandersetzen. Was in den sozialen Medien da abgeht – unglaublich. Und die Presse saugt die Kommentare gierig auf.

»Ich finde, wir sollten es probieren. Jedenfalls mal zu Ende denken. Also mir würde da spontan einfallen, ein Schriftband durchs Bild laufen zu lassen. Das kriegt der Sender ruckzuck hin. Ich muss nur den Sendeleiter erreichen.«

»Ein Schriftband. Nette Idee. Wir wissen ja nicht mal, ob der Entführer deutsch spricht. Wahrscheinlich nicht, sonst könnte er ja auch einfach vermummt und mit Stimmverzerrer selbst vor die Kamera treten und müsste nicht diesen Severin vor die Linse schicken. Also, Leute, nette Idee, aber das ist alles völlig hirnrissig. Vergesst es einfach!« Meusel lässt sich krachend in Max' Sessel fallen und donnert die Füße auf den Schreibtisch. Max zuckt zusammen. Überlegt offenbar einen Moment, ob er etwas sagen soll. Verkneift es sich dann aber und dreht sich fassungslos ab. Auch er kann wohl mit Meusels Art rein gar nichts anfangen.

Jules beugt sich vor. »Was ist, wenn wir das Internet abstellen? Also genau in dem Moment, wenn das Spiel vorbei ist. Dann kann er nicht senden, kann nicht sehen, ob wir überwiesen haben, und muss über einen anderen Weg, um mit uns zu kommunizieren, nachdenken.«

»Klasse«, rutscht es mir heraus. Eigentlich habe ich keine Lust, die Frau für irgendeine Idee zu loben, aber der Einfall erscheint mir machbar und gut.

»Sie halten sich da mal ganz raus«, poltert Meusel und ich bin nicht sicher, wen von uns beiden er nun meint.

Meusel winkt einen jungen Beamten heran. »Klimaschewski, mein Guter. Wenn einer die Fähigkeiten besitzt, das Internet zu löschen, dann du. Also: Hältst du das für möglich?«

»Alles ist möglich. Wir könnten entweder den Knoten knacken oder die einzelnen Provider spielen mit. Also technisch könnte es gehen. Wobei wir maximal eine halbe Stunde haben. Das ist mehr als sportlich. Und, Chef. Die alles entscheidende Frage ist: Wie lange sollen wir abschalten. Eine Minute? Eine Viertelstunde? Länger?«

»Na, mindestens eine Viertelstunde. Sonst denkt er ja, mit seiner Verbindung funktioniert etwas nicht. Er muss aber merken, dass wir die Hand im Spiel haben. Er darf keinen Zugriff mehr auf das Konto haben, verstehst du. Wenn er nicht weiß, ob das Geld eingegangen ist, kann er seine Drohungen nicht umsetzen. Nur so wird er eine Alternative suchen.«

»Ja, Boss. Aber du weißt schon, was das bedeutet. Mindestens eine Million Haushalte, Fabriken, Krankenhäuser, Bahnhöfe, Polizei und, und, und ... ohne Internet. Damit würden wir die Stadt ins Mittelalter zurückversetzen. Ganz abgesehen davon, dass die Telefonleitungen zerplatzen würden, weil jeder, also wirklich jeder, versuchen würde, irgendjemanden zu erreichen, der helfen kann. Chef, ich glaube, es passiert weniger, wenn wir einfach den Strom abdrehen.«

»Weniger, Klimaschewski? Dann passiert weniger?«

»Klaro. Wenn der Strom ausfällt, wird es irgendwann kalt, aber das dauert. Und ansonsten holen die Menschen die Kerzen raus. Ist ja eh Weihnachten und die meisten haben einen Kranz rumstehen. Und dann machen sie eben Adventsstündchen.«

»Adventsstündchen!« Meusel wiederholt Klimaschewskis letztes Wort, als hätte ein Außerirdischer zu ihm gesprochen. Dann entscheidet er: »Okay. Checken wir das.« Klimaschewski saust aus dem Zimmer, schreit im Flur nach zwei Kollegen und verschwindet mit ihnen im Besprechungsraum. Dort haben sie wohl die Einsatzabteilung aufgebaut.

»Wenn das funktioniert, kleine Lady, kommen Sie heute noch groß raus!«, wendet sich Meusel an Jules. Sie winkt ab. »Ich mache hier wie alle anderen nur meinen Job. Groß rauskommen dürfen gerne andere.« Dieser Tiefschlag sitzt, aber Meusel steckt ihn schweigend weg. *Kein bissiger Kommentar des großen Meisters*, schießt es mir durch den Kopf und ich muss daran denken, dass Jules gesagt hat, sie kenne ihn vom LKA. *Und das offenbar besser, als die beiden es uns spüren lassen,* bin ich nach diesem kurzen Wortgefecht überzeugt.

Ich gehe zu ihr und frage unverblümt. »Respekt. Eine solche Breitseite und er faltet dich nicht zusammen?«

»Alte Geschichte!«, gibt Jules ebenso offen zurück.

»Gut ausgegangen?«, frage ich nach.

»Wie man es nimmt. Für ihn schon. Weil er meinem Rat gefolgt ist.«

»Es aber als seine Idee dargestellt hat?«

»So in etwa. Aber er war ja auch der Boss. Er hätte auch den Kopf hinhalten müssen, wenn es eben nicht gut gegangen wäre.«

»Wow. Das nenne ich Loyalität.«

»Würdest du doch genauso machen, oder? Wie oft hat einer deiner Bosse hier schon dank deiner Formulierungen geglänzt?«

»Ja. Aber da geht es nie um Menschenleben. Nur um Fußball.«

»Nur um Fußball? Hast du Meusels Vortrag nicht gehört? Er hat doch recht: Ihr schnippt mit dem kleinen Finger und alles rennt.«

»Wenn das so einfach wäre«, will ich gerade ansetzen, ihr einen Vortrag darüber halten, wie schwierig das Fußball-Geschäft ist und wie viel Verantwortung und Druck dahinterstecken, Samstag für Samstag Millionen Menschen im Stadion und vor der Glotze das zu geben, was sie wollen – nämlich das volle Programm Spannung, Spaß, Emotion, Dramatik und möglichst auch noch Jubel am Ende, da kommt Klimaschewski hereingerannt.

»Geht, aber auf keinen Fall in 20 Minuten. Es muss einfach zu viel vorbereitet werden. Allein, um alle wichtigen Stellen zu informieren, damit anschließend kein Superalarm ausgelöst wird, brauchen wir eine gute Stunde. Und selbst wenn das klappt, wissen wir nicht, ob unser Mann nicht irgendwo hockt, wo es auch ein Notstromaggregat gibt. Und wenn der Bursche nicht ständig mit seiner Mama telefoniert, dürfte sein Handy-Akku sicher für eine Nacht reichen«, witzelt Klimaschewski und handelt sich für diesen Kommentar den bitterbösen Blick seines Chefs ein.

Meusel atmet wieder hörbar aus. Er schüttelt den Kopf. Beißt sich auf die Lippe. »So langsam gehen uns die Ideen aus«, klingt er jetzt erneut fast ein bisschen ratlos.

»Dann zahlen wir eben!« Max sagt diese vier Worte fast kleinlaut. Aber ich könnte ihm um den Hals fallen und nicke. »Genau, Max. Ja. Lass uns zahlen. Wir haben doch noch Reserven. Corona hat nicht alles verschlungen, oder?« Dabei stelle ich mir vor, dass Max einen Koffer voller Geld einem vermummten Kerl überreicht und die Geiseln von dessen Kumpanen im gleichen Moment freigelassen werden. Eric, die anderen und vor allem Severin.

»Nein!«, sagen Meusel und Jules gleichzeitig, bevor Max meine Frage beantworten kann. »So viel Geld, um all die Forderungen, die dann noch kommen werden, zu bezahlen, haben Sie gar nicht«, erklärt Jules. Meusel nickt. Er ist sich offenbar mit ihr in diesem Fall völlig einig. »Wir brauchen einen anderen Plan.«

In diesem Moment wird die Tür aufgestoßen und zwei Beamte schieben Kevin in den Raum. Er blutet an der Schläfe und sein Knie scheint etwas abbekommen zu haben. »Den haben wir aus dem Gebüsch gezogen. Er sagt, er wurde von bewaffneten Männern geschlagen und beschossen. Hätte sich mit einem gewagten Sprung retten können.«

»Und wer sagt das?« Meusels knurrige und damit einschüchternde Art hat offenbar System. Mit Ausnahme von Gesprächen mit seinen Männern habe ich noch kein freundliches Wort aus seinem Mund gehört. Auch bei Kevin funktioniert die Methode.

»Kevin. Kevin Müller«, stammelt er und deutet auf seine Kopfverletzung. »Ich wollte nur weg, bin diesen Abhang hinuntergesprungen und gegen einen Baum geknallt …«

»Aha. Sie wollten also nur weg. Viel interessanter aber ist doch, was Sie überhaupt dort gemacht haben«, unterbricht ihn Meusel barsch. »Äh …« Kevins Verunsicherung ist spürbar. Geht mehr und mehr in Angst über. Also entscheide ich, ihm zur Seite zu springen.

»Er, Severin Klemm und zwei weitere Freunde treffen sich am 23. Dezember hier, weil sich dort ein guter Freund vor zwei Jahren das Leben genommen hat. Sie melden das vorher bei uns, damit es keinen Ärger gibt«, flunkere ich.

»Und Sie kennen diesen Typen tatsächlich?«

»Ja, klar, hab ich doch gerade gesagt!«

Eines steht fest: Irgendwann heute Nacht werde ich diesen Typen erwürgen. Was bildet sich dieses arrogante Arschloch ein? *Was glaubt er, wer er ist*, singe ich im Geist Falcos Song und wundere mich einmal mehr über mich selbst. Warum fällt mir ausgerechnet jetzt das Lied ›Verdammt, wir leben noch‹ ein. Menschen haben merkwürdige Systeme im Kopf, um Überdruck loszuwerden. Immerhin: Kevins Gesichtszüge entspannen sich dankbar. »Ja, so war es«, sprudelt es förmlich aus ihm hervor: »Dann habe ich noch die Schüsse gehört, Sternchen gesehen und war weg. Als ich wieder wach geworden bin, habe ich mich erst mal ruhig verhalten und versucht zu erkennen, was da oben passiert. Als ich gemerkt habe, das sind nicht mehr diese brutalen Typen, sondern die Bu … äh die Polizei, bin ich hochgekrochen.«

Meusel geht auf Kevin zu. »Ja, gut. Dann danke. Damit sollten Sie vielleicht besser in die Klinik fahren«, deutet er mit ausgestrecktem Zeigefinger auf Kevins Schläfe. Der zuckt ängstlich zurück. Meusel kann sich sein Grinsen nicht verkneifen, nimmt den Finger herunter und legt ihn senkrecht auf seine Lippen. »Aber pscht! Kein Wort zu den netten Krankenschwestern. Verstanden?« Kevin nickt, nuschelt etwas von niemals würde ich auch nur ein Sterbenswörtchen sagen. Meusel wendet sich ab, hält einen Moment inne und dreht sich wieder zu Kevin. »Kein Sterbenswörtchen … Nee! Mein Lieber. Das machen wir doch anders. Wir können jetzt alles gebrauchen, aber keinen Social-Media-Storm. Und Sie machen mir nicht den Eindruck, als würde Ihnen auf die Frage, wie Sie sich verletzt haben, eine halbwegs gescheite Lügengeschichte einfallen.«

Damit winkt er einen Beamten zu sich und gibt ihm halblaut eine Anweisung. Der packt Kevin am Arm und führt ihn aus dem Raum. »Wir behandeln ihn besser hier. Die Sanitäter sind schon vor Ort«, klärt er uns mit einem Blick zur Uhr auf. An der Tür dreht sich Kevin gekonnt aus dem Haltegriff und kommt zurück: »Was ist mit den anderen. Helena, Gustav und Severin?«, will er wissen. Ich schaue betreten auf den Fußboden. »Tot?«, schreit Kevin auf. »Nein. Nicht Gustav …«, schießen Tränen aus seinen Augen. »Nein, Kevin. Nein. Jedenfalls hoffen wir es. Und Severin lebt auf jeden Fall«, gehe ich auf ihn zu und nehme ihn in den Arm. *Corona – drauf geschissen!* Ein weiteres Mal. Außerdem hat Tim mir geflüstert, dass alle getestet sind. Weil Severin das so wollte. Manchmal ist er ja doch vorausschauend.

»Es gab eine Entführung und dazu eine Drohung, aber bisher keine Verletzten oder gar Toten. Die Beamten hier haben alles im Griff. Es wird alles gut. Glaub mir. Es wird alles gut.«

Er zieht geräuschvoll die Nase hoch und wischt sich mit dem Ärmel übers Gesicht. *Vielleicht war das mit dem in den Arm nehmen doch keine so gute Idee*, meldet sich mein Hirn.

»Versprichst du mir das, Lydia«, jammert Kevin. »Erst Kat, dann Mic und jetzt auch noch Helena und Gustav … das würde ich nicht aushalten.« Severin hat er in seiner Aufzählung nicht dabei, fällt mir auf. Stimmt schon. Der gehört eigentlich auch nicht mehr zu den Eagles. Schon lange nicht mehr. Aber geholfen hat ihm das heute auch nicht. Ich schlucke.

»Können wir jetzt mal das Kaffeekränzchen auflösen«, poltert Meusel wieder los. Diesmal bin ich ihm sogar dankbar. Kevin zu trösten, passt mir jetzt nicht wirklich in den Kram. Außerdem sehe ich auf dem Bildschirm, dass in Stuttgart die Nachspielzeit begonnen hat. »Vier Minuten bleiben uns noch. Nur noch vier Minuten«, schreie ich verzweifelt. Wohl wissend, dass es keine Lösung geben wird. Selbst eine solche Überweisung ist in vier Minuten nicht machbar. Ganz abgesehen davon, dass Max eine zweite Unterschrift vom Vorstand bräuchte.

»Na, dann wollen wir doch mal sehen, was der Bursche draufhat.« Meusel hat es sich vor dem Bildschirm bequem gemacht und greift jetzt sogar zu der Sektflasche, die Severins Vater vorhin auf dem Tisch stehen gelassen hat. »Ich gehe mal davon aus, dass wir ein bisschen Blut zu sehen bekommen und eine neue Forderung. Was gilt die Wette?«

Diesmal sind alle im Raum, sogar die drei Kollegen von Meusel, sichtlich betroffen. »Herr Meusel! Sie sind … unfassbar! Da geht es um Menschen. Und Sie wollen Wetten abschließen.« Ich gehe auf ihn zu, sammle Spucke in meinem völlig ausgetrockneten Mund, räuspere mich, will ihm einfach nur ins Gesicht rotzen. Sollen sie mich doch abführen und wegsperren. »Sie sind …«, weiter komme ich nicht.

Er dreht sich zu mir herum, sein Gesicht ist zur Fratze mutiert: »Ach, Fräulein Vizepräsidentin. Sie können sich ja, wenn alles vorbei ist, beschweren«, brüllt er mir seinen muffigen Atem ins Gesicht. »Was meinen Sie, wie viele das schon vor Ihnen machen wollten. Und dann haben Sie mir die Füße geküsst, weil ich es hinbekommen habe.«

Er lacht teuflisch auf und ich blicke auf die eingeblendete Uhrzeit. Noch knapp zwei Minuten. Freiburg vor dem VfB-Tor und ich kann nur denken: *Bitte Freiburg. Bring die Kugel ins Tor. Macht den Ausgleich. Dann gewinnen wir 30 Minuten Zeit.* Aber die Freiburger stellen sich reichlich dämlich an. »Nicht noch mal quer spielen«, schreie ich den Fernseher an. Aber der Freiburger spielt quer und der Schiedsrichter pfeift ab.

KAPITEL 12

23. DEZEMBER 2020, 22.31 UHR

SEVERIN

Lisas Wimmern und Weinen lässt mich keinen klaren Gedanken fassen. Wir sitzen nebeneinander mit dem Rücken an die Betonwand gelehnt, während Assad sich mit dem Computermann unterhält und statt Zorn auszuströmen, mit jedem ›nein, das Geld ist nicht da‹ gefühlt gleichgültiger wird. Er wollte wahrscheinlich nie wirklich Geld. Hier geht es um viel mehr als das. Er will die Fußballwelt vorführen. Beweisen, dass ihnen das Spiel wichtiger ist als das Leben eines Menschen. Aber reicht das als Grund, um so etwas zu tun?

Ich vergewissere mich noch einmal, dass Assad abgelenkt ist, bevor ich in meine Innentasche greife und die Uhr heraushole. So schnell wie möglich, ohne zu hektische Bewegungen zu machen, lege ich sie an mein Handgelenk an.

Ich versuche sie zu schließen, sie ist aber so eng, dass ich Tim anstupse, der vollkommen in Trance aufsieht.

»Mach sie fest«, flüstere ich und halte ihm mein Handgelenk hin. Er runzelt die Stirn, tut aber, was ich sage, und zum Glück geht sie gerade so noch zu.

Ganz langsam drehe ich die Zeiger auf 15 Uhr und denke nach. *Wie kann ich Lydia gleichzeitig zu verstehen geben, was ich ihr aus Nathan der Weise mitteilen will? Sicher nicht anhand der Uhr, dann würde Lydia nicht begreifen, dass ich überhaupt 15 Uhr meine.* Ich denke weiter nach. Vor allem darüber, was ich noch von Assad aus dem Buch weiß. Wolf von Filnek nannte man ihn. Also zumindest kommt am Ende raus, dass Assad später als Wolf von Filnek lebte, weil er eine deutsche Frau hatte und ihr zuliebe diesen Namen annahm.

»Es ist so weit«, ertönt wieder die Stimme des Vermummten. *Ich hasse ihn. Hasse sie alle. Ich kann Lisa nicht verletzen. Wie soll ich entscheiden, ob ich sie tödlich verletze oder Tim erschießen lasse? Das kann ich nicht. Ich bin nicht Gott.*

»Assad. Es muss einen anderen Weg geben«, flehe ich, doch der ignoriert mich, winkt den Männern zu, die sofort auf uns zukommen und uns forsch zum Stehen bringen.

Assad gibt mir einen neuen Zettel und sieht auf das Messer. »Wenn du das nicht tust, Severin Klemm, dann wird nicht nur Tim sterben.« Ich verenge meinen Blick.

»Willst du wirklich alle Geiseln töten, um dann kein Druckmittel mehr zu haben?«

»Wer redet hier von allen Geiseln?«, fragt er mit schiefgelegtem Kopf und nimmt ein Handy heraus. Er drückt ein paar Tasten und hält mir dann den Bildschirm entgegen. Ich starre darauf, unendliche Sekunden, bevor mein Verstand begreift, was ich da sehe. Nein, *wen* ich da sehe. *Leonard. Mein Neffe. Was ...?*

»Woher weißt du von ihm?« Das kann unmöglich sein. Wie soll er das so schnell gemacht haben? Er weiß erst seit kurzer

Zeit, dass ich hier sein werde. Und das wirkt, als hätte er es von langer Hand geplant.

»Wo ist er?«, frage ich mit zorniger Stimme. Mein Blut kocht. Ich sehe noch mal auf das Bild. Er sitzt neben einem Stuhl und spielt mit einem alten Gameboy.

»Das spielt keine Rolle, Severin.«

Die Art, wie er meinen Namen sagt, lässt mich mehr und mehr zweifeln, dass ich aus purem Zufall hier bin. Aber diese Erkenntnis bringt mir rein gar nichts. Und sie ergibt auch keinen Sinn. Denn niemand hätte wissen können, dass ich ausgerechnet in diesem Moment beim Stadion bin. Und vor allem wurde ich liegengelassen. Noch weniger hätten sie also wissen können, dass ich ihnen folge. Es muss ein dummer Zufall sein. Oder Schicksal.

»Tu, was ich von dir verlange!«

Mit diesen Worten gibt er ein Zeichen und das rote Licht flackert auf. Ich halte das Papier so, dass meine Uhr zu sehen ist, und schaue auf den Zettel. Da steht nur ein Satz.

»Ihr habt über das Schicksal dieser Frau gerichtet, wie ihr es immer tut.«

Assad nickt mir zu und sieht dann kurz zu dem Mann am Computer. Er scheint eine größere Rolle zu haben, als nur der Hacker der Gruppe zu sein. Doch wer ist er dann? Assad wirkt unschlüssig, aber der Mann nickt ihm fordernd zu. Dann sieht Assad wieder mich an. Nicht mehr mit dieser Sicherheit, die er vorher hatte, und deutet auf Lisa. Sie weint und will vor mir wegrennen, aber eines dieser Schweine hält sie fest.

»Bitte tu das nicht!«, wimmert sie. »Bitte! Ich habe zwei Kinder. Sie haben keinen Vater. Sie haben nur mich.«

Meine Kehle schnürt sich zu. *Was soll ich tun? Wie soll ich das tun?*

Mein Magen verkrampft sich. Alles in mir sträubt sich und doch gehe ich weiter auf sie zu und hebe das Messer.

»Ein Wolf«, sage ich.

»Was?«, entgegnet sie mit bebendem Körper. Assad knurrt bedrohlich hinter mir. Aber ich muss nichts Weiteres sagen. Ich kann nur hoffen, dass Lydia die Uhr sieht. Die Uhrzeit erkennt und das mit dem Wolf versteht.

Hinter mir höre ich Schritte und dann spüre ich einen Gewehrlauf in meinem Rücken, der mich vordrängt.

Ich gehe im Kopf die wichtigsten Organe durch, aber habe ich wirklich eine Ahnung, welches man verletzen kann? Und vor allem, wo genau es liegt?

Ich erinnere mich an einen Bericht über einen Mann, der einen Messerstich in den Bauch überlebte. Aber wenn Lisa nach diesem Stich nicht sofort in ein Krankenhaus kommt, dann wird sie irgendwann an den inneren Blutungen sterben.

Was soll ich tun?

»Ich kann nicht«, sage ich und trete einen Schritt zurück. Alle starren mich an. Lisas Augen sind geweitet. Waffen werden auf mich gerichtet.

Tims Augen wandern von mir zu Assad, der immer noch das Bild von Leonard in die Höhe hält. Dann tritt er vor, greift sich blitzschnell das Messer und sticht zu.

Voller Schock lässt Tim das Messer los. Lisa schreit auf und bricht zusammen. Die Kamera wird ausgeschaltet. Ich bin wie erstarrt. Kann nicht glauben, was gerade passiert ist. Was Tim da für mich getan hat. »Sie wird nicht daran sterben, wenn sie in den nächsten Stunden Hilfe bekommt«, raunt Tim ganz leise. Ich drehe mich zu ihm und will nachfragen, ob er das sicher weiß und woher er das weiß. Dann begreife ich es auch, ohne dass er etwas sagt. Tim hat damals, als sie ihm wegen seiner kleinen Schummelei verboten haben, IT zu studieren, noch vor dem Germanistik-Studium als Rettungssanitäter gearbeitet. Wenn einer hier im Raum eine Ahnung davon hat, wo ein Stich nicht sofort tödlich sein muss, dann er.

Mein Herz pumpt, als würde es jeden Moment explodieren. Dann packen mich kräftige Hände und ziehen mich weg.

»Das war nicht der Plan!«, schreit Assad mich an, winkt dann einem Mann zu, der seine Waffe hebt und sie mit Wucht gegen Tims Kopf knallen lässt. Ich sehe wie durch dichte Nebelwolken, wie er zu Boden geht. Neben ihm Lisa, über die sich der Mannschaftsarzt beugt und gerade sorgsam ein Tuch um das Messer legt, das in ihrem Körper steckt. Tim ist ein verdammter Superheld. Er hat das Messer stecken lassen. Nie einen Fremdkörper, der sich in einen Menschen gebohrt hat, einfach herausziehen.

Gleichzeitig begreife ich, dass dieses Spiel für uns alle tödlich ausgeht, wenn mir nicht endlich etwas einfällt.

KAPITEL 13

23. DEZEMBER 2020, 22.41 UHR

LYDIA

Ich kann nicht glauben, was da eben passiert ist. *Alles nur ein Fake,* flackert ein Hoffnungsschimmer in mir auf. »Das war doch alles nicht echt, oder?«, frage ich halb benommen. Jules schüttelt den Kopf. Meusel lacht auf. »Ja. So kann man es auch sagen. Auf jeden Fall können wir mal davon ausgehen, dass dieser Typ und seine Affen alles andere als ein professionelles Killerkommando sind.«

An meinen weit aufgerissenen Augen erkennt er wohl, dass ich ihm nicht folgen kann. Also klärt er mich in väterlichem Ton auf. »Sehen Sie, Frau Vizepräsidentin, ein echter Bösewicht hätte …« und dabei fährt er mit dem Daumen und der zur Faust geballten Hand an seiner Kehle entlang und stößt einen merkwürdigen Pfiff aus, »… dem Ganzen ein schnelles und nachdrückliches Ende bereitet. Und dazu muss man kein Terrorist sein. Das war schon zu RAF-Zeiten bei uns so. Egal, wen sie entführt haben, um Geld oder die Freilassung von irgendwelchen Schweinehunden zu erzwingen. Gnade kennen diese Leute nicht. Nur ihr eigenes Ding. Tote Menschen sind Kollateralschäden auf dem Weg zu einer gut gefüllten Kasse. Die glauben wirklich, sie hocken dann auf irgendeiner karibischen Insel und lassen den lieben Gott einen guten Mann sein. Aber so ist das nicht. Irgendwann kommt einer vorbei, der das Gesicht erkennt, und schon geht die Jagd von vorne los. Und wenn es Tote gegeben hat, endet sie nie. Aber das ist diesen Schwachköpfen egal. Für den Traum vom großen Geld lassen sie jeden über die Klinge springen.«

Wieder schießen mir die Tränen in die Augen. Ich muss raus aus diesem Raum. Weg von diesem Meusel. Kann schon sein, dass er, wie Jules sagt, mit allem richtig liegt. Aber die Art und Weise, wie er es sagt, sorgt jedes Mal für einen Würgereiz. Jedenfalls bei mir. Aber gut: Als Polizist in dieser Spezialeinheit hat man es wahrscheinlich immer mit grausamen Dingen zu tun. Vielleicht kann er gar nicht anders, als auf diese Weise keine Nähe zu den schrecklichen Taten zuzulassen.

»Ich muss mal raus«, sage ich und wende mich in Richtung Tür ab. »Ja. Gehen Sie ruhig eine Runde heulen, Schätzchen. Das hilft. Glauben Sie mir«, ruft mir Meusel hinterher.

Ich wanke zum Eingangsbereich und trete vor die zersplitterte Tür. Ein angenehmer Lufthauch umgibt mich. Das hieß hier nicht umsonst mal Waldstadion. Die frische Brise ist wohltuend. Bringt wieder etwas Leben in meinen Kopf zurück. Wie im Film sausen die Bilder von Severin und Tim an mir vorbei. Er hat es für Severin getan, bin ich sicher und bete inständig, dass Lisa nicht tot ist. Ich weiß, dass Tim eine Ausbildung als Rettungssanitäter gemacht hat. Das ist zwar eine Weile her, aber er sollte doch wissen, wo ein Messerstich tödlich ist und wo nicht. Wobei auch sicher sein dürfte, dass Lisas Leben von jetzt an am seidenen Faden hängt. Egal, an welcher Stelle er das Messer in ihren Körper gerammt hat, sie wird bluten. Und wenn keiner hilft, dann auch jämmerlich verbluten. *Wir haben keine Zeit. Verdammt noch mal.* Ich reibe mir mit der Hand die Augen. Da fällt mir Meusel ein. Meusel und sein Satz ›das war schon zu RAF-Zeiten so‹. »Mama«, sage ich halblaut, krame das alte Handy aus der Tasche und drücke auf Wiederwahl. Ich warte. Höre, wie die Nummer gewählt wird, aber es passiert nichts. Gar nichts. Ich komme nicht raus. Dieses Handy hat keinen Empfang. Hier nicht.

Während ich fassungslos auf das Display starre, tritt Meusel schnaubend vor die Tür. »Hören Sie, Frau Heller, mir ist echt scheißegal, wer Sie sind und was Sie sind und dass Sie hier arbeiten. Aber wenn Sie dringend telefonieren müssen, dann sagen Sie mir Bescheid. Ohne mein Go telefoniert hier niemand. Verstanden. Niemand!«

Ich schaue ihn völlig verdattert an. *Was will dieser Mann von mir. Ich habe ihm doch nichts getan. Gar nichts.* »Ich wollte nur meine Mutter anrufen«, flüstere ich mit gebrochener Stimme. Nicht etwa, weil mich dieser Polizist zutiefst einschüchtert, sondern weil ich einmal mehr fassungslos bin über seinen Auftritt.

»Glauben Sie wirklich, dass in dieser Situation ein Anruf bei Ihrer Mutter hilfreich sei?«, brüllt er weiter und gibt mir jetzt doch das Gefühl, ich hätte etwas Verbotenes getan und damit die Situation für Severin und die anderen erschwert.

»Nein. Nein, nein. Ich weiß auch nicht. Tut mir leid. Tschuldigung!«, stottere ich.

Meusel schüttelt den Kopf, und ich habe verstanden: Dieser Raum ist komplett von der Außenwelt abgeschnitten. Hier geht's nur rein, aber nicht raus. Sie wollen dafür sorgen, dass kein unnötiger Anruf, keine Mail oder sonst was verhindert, dass sie die nächste Drohung direkt bekommen. Ja, auszuhalten ist dieser Meusel nur schwer, aber seinen Job macht er gut.

Ich schaue zu Jules rüber, die hinter Meusel hergelaufen ist und jetzt mit leeren Augen über seine Schulter lugt. Als wäre sie in einer anderen Welt.

Sie spürt meinen Blick, schaut auf und sagt: »Manfred. Lydia kann doch auch nichts dafür. Sie will doch nur …«

Meusel unterbricht sie barsch: »Was will Lydia nur? – Es interessiert mich nicht. Für mich ist nur eines wichtig: Dieses Arschloch, egal wo es gerade ist, zu finden und an den Eiern zu kriegen. Der hat vielleicht ein Dutzend Menschen in seiner Gewalt und ein paar Sprengsätze in der Stadt verteilt. Wenn wir nicht bald eine Verbindung zu ihm herstellen können, weiß ich auch nicht weiter. Der hat ja nicht mal eine neue Drohung ausgesprochen.«

Damit dreht er sich um und verschwindet wieder in der Geschäftsstelle. Jules bleibt stehen und hält mich am Arm fest, als ich Meusel nachgehen will. »Er macht, was er machen muss. Verstehst du?«, flüstert sie. »Kann schon sein. Aber mal eben kurz telefonieren?«, gebe ich zurück und wundere mich darüber, dass sie ihn Manfred genannt hat. Ich weiß ja bereits, dass sich die beiden von früher kennen. Aber ich denke immer mehr, wohl viel besser, als sie es zugeben.

»Ach Lydia. Er muss doch dafür sorgen, dass hier keinesfalls irgendeine Information nach draußen geht. Seinen Männern kann er trauen. Aber was ist mit dir, mit Kevin und den Beamten aus dem K11?«

»Geht's noch? Traust du deinen eigenen Kollegen nicht? Oder mir?«

»Quatsch! Ich vertraue meinen Kollegen oft genug mein Leben an, also mach mal einen Punkt. Aber ich bin nicht Meusel und er steckt nicht in meiner Haut.«

»Das heißt, der Superbulle ist einfach nur super vorsichtig?« Der Satz trieft geradezu vor Ironie.

»Wenn du es so willst: Ja. Und wenn du an seiner Stelle wärst, würdest du wahrscheinlich genauso handeln. Oder legst du auch für Kevin die Hand ins Feuer?«

»Für Kevin?«

»Ja. Er ist ziemlich traumatisiert. Könnte doch sein, dass er irgendjemanden anrufen will, um den Scheiß loszuwerden. Das wäre jedenfalls nur allzu menschlich … Meinst du nicht auch?«, fragt sie jetzt mit schnippischem Unterton. Offenbar hat sie so langsam die Nase voll von meinem Genörgel. Ich schweige.

Sie rafft sich noch mal auf: »Hast du eigentlich eine Ahnung, wie schwierig es allein schon ist, den Vorfall im Theatertunnel und den brennenden Turm mitten in der City als Unfälle dastehen zu lassen, die rein gar nichts miteinander zu tun haben. Von diesem Märchen mussten 37 Beamte, die Einsatzkräfte der Hilfsdienste vor Ort und die halbe Frankfurter Feuerwehr überzeugt werden.«

»Überzeugt werden?«

»Na ja: Zu glauben, dass es sich um zwei Ereignisse handelt, die unabhängig voneinander stattgefunden haben. Ein Verkehrsunfall und eine defekte Stromleitung im Turm, die zu dem Brand führte.«

»Und das hat funktioniert? Wir haben ja schon Probleme damit, den bevorstehenden Wechsel unseres Sportvorstands nicht durchsickern zu lassen. Das haben die Leute ihnen abgenommen?«

»Die meisten. Die anderen sitzen jetzt im Präsidium und werden darüber informiert, was wirklich los ist.«

»Wow. Das klingt alles nach James Bond, oder?«

Jules lächelt. Zum ersten Mal an diesem Abend. Es macht mir ein wenig Hoffnung.

»Na ja. Du weißt ja. Ein bisschen Wahrheit steckt in jedem Film. Sogar im Münsteraner Tatort. Aber eben nur ein ganz kleines bisschen.« Noch einmal lächelt sie. »Und natürlich spielt uns dieser Lockdown in die Hände. Stell dir nur mal vor, was normalerweise heute Abend in Frankfurt los gewesen wäre. Eine Million Menschen auf der Suche nach dem Last-Minute-Weihnachtsgeschenk.« »Und ich mittendrin«, stimme ich zu. Dann kehrt ihr Arbeitsgesicht zurück und sie drückt sich an mir vorbei zur Tür. Ich folge ihr nach drinnen.

In Max' Büro sitzt Meusel wieder vor dem Bildschirm mit den Beinen auf dem Schreibtisch. Um ihn herum ein halbes Dutzend seiner Männer. Und Homburg. Sie debattieren offensichtlich eifrig. Max ist nicht im Raum. Keine Ahnung, was er macht. Vielleicht kümmert er sich um Kevin. Oder er versucht, alles Notwendige zu veranlassen, um doch noch das geforderte Geld bereitstellen zu können. Mit der persönlichen Sondergenehmigung des Oberbefehlshabers, versteht sich …

»Nehmen wir mal an, er hat die Frau mit dem Messer böse erwischt. Die Arterie oder ein lebenswichtiges Organ getroffen. Dann hat die Frau eh keine Chance. Dann verabschiedet sich aber auch sein Druckmittel ins Nirwana. Richtig?«, referiert Meusel und erntet Zustimmung in der Runde. Nur Homburg und ich nicken nicht. Homburg wahrscheinlich, weil er die Ausdrucksweise von Meusel mindestens so daneben findet wie ich. Und ich selbst, weil ich über Tim mehr weiß als die Polizei.

»Er hat eine Ausbildung als Rettungssanitäter. Wir können davon ausgehen, dass er versucht hat, das Messer dort zu platzieren, wo sie eine Überlebenschance hat. Wenn auch nur eine kleine«, werfe ich ein.

Jetzt nickt ausnahmsweise mal Meusel. »Gut. Gehen wir davon aus, dass er sie tatsächlich an einer eher ungefährlichen Stelle erwischt hat – wie viel Zeit bleibt uns dann?«

»Na ja. Das kommt drauf an. Wenn ein Gefäß getroffen wurde, dann ist die Überlebenschance klein. Man verblutet nach innen. Also das sieht man von außen gar nicht. Und wenn die Hauptschlagader getroffen wurde, geschieht das innerhalb weniger Minuten«, informiert ihn einer seiner Kollegen.

»Und was heißt das nun genau?« Meusel trommelt nervös mit Daumen und Mittelfinger auf der Stuhllehne herum.

»Das hängt vom Messer ab. Wir haben das Tatwerkzeug anhand der Bilder, die wir haben, vermessen. Klingenlänge ist 22 Zentimeter, die Breite liegt bei 4,5. Und …« Er macht eine kurze Pause. »… Es hängt davon ab, was tatsächlich beschädigt wurde. Die Blutung nach außen lässt sich meist halbwegs gut stoppen, aber ohne genauere Untersuchung und eventuell eine Operation … puh. Sie hat vielleicht eine Überlebenschance von 50/50. Wenn sie Glück hat.«

Der Kollege rutscht nervös auf seinem Stuhl hin und her. *Hat er da gerade das Todesurteil für Lisa ausgesprochen?*

Meusel ist nicht überzeugt. »Scheiße, Männer. Es muss doch möglich sein, die Bilder auszuwerten und damit genau festzustellen, wie viel Zeit ihr bleibt?«

»Mein Bruder!«, unterbricht Homburg die eingetretene Pause und erntet für den Einwurf lauter Fragezeichen auf den Gesichtern der Anwesenden. »Der ist Chirurg am Klinikum Frankfurt Höchst. Der wird es uns sagen können.«

Ich könnte ihn knutschen.

Jules eher nicht. »Dann müssten wir ihn aber einweihen. Sind Sie sicher, dass er dichthalten kann? Wir bemühen uns jetzt seit Stunden, eine Massenpanik zu verhindern, und tun alles dafür, das Ganze wie eine Reihe dämlicher Zufälle aussehen zu lassen. Können wir es da riskieren, Ihren Bruder einzubeziehen?«

»Absolut. Er hat ohnehin nur seinen Beruf im Kopf. Ich wette, der würde gar nicht fragen, um was es geht. Er weiß, dass ich von meiner Arbeit niemals etwas zu Hause erzählen würde. Auch wenn wir sozusagen manchmal Hand in Hand arbeiten. Wenn Sie verstehen, was ich meine.«

»Ja, ja. Wenn der Herr Chirurg ein Opfer nicht mehr zusammenflicken kann, sind Sie an der Reihe, Herr Kriminalhauptkommissar. Das haben wir schon kapiert«, witzelt Meusel. Er hat offenbar seine alte Form wiedergefunden. Wittert einen Silberstreif am Horizont. »Los, Mann. Worauf warten Sie denn noch. Anrufen! Wir müssen hier jede Chance nutzen.«

Homburg nickt, steht auf und verlässt den Raum. Der Techniker folgt ihm. Gemeinsam wollen sie Homburgs Bruder die Bilder zuspielen. Nehme ich jedenfalls an und bin aus tiefstem Herzen dankbar für dessen Einfall. Und dafür, dass er einen Bruder hat, der nicht zur Polizei wollte. Hauptsache, der ist jetzt noch zu erreichen und kann wirklich helfen.

»Yeep«, ruft Meusel. »Wir kommen der Sache näher. Wenn die gute Frau jetzt tatsächlich noch eine Überlebenschance hat, sind wir zum ersten Mal im Vorteil. Ein kleiner Vorteil nur, stimmt, aber immerhin.«

In diesem Moment ploppt auf dem Fernseher direkt hinter seinem Kopf das Bild auf.

KAPITEL 14

23. DEZEMBER 2020, 22.47 UHR

SEVERIN

Mein Blick wandert von Lisa, die am Boden liegt, zu dem Arzt, der sich über sie beugt, hin zu Tim, der bloß mit aufgerissenen Augen dasteht. Die anderen Geiseln im Raum sind in Panik versetzt, seit sie uns wieder hierhergebracht haben. Der Eintracht-Präsident läuft aufgeregt hin und her.

Ich gehe auf Tim zu und nehme seine zitternden Finger in meine.

»Tim …«, flüstere ich, um irgendwie an ihn ranzukommen. Ganz langsam wandern seine Augen zu mir.

»Ich könnte die Milz getroffen haben. Oder ihren Darm perforiert, oder …«

»Tim!«, hole ich ihn zurück ins Hier und Jetzt. »Es tut mir leid, dass du das tun musstest.«

Er sieht mich an. »Besser ich als du, oder?«

»Wir müssen etwas unternehmen«, sage ich und sehe mich erneut im Raum um.

»Und was, Severin? Wir sind im Fernmeldeturm. Ich wette, dass wir nicht einfach den Aufzug benutzen können.«

»Es muss einen Weg geben«, brumme ich und fahre mir durchs Gesicht. *Denk nach, Severin.* Aber mehr als Lyd eine Botschaft zu senden, konnte ich gerade nicht tun. Und die muss sie auch noch verstehen. *Verdammt.* Warum sollte sie auf meine Uhr achten, wenn ich im selben Video Drohungen ausspreche und eine Frau lebensgefährlich verletzt wird?

Denk weiter nach!

Ich muss sein Vertrauen gewinnen. Das ist der einzige Weg. Wenn Assad mir vertraut, haben wir eine geringe Chance, dass ich ihm seinen Plan ausreden kann. Ich muss nur mehr über ihn erfahren. Und vor allem über diesen Mann am Computer. Assad hat gezögert. Doch der Typ hat ihn gedrängt. *Will Assad das hier überhaupt?*

»Wird sie sterben?«, fragt die andere Frau, die noch hier ist. Sie trägt schwarze Klamotten, genauso wie Lisa. Sind die beiden etwa vom Catering?

Ich schüttle den Kopf und denke weiter nach. *Kann ich Lydia irgendwie mitteilen, wo wir sind? Oder ich schreie es einfach, wenn ich das nächste Mal live gehe. Nur, dass Tim, ich und wahrscheinlich alle anderen im gleichen Augenblick tot sein werden.*

Gibt es einen Turm in einem unserer Bücher? Ich presse die Lippen aufeinander und denke fieberhaft nach.

Vielleicht kann ich das Wort Spargel unterbringen? Schließlich wird der Turm auch Ginnheimer Spargel genannt. Aber das wäre sicher zu riskant. Und bis auf Goethe, der Spargel selbst angebaut haben soll, fällt mir kein Buch ein, das wir benutzt haben, in dem dieses Gemüse vorkommt. Und in welchem Gedicht

Goethe darüber schreibt, weiß ich auch nicht. Wer soll sich so etwas auch merken?

Von draußen ertönen aufgebrachte Stimmen.

»Die nehmen mich nicht ernst. Ich werde ihnen zeigen, wie ernst ich es meine!«, höre ich Assads Stimme, bevor die Tür aufplatzt und die Vermummten mich, Tim, einen Mann und Eric mitnehmen. *Verdammt. Die werden doch nicht etwa Eric töten, oder?* Wobei sich da die Frage stellt, warum sein Leben mehr wert sein sollte als das von uns.

»Bleib diesmal ganz ruhig«, sage ich zu Tim, während wir wieder in den Videoraum geführt werden. Statt Tim und Lisa platziert Assad dieses Mal Presfeth und den Mann hinter mir, den ich nicht kenne.

Eric legt den Kopf schief. »Ich kenne dich«, sagt er dann zögerlich. Er traut offenbar seinen Augen nicht. »Wir kennen uns, oder?«, fragt er ungläubig. Assad starrt ihn an.

»Ach, Sie erinnern sich, Herr Präsident?«

»Du hast bei uns vorgespielt.«

»Ja, aber ich war nicht gut genug. Jedenfalls nicht für das Bundesligateam.«

Eric schaut immer noch verwirrt. »Ja, ja. Ich erinnere mich. Wir haben noch mit dem Alex Schur diskutiert, ob du nicht was für die U19 wärest. Die sollte er im Sommer übernehmen. Aber du warst schon zu alt. Ich erinnere mich gut. Warst ein flinker Junge. Rechtsaußen, oder? Und«, er zögert einen Moment: »Du warst ein echt netter Junge ... damals?!«

»U19? Von wegen. Ihr habt mir einen Vertrag für die zweite Mannschaft versprochen.« Assads Stimme bebt vor Zorn. Eric ist offenbar irritiert. »Die U23? Wie kommst du denn darauf. Wir haben deinem Berater ja sogar noch ein paar Kontakte zugeschoben. Weil du eigentlich ein ganz talentierter Junge warst.«

»Er wusste das nicht. Er war mein Freund. Er hätte es mir gesagt«, knurrt Assad.

»Doch. Wir waren uns für die U19 ja fast einig, bis er mit deinem Geburtsdatum herausrückte. Ich weiß nicht, warum er dir falsche Versprechungen gemacht hat. Wir haben mit offenen Karten gespielt.«

»Ruhe jetzt!«, sagt der Mann am Computer mit dem russischen Akzent. Assad verkrampft sich. Gehorcht aber und wendet sich mir zu.

»Mach dieses Mal, was von dir verlangt wird, Severin Klemm.«

Mein Puls beginnt zu rasen. *Ich muss einen Weg finden, Lydia oder wem auch immer zu sagen, wo wir sind. Ich muss. Aber wie kann ich diesen beschissenen Turm umschreiben. Wie nennt Papa ihn immer? Er hat irgendeinen superkomischen Namen dafür, den ich sonst nie gehört habe.*

Ginni. Ja, das ist es. Er hat mich damals nur verständnislos angesehen, weil ich als Frankfurter Bub nie von diesem Namen gehört habe.

Assad drückt mir den Zettel in die Hand, und das Licht blinkt auf. *Fuck. Das hier muss ein Ende haben.*

»Hallo und herzlich willkommen«, sage ich, um zu testen, wie sie auf Unerwartetes reagieren, und sofort tritt einer der Männer zu mir und rammt mir sein Gewehr in die Magengrube. Ich krümme mich vor Schmerz und versuche, meine Atmung wiederzufinden. Humor haben die Kerle schon mal nicht.

Dann sammle ich mich und hole Luft.

»Ihr denkt, ich spiele nur? Falsch gedacht. Ihr seid es, die mit dem Leben dieser Menschen spielen. Und deshalb erhöht sich die Anzahl. Der Spieler, der dazukommt, ist Marvin Bakalorz. Seine Transfersumme beträgt 2,5 Millionen Euro.«

Ich lese auf dem Zettel, was als Nächstes passiert, und da drückt mir Assad bereits das Messer in die Hand. Ich drehe mich um. Überlege. Auf dem Zettel steht, ich muss wählen, wen von ihnen ich bedrohe.

»Wenn ihr das Geld nicht bis 2 Uhr überweist, dann wird Ginni hier hinter mir sterben. Dann gibt es nicht mehr bloß Verletzte. Ich muss ihm die Halsschlagader durchschneiden«, sage ich mit bebender Stimme. Der Mann hinter mir begreift, dass ich sicherlich nicht den Präsi mit Ginni meine, aber seine ausbrechende Panik ist Gott sei Dank zu groß, um mich zu verbessern. Das Ginni habe ich dabei versucht, unterschwellig zu betonen.

Ich atme tief ein und aus und lese den letzten Satz vor: »Und nun folgt der Beweis, wie ernst ich es meine.«

Ich höre wieder die ersten zwei Zeilen von ›Stille Nacht, heilige Nacht‹ und von weit weg eine laute Explosion. Meine Brust brennt. *Dieser Kerl wird noch ganz Frankfurt in die Luft jagen. Warum tun die da draußen nichts?*

KAPITEL 15

23. DEZEMBER 2020, 23.20 UHR

LYDIA

Es muss eine Verbindung geben. Erst verlangt der Erpresser exakt die Transfersumme von Kempf, dann von Wiedwald, jetzt von Bakalorz. Aber nicht die aktuelle. Das wären für Wiedwald gerade mal 400.000, für Bakalorz noch weniger. Aber er fordert den jemals erreichten Höchstwert, sprich: 8 Millionen für Kempf und 2,5 Millionen für Wiedwald und Bakalorz. Das macht der doch nicht einfach so aus Spaß. Es muss einen Grund geben. Und du bist wahrscheinlich der Einzige, der herausfinden kann, was dieses Schwein antreibt.«

»Der Einzige – ich? Kind! Was sollte ein alter Mann im Rollstuhl Besonderes leisten können?«

»Papa! – mach jetzt keinen auf Ralph McTell. Bitte! Du bist kein alter Mann in ausgetretenen Schuhen, und du rennst auch nicht ziellos durch irgendwelche Straßen. Vergiss es! Du bist das Gedächtnis der Eintracht und genau das wird jetzt gebraucht.«

Seine Augenbrauen richten sich auf wie zwei Accent circonflexe. Zwei kleine ergraute Dächer über zwei hellwachen Augen. Die Erinnerung an die Zeiten, in denen er noch manchmal zur Gitarre gegriffen hat und wir ›Streets of London‹ gesungen oder ›Kokain‹ gegrölt haben. »Ich kam von Frankfurt nach Berlin, drei Koffer voll mit Kokain«, singe ich leise. »Hannes Wader«, grinst Papa und rollt in sein Kabuff.

»Danke«, flüstere ich und bleibe mit meinem Blick an dem alten Foto von uns hängen, das auf dem Klavier steht. Papa mit einem merkwürdigen Hut auf dem Kopf. Mama hat ihre Lippen fettrot angepinselt und ich das gestreifte Kleidchen an. *Da war die Welt noch in Ordnung…*

Jetzt ist sie es nicht mehr.

Vor einer knappen halben Stunde hat der Entführer durch Severin seine nächste Forderung genannt und den Messeturm angefackelt. Meusel ist daraufhin völlig ausgerastet. Hat sich die Sektflasche von Severins Papa geschnappt und an die Wand gepfeffert. Immerhin. Er hätte auch auf den Fernseher zielen können. Was ich in diesem Moment durchaus verstanden hätte. Ich habe hemmungslos geweint. Wieder diese Drohung. Wieder soll Sev einem anderen Menschen Leid zufügen.

»Immerhin schenkt er uns jetzt ein wenig mehr Zeit. Der Herr Entführer. Bis 2 Uhr. Wer hätte das gedacht. Die dumme Sau!«, hat Meusel geschrien. Ich wollte nur noch weg. Bin aufgestanden und gegangen. Weg. Einfach nur weg. Irgendwohin, wo ich mich sicher fühle. *Papa*, hab ich gedacht und im gleichen Moment Severins Vater in seiner dunkelgrauen Limousine sitzen sehen.

»Herr Klemm?!«, habe ich ungläubig gefragt und an die Scheibe geklopft. »Ich dachte, Sie sind ins Präsidium oder nach Hause gefahren?«

Er hat die Scheibe runterfahren lassen und mich mit großen Augen angesehen. »Lydia. Du hast es da drinnen lange ausgehalten. Kompliment. Ich hatte nicht die Kraft!«

Ich habe nach den richtigen Worten gesucht. Weil ich ihn schon verstanden habe, aber gleichzeitig dachte, mein Gott, welch trauriger Abgang. Der Frankfurter Oberstaatsanwalt lässt sich von einem Bullen den Schneid abkaufen.

»Herr Klemm, es ist okay, dass Sie erst mal rausgegangen sind, um ein wenig frische Luft zu tanken. Es geht schließlich um das Leben Ihres Sohnes. Da wird Ihnen niemand einen Vorwurf machen. Aber Sie dürfen jetzt nicht hier im Auto sitzen bleiben und alles einfach nur über sich ergehen lassen. Herr Klemm. Herr Oberstaatsanwalt. Das ist nun wirklich unter Ihrer Würde – als Mann des Rechts und als Vater. Es kann ja sein, dass es Meusels Spiel ist, aber gespielt wird immer noch nach Ihren Regeln. Sie sind schließlich das Gesetz«, habe ich mindestens eine Nummer zu pathetisch angemerkt und war erstaunt, dass er mir nicht einfach eine Ohrfeige verpasst hat. Vor ein paar Stunden hätte er es wahrscheinlich. Also mich jedenfalls ordentlich zusammengefaltet für diese anmaßende Bemerkung. Jetzt nicht. Noch immer war von Wolfgang Klemm nur ein Häufchen Elend übrig. Aber immerhin eins, das sich wehren wollte. Das konnte ich in seinen Augen sehen.

»Lydia. Du hast recht. So geht das nicht. Ich werde da jetzt reingehen und meine Pflicht tun. Als Oberstaatsanwalt und Vater. Nein: als Vater und Oberstaatsanwalt«, hat er dann heruntergerasselt, ist ausgestiegen und auf die Tür zumarschiert. Und ich konnte sehen, wie er mit jedem Schritt wieder ein bisschen größer geworden ist.

Ich reibe mir die Augen. So, als wollte ich wach werden. Aber sie sind nicht verklebt vom Schlaf, sondern von den vielen Tränen, die ich in der letzten Stunde vergossen habe. Nicht nur, aber vor allem wegen Severin. Bei der Vorstellung, dass er nicht mehr bei mir sein könnte, dreht sich alles. Ich schüttle mit dem Kopf. Schüttle den Gedanken daran heraus. Jedenfalls versuche ich es.

Mein Handy klingelt. »Ja!«, sage ich hastig. Es ist Jules. »Du?«, will ich wissen. Mit ihr habe ich nun gar nicht gerechnet.

»Ja. Ich bin's. Ich wollte nur erklären, warum ich glaube, dass Meusel das Richtige macht. Ich habe gesehen, wie entgeistert du mich angesehen hast. Wenn Blicke töten könnten ... Aber all meine Erfahrung sagt mir: Die Einsatzkräfte haben keine andere Chance. Wenn wir abwarten, sind die Täter im Vorteil und spielen ihr perfides Spiel mit uns. Verstehst du? Meine Entscheidung hatte nichts mit Sev zu tun.«

»Ja. Verstehe ich.« Meine Antwort fällt knapp aus. Auch weil ich versuche, nicht loszuschreien. Als ob mich Jules' Erklärungen wirklich interessieren. »War ja auch egal, wie wir alle gesehen haben. Sie sind dem Täter und seinen Leuten ziemlich hoffnungslos ausgeliefert.«

Ich höre ihren Atem am anderen Ende der Leitung. Aber sie sagt nichts. »War sonst noch was?«, will ich wissen. Sie scheint zu zögern und ich hoffe, dass sie jetzt nicht mit ihrer Beziehung zu Severin anfängt. Das würde ich jetzt nicht verkraften.

»Nee. Nix. Alles gut«, kommt es zögerlich. Ich stutze, und plötzlich fällt mir die Funk-Abschottung der Geschäftsstelle ein.

»Sag mal. Wieso kannst du eigentlich telefonieren. Hat dich Meusel zu diesem Anruf überredet? Die Heller ein bisschen beruhigen, damit sie sich nicht doch noch beschweren geht. Die hat schließlich Kontakte?«

»Quatsch. Nein. Ich bin auf dem Weg zum Greifvogel. Wir haben Meusel davon überzeugen können, dass Kevin die Nummer hier nicht ohne Hilfe durchsteht, und ich habe mich bereit erklärt, Claudia zu holen. Die hat in der letzten Stunde im Minutentakt bei Kevin angerufen. Und ich kenne mich im Greifvogel ja ein bisschen aus. Also: Vergiss mal ganz schnell deine Verschwörungstheorie. Da ist nichts dran.«

Damit legt sie auf.

»Ich kenne mich im Greifvogel ja ein bisschen aus. Du blöde Kuh«, entfährt es mir und im gleichen Moment beiße ich mir auf die Zunge. *Führ dich nicht auf wie eine Dramaqueen*, versuche ich mich am Riemen zu reißen. Wenn Severin nicht wäre, würden wir uns wahrscheinlich sogar ganz gut verstehen. *Severin! Mein Gott, Severin. Wie kann ich dir nur helfen?*

Ich nehme das Handy von Papa hoch und drücke die Wahltaste. Es dauert unendlich lange, bis sich eine Frauenstimme meldet. »The participant is temporarily unavailable«, sagt sie völlig emotionslos. »Scheiße. Mama. Scheiße! Warum tauchst du aus dem Nichts auf. Nur um gleich darauf wieder ins Nirwana zu verschwinden. Das ist so ungerecht.«

Ich stehe immer noch vor diesem Foto und wieder schießen mir Tränen in die Augen. Es ist alles ein bisschen viel. Zu viel.

»Lydia!« Papa hat die Tür aufgestoßen. Seine Stimme klingt fast euphorisch. Wie immer, wenn er etwas Besonderes zuwege gebracht hat. Jonglieren mit vier Bällen etwa.

Ich folge seinem Zeigefinger in Richtung der Aktenordner, die auf seinem Schreibtisch liegen.

»Schau. Hier. Marc Oliver Kempf, Felix Wiedwald und – du glaubst es nicht – auch Marvin Bakalorz, der ist übrigens in Offenbach geboren, haben 2013 in der zweiten Mannschaft der Eintracht gespielt. Wiedwald stand neben Marco Aulbach und Aykut Özer im Tor. Kempf – na ja, da muss man nicht viel erzählen, und Bakalorz im zentralen Mittelfeld. Wiedwald kam aus dem Norden – Bremen, meine ich. Kempf spielte schon in der Jugend bei der Eintracht und ist später über Freiburg nach Stuttgart gewechselt. Bakalorz hat nach der Jugend in Jügesheim in Westfalen gekickt, bevor er zur Eintracht kam. Sein Vater Dirk war übrigens schon Ende der 80er bei uns.«

»Und der Erpresser hat sich zufällig die Liste ehemaliger Eintracht-Spieler gegriffen und findet es witzig, Transfersummen aufzurufen?«

»Nee. Langsam. Erstens spielt Wiedwald heute in Holland und zweitens gab es mit der Mannschaft damals schon eine besondere Geschichte. Verzwickt, das kann ich dir sagen.«

»Verzwickt?« Manchmal ergötzt sich Papa an seinen eigenen Erkenntnissen so sehr, dass er die Spannung gerne hochhalten möchte. Aber ich brauche Antworten.

»Hör zu: Im Frühjahr 2014 haben die Mitglieder der Bundesligisten und die Vertreter der Zweitligaclubs bei der Mitgliederversammlung des Ligaverbandes entschieden, die bisherige Regelung der Lizenzordnung, dass die Mannschaften aus der 1. und 2. Liga dazu verpflichtet sind, eine U23-Mannschaft zum Spielbetrieb zu melden, zu ändern. Mit dem Ergebnis, dass sich zwei Drittel der Vertreter dafür aussprachen, ab der Saison 2014/15 die Pflicht aufzuheben, ein U23-Nachwuchsteam zu melden.«

»Ja, Papa. Weiß ich doch. Den Antrag hatte Bayern Leverkusen gestellt, und die Eintracht hat ihre U23 sofort abgemeldet. Das ist bis heute immer mal wieder ein Thema. Weil natürlich gerne mal von der Presse hinterfragt wird, ob es schlau war, sich wegen der Ersparnis von gerade mal 700.000 Euro die Chance zu verbauen, verletzten Profis Spielpraxis zu geben und Nachwuchsspieler über die U23 für das Profiteam aufzubauen.«

»Ja, steht hier: Das Geld wurde sinnvoll anderweitig investiert. Es wurde die Stelle des Nachwuchs-Cheftrainers geschaffen, es gibt jetzt regelmäßig einen Sportpsychologen für die anderen Mannschaften am Leistungszentrum. Außerdem wurden Athletiktraining, Rehabilitation und Spielersichtung verbessert. Und der Zeugwart der U23 kümmert sich jetzt um die U19.« Papa strahlt wie Museumsdirektor Thomas Tamathi, wenn ihm ein Stollen aus Grabis Weltmeister-Schuh anvertraut würde.

Das Thema kenne ich nur zu gut. »Und der Sportvorstand wird nicht müde, seine Vorgänger bei der Frage in Schutz zu nehmen. Die Abmeldung war richtig, weil Talente immer früher in die Kader der Profimannschaften hochgezogen werden und der Leistungsunterschied zwischen der Regionalliga und der Bundesliga einfach zu groß ist.«

Papa zappelt aufgeregt herum. »Aber jetzt kommt erst der Clou: Die Abmeldung hat bei der Eintracht eine Menge durcheinandergewirbelt. Nach dem Rückzug von Bayern, der Eintracht und übrigens auch dem FSV tauchten plötzlich eine Menge Spieler auf der Transferliste auf, die plötzlich ohne Verträge dastanden.«

Papa wedelt mit einem Stück Papier herum. Ein Ausdruck aus dem Onlinemagazin sge4ever. »Das musst du lesen«, jubiliert er und hält die Seite triumphierend hoch, als würde er gerade den UEFA-Cup stemmen.

Es war eine Meldung, die den meisten Medien am 6. April 2014 nur fünf, maximal sechs Zeilen wert gewesen ist. Wir sind raus aus der Liga, wir melden ab! – Armin Kraaz, Leiter des Jugendleistungszentrums, musste den Spielern der U23 diese für sie so bittere Nachricht überbringen. Für die Akteure des Teams war diese Aussage einschneidend, denn es drohte Arbeitslosigkeit, wenn nicht schnellstmöglich ein neuer Verein gefunden wird. Nachdem sich der erste Schock gelegt hatte, erkannte Kraaz zwar: Für den einen oder anderen war es vielleicht sogar der Anlass, intensiver über seinen weiteren Lebensweg nachzudenken. Allerdings schickte er hinterher: Von unseren Spielern war den meisten gar nicht bewusst, dass es ein Thema war, die Mannschaft abzuschaffen.

Er atmete tief durch. »Das ist es. Also ich gehe mal davon aus, dass euer Täter irgendwo in der Versenkung gelandet ist. Und jetzt Rache will!«

»Weil die Eintracht die U23 aufgelöst hat, sprengt jemand Autos in die Luft und zündet den Main-Tower an. Papa! Das glaubst du doch selbst nicht!«

»Warte es ab. Hier. Die Geschichte geht weiter: *Doch was passiert mit den restlichen Akteuren, die allesamt nicht an höhere Aufgaben herangeführt werden konnten? Aufsichtsratschef Wolfgang Steubing äußerte sich im Interview mit dem Fanzine »Fan geht vor« kritisch zum Thema Abschaffung der U23: »Also ich war gegen die Auflösung. Ich wurde aber von allen Protagonisten, die dabei waren, überzeugt, dass es bei uns statistisch gesehen keiner mehr packt, der es nicht spätestens mit 19 Jahren gepackt hat.« Doch warum wurde nicht durch neue Impulse und möglicherweise etwas mehr Geld versucht, eine konkurrenzfähige und gut geführte zweite Mannschaft aufzustellen, die möglicherweise den Aufstieg in die 3. Liga hätte anstreben können?*

Wie schwierig der Kampf für die Eintracht in diesem Rennen um Talente und entwicklungsfähige Spieler ist, belegen die aktuellen Zahlen. Kraaz sagte der FAZ, dass er etwa 2,4 Millionen Euro für alle Mannschaften und Maßnahmen zur Verfügung habe. Der Durchschnitts-Etat der Bundesligaklubs für den Nachwuchs beträgt hingegen fünf Millionen Euro – vor allem RB Leipzig, der VfL Wolfsburg oder die TSG Hoffenheim drücken diese Zahl nach oben. Hätte ein weiterer Fortbestand der U23 somit noch Sinn ergeben? Fragt der Autor. Und dann noch das hier: *Den Machern, so wirkte es nach außen und auf den ersten Blick hin, fehlten hier Inspiration, Mut, Kreativität und scheinbar auch die Überzeugung. Den klassischen Weg U19 – U23 – 1. Mannschaft durchlief in der Vergangenheit kein Profi der Eintracht mehr. Wer mit 17, 18 oder 19 herausragte, Sonny Kittel oder Marc Stendera als Beispiele, wurde sofort ohne Umwege nach ganz oben gezogen. In Frankfurt – und auch bei vielen anderen Bundesligavereinen – war die U23 kein wirkliches Sprungbrett mehr. Die Eintracht hätte viel Geld in die Hand nehmen müssen, um eine II. Mannschaft aufbieten zu können, die auch für junge Akteure so interessant gewesen wäre, dass sie diese einem Wechsel zu einem womöglich anderen, ambitionierteren Drittligisten vorgezogen hätten. Ob ein Kempf oder ein Kittel ihre Kontrakte verlängert oder sich ein Gerezgiher und Waldschmidt in den Duellen gegen Steinbach, Spielberg oder SV Saar 05 weiterentwickelt hätten? Zweifel sind angebracht!*«

Papas Gesicht hat lauter rote Flecken bekommen. Er muss erst einmal durchpusten, rollt in die Küche und nimmt einen tiefen Schluck aus der Wasserflasche.

»Ich sag's dir jetzt schon: Die nächste Forderung wird meine Theorie beweisen.«

»Die nächste Forderung?«

»Na klar. Oder glaubt ihr wirklich, die Nummer ist schon durch?«

»Papa! Das ist keine Nummer. Das ist blutiger Ernst.«

»Natürlich. Entschuldige. Aber sieh doch mal: Mark Oliver Kempfs maximaler Marktwert liegt bei 8 Millionen. Plus die 2,5 Millionen von Wiedwald und nochmal 2,5 für Bakalorz. Macht 13 Millionen. Glaubst du ernsthaft, für dieses läppische

Sümmchen zündet jemand den Commerzbank Tower und den Messeturm an?«

Dieser Mann ist einfach nur furchtbar, schießt es mir durch den Kopf. *Warum bin ich mit ihm verwandt? Und dazu hat er meistens auch noch recht.*

Und wenn seine Theorie auch diesmal stimmt? Ich versuche meine Gefühle in den Griff zu bekommen. Atme ein paarmal tief durch.

»Also, Papa, wer steht noch auf der Liste?«

»Na ja, es war ein guter Jahrgang. Sagen wir so: Von den zwei Dutzend Spielern haben ein paar die Segel gestrichen und einen Auflösungsvertrag samt Abfindung unterschrieben. Ein Spieler ist zum Studium in die USA gegangen, einer zu den Kickers und einer wohl nach Mannheim in die Regionalliga. Der Torwart, immerhin auch die Nummer drei bei den Profis, hat sich lieber einen Verein in der Türkei gesucht. Bleiben Spieler wie Waldschmidt, Kittel, Stendera oder Özer. Sie hatten das Zeug, Profis zu werden, oder waren eh nur in der zweiten Mannschaft, um unter Wettkampfbedingungen zu spielen.«

»Luca Waldschmidt, Sonny Kittel, Marc Stendera oder Aykut Özer«, wiederhole ich langsam.

»Da gehören aber auch noch Jungs wie Daniel di Gregorio dazu. Wobei – für 100.000 Euro sprengt niemand Autos in die Luft.« Papas Humor ist wie meist: grottenschlecht und absolut zynisch.

»Papa! Ist gut. Hör auf jetzt. Wenn ich das richtig einordne, können wir noch mit einer Menge Forderungen rechnen, richtig?«

»Jop!« Jetzt wechselt er auch noch von grottenschlecht zu himmelschreiend. Aber gleichzeitig sagt er mir damit auch, dass die Geschichte noch lange nicht zu Ende ist. Und genau das verbessert meine Laune. Denn es mag nicht gut klingen, ist aber wohl Severins einzige Chance, den Kopf noch aus der Schlinge zu ziehen. Es wenigstens zu versuchen. Zeit ist für ihn Gold wert, bin ich sicher und nestele nervös an meinem Handy herum. Homburg. Er muss erfahren, was ich, nein, was mein Vater herausgefunden hat. Vielleicht lassen sich damit Rückschlüsse auf den Täter ziehen. Es war kein Zufall, dass dieses Schwein in die Geschäftsstelle eingedrungen ist. Das war genau der Plan. Aber wie hätte er wissen sollen, dass Severin und seine Freunde dort sein werden? Das hätte niemand wissen können. Also warum hat der Täter Severin im Stadion oder im Tunnel nicht einfach eins über den Schädel gezogen oder – ich stocke – ihm eine Kugel in den Kopf gejagt. Warum benutzt er ihn, um seine Forderungen loszuwerden? Wäre Eric da nicht viel wirksamer? Oder – wieder muss ich schlucken – ist Eric vielleicht verletzt oder, noch schlimmer, tot?

»Hauptkommissar Homburg«, meldet sich die mir inzwischen vertraute Stimme am anderen Ende der Leitung.

»Herr Homburg. Ich glaube, wir haben eine Verbindung zwischen den beiden Forderungen, nein, eigentlich zwischen den Fußballern Kempf, Wiedwald und Bakalorz gefunden.«

»Ja, Fr … Tschuldigung: Lydia. Klar. Aber das wissen wir bereits. Wir wissen sogar, dass Hannover heute gegen Bremen spielt. Aber Wiedwald spielt schon lange nicht mehr in Bremen, Kempf kickt wie wir alle wissen in Stuttgart und Bakalorz ist in der Türkei. Also, was soll da zusammenpassen?«

»Ja, aber das ist es doch, was ich Ihnen sagen will. Die Verbindung!«

»Die Verbindung?«

»Kempf, Bakalorz und Wiedwald haben vor sechs Jahren in der U23 der Eintracht gekickt.«

»Okay. Und was ist daran jetzt so besonders?«

»Luca Waldschmidt, Sonny Kittel und Marc Stendera gehörten auch zum Kader – damals in der Saison 2013/14.«

»Und weiter?«

»Weiter? Sonny Kittel 3 Millionen, Marc Stendera 8 Millionen und Luca Waldschmidt 20 Millionen. Wobei Benfica Lissabon für ihn eine Ausstiegsklausel von 88 Millionen festgeschrieben hat, also sollten wir diesen Wert nehmen. Reicht das?«

»Das sind knappe 100 Millionen.«

»99 Millionen, um genau zu sein, aber ich glaube, auf eine Million mehr oder weniger kommt es jetzt nicht wirklich an.«

Homburg schnappt nach Luft: »Scheiße. Verdammte Scheiße. Warum bin ich nicht einfach in den Weihnachtsurlaub gefahren. So wie es geplant war? Und weit weg geblieben von der Arena.«

»Weil es da mindestens ein halbes Dutzend Menschen gibt, die Ihre Hilfe brauchen.«

»Aber wie. 99 Millionen. Der Polizeipräsident hat ja schon bei den geforderten 13 Millionen abgewunken. Das übersteige seine Kompetenzen, sagt er. Eine Million wäre okay. Alles drüber – nicht mit ihm. Und Ihr Herr Ehlhalden … na ja … sieht nicht so aus, als bekomme er das hin. So viel Kohle hat auch die Eintracht nicht auf dem Festgeldkonto, oder?« Jedes seiner Worte klingt alles andere als zuversichtlich.

»Ja aber, wir müssen doch alles dafür tun, dass die Menschen freikommen!?«, flehe ich jetzt fast.

»Ja, Lydia. Also: Frau Heller. Passen Sie auf. Ich bin zwar hier nicht mehr in der Verantwortung, aber ich denke, es ist das Beste, Sie kommen zurück ins Stadion. Das Ultimatum des Attentäters läuft in 43 Minuten ab. Ich glaube, wir können getrost davon ausgehen, dass wir ihm die geforderten Millionen nicht geben können. Und wenn es nach Meusel geht, auch gar nicht geben wollen. Sie haben ihn doch gehört. Mit Terroristen wird nicht verhandelt! Wenn Sie noch dazu mit Ihrer Vermutung recht haben, wird dieses Schwein ohnehin weitere Forderungen stellen. Und das, wie ich annehme, mit Severin Klemm als Überbringer der schlechten Nachricht. Ich finde, Sie sollten dabei sein. Sie kennen Klemm und können vielleicht aus der Art, wie er spricht, oder wie er dasitzt, etwas Verwertbares erkennen. Was sollen wir denn sonst tun?«

Er macht eine kleine Pause. Dann murmelt er noch schnell: »Ich weiß, das ist viel, verdammt viel verlangt. Aber ich weiß keinen anderen Rat. Wir haben schließlich nicht unendlich viel Zeit. Wir wissen zwar inzwischen von meinem Bruder, dass dieser Tim offenbar wirklich sehr genau gewusst hat, wie er zustechen musste, um diese Frau nicht zu töten, aber allein die Länge und Breite der Klinge reichen aus, um ihr nicht ewig Zeit zu geben. Sie wird nicht mehr als maximal 10 bis 12 Stunden haben.«

Die Bilder von der Explosion, von den detonierenden Autos und dem brennenden Messeturm huschen an mir vorbei. Die Schreie, das Getöse, die krachend herumfliegenden Metallteile, Meusel und seine primitiven Gemeinheiten. Tim, das Messer… Ich bin mir nicht sicher, ob ich all das wirklich noch einmal ertragen kann. Auch, ob ich es ertragen kann, Severins Stimme zu hören. Diese wahnsinnige Tapferkeit, mit der er ein Wort nach dem anderen herauspresst, aber auch diese furchtbare Angst, die sich zwischen seine Worte zwängt. Seine entsetzten Augen hilflos ansehen zu müssen, die offenbar mit wilden Schlägen malträtierte Lippe, die aufgerissene Augenbraue. Zu sehen, wie sie ihn zwingen wollen, einen anderen Menschen zu töten oder zumindest lebensgefährlich zu verletzen…

»Ich weiß nicht, ob ich das noch mal schaffe, Herr Homburg. Ich weiß es nicht.«

»Ich aber, Lydia. Ich weiß es ganz genau. Wie haben Sie eben zu mir gesagt: Weil es da mindestens ein halbes Dutzend Menschen gibt, wahrscheinlich sogar mehr, die alle Ihre Hilfe brauchen. Ihre. Meine. Unsere.«

Damit legt er auf.

Wow. Cooler Typ, denke ich und greife nach meinem Autoschlüssel.

KAPITEL 16

24. DEZEMBER 2020, 00.12

SEVERIN

Immer noch erscheinen die Bilder vom brennenden Messeturm vor meinen Augen. Frankfurt wird Stück für Stück in die Luft gejagt und niemand tut etwas. *Warum ist nicht längst die Bundeswehr angerückt? Oder irgendwelche Antiterroreinheiten? Die GSG 9 etwa? Oder sind sie bereits da und sichern Frankfurt? Wohl eher nicht. Das hier muss auffallen. Die Welt muss darüber berichten, dass in Frankfurt Anschläge verübt werden. Und keiner stoppt es?*

Typisch. So wie die Großen nie irgendetwas in dieser Welt stoppen. Wie sie Menschen in ihren Ländern sterben lassen, weil sie sich nicht einmischen können.

Lisa wimmert neben mir. Assads Männer haben uns in das Restaurant gebracht und Tim und ich haben Lisa auf einen Tisch gelegt, damit der Arzt die Blutungen stillen kann. Seitdem hält sie meine Hand. Zuerst habe ich neben ihr gestanden, aber irgendwann hat Tim mir einen Stuhl zugeschoben und jetzt sitze ich hier wie ein machtloser Vollidiot, den Kopf neben Lisa auf dem Tisch, in meiner Hand ihre zerbrechlichen Finger.

»Sie hat innere Blutungen. Ich bin nicht so ein Arzt«, sagt der Mannschaftsarzt und wirft mir einen ernsten Blick zu. Einen dieser Sorte ›sie wird es nicht schaffen‹. Ja, ich kenne diesen Blick. Jules warf ihn mir zu, nachdem Mic starb. Es ist genau der gleiche Blick, obwohl Mic bereits tot war und Lisa noch lebt.

»Wir müssen irgendetwas tun«, knurre ich und lasse meine Faust auf den Tisch segeln.

»Wir können nichts tun. Ich habe keine Erfahrung und vor allem kein Besteck. Keine Ausrüstung. Keine Schmerzmittel.«

»In den Kisten sind Drogen«, murmle ich vor mich hin und überlege, wie ich unbemerkt in einen der Räume zurückkommen soll. Aber das ist unmöglich. Sie haben uns eingeschlossen und die Türen werden bewacht.

»Ich muss mit Assad reden.«

»Und dann?«, prustet der Präsi hinter mir. Ich verdrehe genervt die Augen. Als er noch still war, war er mir lieber. Jetzt gibt er ständig zu allem seinen Senf dazu. »Denken Sie wirklich, dass Sie einen Terroristen nur durch Reden dazu bringen aufzugeben?«

»Wenigstens denke ich überhaupt«, gebe ich zurück und sehe zu Tim, der nachdenklich den Mund verzieht.

»Vielleicht kann ich durch die Lüftungsschächte zu den Kisten kommen.«

Ich sehe ihn an. Ziehe meine Augenbraue hoch und warte. Aber er meint es ernst.

»Sorry, Mobby Dick. Aber ich habe keine Lust, deinen eingeklemmten Arsch aus einem Lüftungsschacht zu ziehen. Ganz abgesehen davon, dass niemand weiß, ob da nach 21 Jahren, die hier oben keiner mehr war, überhaupt noch Luft in den Schächten ist.«

»Du bist nicht witzig, Sev«, faucht Tim und zieht den Bauch ein. »Du weißt, dass ich jetzt Sport mache.«

»Sieht man nicht«, erwidere ich grinsend, woraufhin er mir den Mittelfinger zeigt. Sehr erwachsen. Wobei ich das als Letzter sagen darf.

Lisa wimmert wieder und drückt meine Hand fester.

Ich würde ihr gerne die Schmerzen nehmen. Aber wir sind hier nicht in irgendeinem Film und ich heiße nicht James Bond. Wie soll das ablaufen? Ich steige in den Lüftungsschacht und komme zufällig genau in dem Raum raus, in dem die Drogen sind? Mal ganz abgesehen davon, dass unsere Lüftungsschächte hier in Deutschland garantiert anders aussehen als die der Amis.

Amis … Mein Herz wird schwer, als ich an Mom denke. *Ob sie bereits weiß, dass ich entführt wurde?* Wenn ja, dann verflucht sie mich gerade auf Englisch für meine Dummheit. Aber so wie ich Dad kenne, hat er es ihr nicht erzählt. So hart dieser Mann manchmal ist. Oder immer. Er liebt Mom so abgöttisch, dass er sich immer vor sie stellen würde. Das macht er schon immer so. Er hält all das Böse von ihr fern. Wie ein guter Geist, nur dass er existiert, und falls doch etwas von dem an sie herankommt, ist er da, um sie zu trösten und ihr Halt zu geben. Etwas, das ich mir manchmal gewünscht hätte.

»Sev …«, ich schrecke zusammen, als Tims Stimme so dicht neben meinem Ohr ertönt. »Wir müssen etwas unternehmen.«

»Ja«, brumme ich und erhebe mich. Lisa will meine Hand festhalten, aber ich entziehe sie ihr. Durch Händchenhalten wird es auch nicht besser. Ich verziehe den Mund. Ja, ich bin nicht besser als Dad. Aber das weiß ich nicht erst seit heute.

Ich sehe mich in dem ehemaligen Restaurant um, bis ich die Lüftung finde. Ich deute darauf und werfe Tim einen vielsagenden Blick zu. »Da wolltest du durchklettern?« Er folgt meinem Blick zu dem winzigen Gitter an der Wand. Nicht einmal Leonard würde da durchpassen.

Ich balle meine Hände zu Fäusten. Wieder so ein Gedanke, der meine Brust brennen lässt. Aber ich muss mir einbläuen, dass ihm nichts passieren wird.

Ich nehme mir einen Stuhl, schiebe ihn zur Lüftung, steige darauf und inspiziere das winzige Ding.

»Ziemlich klein für ein Restaurant, in dem man nicht mal eben ein Fenster aufmachen kann.«

»Sev«, raunt Tim genervt. Aber ich höre noch eine andere dumpfe Stimme.

»Psst«, mache ich zu Tim und lege mein Ohr an das staubige Ding. Erst verstehe ich nicht wirklich, wer dort spricht oder was da geredet wird. Aber dann erkenne ich Assads Akzent.

»Wir haben gesagt keine Opfer!«

»Und wie nennen wir die Frau da drüben, die du hast erstechen lassen?«, erwidert der mit dem russischen Akzent höhnisch.

»Als hätte ich eine Wahl gehabt! Sie wird überleben«, entgegnet Assad.

»Niemand wird überleben, wenn wir nicht langsam unser Geld bekommen, Assad«, schnaubt der Russe. »Ich scheiß auf deinen Plan. Die Bastarde zahlen nicht. Also läuft es nach unseren Regeln.«

»Das könnt ihr nicht machen.«

»Wir können und wir werden. Wir haben noch vier Sprengsätze angebracht. Wenn um 1 Uhr nicht endlich etwas passiert, dann wird die Stadt brennen.«

Ein lautes Poltern ertönt.

»Wag es nicht, Assad! Und du, hol diesen Severin.«

Ich blinzle und sehe zu Tim, der mich fragend anblickt.

»Streit im Paradies«, versuche ich die Stimmung aufzuheitern, bevor ich absteige und den Stuhl zur Seite schiebe. In diesem Moment springt die Tür auf und zwei Bewaffnete kommen auf mich zu.

»Wow. Gleich zwei«, sage ich lachend und zwinkere Tim zu, der aussieht, als würde er gleich einen Herzinfarkt bekommen.

Ich hingegen versuche mir einzureden, dass alles gut wird. Ich habe die Game-Mafia überlebt. Ich werde mich sicher nicht von diesem Assad fertigmachen lassen. Wobei ich mich langsam frage, welche Rolle er hier eigentlich spielt. Keine Opfer und der Russe redet von Sprengsätzen. Da passt doch etwas nicht zusammen.

Die Bewaffneten zerren mich zu Assad und den Russen in den Raum.

»Pass gut auf!«, knurrt mich der Russe an, als wäre er ein Tier. Sein widerlicher Mundgeruch stößt mir in die Nase. »Noch eine halbe Stunde und dann gehst du live.«

»Sie haben noch mehr Zeit«, wendet Assad ein.

»Haben sie?«, faucht der Russe nun und deutet auf seinen Laptop. Ich sehe die Nachrichten. Videos von den Explosionen laufen in Dauerschleife.

»Mir ist egal, ob du danach für deinen Gott in den Tod gehen willst, um deine Jungfrauen zu bekommen. Wir wollen hier oben nicht verrecken.«

»Das hier war nie für einen Gott«, schreit Assad ihn an. Er wirkt plötzlich verletzlich. Und da begreife ich, dass es einen Grund hat, dass er das hier tut. Und dabei geht es nicht um Rache dafür, dass sich keiner für sein Schicksal interessiert hat.

»Mir ist es gleich. Wir hatten einen Deal.« Der Russe kommt näher und packt Assad an seinem Shirt. »Vergiss das nicht!

Er wendet sich mir zu und zückt sein Handy. »Du. Stell dich an deinen Platz!«

Ich kneife die Augen zusammen und bleibe stehen. Assad fährt sich unruhig durchs Haar.

»Wird's bald!« Er hebt seine Waffe und richtet sie auf mich. Ich nehme die Hände hoch und gehe zu der kahlen Wand. Die Kamera vor mir lässt Panik in mir aufsteigen. *Will er wirklich eine Dreiviertelstunde zu früh live gehen? Was, wenn sie noch bezahlen? Was, wenn Lisa und der andere Typ nicht sterben müssen?*

Aber die Kamera geht nicht an. Stattdessen hebt er das Handy und richtet es auf mich.

»Du sagst jetzt, dass du von Assad Al'Sheik entführt wurdest und die Polizei nichts unternimmt, um dich und die Geiseln zu befreien. Dass eine von euch schwer verletzt ist und sich die Eintracht und der Staat weigern, das Geld zu bezahlen, obwohl weitere Menschen getötet werden.«

Mein Blick wandert unsicher zu Assad, der gerade dazwischen gehen will, als ihn zwei Vermummte an den Armen packen.

»Du Bastard!«, schreit er und windet sich. *Fuck. Das hier läuft in eine ganz falsche Richtung.* Falls es eine Möglichkeit gab, Assad in ein persönliches Gespräch zu ziehen, um ihn zu erweichen, schwindet die gerade. Und mit diesem Kerl hier vor mir werde ich nicht reden können. Er ist nicht irgendein gebrochener Mann, der das hier für etwas Wichtiges tut. Er ist nur ein Söldner, der seinen Sold einstreichen will. Koste es, was es wolle. *Verdammt.*

»Los!«, fordert er ungeduldig und wedelt mit der Waffe vor mir rum.

Ich atme tief ein und aus. Ganz langsam bewege ich meine Finger an die Uhr und stelle sie auf 11 Uhr. Unsere Zeit, um Fragen zur verlorenen Ehre der Katharina Blum von Heinrich Böll zu stellen und zu beantworten.

Wenn er dieses Video viral gehen lässt, dann gibt es eine kleine Chance, dass Lydia die Uhrzeit sieht und vielleicht sogar begreift, was ich damit meine. Denn wie Blum wird Assad durch dieses Video in den Medien zerrissen und als einziger Terrorist dargestellt. Aber Lydia muss begreifen, dass mehr dahintersteckt. Mehr als Social Media aus ihm machen wird.

Ich drücke den Verstellknopf wieder ein und nicke dem Russen zu.

»Mein Name ist Severin Klemm und ich werde von einem Mann namens Assad Al´Sheik festgehalten. Weder die Eintracht noch die Polizei oder der Staat tun etwas dagegen. Dabei gibt es noch mehr Geiseln und eine davon ist bereits schwer verletzt. Und es folgen noch weitere.«

Er nimmt das Handy runter und drückt darauf herum. Mein Blick wandert zu Assad, der ungläubig auf das Video starrt.

»Das verschafft uns Zeit«, sagt der Russe. »In 30 Minuten hast du deine letzte Chance, Assad. Zahlen sie, ist alles gut. Wenn nicht, werde ich das hier viral gehen lassen.«

KAPITEL 17

24. DEZEMBER 2020, 00.33 UHR

LYDIA

»Also, Frau Heller. Erst mal danke dafür, dass Sie sich als Einzige in dieser äußerst dramatischen Lage die Zeit genommen haben, unsere Zuschauer mit den neuesten Informationen zu versorgen.«

»Natürlich. Das ist ja mein Job!«

»Aber warum steht der Vorstandssprecher uns nicht persönlich Rede und Antwort?«

»Max Ehlhalden ist vollends eingebunden und mit all seiner Kraft dabei, gemeinsam mit den Experten des Landeskriminalamts alles dafür zu tun, dass die Geiseln freikommen und mit ihren Familien unversehrt Weihnachten feiern können.«

»Frau Heller: Weiß man denn schon etwas Genaueres darüber, wen die Täter in ihrer Gewalt haben?«

»Nein. Leider nicht. Nur so viel ist zum jetzigen Zeitpunkt sicher: Präsident Eric Presfeth und der Videoanalyst Tim Hartwig befinden sich in den Händen der Entführer. Außerdem wurde inzwischen die Mitarbeiterin einer Catering-Firma, die zufällig anwesend war, im Handgemenge mit den Entführern schwer verletzt. Zu ihrem genauen Zustand kann ich allerdings nichts sagen. Und ein Ihnen sicher gut bekannter Frankfurter Journalist, Severin Klemm, wurde bei dem mutigen Versuch, die Täter zu verfolgen und dingfest zu machen, von dieser gemeinen Bande überwältigt.«

»Severin Klemm – war da nicht etwas mit Ihnen und diesem Klemm vor etwa einem Jahr?«

»Ich merke schon: Sie haben ein ausgesprochen gutes Gedächtnis. Stimmt. Severin war bei diesen rätselhaften Morden im November des vergangenen Jahres an meiner Seite. Und hat sich heldenhaft geschlagen.«

»Und was passiert jetzt weiter. Es ist bereits nach Mitternacht und die ganze Stadt will doch sicher einen besinnlichen Heiligabend erleben?«

Was ist das denn für eine bescheuerte Frage? Ich schüttle den Kopf und muss über mich selbst grinsen. »Es ist bereits kurz nach Mitternacht. Frau Heller: Die Geisterstunde ist fast vorüber«, grunze ich mit verstellter Gruselstimme und blicke dabei kritisch in den Rückspiegel statt auf die Straße. Mit Folgen. Gerade noch rechtzeitig lassen mich die Bremslichter meines Vordermanns aufschrecken und voll in die Eisen steigen. Der Kerl im Wagen vor mir hat das heftige Quietschen gehört und fuchtelt wie wild mit seinen Armen herum. Dabei ist doch gar nichts passiert.

»Ey Alter, ist ja gut. Sorry Mann«, brülle ich. Hören kann er das bei geschlossenen Fenstern natürlich nicht, aber mir tut es einfach gut, einen Schrei loszulassen. Überschüssiges Adrenalin rauszubrüllen.

Irgendwann bringst du dich mit deinen Selbstgesprächen um, rechne ich mir aus, wie viel Meter Blindflug das kleine Interview jetzt wohl gekostet hat. Zwei Sekunden bei Tempo 50 macht 30 Meter. Und das waren jetzt eher zwei Minuten bei Tempo 60. Es schüttelt mich, wenn ich darüber nachdenke, dass ich wahrscheinlich die komplette Höchster Farbenstraße entlanggefahren bin, ohne auch nur das Geringste davon mitbekommen zu haben.

Ich tue das, was ich immer tue, wenn ich im Auto eines meiner Interviews führe – den Rückspiegel wegdrehen. Ohne Blick in diesen Spiegel kein Interview. So einfach ist das.

Den Kopf kann ich allerdings nicht ausschalten. Da geht das muntere Frage-Antwort-Spielchen weiter. *Was wollen diese Ganoven. Warum haben sie sich ausgerechnet unsere Geschäftsstelle als Ziel ausgesucht. Es wären doch heute normalerweise alle in Leverkusen gewesen. Wenn wir das Spiel nicht verlegt hätten. Aber das stand schon lange fest. Das haben sie gewusst. Das müssen sie gewusst haben. Man macht doch nicht so etwas und weiß das dann nicht! Oder hat Meusel recht und dieses Arschloch ist kein Terrorist, sondern nur ein kleiner Gelegenheitsgauner? Ein Gelegenheitsgauner, der die Eintracht-Geschäftsstelle überfällt, den Theatertunnel abriegelt, Autos in die Luft jagt und zwei Hochhaustürme abfackelt? Niemals.*

Ich wundere mich über mich selbst – ein halbes Dutzend Arschlöcher an einem Abend ist normalerweise nicht so meine Art – und blicke auf die Uhr: 0.37 Uhr. Das Ultimatum läuft in einer Stunde und 23 Minuten ab. Das wird eng, wenn ich mir das Videomaterial ein paarmal ansehen soll. Ich trete das Gaspedal durch. Einerseits will ich nicht noch mal Severin zusehen müssen, wie er leidet und Dinge gegen seinen Willen tun muss, andererseits hat Homburg ja vielleicht doch recht, und Sev hat versucht, irgendeinen versteckten Hinweis zu geben.

Vor mir taucht die Arena auf. Normalerweise, wenn ich hier reinfahre, macht mich der Anblick immer ein bisschen stolz und glücklich. Heute nicht. Heute habe ich das Gefühl, dieser Klotz und alles, was ihn umgibt, versaut uns allen gerade das Weihnachtsfest. Eventuell sogar das Leben.

Seit ein paar Minuten ist Heiligabend. Ein alter Freund von mir aus Schwanheim hat jetzt Geburtstag. Das Christkind. Als wir noch jung waren, haben wir uns meist bei ihm getroffen. Immer mehr Freunde und Bekannte sind dann im Laufe des Abends reingeschneit, und er hat stets so getan, als wäre er gar nicht vorbereitet und wie Jesus bei der Bergpredigt immer mehr Getränke beigeschafft. Ich wäre jetzt gern bei Martin und würde ihn mit den anderen gleich hochleben lassen.

Eine Träne bahnt sich den Weg. Nicht die erste heute und wahrscheinlich auch nicht die letzte. *Moment! Doch für heute war es tatsächlich die erste.* Ich drehe den Rückspiegel hoch und wische sie weg.

»Frau Heller! Lydia! Schön, dass Sie gekommen sind. Es gibt noch nichts Neues von den Erpressern. Aber wie gesagt: Vielleicht können Sie sich das letzte Video nochmals ansehen.«

Homburg scheint wirklich erfreut zu sein, mich zu sehen. *Ob ich tatsächlich so etwas wie die letzte Rettung bin?*

In Max' Büro wird heftig diskutiert. Die Stimmen von Meusel, Jules und – sehr schön – Severins Vater kann ich erkennen. Aber da sind noch andere beteiligt. Homburg versucht mich an der Tür vorbei zu manövrieren und deutet in Richtung Videoraum. Aber so leicht lasse ich mich nicht aus dem Weg räumen. Ich sehe ihn mit aufgerissenen Augen an. Er unternimmt einen letzten Versuch, mich von der Tür wegzuschieben, und gibt mit einem merkwürdigen Achselzucken auf. Was um Himmels willen besprechen die da gerade?

»Was sollen wir denn tun? Dieses Arschloch gibt uns keine Chance, mit ihm zu verhandeln. Aber ohne zu verhandeln, geht doch gar nichts. Was glauben Sie, was passiert, wenn das nächste Ultimatum abläuft? Da ist die Geisterstunde längst zu Ende, aber ich sage Ihnen: Für uns fängt sie dann erst so richtig an!«, stellt Meusel eine wohl eindeutig rhetorisch gemeinte Frage und wartet keinen Widerspruch ab: »Ihr Sohn wird im Namen dieses Schweins erklären, dass wir erneut sein Ultimatum haben verstreichen lassen und dafür jetzt bestraft werden. Dann darf Klemm Junior oder sonst wer wieder irgendjemanden abstechen und die Ablösesumme wird erhöht.«

Ich muss nicken. Auch wenn ich eigentlich nicht will. Aber ich weiß in diesem Moment: Meusel ist ein Stinkestiefel. Keine Manieren. Ja. Aber er hat recht. Genauso wird es laufen. Und wir werden dieses Perpetuum mobile nicht aufhalten. Bis Severin sich am Ende selbst das Messer in den Bauch rammen darf. Und wir sehen zu und können nichts tun. Rein gar nichts.

»Meusel. Nein!« Severins Vater kann seine Stimme nur mit Mühe im Zaum halten. Er ist außer sich. »Auch wenn Sie wahrscheinlich recht haben, aber das ist meine Stadt. Und ich werde nicht zulassen, dass irgendwer meine Stadt Stück für Stück anzündet oder in die Luft jagt.«

»Also gut!«, gibt Meusel merkwürdig tonlos zurück. »Dann lassen Sie alle Hochhäuser stürmen oder, oder … Was auch immer.« Damit lässt er sich wieder in Max' Stuhl fallen und murmelt etwas vor sich hin.

»Herr Klemm. Meusel hat doch recht. Ich kann Sie ja verstehen, aber … haben Sie mal durchgezählt, wie viele Beamte wir einsetzen müssten, um alle Hochhäuser in Frankfurt zu kontrollieren?«

»Dann fordere ich eben zwei SEKs an und wir gehen eins nach dem anderen durch. Vom Main Tower bis zur EZB! Nur wenn wir ihm wenigstens ein Druckmittel nehmen können, schwächen wir seine Position. Er setzt doch darauf, dass wir auf seine Feuerwerke reagieren und klein beigeben. Sonst hätte er doch – das haben Sie, Meusel, vorhin selbst gesagt – längst eine der Geiseln getötet.«

»Herr Klemm. Das hatten wir doch schon.« Jetzt hat Meusel Probleme mit seiner Stimme: »Soll ich Ihnen noch einmal ins Gedächtnis rufen, welche Gebäude alle kontrolliert werden müssten?« Er wartet die Antwort nicht ab: »Also, Klemm: Westend Straße 1 208 Meter, Tower 185 200 Meter, Main Tower 200 Meter, Omniturm 189,9 Meter, Trianon 186 Meter, EZB 185 Meter, Grand Tower 179,9 Meter und zu guter Letzt Opernturm und Taunusturm mit 170 Metern. Macht acht Türme, die alle mindestens 170 Meter hoch sind. Und dann kämen ja im Zweifel auch noch der Henninger Turm mit seinen 120 Metern und der Goetheturm in Frage.« Er kann es nicht lassen, immer wieder eine kleine Gemeinheit einzustreuen. »Jetzt gehen Sie mal davon aus, dass wir pro Turm mit Hin- und Rückfahrt eine Stunde brauchen – was nicht besonders viel ist, schließlich suchen wir eventuell ja nur ein paar versteckt angebrachte Sprengsätze – dann sind wir morgen um 8 Uhr noch nicht fertig!«

Den letzten Satz hat er geschrien. Regelrecht herausgebrüllt. Aber zum ersten Mal, seitdem ich ihn kennengelernt habe, steigt das Gefühl in mir auf, der schreit jetzt nicht, weil er diesen militanten Tonfall braucht, oder um zu zeigen, dass er der Boss ist, sondern aus purer Verzweiflung. Meusel sieht einfach keine vernünftige Chance im Plan des Oberstaatsanwalts.

Homburg mischt sich ein: »Und, bitte nicht vergessen: Wir wissen immer noch nichts. Wie sind die Täter aus dem Tunnel gekommen? In den beiden Fluchtfahrzeugen, die später in die Luft geflogen sind, war niemand. Keine Täter. Keine Opfer. Das Einzige, was wir haben, sind die beiden Fahrer. Sie haben die Vans abgestellt und sind in Richtung Main geflohen. Ehrlich gesagt, sind sie ganz gemütlich gelaufen. Die hatten es gar nicht eilig. Wollten vor allem nicht auffallen. Und das ist ihnen auch sehr gut gelungen. Wir haben ihren Weg bis zum Willy-Brandt-Platz nachvollziehen können. Dann sind sie auf keinem Bild mehr aufgetaucht. Einfach weg. Und es gibt nicht ein Bild, auf dem man ein Gesicht erkennen könnte.«

»Also doch absolute Profis«, wirft Severins Vater ein bisschen gehässig ein und holt sich prompt Meusels Retourkutsche. »Ich habe nicht gesagt, dass sie nicht höchst kriminell sind, sondern, dass Terroristen anders handeln, Herr Klemm. Das ist ein kleiner, aber feiner Unterschied! Ein Terrorist will üblicherweise vor allem eins: zerstören. Töten. Macht demonstrieren.«

Wieder geht Homburg dazwischen. »Meine Herren. So kommen wir nicht weiter. Also – die Frage bleibt: Wie sind sie aus dem Tunnel gekommen. Die Antwort: Durch eine Revisionstür. Die haben wir auch gefunden. Und auch den Ausgang, aber genau dort gibt es keine Kameras.«

»Heißt, wir wissen gar nichts?!« Meusel schüttelt ungläubig den Kopf.

»Heißt, wir haben um den Ausgang einen 150-Meter-Kreis festgelegt und die Kollegen befragen derzeit jeden Anwohner, ob ihm irgendetwas aufgefallen ist.«

»Und nehmen uns damit jede Chance, das alles wie eine zufällige Aneinanderreihung von Unglücksfällen zu verkaufen!« Meusel springt auf und steht offenbar kurz davor, Homburg an den Kragen zu gehen. »Haben Sie sie eigentlich noch alle? Das ist doch hier kein Ringelpiez mit Anfassen, wo jeder machen kann, was er will!«

Homburg weicht erschrocken zurück. »Nein, Herr Meusel. Das ist kein Ringelpiez, sondern schlicht und ergreifend mein Job, den ich mache.«

Einen Moment lang herrscht so etwas wie atemloses Schweigen im Raum. Die beiden Kontrahenten müssen durchpusten, bevor sie zum nächsten Angriff blasen können.

Homburg findet als Erster seine Sprache wieder: »Wenn wir also davon ausgehen, dass sechs oder auch mehr Entführer mit mindestens einem halben Dutzend Geiseln im Gänsemarsch durch die Innenstadt marschieren, um zum nächsten Hochhaus zu kommen, gibt es nicht so unendlich viele Möglichkeiten.«

»Und wenn sie doch neue Fluchtautos bereitgestellt hatten …?«, pfeffert Meusel dazwischen. »… Ist Ihre ganze schöne Theorie im Arsch!«

Da meldet sich Jules zu Wort: »Hallo. Dieses Testosteron-Herumgeschleudere geht mir echt auf die Nerven. So kommen wir doch nicht weiter. Sie haben vermutlich beide recht mit dem, was Sie sagen. Also brauchen wir einen Kompromiss. Stellen Sie sich vor, Sie sind der Anführer und haben den Transport bestens vorbereitet. Vielleicht hocken Sie direkt am Theatertunnel in irgendeinem Keller. Es geht also nicht darum, schnell irgendwo Unterschlupf zu finden, sondern Sie wollen mit Ihren Feuerwerken vor allem eins: Druck machen. Ablenken und die Aufmerksamkeit in eine andere Richtung lenken. Sie haben zehn, vielleicht zwölf Menschen entführt. Wollen Millionen Lösegeld kassieren und auch noch mit der Kohle abhauen. Also: Welche von diesen Hochhäusern würden Sie für diese Mission aussuchen?«

»Nicht den Main Tower«, murmele ich.

»Aha! Und warum nicht?«, will Meusel wissen.

»Na ja, weil der Main Tower und der Commerzbank Tower keine 200 Meter Luftlinie voneinander entfernt liegen.«

»Logisch, Heller. Guter Einwand. Aus Ihnen wird doch noch was«, jubelt Meusel, und ich denke: *Man müsste diesen Typen eigentlich permanent verprügeln.* Hätte ich besser nicht machen sollen, denn schon schwenkt er um: »Oder aber, die Schweine denken sich: prima. Den nehmen wir. Die Kamerateams sind schließlich schon vor Ort!«

Diesmal muss ich ihm innerlich recht geben und tue das mit einer kaum wahrnehmbaren Kopfbewegung. Mehr hat dieser Mann nicht verdient.

Immerhin scheint sich erstmals in dieser Nacht so etwas wie eine Chance aufzutun. Denn Meusel meint es wirklich ernst und brüllt durch den Raum: »Wir brauchen einen Stadtplan. Los. Einen Stadtplan. Auf dem Bildschirm. Und alle Türme werden eingezeichnet. Geht's auch ein bisschen schneller. Der Oberstaatsanwalt will schließlich seine Horden loshetzen.« Damit nickt er Severins Vater zu. »Jetzt sind Sie an der Reihe. Sorgen Sie für die Kavallerie, Oberstaatsanwalt. Wenn wir aus acht vier machen können, die in Frage kommen, haben wir vielleicht wirklich eine Chance.«

Die Kampfstiere hören auf zu schnauben und heben ihre Köpfe. Severins Vater hat sogar seine Gesichtsfarbe zurück. »Bei Zweien muss ich nicht lange nachdenken. Der Grand Tower ist dieses Jahr erst fertig geworden und Deutschlands höchstes Wohngebäude. Und Nummer zwei ist die EZB.«

»Na, dann mal los, Klemm. Zeigen Sie, was Sie draufhaben. Und erzählen Sie nur keinem, dass Ihr Sohn in den Händen der Entführer ist, sonst könnten wir am Ende beide ohne Job dastehen.«

Plötzlich macht sich ein Hoffnungsschimmer breit. *Könnte sich das Blatt tatsächlich wenden?*

Noch immer steht Homburg hinter mir. Er hat dem Wortgefecht beinahe ungerührt zugehört. Tippt mir jetzt auf die Schulter. »Können wir?«

Ich nicke und folge ihm in den Videoraum. Jules kommt hinterher. *Ob Homburg sie ebenfalls gebeten hat, die Videos anzusehen? Schließlich war sie mit Severin zusammen. Ein dreiviertel Jahr. Da lernt man den anderen schon etwas genauer kennen.* Der Gedanke schmerzt. Ein bisschen jedenfalls. Zu sehr?

»Ich habe Hauptkommissarin Lacker gebeten, mit Ihnen gemeinsam die Videos anzuschauen. Sie kennt Herrn Klemm ja auch recht gut«, sagt Homburg und ich wünschte, er würde an seinem Plauderton ersticken.

»Natürlich. Gute Idee«, antworte ich und nicke Jules aufmunternd zu. »Hoffe, wir finden da etwas Auffälliges, das uns weiterhilft!« Glauben kann ich es irgendwie nicht. Wenn da etwas wäre, wäre mir das doch aufgefallen. Und sie kennt Sev sicher nicht so gut wie ich. Also, wie sollte sie helfen?

Wie zwei Raubkatzen sitzen wir beide nebeneinander und starren auf den Bildschirm vor uns. Es ist ein Wettlauf. Gegen die Zeit und um Severins Leben. Ein Wettlauf, den die beiden Frauen absolvieren sollen, die Sev wahrscheinlich nach seiner Mutter am nächsten stehen. Am nächsten gestanden haben, seit er in die Pubertät gekommen ist.

Ich kann spüren, wie meine Eifersucht von Minute zu Minute, die ich gezwungen bin, neben ihr zu sitzen und nach Besonderheiten in Severins Verhalten zu suchen, wächst. Ich atme tief durch die Nase ein. Ein Fehler. Ihr Parfum kriecht in meine Schleimhäute. Mademoiselle von Coco Chanel. Brutal intensiv. Ich habe es oft genug an Severin gerochen. Ohne zu wissen, wo es herkommt. Meine Wut erreicht auf der nach oben offenen Skala das Oben-offen, während ich entsetzt Severins Hand mit dem Messer sehe. Er bewegt sich auf Lisa zu.

»Oh nein. Scheiße. Was ist das denn?«, fragt Jules. Ich schaue irritiert.

»Da!« Sie deutet auf den Bildschirm und weil ich nicht verstehe, was sie meint, schiebt sie ihren Stuhl nach vorne und bringt ihren Zeigefinger direkt auf Severins Hand. »Das Messer?«, frage ich.

»Nein! Sieh doch. Die Uhr!«

»Die Uhr?«

»Ja. Ich habe Sevi niemals mit einer solchen Uhr gesehen. Dieser Stil passt überhaupt nicht zu ihm.«

Ich schaue genauer hin und muss gestehen: Sie hat recht. Diese Uhr passt nicht zu Severin und ich habe sie auch noch nie an ihm gesehen. Wirklich vernünftig darüber nachdenken kann ich allerdings gerade nicht.

Sevi!, wiederholt mein Kopf. *Sie hat also wirklich ›Sevi‹ zu Sev gesagt, wenn sie … ihm nahe war.* Ich will es gar nicht wissen und wische jeden Gedanken an die beiden fort.

»Du hast recht!«

Es macht mir inzwischen nicht mehr viel aus, hier mit ihr zu sitzen. Dafür aber umso mehr, dass sie recht hat. *Das mit der Uhr hätte mir auffallen müssen. Auf jeden Fall. Sofort!*

Ich beuge mich nach vorne, so dass meine Nasenspitze nur noch wenige Zentimeter vom Bildschirm entfernt ist, und versuche, etwas zu erkennen. Diese Uhr erinnert mich … *an mich.* An die Uhr, die ich von meiner Mutter bekommen habe. Bevor sie gegangen ist. Ein altbackenes Ding, das ich sehr mochte. Immer. Weil es mich an sie erinnert hat. Ich habe sie immer getragen, bis sie irgendwann stehen geblieben ist und der Uhrmacher meinte, sie sei irreparabel. Seitdem liegt sie in meinem Schmuckkästchen und vereinsamt still vor sich hin, weil ich außer dem Kreuz zur Kommunion und den Ohrringen von Tante Martha keinen Schmuck besitze.

»Der hasst doch eigentlich Uhren, oder?«, frage ich, als wüsste ich das nicht genau.

Sie zuckt mit den Schultern. »Jedenfalls habe ich ihn noch nie mit einer gesehen.«

Aufregung mischt sich in mein Gefühlschaos aus Angst und Eifersucht. Während Severin sagt, ›Ihr habt über das Schicksal dieser Frau gerichtet, wie ihr es immer tut.‹

»Können Sie uns das größer machen«, bitte ich diesen Klimaschewski, der bisher sehr geduldig all unsere Wünsche, vor- oder zurückzuspulen, befolgt hat. Er nickt. »Geht klar, Ladys«, nuschelt er dienstbeflissen. »Was genau darf's denn sein?«

»Die Uhr«, sagt Jules. Ich schaue sie an und nicke widerwillig. *Ich will nicht abnicken, was Severins Ex sagt,* tickert mein Kleinhirn. *Aber sie ist doch nett*, antwortet mein Herz. Und ich zwischendrin.

Klimaschewski lässt seine Finger wieselflink über die Tastatur sausen, bewegt dann seinen Körper mit einer federnden Bewegung nach vorne und deutet mit ausgestrecktem Zeigefinger auf den Bildschirm. »Kommt«, befiehlt er mindestens so cool wie Ridley Scott seinen Blade Runner über die Leinwand gehetzt hat.

Ich muss lächeln. Trotz alledem: Ich muss lächeln. Severin in Lebensgefahr. Eric, Tim und ein paar andere Kollegen wahrscheinlich auch. Das nächste Ultimatum läuft bald ab, und ich muss lächeln, weil ein Typ trotzdem mit unglaublich viel Engagement und Liebe seine Arbeit macht und ich neben einer Frau, der ich eben noch am liebsten die Augen ausgekratzt hätte, vor einem Bildschirm hocke und gemeinsam mit ihr Severin und den anderen helfen kann. Weinen wäre jetzt ebenso denkbar. Aber ich muss lächeln.

Das Handgelenk von Severin mit dieser merkwürdigen Uhr erscheint bildschirmfüllend vor uns. Und diesmal sehe ich es zuerst: »15 Uhr!«, brülle ich heraus und meine Stimme überschlägt sich zu einem gruseligen Stakkato: »15 Uhr! Die Zeit ist falsch!«

»That's it«, antwortet Jules überraschend cool und hält mir noch dazu ihre rechte Hand entgegen. Ich zögere einen Moment. Dann schlage ich ein. Mein Herz hüpft. Möchte platzen. Das Zeichen. Wir haben es entdeckt. Keine Ahnung, warum mir in diesem Moment die Tränen in die Augen schießen. Glück! Pures Glück.

Jules kehrt deutlich vor mir auf den Boden der Tatsachen zurück.

»Aber was soll uns die falsche Uhrzeit sagen?«, reißt sie mich zurück ins Leben: »Hat er absichtlich die Zeit falsch eingestellt? Haben ihm die Entführer die Uhr angelegt, um uns ein Zeichen zu geben? War es nur ein blöder Zufall, dass seine Uhr genau auf 15 Uhr stehen geblieben ist?«

Das hat sie nicht wirklich gesagt. Die Pferde gehen mit mir durch. »Wie konnte es Sev nur so lange mit dir aushalten«, antworte ich gereizt. »Du bist und bleibst einfach durch und durch Polizistin! Verdammte Scheiße nochmal!«

Sie zuckt zurück. Schaut mich völlig überrascht an. »Ja. Natürlich. Das ist mein Job. Ich will eine Lösung. Ich will, dass es zu Ende ist. Gut zu Ende geht. Die ganze scheiß Geschichte.« Die letzten Worte hat sie nur gestammelt.

»Und solange wir nicht wissen, warum diese Uhrzeit zu sehen ist, sind wir keinen Schritt weiter.«

Ich weiß, sie hat recht. Sie ist cool. Ich bin emotional. Ich weiß das, aber ich bin mir nicht sicher, ob ich es ändern will. Endlich bin ich emotional und nicht cool. Nein. Ich will das nicht ändern.

Solange wir nicht wissen, warum diese Uhrzeit zu sehen ist, sind wir keinen Schritt weiter, hallt es in meinem Kopf wider. Und plötzlich weiß ich genau, was Severin mir, mir allein, sagen will.

»Unser Spiel!« Ich schaue Jules an. Schaue in ihre leeren Augen. »In der Uni!«

»Euer Spiel ... in der Uni?« Sie hat den Kopf leicht zur Seite geneigt.

»Wir haben die Vorlesungen nur mit diesem Spiel überstanden. Jede Uhrzeit stand für einen Roman. Und dann haben wir uns Fragen dazu gestellt. Na ja, wie das Studenten halt so machen. Wenn ihnen langweilig ist, und sie die Zeit bis zum nächsten geilen Moment totschlagen wollen. Das habe ich in der Schule schon mit meiner Tischnachbarin gemacht. Wir haben den Weltatlas aufgeschlagen und dann Städte gesucht, die uns die andere genannt hat. So haben wir Erdkunde überstanden und ich kann bei Besserwisser bis heute jede Frage nach Städten bis tief in den mittleren Westen hinein beantworten.«

»Zum nächsten geilen Moment?« Jules Frage beerdigt mit einem Schlag all meine Eifersucht. Sie wird niemals Severins große Liebe, weiß ich plötzlich. Das passt nicht. Gar nicht. Was immer die zwei verbunden hat. Es geht nicht tief rein. Es hat höchstens die Oberfläche angeritzt. So wie immer bei ihm. Das kenne ich nur zu gut. Seit unendlich langer Zeit.

»Na ja. In der Mensa gab es die besten Tapas der Welt«, versuche ich das Gespräch wieder auf ein anderes Niveau zu heben. Keine Chance.

»Also hattet ihr doch mal was … miteinander?« Sie schaut mich mit großen Augen an.

Scheiße. Die ist wirklich in ihrem Job genau richtig, schießt es mir durch den Kopf. Und ich zögere. *Hatten wir mal was miteinander? Severin und ich?*

»Nö! Nicht wirklich. Nur so ein bisschen Geplänkel. Aber wir haben schnell gemerkt, wir sind nur Freunde. Wie auch immer. 15 Uhr stand für …« Ich schließe die Augen, um mich zu erinnern. Die Studienzeit ist doch schon eine Weile her. »Nathan der Weise.«

»Nathan der Weise?«, wiederholt Jules, als wären wir dumme kleine Kinder gewesen. Ich gehe nicht auf sie ein. Stattdessen überlege ich, was er mir damit sagen will. *Da gibt es unendlich viele Dinge. Will er auf die drei Weltreligionen anspielen? Ist es doch ein religiöser Terrorakt? Oder geht es um Nathans Adoptivtochter, die eigentlich eine Muslima war, aber als Christin erzogen wurde?* Mein Kopf brummt. Das alles hilft mir nicht weiter.

»Wir müssen das Band weiter ansehen.«

Jules hebt ihre Brauen. Wahrscheinlich hat sie längst den Glauben daran verloren, dass das mit der Uhrzeit wirklich für mich bestimmt war. Aber ich werde ihr das Gegenteil beweisen.

Klimaschewski spult zurück und startet das Band neu. Immer und immer wieder. Severin geht nah an diese Lisa heran, sagt etwas und dann … »Moment. Noch mal zurück.«

Er erfüllt meinen Wunsch. »Lässt sich der Ton besser herausfiltern?«, will ich wissen. »Damit ich hören kann, was er sagt?«

Klimaschewski nuschelt irgendetwas von »wenn Sie sonst keine Wünsche haben« und hantiert herum. Dann hebt er den Finger und legt ihn auf seine Lippen. »Mehr kann ich hier mit dieser Gerätschaft nicht machen.« Und dann hören wir es. »Der Wolf«, sagt Severin. Nur diese beiden Wörter: Der Wolf.

»Der Wolf…von Filnek«, ergänze ich. Denn ich habe Sev nicht nur gehört. Ich habe ihn verstanden und schlage mir aufgeregt die Hände vors Gesicht.

»Wäre nett, wenn du mich an deinen Gedanken teilhaben lassen würdest«, wirft Jules ein und ich sehe sie an. Das erste Mal ohne die abgelegte Geliebte von Severin zu sehen. Das hier ist der Beweis, wie gut ich ihn kenne. Und vor allem … wie sehr Severin in diesem Moment an mich gedacht hat. Er wusste: Nur ich kann dieses Rätsel lösen. Niemand sonst.

»Er sagt ›der Wolf‹. Das spielt auf den Wolf von Filnek an. Wie sich im Roman herausstellt, ist er der verschollen geglaubte Bruder von Nathan. Assad. Er ist für seine Frau zum Christentum konvertiert und hat einen deutschen Namen angenommen. Aber ich denke, dass Severin uns den Namen mitteilen will. Ich denke, der Name des Erpressers ist Assad.«

»Aha. Und wie weiter? Assad … Hast du ’ne Ahnung, wie viele Assads auf der Welt herumlaufen? Assad! Das bringt uns doch gar nichts. Sogar der syrische Präsident heißt Assad. Wenn ich den Namen in unsere Datenbank eingebe, rechnet sich der Computer halb tot und spuckt am Ende einen Staatspräsidenten aus. Wobei ich gar nicht weiß, ob der Scheiß, den der verbrochen hat, bei uns im Computer zu finden ist. Eher nicht. Assad, das ist wie in Deutschland Peter oder Alexander. Scheiße!« Jules steht mit einem Ruck auf, knallt ihren Stuhl gegen den Schreibtisch und rennt aus dem Raum. »Ich habe gleich gesagt, das bringt uns nicht weiter«, höre ich sie auf dem Flur lauthals schimpfen. »Das ist doch alles nur ausgemachte Kinderkacke!«

KAPITEL 18

24. DEZEMBER 2020, 01.12 UHR

SEVERIN

Bring ihn weg, sonst erschieße ich ihn wirklich«, knurrt der Russe und wedelt mit der Hand. »Dieses Insekt hat einen meiner Männer getötet.«

»Ich habe was?« Ich sehe ihn völlig verständnislos an. Ein grausamer Ausdruck huscht über sein Gesicht, als er näherkommt und ich seinen Atem auf meinem Gesicht spüre.

»Den Mann, den du im Tunnel zugerichtet hast. Er war einer meiner Männer und nicht mehr brauchbar.«

»Also haben Sie ihn getötet«, sage ich vielmehr, damit ich diesen Mann nicht auf dem Gewissen habe.

»Bringt ihn weg!«

Zwei Männer packen mich und schleifen mich raus aus dem Betonraum. Ich sehe noch einmal zu Assad. *Was wird hier gespielt? Warum arbeitet er mit diesen Männern zusammen, wenn sie ihn bedrohen?* Meine Gedanken überschlagen sich.

Als ich wieder im ehemaligen Restaurant ankomme, stürzt sich Tim erleichtert auf mich. Ich klopfe ihm auf den Rücken, richte meinen Blick aber auf Lisa, die leichenblass da liegt und sich kaum noch bewegt.

»Wie geht es ihr?«

Der Arzt schüttelt nur den Kopf. *Fuck. Ich muss etwas unternehmen. Aber was?*

»Was genau ist in der Geschäftsstelle passiert?«, richte ich mich an Tim und ziehe ihn zu einem der Tische.

»Das habe ich dir doch schon gesagt, Sev. Da ist sowas wie eine Rauchbombe hochgegangen. Es hat geknallt, alles war plötzlich voller Nebel. Leute haben geschrien und dann kamen diese Männer reingestürmt. Haben uns mit Waffen gezwungen, ihnen zu folgen.«

Ich fahre mir nachdenklich durchs Haar, von dem Lydia ständig sagt, dass ich es mal wieder schneiden muss. Aber ehrlich gesagt, gefällt mir der fehlende Haarschnitt, der eigentlich Corona geschuldet ist.

»Ich begreife nicht, warum Assad das gemacht hat. Wie hat er sich verhalten?«

»Dieser Araber?«, hakt Tim nach. »Der war überhaupt nicht dabei.«

»Und woher willst du Klugscheißer das wissen, wenn die alle vermummt waren?«

»Wir wurden zu ihm gebracht. In den Tunnel. Erst dort war auch er da und hat uns durch einen Mechanikergang rausgebracht.« Er räuspert sich. »Wenn du mich fragst, wirkt er unpassend zwischen all den Exsoldaten und Söldnern.«

Ich ziehe die Brauen zusammen, sage aber nichts. Tim sieht offensichtlich zu viele Filme. Als er neulich Veronica Mars durchgesuchtet hat, dachte er, dass er Sherlock Holmes höchstpersönlich sei. Wahrscheinlich hat er jetzt irgendeinen Actionstreifen gesehen und meint, er erkennt Soldaten und Söldner auf den ersten Blick. Aber ich kann ihm auch nicht widersprechen. Die Typen wirken anders als Assad, routinierter, kaltherziger und auch irgendwie ausgebildet.

Welchen Nenner spielt er also in dieser Rechnung? Die Typen haben klar gezeigt, dass sie die Bosse sind, auch wenn sie sich zunächst im Hintergrund gehalten haben.

»Wie schaffen wir Lisa hier raus?«, fragt Tim und sieht mich mit großen Augen an. Ich kenne diesen Blick. Es ist der typische Severin-macht-das-schon-Blick. Nur dass ich dieses Mal wirklich keine Ahnung habe, was ich tun soll. Das Einzige, was uns helfen kann, ist dieser Zwist zwischen Assad und dem Russen. *Was, wenn ich da ein bisschen nachhelfe? Was, wenn sie sich gegenseitig zerfleischen und wir fliehen können?*

»Haben sie irgendetwas zueinander gesagt, als ihr auf Assad gestoßen seid?«, frage ich und sehe Tim auffordernd an. »Denk nach!«

»Nur sowas wie: Hier sind sie.«

»Sonst nichts?«

»Doch, natürlich Sev, sie haben sich ihren kompletten geheimen Plan erzählt, während wir daneben standen.« Tim schüttelt den Kopf.

»Witzig, Mobby Dick. Wie haben sie gewirkt? Vertraut? Wie Freunde? Partner? Gegner?«

»Wenn ich mein Wissen aus meinem Semester Psychologie einspielen lassen soll, dann würde ich sagen wie unfreiwillige Verbündete.«

Wow. Tim hat wirklich so einige Alter Egos. Aber hierbei könnte er recht haben. Genau so haben sie auch auf mich gewirkt. *Aber warum und was haben sie von dieser Partner-*

schaft? Brauchte Assad sie, weil er das hier nicht allein durchziehen konnte? Oder steckt da mehr dahinter?

Lisa stöhnt auf und ich wende meinen Blick zu ihr. Wir müssen einen Weg finden.

Ich versuche, weiter nachzudenken, aber mein Nervenkostüm ist so zerrissen, dass ständig die Gedanken an den Tunnel zu mir durchdringen und meine Brust brennen lassen. Ich hatte mich nicht unter Kontrolle, als ich den Mann geschlagen habe. Ich dachte, Tim sei tot. Ich dachte… Ich habe gar nicht gedacht. Ich habe einfach zugelassen, dass dieser düstere Teil in mir erwacht und ausbricht.

Am liebsten würde ich das alles auf meine Vergangenheit schieben. Ja, ich würde gerne behaupten, dass ich zu diesem Monster gemacht wurde, was da aus mir herausgebrochen ist. Aber das wäre eine Lüge. Natürlich war ich jahrelang abhängig von dem Ritalin, was mir meine Ärzte schon als Kind gegeben haben. Und natürlich wurde ich dadurch aggressiv. Aber da steckte mehr dahinter. Mehr hinter dem Jugendlichen, der sich Hooligans anschloss und seine Grenzen austesten wollte.

Und ja, damals, als Kev und Mic den Mann halb zu Tode prügelten, habe ich nicht mitgemacht und einen Krankenwagen gerufen. Aber ich habe sie nicht aufgehalten. Ich habe dabei zugesehen, wie sie auf einen Mann eintraten, der am Boden lag. Ich bin weggelaufen und nicht bei ihm geblieben. Ich bin kein guter Mensch. Das weiß ich schon sehr lange.

Ich habe ein verdammtes Talent dafür, mich und damit auch Lydia und Tim in Schwierigkeiten zu bringen. Egal, wie ich es mache. Sie leiden immer. Und das muss ein Ende haben. Ich muss das hier beenden. Auch, wenn ich damit diesmal mein Leben verpfusche. Eben nur mein Leben, nicht das der anderen.

Ich atme tief ein, stehe dann auf und trete auf den Stuhl ein, bis er zusammenbricht und ich mir eines der Beine nehmen kann.

»Hey, ihr Bastarde!«, brülle ich durch den Raum. Tim sitzt einfach nur fassungslos da und starrt mich an. Und dann gehe ich auf die Tür zu und beginne auf das Glas einzuprügeln.

KAPITEL 19

24. DEZEMBER 2020, 01.15 UHR

LYDIA

Was soll das denn jetzt. Können wir uns nicht einfach darüber freuen, dass wir den Tätern offenbar ein bisschen nähergekommen sind?« Offenbar nicht. Ich blicke zur Tür, aber Jules taucht nicht wieder auf. »Blöde Kuh«, murmele ich. »Nur weil sie Sev eben doch nicht so gut kennt wie ich.«

»Nanana! Lydia. Was sind das denn für Töne?« Severins Vater hat wohl gehört, was ich gesagt habe. Er schaut mich mit einem überraschend väterlichen Blick an. »Klingt da so etwas wie Eifersucht durch, Lydia?« »Nein. Ich habe mich nur gefreut, dass ich Severins Zeichen erkannt habe. Und Jules findet, damit können wir nichts anfangen.«

»Severins Zeichen?«

»Ja, es ist ein Spiel, das wir schon in der Uni gespielt haben. Und ich bin sehr sicher: Der Täter heißt Assad.«

»Mit Vornamen oder mit Nachnamen?«

Dass ich darauf nicht selbst gekommen bin. Der Nachname. Das Schwein heißt Assad vielleicht mit Familiennamen. Und davon gibt es wahrscheinlich dann doch nicht ganz so viele. Und Assads, die im Computer der Polizei auftauchen können, hoffentlich noch weniger.

»Sie sind der Beste, Herr Klemm. Danke. Das muss ich gleich Jules und Hauptkommissar Homburg sagen.« Ich will aufstehen und in Max' Büro rennen, aber er hält mich am Arm fest. »Nur langsam mit den jungen Pferden. Ich fürchte, auch als Nachname hilft Assad nicht wirklich weiter. Auch davon wird es viele geben, und wenn der Meusel recht hat, ist der Mann nirgendwo registriert. Und schon gar nicht beim Verfassungsschutz. Arabischer Name hin oder her. Zeig mir doch mal die Szene. Vielleicht fällt mir noch etwas dabei auf. Vielleicht hat Severin doch noch einen anderen Hinweis gegeben.«

Damit setzt er sich in den Stuhl neben mir und gibt Klimaschewski ein Zeichen. Der versteht und spielt uns die Szene ein. Severin sieht ängstlich in die Kamera. ›Wenn ihr das Geld nicht bis 2 Uhr überweist, dann wird Ginni hier hinter mir sterben. Keine Verletzungen mehr. Ich muss ihm dann die Halsschlagader aufschlitzen …‹ Das ist nicht die Szene, bemerke ich sofort und will Klimaschewski darauf hinweisen. Sev atmet tief ein und aus. Dann liest er weiter von dem Zettel ab: ›Und nun folgt der Beweis, wie ernst ich es meine.‹ Man hört wieder die Kinderstimme, die das Weihnachtslied singt, und weit weg eine heftige Explosion.

»Nein, Herr Klimaschewski. Wir brauchen die andere Szene. Vom zweiten Video …«, will ich sagen, aber Severins Vater unterbricht mich aufgeregt. »Warten Sie. Warten Sie. Können Sie das noch mal abspielen, bitte?!«

»Klaro«, flötet Klimaschewski und ich frage mich, ob dieser Typ überhaupt irgendwann mal nicht die Ruhe weg hat. Dann hören wir wieder Sevs Stimme: ›Wenn ihr das Geld nicht bis 2 Uhr überweist, dann wird Ginni hier hinter mir sterben. Keine Verletzungen mehr. Ich muss ihm dann die Halsschlagader aufschlitzen …‹

»Ginni? Wieso sagt Severin Ginni?« Klemm starrt bewegungslos auf den Bildschirm. Befiehlt dann: »Noch mal!« und nickt bei Severins Worten. Erst nur leicht, kaum zu sehen, dann immer heftiger. Dazu deutet er mit dem Zeigefinger auf seinen Sohn. »Er hat es nicht gewusst. Sich halb totgelacht. Damals, als ich es ihm gesagt habe. Und der Mann, der hinter ihm steht, ist der Präsident der Eintracht Frankfurt. Dieser Mann heißt Eric Presfeth und nicht Ginni. Und das weiß Severin. Und: Er kann davon ausgehen, dass ich dieses Video sehe. Habe ihm vorhin ja gesagt, dass ich ins Präsidium fahre, weil ich den Notdienst übernommen habe. Yeep!«

Ich schaue ungläubig zu ihm. Höre ihm zu und verstehe kein Wort. Ob er jetzt einen Nervenzusammenbruch hat? Warum sonst sollte der leitende Oberstaatsanwalt so etwas wie ›Yeep‹ sagen.

»Was meinen Sie, Herr Klemm?«

»Ganz einfach, Lydia. Da ist das zweite Zeichen und es ist noch viel genauer als das erste. Sie sind im Fernmeldeturm. Im Ginni, wie die Ginnheimer den Turm genannt haben. Ginnheimer Spargel oder Ginni! Glaub mir. Ich bin sicher: Da sind sie!«

Ich schaue ihn weiter ungläubig an. Wobei – er hat recht. Warum sollte Severin Eric ›Ginni‹ nennen. Er weiß genau, wie Presfeth heißt und Eric hat viele Namen. Nette und weniger nette. Einmal hat ihn sogar eine Boulevardzeitung ganzseitig ›Der Schwätzer‹ genannt. Irgendwann Anfang des Jahrtausends.

Es hat ihn furchtbar getroffen. Damals. Inzwischen ist er der Präsident, der sich seit Jahren gegen rassistische und menschenverachtende Tendenzen in der Gesellschaft ausspricht. Aber Ginni ist er auf keinen Fall.

»Ich glaube, Sie haben recht. Sev würde Eric nicht aus Spaß Ginni nennen. Er hat 'ne Menge blödes Zeug im Kopf, aber ... nein ... das würde er nicht machen. In der Situation, in der der Präsi und er gerade stecken, schon gar nicht.«

»Was würde wer nicht machen?« Meusel steht in der Tür. Hinter ihm Jules und Homburg. Klimaschewski springt wie von der Tarantel gestochen auf. Fehlt nur noch, dass er sowas sagt wie ›melde gehorsamst‹.

Ich muss lächeln. Über mich. Der Typ ist so nett. Warum sollte er einen solchen unterirdischen Schwachsinn von sich geben?

Und in der Tat: Er tut es nicht. Wenigstens das nicht. Ansonsten kommt er schon recht unterwürfig daher. Dabei hat er tolle Arbeit geleistet. Könnte glatt bei uns als Videoanalyst anfangen.

»Frau Heller und Herr Klemm haben klare Hinweise von Herrn Klemm Junior auf dem Video entdeckt, Herr Oberrat. Das könnte uns enorm weiterhelfen. Um nicht zu sagen: ein Quantensprung!«, schnarrt er.

»Klare Hinweise? Wer hätte das gedacht. Die Kollegin hier neben mir findet das eher dünn.« Meusel grinst und deutet mit dem Daumen hinter sich auf Jules.

»Hören Sie zu, Meusel. Ich bin sehr sicher, dass sich die Bande im Fernmeldeturm verschanzt hat. Der Hinweis meines Sohnes ist eindeutig. Er hat Eric Presfeth Ginni genannt und damit den Ginnheimer Spargel gemeint. Ganz sicher!«

Meusel tritt zwei Schritte auf Severins Vater zu. »Ganz sicher, Herr ... Oberstaatsanwalt Klemm. Sie sind also ganz sicher?«

Ich warte nur darauf, dass ihm die Spucke aus den Mundwinkeln tropft, so sehr hat er bei diesem Satz sein dummes Mundwerk verzogen. Es macht ihm ganz offensichtlich Spaß, Severins Vater auflaufen zu lassen. »Der Fernmeldeturm … soso. Und, wie mir Frau Lacker berichtet hat, ein gewisser Assad. Von dem es ja Tausende Ausführungen gibt. Nicht zu vergessen den syrischen Präsidenten. Das sind die Ergebnisse Ihrer Videoanalysen. So sagt man doch wohl, Frau Vizepräsidentin, oder?«, giftet er uns an und ich fürchte, das war nur der Anfang seines ekligen Statements. Richtig. »Wussten Sie eigentlich, Herr … Oberstaatsanwalt, dass sich auf diesem Turm neben Empfangsstationen für Satellitensignale nur noch einige Richtfunk- und Mobilfunkantennen befinden? That's it. Mehr nicht.« Damit schnippt er mit dem Finger und einer seiner Vasallen bahnt sich den Weg vorbei an Jules und Homburg.

»Im Turm wurden für den erwarteten Besucherverkehr mehrere große Aufzüge eingebaut. Ein zusätzlicher kleinerer Aufzug fährt das Wartungspersonal bis in den Schaft zu den oberen Plattformen. In den beiden oberen Stockwerken der Kanzel sind die Technikräume eingerichtet. Früher wurde im Club ›Skyline‹ in der Kanzel gefeiert. In der Etage darunter gab es ein edles Drehrestaurant. Beide wurde betrieben von Schüler und Presinger, die auch die legendäre Flughafen-Disco Dorian Gray unter ihren Fittichen hatten. 1999 wurde der Europaturm für die Öffentlichkeit geschlossen, da die Auflagen der Brandschutzordnung nur mit Millionenaufwand zu erfüllen gewesen wären.« Meusel schiebt sich nach dessen Vortrag vor seinen Mitarbeiter. »Klemm! Was glauben Sie eigentlich, was wir hier machen. Mann. Unsere Hausaufgaben. Was sonst. Also …«, damit deutet er mit beiden Zeigefingern auf seinen Mund. Wohl um zu zeigen: Hören Sie mir genau zu: »Wir haben natürlich den Fernmeldeturm gecheckt. Kann sein, dass da oben eine Bombe angebracht ist, aber dorthin wird sich niemals ein Entführer verirren. Die Kanzel des Fernmeldeturms ist ausgehöhlt, im Inneren bis zum Rohbau demontiert. Vorhanden sind drei Aufzüge, davon waren zwei für das Publikum bestimmt, einer für die Feuerwehr. Aber in Betrieb ist heute nur der Feuerwehraufzug. Also, es gibt nur einen Weg rein und raus. Wie klein soll denn der IQ unseres Nathan, Hassan oder …« – »Assad«, sagt der Mitarbeiter dienstbeflissen. »… Oder eben Assad sein, dass er sich freiwillig in eine solche Falle begibt? Vergessen Sie das.«

In meinem Kopf schwirren Zeitungsartikel hin und her. Ich weiß genau: Da war etwas. Ich weiß es. Der Frankfurter Oberbürgermeister will den Turm wieder beleben. Weil er ein Stück Heimat ist und jetzt sogar unter Denkmalschutz steht. *Konzentriere dich, Lydia Heller.* Und tatsächlich – ich sehe die Bilder vor mir: Der Extra Tipp hat das verlost. Eine Tour mit dem OB ganz nach oben. Mit dem Aufzug im Feuerwehrschacht. Wäre ich gerne dabei gewesen. Aber es stimmt nicht, dass die anderen Schächte tot sind. Nein, nein. Dort testet ein Aufzugshersteller seine Produkte. Sie müssten zwar ausgetauscht werden, um den aktuellen Sicherheitsanforderungen zu genügen, aber sie funktionieren noch immer. Habe ich gelesen, definitiv. Genauso wie die Dreheinrichtung auf der Restaurant-Etage. Der äußere Teil der Plattform drehte sich einmal pro Stunde um die eigene Achse.

Soll ich etwas sagen? Soll ich mir wieder nur einen bitterbösen Kommentar abholen? Die doofe Vizepräsidentin, die mal wieder alles besser weiß? Ne, Herr Meusel. Den Gefallen tue ich dir nicht.

Auch die anderen haben Meusels Redeschwall offenbar nichts entgegenzusetzen. Homburg hat einen Moment lang tief Luft geholt, dann aber doch geschwiegen. Jules ist offenkundig die Luft schon vor zehn Minuten ausgegangen und selbst Severins Vater scheint nicht mit einem langen Atem ausgestattet zu sein. Einem erneuten Schlagabtausch geht er jedenfalls aus dem Weg. Sicher auch, weil er weiß, dass seine Position hier äußerst wackelig ist und jedes weitere Wort seine Karriere beenden könnte. Meusel hat ihm nicht umsonst vorher schon wegen Befangenheit einen Platzverweis ausgesprochen.

»Dann wäre ja alles geklärt«, poltert Meusel weiter, dreht sich um und verlässt den Raum. Jules und Homburg folgen.

Severins Vater zögert einen Moment. Kann sich offenbar nicht so recht entscheiden, was er als Nächstes tun soll. Es ist ihm anzusehen – in seinem Kopf herrschen mächtige Turbulenzen. Aber plötzlich scheinen sich die dunklen Wolken zu verziehen.

»Weißt du was, Lydia. Der Meusel kann mich jetzt mal. Ich habe einen alten Kumpel bei der Truppe. Der fliegt den Hubschrauber. Ein Ass am Steuerknüppel, und: Er ist mir noch etwas schuldig. Den rufe ich jetzt an und bitte ihn um Hilfe.«

»Und was wollen Sie ihm sagen? Dass wahrscheinlich im Frankfurter Fernmeldeturm eine Bande schwerbewaffneter Krimineller hockt mit Ihrem Sohn, dem Eintracht-Präsi und knapp einem Dutzend weiterer Geiseln und er mal eben nach dem Rechten schauen soll?« Ich finde die Idee eigentlich gut, aber irgendwie scheint mir diese ganze Geschichte mehr und mehr aus dem Ruder zu laufen. Und wenn Meusel von der Aktion erfährt, war es das wohl mit dem Titel Oberstaatsanwalt.

»Das kann Sie Ihren Job kosten, Herr Klemm.«

»Ja und? Wenn es hilft, Severin zu befreien, kann ich damit leben«, antwortet er entschlossen.

»Man kann zumindest in den Restaurantbereich von außen reingucken, die Möbel und alles sind rausgeräumt. Also vielleicht kann er irgendetwas sehen. Außerdem ist er mir wirklich etwas schuldig.«

Er mag sich offenbar ganz und gar nicht von der Idee, etwas auf eigene Faust zu unternehmen, abbringen lassen. Und ich kann ihn nur zu gut verstehen. Es geht schließlich um seinen Sohn. Um Severin. Wer könnte ihm da widersprechen. Wer könnte ihm untersagen, nach jedem Strohhalm zu greifen? Ich auf jeden Fall nicht.

KAPITEL 20

24. DEZEMBER 2020, 01.42 UHR

SEVERIN

Ein Rattern lässt mich erstarren. Ich wende meinen Blick von den Vermummten ab, die angestürmt kommen, um mich aufzuhalten, und starre hinter mich auf einen Helikopter der Polizei.

Sie haben uns gefunden.

»Sofort alle runter!«, schreit einer der Männer und richtet eine Waffe auf uns, während er selbst in die Hocke geht.

Sie alle tun, was er sagt, und schmeißen sich auf den Boden. Nur ich bleibe stehen und starre nach draußen auf die Scheinwerfer.

»Was ist hier los?!«, schreit der Russe und stürmt herein. Sofort duckt auch er sich. Hinter ihm erkenne ich Assad, der mich fassungslos anstarrt.

»Runter!«, fährt mich der Russe an und ich lasse mich auf die Knie sinken. *Fuck.* Ich hoffe, sie haben uns trotzdem gesehen. Aber ich kann nicht wirklich darüber nachdenken, denn da ist ein anderes Gefühl. Eines, das mir sagt, dass es mein Vater gewesen sein muss, der meinen Hinweis verstanden hat und das eint uns das erste Mal seit langem.

»Tim!« Ich krieche zu ihm und packe seine Schulter. »Wir hauen jetzt ab.«

»Was?« Tims Augen suchen mein Gesicht nach etwas ab. Vielleicht nach Ironie oder dergleichen. Aber das hier meine ich todernst. Das hier ist wahrscheinlich die einmalige Chance zu fliehen. Die Männer knien alle am Boden und schreien voller Panik wild durcheinander. Assad wirkt hilflos und uns wird keiner bemerken. Zumindest hoffe ich das.

»Und die anderen lassen wir hier? Das ist nicht die Sev-Art, die ich kenne.«

»Wir können nichts für sie tun, wenn wir weitere von ihnen abstechen müssen«, zische ich zurück und ziehe ihn mit mir an den Tischen entlang. Die anderen Männer beachten uns kaum. Stattdessen richten sich alle Blicke auf Eric Presfeth, als er aufsteht und mit den Armen fuchtelt, um die Aufmerksamkeit des Piloten zu bekommen. Und dann ertönt ein Knall. Eric stöhnt laut auf. Er wurde getroffen. Im Augenwinkel erkenne ich jedoch, dass er nur am Oberarm erwischt wurde. Aber auch so etwas kann ohne Hilfe tödlich ausgehen. *Wir müssen uns beeilen, verdammt.*

»Los!«, fordere ich Tim auf, bis wir an der Glastür ankommen und in den Flur kriechen.

»Und jetzt?«, fragt Tim. Das Licht flackert. *Ist das die Polizei? Nehmen sie uns den Strom?*

Hinter uns im Raum ertönt erneut ein Knall. *Ist es richtig abzuhauen? Ja. Wir können mehr ausrichten, wenn wir da unten sind und der Polizei alles sagen können, was wir wissen.* Wir krabbeln weiter auf allen Vieren. Bis wir endlich am Aufzug ankommen. Und der hat tatsächlich noch Strom.

Ich hebe meinen Arm und drücke auf den Knopf. Ein Bingen ertönt und die Tür springt auf. *Gott sei Dank.*

»Heilige Scheiße«, murmelt Tim neben mir. »Das ist unser Freifahrtschein.«

Ich atme tief durch. Sehe noch einmal nach hinten, bevor ich aufstehe, Tim mit mir ziehe und einsteige. Glas splittert hinter uns, während ich auf den Knopf einhämmere, der die Tür schließt. Doch dann erscheint ein Waffenlauf im Spalt und die Türen springen wieder auf.

»Was soll das werden?«, fragt ein Vermummter. Tim geht einen Schritt auf ihn zu, die Waffe klickt. *Nein!*

Ich schreie und renne zu Tim, der nicht mal aufstöhnt. Als würde er das hier nicht wirklich spüren. Blut sickert aus seiner Schulter. Und dann fällt auch der Vermummte einfach um und Assads Gesicht taucht auf. Er zieht den Mann aus dem Fahrstuhl, steigt selbst ein und drückt den Knopf. Eine Melodie ertönt. *Super, das kann jetzt wirklich keiner gebrauchen.*

Ich halte Tim und streiche über sein Haar.

»Was …?«

»Dachtest du wirklich, dass ich dich einfach gehen lasse, Severin Klemm?«

Ich atme tief durch, als Assad sich umdreht und mich fest ansieht. »Wir gehen zusammen.«

»Wohin?«, frage ich mit zusammengepressten Zähnen. Er hat eine Waffe. Und obwohl wir zu zweit sind, kann Tim so gut wie gar nichts ausrichten. Also würde es heißen: Mann mit Waffe gegen Kerl mit zu viel Ego. Und viel zu viel zu verlieren. Keine gute Idee.

»In meine Vergangenheit. Das hier läuft aus dem Ruder.«

»Wenn sie einen Hubschrauber geschickt haben, haben sie den Turm sicher schon umstellt.« Hoffnung blitzt in mir auf, denn Tim braucht dringend einen Arzt.

»Du bist ein dummer Junge, Severin. Du hast keine Ahnung, was du angerichtet hast.«

»Ich?«, empöre ich mich und fahre mir zornig durchs Haar, während Tim wie erstarrt neben mir steht und versucht, sich an der Innenwand abzustützen

»Ja, du!« Assad packt mich am Kragen und drückt mich gegen die Wand. »Was steht für dich auf dem Spiel, kleiner weißer, privilegierter Mann, hm?« Sein Gesicht verzieht sich zu einer Fratze. Ich kann eine tiefe Trauer in seinen Augen sehen.

»Das Leben meines besten Freunds«, sage ich ehrlich. Assad sieht kurz zu Tim.

»Ach, wirklich?« Er schüttelt den Kopf. »Du fühlst also, was ich fühle. Du willst ihn retten. Auch ich will jemanden retten.«

»Ich denke, er hat noch ungefähr vier Stunden, bis er verblutet. So viel Zeit bleibt auch mir.«

»Wir müssen ihn in ein Krankenhaus bringen!«, schreie ich ihn an und presse meine Hand auf die Wunde in Tims Schulter.

»Nein!«, schreit Assad und presst seine Hände an seinen Kopf. Er verliert die Kontrolle. Und ich habe das ungute Gefühl, dass das zu einem Massaker führen wird.

»Was willst du von mir?«

»Du bringst mich unbeschadet durch die Stadt.«

Ich blinzle. Starre ihn an. Sehe hinab auf Tim. »Nur, wenn wir ihn in ein Krankenhaus bringen.«

»Das kannst du danach tun!« Ein kurzer Ton erklingt und der Aufzug springt wieder auf. Hier ist niemand. Keine Polizei. Und vor allem nicht der Mensch, den ich am meisten gehofft habe, hier zu sehen. Mein Vater.

»Los! Da lang!« Ich hieve Tim hoch, während Assad uns mit der Waffe bedroht, und stütze ihn auf dem Weg nach draußen, bis wir an einem Auto ankommen, das an der Straße steht.

»Leg ihn auf die Rückbank!«, befiehlt Assad. *Fuck. Wie kann ich ihn davon überzeugen, für Tim Hilfe zu holen?* Ich habe keine Wahl. Ich helfe ihm auf die Rückbank und sehe Assad an. Seine Gesichtsmuskeln zucken. *Das hier gehört nicht zu seinem Plan,* schießt es mir durch den Kopf. *Aber was ist sein Plan? Und was habe ich mit alldem zu tun? Was hat die Eintracht damit zu tun?* Ich verstehe es einfach noch immer nicht.

»Steig ein!« Er deutet auf den Fahrersitz und setzt sich selbst auf den Beifahrersitz. Als ich einsteige und auf die Waffe sehe, die er auf mich richtet, erkenne ich Blut an seinen Händen. Ich sehe auf seine Leiste. »Du bist verletzt.«

»Fahr einfach!«

»Du brauchst Hilfe. So wie mein Freund.«

»Ich bekomme aber keine Hilfe, Severin. Das ist die Welt. Das ist Deutschland, wenn du nicht dazugehörst.«

Ich sehe ihn an. Versuche zu erkennen, wie er ein solches Bild haben kann. Es entspricht nicht der Wahrheit. Würden wir jetzt in ein Krankenhaus fahren, würde man ihn retten, selbst wenn er Menschen umgebracht hat.

»Fahr!«

Ich presse meine Kiefer aufeinander und starte den Motor. Der Schlüssel steckt.

»Und wohin?«

Er beugt sich vor, wobei er schmerzhaft aufstöhnt, und beginnt eine Adresse in das Navigationssystem einzugeben. Ich stocke und starre auf den Straßennamen und die Hausnummer.

»Das ist der Greifvogel.«

»Schlauer Junge.«

»Was willst du da?«

»Etwas abholen.«

Ich drücke auf die Bremse. Viel zu grob, denn Tim schreit hinter mir auf. Mein Blick landet fest auf Assad. »Was willst du im Greifvogel?«

Er schaut missmutig drein und scheint zu begreifen, dass ich die Leute dort nicht in Gefahr bringen werde. Nicht einmal, wenn Tim oder ich dafür draufgehen. Das kann ich nicht.

»Nur etwas abholen. Keiner wird verletzt.«

»Und ich soll deinem Wort Glauben schenken?« Ich lache höhnisch und sehe mich unauffällig um. *Warum zum Teufel ist hier niemand?* Das beschissene Corona hat Frankfurt aussterben lassen.

»Ich habe dort damals Unterlagen versteckt.«

»Und was für welche?«

Assad lacht. »Du bist nicht mein Freund, Severin. Dabei hättest du in irgendeiner Welt vielleicht mein Freund sein können. Ja, hättest du mich nach der Prügelei nicht allein gelassen. Wärst du mir ein Freund gewesen, dann würde ich mit dir über diese Dinge reden. Aber nicht jetzt. Nicht hier. Nicht in dieser Welt.«

Ich atme tief durch. *Was soll ich jetzt tun?* Ich habe keine Wahl. Ich muss daran glauben, dass er Claudia nichts tun wird. Ich muss ihn dahin bringen und hoffen, dass die Polizei dort ist, um Kevin oder sie zu verhören. Also fahre ich weiter. Assad öffnet das Handschuhfach und nimmt Tücher heraus, um sie sich auf den Unterbauch zu drücken. Ich sehe nach hinten in den Rückspiegel. Tim scheint in einer Art Trance zu sein.

»Und wie geht es dann weiter? Wie willst du fliehen, Assad? Dieser Russe, dein Komplize, wird dich verraten und du kommst niemals außer Landes.«

Assad lacht nur und presst weiter Tücher auf seine Wunde.

Ich muss einen Weg finden, ihn zu erreichen.

»Warum hast du mit ihnen zusammengearbeitet? Werden sie noch weitere Hochhäuser in die Luft jagen?«

»Wenn kein Geld fließt, ja.«

»Warum?«

Assad schnaubt. »Weil sie es können. Weil sie alles können.«

Ich verenge meinen Blick. *Das ergibt keinen Sinn. Wie mächtig muss diese Organisation sein, wenn die Polizei das nicht hat kommen sehen? Und auch hier auf den Straßen wimmelt es nicht gerade vom Militär oder der GSG 9. Wie ist das möglich? Halten sie das hier vielleicht gar nicht für einen Terrorakt? Ist es das überhaupt?*

»Fahr schneller!«, knurrt Assad. Sein Blick wandert immer wieder zur Radiouhr. Einem Instinkt folgend drehe ich die Lautstärke hoch.

»Berichten zufolge kam es heute in Frankfurt zu mehreren Explosionen. Wohnhäuser neben den großen Wahrzeichen der Stadt werden bereits evakuiert. Es ist immer noch nicht klar, wer dafür verantwortlich ist, die Polizei geht aber nicht von einem Terroranschlag aus, da sich keine der verdächtigen Gruppen dazu bekannt hat.«

»Mach das aus«, brummt Assad und nimmt ein Handy heraus, um etwas einzutippen. Würde ich nur an das Handy kommen, dann könnte ich irgendjemanden benachrichtigen.

»Wer sind diese Typen?«, versuche ich es erneut.

»Eine Gruppe Söldner. Sie wollen Geld. Also hoffe ich für die Menschen da oben, dass sie es bekommen.«

»Und wer soll diese riesigen Summen zahlen?« Ich schüttle den Kopf. »Die Eintracht? Mit Sicherheit nicht.«

»Aber für einen Spieler haben sie das Geld? Menschenleben zählen wohl nicht.«

»Woher sollen sie das Geld denn so schnell nehmen? Mal darüber nachgedacht?«

»Sie haben auch für alles andere plötzlich Geld.«

»Und was ist mit dir? Was willst du?«

Assad legt seine Hand auf die Stirn. Er wird schwach. Auch mental. Vielleicht habe ich doch eine Chance, an ihn heranzukommen.

»Ich brauche kein Geld. Aber eine Organisation braucht es, um Syrien frei zu machen«, sagt er abwesend und sieht aus dem Fenster.

»Und was brauchst du?«

»Die Unterlagen«, zischt er. Ich presse meine Lippen aufeinander und sehe rüber zum Palmengarten. Ich habe nicht viel Zeit. Was soll ich machen? Er scheint wirklich kein Terrorist, sondern ein Freiheitskämpfer zu sein. *Aber ist das hier die richtige Art? Wie verzweifelt muss man sein, um so etwas zu tun? Erst recht, wenn man bereits Gleiches erlebt hat?*

»Wofür?«

»Das geht dich nichts an, also halt dein Maul und fahr!«

»Was, wenn ich dir helfe?«

Assad lacht heiser auf. »Wobei willst du mir helfen?«

»Du brauchst diese Unterlagen für irgendetwas und das schaffst du nicht allein.«

»Dafür hab ich die hier«, sagt er und hebt seine Waffe an.

»Die wird dir nicht mehr helfen, wenn mein Freund da hinter mir stirbt.«

»Ach nein? Warum? Folgst du ihm dann in den Tod?«

»Ich werde zumindest versuchen, seinen Tod zu rächen. Ob ich dabei sterbe oder du, werden wir dann sehen.«

Assad sieht mich ernst an. »Ist er dir wirklich so wichtig?«

»Ja«, sage ich ohne nachzudenken. »Würde Tim hinter mir sterben. Dann würde ich uns lieber beide gegen eine Wand setzen, als seinen Mörder entkommen zu lassen.«

Assad verzieht anerkennend den Mund.

»Wenn wir über die Brücke fahren, dann lass mich einen kleinen Umweg zum Sachsenhausener Krankenhaus fahren.«

»Warum sollte ich?«

»Weil ich alles tue, was du willst, wenn du ihn rettest.«

Assad zieht scharf die Luft um sich herum ein. »Halt an.«

»Was?«

»Halt an!«, schreit er und ich bremse ab. Halte an der Seite und umklammere das Lenkrad so fest, dass meine Knöchel weiß hervortreten.

»Leg ihn dort auf die Bank und ruf einen Krankenwagen.«

»Was? Nein!«, sage ich und schlage auf das Lenkrad ein. Ich werde ihn nicht hier liegen lassen.

»Doch. Das ist seine einzige Chance. Einen Umweg können wir uns nicht erlauben.«

Ich atme. Atme und atme. Das hier ist Tims beste Chance.

Assad öffnet erneut das Handschuhfach und nimmt ein anderes Handy heraus. »Damit kannst du sie anrufen.«

Ich will es nicht. Aber mein Körper zwingt mich aufzustehen, auszusteigen und Tim auf die verfickte Bank zu legen wie einen Penner. *Warum ist hier niemand?*

»Ich rufe einen Krankenwagen, der dich hier abholt. Verstanden?« Er nickt. Aber er wirkt nicht so, als würde er wirklich verstehen, was hier gerade passiert.

»Es ist deine beste Chance. So bist du frei«, sage ich noch, bevor Assad mich zurückruft, ich wieder einsteige und den Notruf wähle.

»Wenn ihm etwas geschieht …«

»Ihm geschieht nichts.«

»Es ist verdammt kalt, du Bastard.«

»Sie werden ihn gleich holen und alles, was er ihnen berichten kann, ist, dass diese Vollidioten sich im Europaturm festgesetzt haben.« Ein Grinsen huscht über sein Gesicht. Fast so, als würde er es genießen, dass der Russe keinen Ausweg hat.

»Wird es weitere Explosionen geben?«, frage ich erneut, als ich weiterfahre und Tim hinter mir lasse. Mein Herz sticht. Auch wenn ich weiß, dass es seine einzige Chance ist, fühle ich mich, als würde ich ihn im Stich lassen.

»Ja«, antwortet Assad. *Jetzt plötzlich packt er aus?*

»Assad. Wir müssen das verhindern.«

»Ich dachte, du tust alles, was ich sage, wenn ich ihn gehen lasse?«

Ich lasse meine Wut weiter am Lenkrad aus, was mir brennende Schmerzen in den Knöcheln verursacht.

»Willst du wirklich so viele Menschen auf dem Gewissen haben?«

Er sieht mich an, bevor er nach vorn auf die Brücke, den Main und das dahinterliegende Sachsenhausen sieht.

»Fahr weiter.«

Mein Bruder!

Als Samir nach Deutschland ging, hat mir unser Vater deine Seele anvertraut. Dein Leben. Und ich habe so schändlich versagt. Konnte nicht einmal drei Jahre aufrechterhalten, was ich unserem Vater auf dem Totenbett geschworen habe. Welch Schande. Ich habe meinen Eid gebrochen.

Ich hätte da sein müssen, als ihr die Straße entlang zur Schule gegangen seid. Du und Amira, die Schwester meiner Frau. Hätte euch hinterherlaufen müssen, als dieses Pfeifen plötzlich in der Luft lag.

Sehe bis heute das Bild vor mir. Du und Amira. Dicht nebeneinander. Unzertrennlich wie vom ersten Tag eurer Begegnung an. Bei meiner Hochzeit.

Die Eltern meiner Frau haben ihren Namen so sorgsam ausgewählt. Er stammt aus der vorislamischen Zeit und wurde später ins Arabische aufgenommen. Er bedeutet Königin. So wie dein Name, Malek, König bedeutet. Und jetzt seid ihr tot. In Teile zerfetzt von einer Granate, die euch auf dem Weg zur Schule aus dem Leben gerissen hat. Und ich war nicht da, um euch zu beschützen. Habe euch noch von der Haustür aus zugewunken. Weißt du noch?

Ihr wäret ein schönes Paar geworden. Soviel steht fest. Der König und die Königin. Hättet vielleicht die Zeit erlebt, in der das Morden endlich ein Ende hat. Weil alle ein Einsehen haben. Weil die Welt nicht länger zuschauen wollte.

Wer weiß.

Es ist schnell gegangen, haben die Ärzte gesagt. Schneller als ein Gedanke durch unseren Kopf zuckt. Ein Trost. Ein kleiner Trost.

Ich habe in den Jahren beim Militär viele Menschen gesehen, die so unglaublich gelitten haben, bis sie erlöst wurden. Bis ihr Herz klein beigegeben hat. Habe Kameraden getroffen, denen man die Beine abnehmen musste und die trotzdem ihr Leben angenommen haben. Und andere, die nur einen Arm verloren haben und nicht mehr leben wollten. Habe so unendlich viel Leid gesehen. Mehr als ein Mensch eigentlich ertragen kann.

Nur deshalb war es ein Trost für mich zu hören, dass ihr nicht gelitten habt. Also verzeih mir diesen Gedanken, der nur für mich war, nicht für dich. Der so unsagbar egoistisch war, weil er mein Herz ein wenig leichter weiterschlagen ließ.

Ich weiß nicht, wo du jetzt bist, Malek. Aber ich bin beseelt von der Hoffnung, dass Amira bei dir ist und ihr gemeinsam in das helle Licht gelaufen seid. Und jetzt in Allahs Nähe weiterlebt. So wie es unser Glaube sagt.

Ich stelle es mir vor. Jeden Tag. Du und Amira und all die anderen Verwandten und Freunde, die bei euch sein werden. Ihr sitzt an einem Tisch und esst und trinkt und alle lächeln vergnügt. Keine Angst mehr. Nie wieder. Keine dunklen Kellergewölbe, keine heulenden Raketen. Keine Gewehrsalven. Keine Schmerzensschreie.

Und ich bete, dass ich all das nicht nur träume, sondern, dass es für dich wahr geworden ist. Nur so, nur beseelt mit dieser Hoffnung, lässt sich der Schmerz über deinen Tod ertragen.

KAPITEL 21

24. DEZEMBER 2020, 01.43 UHR

LYDIA

»Das kann doch nicht sein, Hannes. Ich bin mir sicher: Sie sind da oben irgendwo. Bitte, Hannes. Das bist du mir schuldig. Lass mich jetzt nicht hängen. Flieg noch mal drumherum und so nah wie möglich ran.« Die Stimme von Severins Vater wechselt in einem Satz zwischen purer Angst und Überzeugungskraft.

»Ist ja gut, Wolfgang. Ich flieg noch mal rum. Und du schreibst in der Zwischenzeit dein Testament neu. Nicht vergessen: Dein Haus geht an mich.«

»Sag mal, drehst du jetzt durch?« Sevs Vater schaut irritiert.

»Nö. War ein Scherz. Wobei du schon weißt, dass ich mit diesem Rundflug so ziemlich alles aufs Spiel setze, was mir beruflich wichtig ist?!«

Pause. Severins Vater weiß das. Und er hat es schon auf der Zunge zu sagen, dreh rum, flieg zurück. Stell das Ding ab, fahr nach Hause und feiere Weihnachten mit deiner Frau. Aber er sagt es nicht. Stattdessen sagt er: »Bitte. Hannes. Es geht um Severin.«

»Hast echt Glück, dass heute wenig Wind ist, da komme ich sehr nah dran. Aber noch 'ne Runde und die Menschen im Umkreis von 1.000 Metern sind alle wach. Bei dem Krach schläft nur weiter, wer gerade davon geträumt hat, dass der Weihnachtsmann mit seinem Schlitten angebraust kommt. Also eher niemand. Over.«

»Eine Runde noch. Bitte!«, fleht Severins Vater erneut und wirft einen Blick zur Tür. Er weiß genau, lange kann es nicht mehr dauern, und Meusel wird sie aufreißen und ihn gnadenlos zusammenfalten. Sobald die ersten Anwohner sich wegen des Hubschrauberlärms, der garantiert nicht nur in Ginnheim, sondern bis zum Grüneburgpark und zum Hessischen Rundfunk zu hören ist, bei der Polizei beschweren, bekommt Meusel das mit. Die ganze Stadt ist schließlich, spätestens seitdem die Spitze des Messeturms in die Luft geflogen ist, im Alarmzustand. Sogar ich habe mindestens 50 Nachrichten von Freunden, Bekannten und auch einigen Spielern erhalten. Sie alle wollen wissen, was los ist. Ob ich mehr Infos habe. Wegen meines Jobs. Und ich kann sie nur anlügen und ihnen sagen: Shit happens. Drei Unfälle in einer Nacht ... Aber die Polizei hat alles im Griff. Gut, dass ich dieses gnadenlose Märchen einfach per WhatsApp loswerden kann. Wenn ich ihnen ins Gesicht lügen müsste, wüssten sie gleich, dass da etwas oberfaul ist. Aber sowas von.

»Wolfgang, Wolfgang ... du hast doch recht. Da ist was. Irgendetwas hat sich bewegt!« Der Pilot flüstert plötzlich. So als wollte er keinesfalls entdeckt werden. Was bei knapp 90 Dezibel, die der Heli verursacht, eher unwahrscheinlich sein dürfte. »Ich glaube, da hat sich jemand hinter einer Säule verkrochen.

Und das war nicht der Hausmeister«, hat nun auch der Freund von Severins Vater erkannt, dass Flüstern in seiner Situation nicht zwingend nötig ist. »Ja, ja. Da passiert etwas. Ein Mann kommt auf mich zugelaufen. Ein Mündungsfeuer. Der Mann sackt zusammen. Das war ein Schuss. Um Gottes willen. Sie haben geschossen. Jetzt noch mal. Ich muss hier weg.« Damit reißt der Funkverkehr ab. Nur noch ein Rauschen ist zu hören.

Was ist da oben passiert? Auf wen wurde geschossen? Und wenn ja, wer wurde getroffen? Wen hat der eigenwillige Helikopter-Einsatz vielleicht das Leben gekostet. Muss sich am Ende Wolfgang Klemm jetzt für den Tod seines eigenen Sohnes verantworten? Oder hat der Pilot sich das alles nur eingebildet. Aber warum sollte er? Dass ein Schatten zu sehen ist, das kann man sich noch einbilden.

Alles andere nicht.

»Scheiße! Hannes! Melde dich doch! Hannes, wir müssen doch wissen, was da passiert ist. Ich muss es wissen ...« Aber außer diesem nervtötenden Rauschen ist nichts zu hören. Dieser Hannes hat offenbar das Gerät abgeschaltet.

Severins Vater starrt abwechselnd das Funkgerät und mich an, und er braucht einen Moment, um die letzten Minuten zu verarbeiten. Er kennt seinen Sohn und weiß damit so gut wie ich, wenn eine der Geiseln aufgestanden ist, um dem Piloten zu zeigen, dass sich da in 230 Metern Höhe gerade ein Geiseldrama abspielt und eventuell Menschen sterben müssen, dann Severin.

Er räuspert sich, hat sich wieder gefangen. Er baut sich auf wie für ein wichtiges Plädoyer vor Gericht. »Lydia. Keine Sorge. Hannes konnte zwar keinen Kollegen mitnehmen, der die technischen Einheiten bedient, aber er hat natürlich die hochmoderne Videotechnik an Bord eingeschaltet. Wir müssen also nur abwarten, bis er die Aufnahmen des Kameramoduls, das sich vorn an der Kufe des Helikopters befindet, überspielt hat. Die sieht im Normalfall der Techniker, der hinter dem Piloten sitzt. Der Pilot kann nicht gleichzeitig fliegen und das Material der Kamera begutachten. Aber das Auge hat eine Wärmebildkamera, eine TV-Kamera, die auch als Spezialkamera für schlechte Lichtverhältnisse genutzt werden kann, und einen Spotter, der als Teleskop dient und Personen und Objekte extrem vergrößern kann. Auch Laserinstrumente, mit denen sich Abstände messen und Ziele markieren lassen, stecken in dem Modul. Mit der Wärmebildkamera können die Einsatzkräfte selbst über eine Distanz von gut drei Kilometern noch erkennen, ob eine Person einen Hut trägt oder nicht. Wir müssen jetzt nur sehen, was auf dem Video ist. Hannes wird sich melden, sobald er gelandet ist. Da bin ich ganz sicher. Hannes wird sich melden.«

Kaum hat er den Satz beendet, wandert die Innenseite seines Zeigefingers in den Mund. Mit den Zähnen versucht er, ein Stück Nagel abzubeißen.

Der Klemm kaut Fingernägel? Schlimm genug, dass mir das überhaupt auffällt. In der Situation erst recht. Könnte sein, dass sein Sohn gerade niedergeschossen wurde. Warum also soll er nicht seinen Fingernagel bearbeiten.

In dem Moment wird die Tür aufgestoßen. Nein. Eigentlich wäre aus den Angeln gerissen vielmehr das richtige Wort. Das schwere Teil kracht mit voller Wucht an die Wand. Der Türgriff hinterlässt eine deutliche Kerbe.

Meusel steht im Rahmen wie Godzilla persönlich. Die Maske heruntergerissen, wuchtet er sich in kleinen pfeifenden Zügen Luft in die Lungen. Um einen Wutanfall der besonderen Art rauszuhauen, da bin ich sicher und trete fast automatisch zurück. Das, was jetzt kommt, muss nicht direkt in meinem Gesicht landen. Weder die wahrscheinlich furchtbarsten Beschimpfungen seit 80 Jahren noch die sie begleitende Spucke. In Corona-Zeiten schon gar nicht.

»Klemm!«, grölt er los: »Was an dem, das ich befohlen habe, haben Sie nicht verstanden?« Der Sabber läuft ihm rechts und links aus den Mundwinkeln. Nur zu gerne würde er dem Oberstaatsanwalt den Kopf abreißen.

Aber Wolfgang Klemm reagiert überraschend klar: »Ach Meusel. Machen Sie doch bitte hier nicht den Bären. Kann schon sein, dass Sie etwas anderes befohlen haben. Weil Sie den Fernmeldeturm ausgeschlossen haben. Kann schon sein. Ja, aber das war falsch! Einfach nur scheißendreck falsch, Herr … wie … Polizeioberrat Meusel! Wie wir dank des Einsatzes nicht *Ihrer* Sondereinsatztruppe, sondern *meiner* Kollegen, der Frankfurter Polizei, jetzt wissen, sind die Täter genau dort, wo ich sie vermutet habe. Weil mein Sohn Severin uns diesen Hinweis gegeben hat. Den Hinweis, den im Übrigen Sie als blödsinnig abgetan haben. Also: Was wollen Sie?«

Wow. Mit einem Mal verstehe ich, warum Severin vor diesem Mann viel zu oft den Kopf eingezogen hat. Wolfgang Klemm ist jemand, der dafür sorgen kann, dass die Luft im Raum innerhalb von Sekunden ganz dünn wird.

Meusels gesamte Strategie bricht zusammen. Der Versuch, mit einem fulminanten Angriff seinen Kontrahenten in die Verteidigung und damit in die Knie zu zwingen, ist jäh beendet. Und ich bekomme einen Hauch davon mit, was Jules meinte, als sie andeutete, dass Meusel sie ins Abseits gestellt hat. Darum also ging es ihm auch jetzt. Seine falsche Einschätzung mit einem brachialen Angriff auf Severins Vater zu den Akten zu legen.

Wolfgang Klemm und Meusel stehen sich wie zwei wütende Stiere gegenüber. Nein. Stimmt nicht. Eher wie Sieger und Verlierer, und ich bin gespannt, was Severins Vater jetzt machen wird. Keiner hier im Raum würde ihm übelnehmen, wenn er seinem Widersacher den Todesstoß verpasst. Ihm klipp und klar sagt, ›Meusel, Sie haben die Situation völlig falsch eingeschätzt. Packen Sie Ihre Sachen und sehen Sie zu, dass Sie Land gewinnen.‹

Macht er aber nicht. Denke ich. Nee, bin ich mir sicher. Dieser Wolfgang Klemm ist anders. Der weiß genau, dass er ohne Meusel und seine Truppe die Geiseln niemals befreien kann. Nicht aus diesem Turm. Und solange er auch nur den Hauch einer Chance sieht, dass sein Sohn noch lebt, wird er alles tun, um ihn da rauszuholen. So viel ist sicher. Die Frage wird eher sein, wer von den beiden zuerst diese neue Klarheit für sich erkennen wird.

Sekunden vergehen, ohne dass jemand etwas sagt. Hinter Meusel sind inzwischen Homburg, Jules und zwei andere Beamte erschienen. Klimaschewski schaut betreten zu Boden.

»Oberrat Meusel. Ich weiß, ich habe meine Befugnisse überschritten. Entschuldigen Sie mein Vorgehen und Sie können mich gerne für diesen Fauxpas zur Rechenschaft ziehen. Aber jetzt sollten wir alles dafür tun, um die Geiseln zu befreien. Genug Terror auf allen Kanälen in dieser stillen und heiligen Nacht, oder?«

Ich ziehe meinen Hut vor diesem Mann. Bin zu Tränen gerührt. *Das ist Stärke*, denke ich und klatsche wie eine Schwachsinnige in die Hände. Das kennt man nur aus amerikanischen Filmen. Wo sie immer alle klatschen. Wenn einer einen Heiratsantrag gemacht hat und sie Ja sagt. Wenn irgendwelche Helden die Aliens besiegt haben. Wenn der Präsident eine tolle Rede gehalten hat. Und ich finde, Severins Vater hat eine großartige Rede gehalten. Sie war jetzt nicht wirklich so lang wie in amerikanischen Filmen üblich. Aber toll. Weil er als Erster in dieser Nacht nur das Leben der Geiseln im Kopf hat. Ja, mag schon sein, dass er auch an seinen Sohn denkt. Aber vor allem wohl, dass die Geschichte jetzt endlich zu einem guten Ende geführt wird. Wie der Präsident in ›Independence Day‹, wenn er sagt: ›Wir dürfen es nicht mehr zulassen, dass unsere kleinlichen Konflikte uns aufzehren. Unser gemeinsames Interesse verbindet uns. Und sollten wir diesen Tag überstehen, wird der 4. Juli nicht mehr nur ein amerikanischer Feiertag sein.‹ Wobei das natürlich heißen muss der 24. Dezember oder so.

Alle schauen mich an, als hätte ich den Verstand verloren. Kein Wunder: Die Heller steht da und klatscht …

Immerhin: Meusel scheint von diesem Vorstoß überrascht zu sein. Er nickt stumm, aber in seinem Gehirn greifen die Rädchen ineinander. Die Chance, doch noch erfolgreich aus dieser völlig verfahrenen Lage heraus und pünktlich zur Bescherung zu Hause zu sein, lässt sein Polizistenhirn eiskalt reagieren. Er pfeift schrill durch die Finger und im Nu schiebt sich seine halbe Truppe in den Raum. Er grinst zufrieden und rattert seine Befehle herunter.

»Okay, Leute. Wir wissen jetzt, dass die Schweine im Fernmeldeturm sitzen. Heißt: Ich brauche alle möglichen Zugänge und wenn ich *alle* sage, meine ich alle. Und eine Einschätzung der Task-Force-Einheit, wie groß unsere Chancen sind, wenn wir die Kanzel stürmen. Von innen und außen. Verstanden? Soweit ich weiß, sind die Fenster nicht mal feuerfest. Unter anderem deshalb ist es jedenfalls da oben seit Jahren zappenduster. Also Männer. In spätestens fünf Minuten will ich Ergebnisse sehen. Macht hin, Leute! Treffpunkt um 1.50 Uhr drüben in dem anderen Büro.«

So schnell sie gekommen sind, so schnell strömen Meusels Männer jetzt wieder auseinander. Die Truppe versteht ihr Handwerk. Da weiß jeder, was er zu tun hat.

Meusel selbst verharrt noch einen Moment. Dann rafft er sich ebenfalls auf, um in Max' Büro zu gehen. Vorbei an Severins Vater. Dann bleibt er kurz stehen. »Sie wissen, das war so knapp«, zeigt er mit Daumen und Zeigefinger einen Abstand von vielleicht 5 Millimetern.

Er kann es nicht lassen, dieses Arschloch, schießt es mir durch den Kopf.

»Ach, wissen Sie. Hannes Drenkel ist ein ausgesprochen erfahrener Pilot. Der kann noch knapper!«, grinst Wolfgang Klemm, packt Meusels Hand und drückt Daumen und Zeigefinger aufeinander. »Holen Sie alle Geiseln heil da raus … Und, Meusel, holen Sie meinen Jungen da raus. Dann ist alles gut.«

In dem Moment stürmt Merbolt herein. »Die Entführer. Eine neue Videobotschaft.«

»Aber das Ultimatum ist doch noch gar nicht verstrichen? Was soll denn das jetzt?«, platzt es aus mir heraus. Kein Wunder: Eben noch habe ich gedacht, es wird alles gut. Und eine Sekunde später dann das.

»Na ja. Der Betriebsausflug von Monsieur Klemm ist, wie wir wissen, nicht unbemerkt geblieben. Aber gut so: Das hat den Druck erhöht. Also, hören wir uns an, was uns die Nummer kosten soll.« Meusel ist offenkundig kein Mensch, der gerne eine Niederlage eingesteht. Jedenfalls nicht, solange er noch eine Chance sieht auszukeilen.

Wir folgen ihm schweigend in Max' Büro und mein Herz scheint zu zerreißen. *Müssen wir jetzt wieder eine grauenhafte*

Botschaft von Severin ansehen? Da sehe ich ein Gesicht auf dem Bildschirm. Aber es ist nicht Severin. Sie haben ihn ausgetauscht. Weil er, so wie ich es angenommen habe, derjenige war, der mutig aufgesprungen ist, um ein Zeichen zu geben, und sie ihn dafür einfach erschossen haben. Ich schluchze laut auf. Jules neben mir zittert am ganzen Körper. Severins Vater ist kreidebleich.

Der Mann zieht mit einem Ruck seine Sturmhaube weg. »Schluss mit den Spielchen«, brüllt er ins Mikrofon und klingt dabei wie Valerie Ostrechov, der Spielerberater aus der Ukraine. »Ein Russe?«, entfährt es mir. »Psst«, quittieren die anderen meine Bemerkung.

»Sie haben uns also entdeckt«, sagt der Kerl. »Okay. Dann kommen wir endlich zum Finale. Wie Assad das nennen würde. Dieser alte Fußballclown. Ich nenne es Ende. Warum? Schauen Sie her.« Damit schwenkt die Kamera zur Seite und wir können alle sehen, dass sie auf der Aussichtsplattform des Turms stehen. Aber das ist nicht das Besondere. Die Kamera schwenkt über mindestens zwei Dutzend Drohnen, die dort oben fein aufgereiht auf ihren Einsatz warten.

»Sehen Sie: Jede dieser Drohnen enthält einen Tank mit zehn Litern Flüssigkeit. Äußerst giftiger Flüssigkeit. Eine Weiterentwicklung von Sarin, das ja mal genau hier in Frankfurt von den I.G. Farben synthetisiert wurde. Das war vor 80 Jahren. Der Stoff, den Sie aus Ihren eigenen Waffenkammern kennen, ist zwar 15 mal giftiger als DFP, aber wir waren nicht zufrieden damit, dass die tödliche Dosis bei etwa 10 Milligramm liegt, und haben weitergeforscht. Unser Sarin ist etwa tausendmal tödlicher. Und damit kommen wir zum Ende. Diese Drohnen starten um 6 Uhr früh, wenn die Menschen in dieser Stadt aufstehen, weil der Baum noch geschmückt und der Weihnachtsbraten eingekauft werden muss. Mit einem Taschenrechner – so etwas haben Sie doch, oder? – können Sie sich ausrechnen, wie still Weihnachten in dieser Stadt sein wird, wenn Sie nicht tun, was wir wollen. Sehr still. Glauben Sie mir.

Also: Überweisen Sie 100 Millionen Euro auf das Ihnen bekannte Konto. Ach so. Bevor ich es vergesse: Wenn Sie auf die Idee kommen sollten, uns hier oben einen Besuch abstatten zu wollen … sausen unsere kleinen Totbringer hier auch ganz ohne unser Zutun los.«

Wieder breitet sich für einen Moment diese unglaubliche Sprachlosigkeit im Raum aus. Niemand sagt etwas. Niemand rührt sich. Alles scheint so, als wäre die Zeit stehen geblieben. Wie eingefroren, und wer sich zuerst bewegt, explodiert in tausend Kristalle.

Und einmal mehr ist es Meusel, der sich als Erster berappelt und versucht, irgendwie zur Tagesordnung zurückzukehren. »Nowitschok. Wo ist der Novi«, ruft er. »Der Kollege Brahms ist eine rauchen«, kommt als Antwort. »Ausmachen. Herkommen. Wir brauchen ihn. Schnell!«

Ich versuche, diesen Dialog einzuordnen. Beuge mich zu Jules, die direkt neben mir steht. »Nowitschok – ist das nicht ein Nervengift?« »Ja. Ein russisches Nervengift und der Spitzname von Kriminalhauptkommissar Brahms. Der war, bevor er zu unserer Truppe gekommen ist, bei der Bundeswehr für die Abwehr von chemischen Kampfstoffen zuständig. Deshalb hat ihm Meusel den Spitznamen Nowitschok verpasst. Wirklich lustig findet das niemand.«

Ich auch nicht.

Erst recht nicht, als der Experte den Raum betritt. Ein Schlaks mit blondem Wuschelkopf. Alles andere als ein Nervengift.

»Nun, Herr Hauptkommissar, ich hoffe, Sie haben Ihre Zigarettenpause genossen?«, beginnt Meusel höhnisch. »Dann können Sie uns ja sicher alles Wissenswerte über Sarin erzählen.«

Brahms muss keine Sekunde nachdenken. »Sarin ist ein chemischer Kampfstoff aus der Gruppe der Phosphonsäureester. Die systematische Bezeichnung lautet Methylfluorphosph ...«

»Keine Einzelheiten«, befiehlt Meusel. »... Onsäureisopropylester. Die Bezeichnung Sarin wurde 1943 eingeführt. Es sorgt dafür, dass ein Enzym des Nervensystems blockiert wird. Die Folge: Wichtige Teile des Körpers wie beispielsweise das Zwerchfell werden durch Dauerkontraktion gelähmt. Außerdem werden starke Muskelkrämpfe ausgelöst. Erste Symptome treten 20 bis 60 Minuten nach der oralen Applikation auf. Bei geringeren Mengen Sarin halten die milden Symptome von 10 Minuten bis zu 6 Stunden an. Die durch größere Mengen Sarin hervorgerufenen Symptome klingen üblicherweise erst im Zeitverlauf von 5 bis 24 Stunden ab. Reines Sarin ist eine farblose, nahezu geruchlose, relativ flüchtige Flüssigkeit. Mit Wasser ist es in jedem Verhältnis mischbar. Das Einatmen von hohen Sarin-Konzentrationen führt innerhalb von wenigen Sekunden zu Bewusstlosigkeit und Krämpfen. Nach ein bis zwei Minuten kommt es zum Atemstillstand. Wie ein Angriff mit diesem Nervengift enden kann, hat ein Giftgasanschlag auf die U-Bahnstation im Regierungsviertel von Tokio 1995 gezeigt. Das eingesetzte Sarin aus eigener Produktion einer Sekte war stark verunreinigt, daher gab es nur 12 Tote und über 5.000 Verletzte.«

»Und ist es denkbar, dass es irgendjemandem auf der Welt gelungen ist, die toxische Wirkung deutlich zu verstärken?«

»Alles ist denkbar. Vor allem, weil ja bekannt ist, dass es eine Menge Länder auf diesem Erdball gibt, die auf das 1997 in

Kraft getretene Chemiewaffenübereinkommen – mal drastisch gesagt – scheißen. Heißt: Es hilft nur wenig, dass sich – Stand 2018 – 193 Staaten verpflichtet haben, sämtliche Chemiewaffen unter internationaler Aufsicht zu vernichten.«

»Gut, gut, Novi. Aber was kann man tun?«

»Gegen Sarin in einer unbekannten Zusammensetzung?«

»Gegen zwei oder drei Dutzend Drohnen, von denen jede einzelne mindestens 10 Liter, ich nehme an in Wasser aufgelöstes Sarin transportieren und an jeder x-beliebigen Stelle über der Stadt freisetzen kann?«

»10 Liter, 36 Drohnen. Macht 360 Liter. Also bei der mir bekannten Wirkung reichen etwas mehr als 10 mg, um einen Erwachsenen zu töten.«

»Und das bedeutet? Lassen Sie sich doch nicht jedes Detail aus der Nase ziehen?«

»Na ja: 360 Liter Wasser entsprechen etwa 360 Kilogramm ... wenn man nun davon ausgeht, dass jeder Liter mit etwa 5 Prozent Sarin, also 50 Gramm durchsetzt ist ...« murmelt Brahms, schließt die Augen und legt den Kopf in den Nacken. Dabei bewegt er ihn ganz sanft hin und her. Wie ein Abakus, auf dem die Kugeln verschoben werden. Dann reißt er die Augen auf und starrt einen Moment lang ungläubig zu Meusel.

»Und ...!«, sagt der. »Und ... schon die mir bekannte Wirkung würde reichen, um mehr als 1 Million Menschen umzubringen. Je nachdem, wo man es in die Luft bringt.«

»Und das geht so einfach?« Meusels Gesicht nimmt jetzt wieder die Farbe seiner Maske an. OP-Grün.

»Sagen wir mal so: Die Sektenmitglieder haben in den Tokioter U-Bahn-Linien elf in Zeitungspapier eingewickelte Kunststoffbeutel deponiert, in die sie dann mit dem Regenschirm Löcher bohrten, um das flüssige Sarin freizusetzen. Das war's.«

KAPITEL 22

24. DEZEMBER 2020, 02.15 UHR

LYDIA

Nein, Patty. Ich weiß wirklich nicht mehr. Ganz egal, was dir der Polizeifunk geflüstert hat. Glaub mir doch. Es gab wohl einen Einbruch in unseren Räumen im Stadion. Ja. Aber Max ist dort und kümmert sich. Versuch doch mal den Staudi aus dem Bett zu klingeln. Wobei – nee – vergiss es. Der ist auch schon im Weihnachtsurlaub.«

Claudia schaut mich erstaunt an. Dass ich ausgerechnet jetzt mit einem Journalisten spreche und ihn auch noch dreist anlüge, hätte sie wohl nicht erwartet. »Mach Schluss«, wispert sie mir zu. Aber Patty ist ein alter Hase. Kennt das Geschäft und ist nicht so leicht von seiner Fährte abzubringen.

»Ist ja eigentlich außer mir und Max überhaupt keiner mehr da. Alle im Kurzurlaub. Was meinst du wohl, warum wir der Bitte um Spielverlegung zugestimmt haben. Da kann das Team mal zwei Tage abschalten. Wir müssen schließlich am Montagmorgen schon wieder in die Puschen kommen. Zur Erinnerung: Wir haben am nächsten Samstag das Spiel gegen Leverkusen. Und außerdem: Deine Zeitung ist doch ohnehin gedruckt. Die nächste kommt erst am Montag, also was machst du für einen Wirbel?«

Angriff ist bekanntlich die beste Verteidigung…

»Was? Ach so, du sollst für den Sender ein paar Statements einfangen. Schön, mein Lieber, aber nicht bei mir. Bitte. Ich habe morgen noch 'ne Menge Weihnachtsvorbereitungen zu erledigen und muss jetzt wieder ins Bett. Okay?«

»Nein. Du musst dich nicht entschuldigen. Dazu kennen wir uns zu lange und ich habe ja mitgekriegt, was da in den sozialen Medien los ist. Also – nicht böse sein. Beim nächsten Mal wieder gerne. Schlaf gut.«

Ich lege auf.

Patty Smith. Seit Jahren für unterschiedliche Medien in der Stadt und der Region aktiv. Vor allem Print. Heißt eigentlich Pascal Schmitt mit Doppel T, aber als irgendwer ausgeplaudert hat, dass ihn seine Frau Patty nennt, war Patty Smith geboren. ›Patty mit y. Nicht verwandt oder verschwägert mit der amerikanischen Punk- und Rockmusikerin‹, gab er gerne zum Besten.

Es tut mir leid, ihm diese Notlüge auftischen zu müssen, aber wenn ich ihm verraten hätte, dass ich im Stadion bin und was hier gerade läuft, hätte er zehn Minuten später vor der Tür gestanden und es wäre schwer geworden, diese Klette wieder loszuwerden.

»Guter Mann«, flüstere ich und Claudia kann sich ein fassungsloses Kopfschütteln nicht verkneifen.

»Ich muss im Greifvogel ja auch manchmal bis tief in die Nacht dafür sorgen, dass die Jungs nicht zu sehr über die Stränge schlagen, aber dafür kann ich dann tagsüber schlafen.

Und du musst ja nachher wieder ran, oder? Passiert das denn oft, dass dich irgendwelche Nervensägen nachts rausklingeln?«

»Nein, nicht wirklich. Höchstens mal nach den Europa League Spielen. Da kommt es dann schon mal vor, dass noch weit nach Mitternacht mein Handy klingelt.«

Claudia pfeift anerkennend. *Immer im Einsatz für ihre Eintracht.* Damit habe ich mir einen Gummipunkt verdient.

Ich schaue sie an. Zwei blitzeblaue Augen schauen gut gelaunt zurück. Gut, dass ich nichts von Helena und vor allem Gustav erzählt habe. Sev sagte ja, er habe ziemlich was abbekommen ...

Als Claudia vorhin in der Küche der Geschäftsstelle plötzlich vor mir stand und mich um ein Glas Wasser für Kevin bat, hätte ich mir nicht träumen lassen, welche Wendung unser kurzes Gespräch nehmen würde. Eigentlich wollte ich sie nur davon ablenken, mich nach Gustav und Helena zu fragen. Was hätte ich ihr sagen sollen. Dass Gustav vielleicht schwer verletzt ist, und niemand weiß, was mit den anderen ist? Also habe ich ihr davon erzählt, dass Severin uns ein Zeichen gegeben hat.

»Ein Zeichen? Was für ein Zeichen«, war sie sofort Feuer und Flamme und im Kopf weit weg von den anderen. »Ich gehe mal davon aus, dass der Täter Assad heißt. Ich weiß nur nicht, ob mit Vor- oder mit Nachnamen. Noch nicht!«, habe ich hastig ergänzt. »Und er hat irgendetwas mit der Eintracht zu tun. Wahrscheinlich mit der ehemaligen U23.«

»Die gibt es doch schon ewig nicht mehr. Bestimmt seit ...«

»Fünf Jahren«, habe ich ihren Satz fortgesetzt und mir dabei auf die Zunge gebissen. Nur jetzt nichts von den Lösegeldforderungen erwähnen.

»Und wie kommst du darauf, dass dieser ... wie nochmal ... damit was zu tun hat?«, wollte Claudia wissen, und es war ihr anzusehen, dass es in ihrem Kopf mächtig arbeitete. »Assad.«

»Assad also?«

»Ja. Assad. Wieso sagst du das so merkwürdig. Der Name ist nicht so selten, oder?« Und als sie nicht reagierte, habe ich ziemlich genervt geantwortet: »Sag schon – wieso?«

»Ich kenne einen Assad. Klaro. Wir hatten damals zwei, drei blutjunge Kerle, die im Fanblock groß geworden sind, bevor sie zur Eintracht in die U17 kamen. Die sind dann noch ein, zwei Mal im Jahr reingeschneit. Geburtstag feiern und so. Sie wussten halt, dass im Greifvogel jeder das Maul hält. Auch wenn mal einer der Jungs ein bisschen zu viel hatte. Woanders wäre das rausgekommen und dann wäre Schluss gewesen mit der großen Fußballerkarriere.«

»Und was hat das jetzt mit diesem Assad zu tun?«

»Den haben sie bei einem dieser Abende mit in den Greifvogel geschleppt.« Dabei haute sie sich mit der flachen Hand gegen die Schläfe. So als wollte sie ihr Gedächtnis in Schwung bringen. Dann machte sie eine längere Pause.

»Netter Kerl. Syrer. War von seinem Berater zum Vorspielen für das Bundesligateam nach Frankfurt gebracht worden. Der Berater war aber ein ziemliches Großmaul. Habe ihn einmal getroffen, aber das hat völlig gereicht, um zu wissen: Der verarscht die Jungs nur.« Für Assad war es die Chance seines Lebens. Besser auf jeden Fall als in den Krieg zu müssen. Für die erste Liga hat es zwar nicht gereicht, aber sie haben ihm wohl versprochen, er könne in der nächsten Saison für die U23 auflaufen. Mit einem kleinen Vertrag. 800 Euronen und gut ist. Er war überglücklich. Träumte davon, das ganze Geld nach Hause zu seiner Familie zu schicken. Damit es ihnen dort besser geht.«

»Ja und? Hat es geklappt mit dem Vertrag?«

»Na eben nicht. Die Mannschaft ist ja damals aufgelöst worden. Aus der Traum. Finito. Auch der FSV hatte seine zweite

Mannschaft aufgelöst und so standen zwei Dutzend guter Jungs vor dem Nichts. Dumm gelaufen!«

Wieder machte sie eine Pause.

»Und der hat jetzt den Präsi und seine Leute entführt? Quatsch. Das war wirklich ein ganz lieber Junge. Er ist noch in Frankfurt geblieben und ich habe ihm eine Mansarde besorgt. Weil er am Riederwald ja nicht bleiben konnte. Er war ein paar Mal hier und ich habe ihn dabei unterstützt, sich zurechtzufinden. Das war ja mittendrin in der Flüchtlingskrise. Da musste man doch helfen.« Sie schaute ins Leere. »Ja, ja, der Assad. Ich habe sein Gesicht noch vor mir. Gut, es ist ein paar Wochen her, aber der konnte doch keiner Fliege etwas zuleide tun.«

Mein Kopf versuchte, die Dinge, die Claudia erzählt hatte, zu ordnen. Alles machte plötzlich Sinn. Dieser Assad hatte offenbar davon geträumt, sein Leben und das seiner Familie mit seinem Talent zu verändern. Ihnen allen eine Zukunft zu ermöglichen. Sie vielleicht sogar aus den Kriegsgebieten herausholen zu können. Und dann platzte der Traum, weil die Eintracht entschieden hatte, ihre zweite Mannschaft aufzulösen. Aber was muss danach passiert sein, um ihn zu einem Entführer und vielleicht sogar Mörder werden zu lassen? Wir schwiegen einen Moment. Ihre Sätze hallten in meinem Kopf nach. Einer besonders. Warum um alles in der Welt hat Claudia gesagt, ›ich habe sein Gesicht noch vor mir. Es ist ein paar Wochen her?‹ Das sagt man nicht, wenn man jemanden einige Jahre lang nicht gesehen hat. Nicht einfach so.

»Claudia, was meinst du damit, dass es erst ein paar Wochen her ist, dass du ihn gesehen hast?«

»Na ja, einen Tag, bevor er zurückfliegen musste, haben sie gefeiert. Bei uns. Und davon gibt es ein Foto. Im Gästebuch. Er hat mit Blut unterschrieben. Also, sich so ein bisschen den

Finger geritzt und sein Zeichen gemacht. Fanden alle echt cool. Ich habe das Foto ein paar Tage später selbst eingeklebt und vor ein paar Wochen hat Gustav im Buch herumgeblättert und ist genau an dieser Seite hängengeblieben.«

»Willst du damit sagen, wir haben ein Bild von diesem Arschloch?«

»Der war kein Arschloch, Lydia. Ehrlich nicht. Und ja. Im Greifvogel gibt es ein Bild von vor fünf Jahren von ihm.«

Wieder sausten wilde Gedanken durch meinen Kopf. *Sollte ich nicht besser mit dieser Information gleich zu Meusel gehen? Zu Homburg? Oder zu Severins Vater? Aber wahrscheinlich würden sie eine Hundertschaft zum Greifvogel schicken und dort alles durchsuchen. Und Claudia würde mir das nie verzeihen, wenn ihr Greifvogel verwüstet wird. Einfacher wäre es, wenn ich mit Claudia hinfahre – sind ja nur ein paar Meter – und das Foto hole.* Es war ganz klar. Dies war der richtige Weg. Also drehte ich mich um und sagte nur knapp: »Claudia, wir müssen da hin!«

Das war vor nicht mal 20 Minuten. Wir sind dann schnurstracks raus. Den Polizeidepp habe ich mit dem Hinweis, er werde drinnen erwartet und es ginge, soweit ich es mitbekommen hätte, um eine Belobigung, ausgetrickst. Der hat die Beine in die Hand genommen und ist reingerannt, während wir ganz gemütlich zum Auto gelaufen sind. Claudia hat sich halb totgelacht und gelobt: »So veräppelt die Frau von heute also die Kerle.«

Jetzt stehen wir direkt vor dem Greifvogel. Parken in der zweiten Reihe. Ich zögere nur kurz. »Es ist mitten in der Nacht. Da wird wohl nicht ausgerechnet jetzt einer kommen. Außerdem ist ja genug Platz zum Vorbeifahren, und wir brauchen ja nur eine Minute, um das Gästebuch zu holen.«

Claudia öffnet die Tür einen Spalt und dreht sich dann zu mir um. »Jedenfalls dann, wenn Gustav es wieder da hingelegt hat, wo es hingehört, was nicht immer der Fall ist. Er ist so ziemlich der Einzige, der derzeit noch darin blättert. Ansonsten ist ja kaum noch einer da.«

Ihr Gesicht ist jetzt nur eine knappe Armlänge von mir entfernt. Der diffuse Lichtstrahl einer potthässlichen Lampe über der Eingangstür lässt ihre Falten stärker erscheinen, als sie eigentlich sind. Wie alt mag sie sein? Vielleicht 60. Vielleicht ein bisschen mehr. So alt wie meine Mutter vielleicht. Ich zögere einen Moment. *Soll ich sie nicht in den Arm nehmen, ihren Kopf an meine Brust drücken und ihr die Wahrheit über Gustav sagen? Dass er vielleicht nie wieder in dem Gästebuch blättern wird. Nein. Ich bleibe bei meiner Lüge. Eine Notlüge. Wenn es überhaupt eine Lüge ist.* Ich weiß ja auch nur, dass er verletzt ist. Mehr nicht. Und was würde es bringen, wenn sie das jetzt erfährt? Nichts. Es ist besser, sie damit nicht zu belasten. Noch nicht zu belasten.

Wieder muss ich an meine Mutter denken und das, was Papa erzählt hat. Vielleicht ging es ihr damals genauso. Vielleicht wollte sie auch nur dafür sorgen, dass wir nicht mit ihrer Vergangenheit belastet werden. Dass mich in der Schule niemand Terroristenbitch nennt oder Papa seinen Job verliert. *Der Eintracht-Berater und seine Terrorbraut, wow, das wären Schlagzeilen geworden.* Vielleicht hat sie geglaubt, sie taucht eine Zeit lang unter, bis sich alles beruhigt hat, dieser Blödmann aus ihrer Vergangenheit sich ein neues Opfer gesucht hat und sie zurückkommen kann. Zu uns zurückkommen. Und hat einfach den Absprung von dort, wo sie hin geflüchtet ist, verpasst. Einfach so. Weil das Leben manchmal merkwürdige Kreise zieht.

Ich taste nach dem Handy in meiner Tasche. Muss sie erreichen. *Sie muss mir alles sagen, was sie weiß,* schießt es mir durch den Kopf. *Sie kann helfen.*

Dann treten wir ein. »Mach mal Licht mit dem Handy. Der Sicherungskasten ist da vorne«, bittet Claudia. »Gibt es denn keinen Schalter?«, will ich wissen. »Einen Schalter. Du bist lustig. Dann wäre hier alle fünf Minuten das Licht aus und die Truppe würde sich einen Spaß daraus machen, alles, was sie greifen können, zu exen. Nee, nee. Das lassen wir mal lieber. Die Bude ist eh alles andere als eine Goldgrube. Mehr so eine Herzensangelegenheit.«

Im Schein meiner Handy-Taschenlampe geht sie auf die Tür hinter dem Tresen zu und schlüpft hindurch. Ich folge ihr, schalte die Sicherungen ein und erschrecke heftig, weil wie aus dem Nichts der Fernseher hinten an der Wand angeht.

»Scheiße. Gustav wollte das doch reparieren. Der springt nicht mehr auf Standby. Lässt sich nur an und aus machen mit dem Stecker. Altes Ding halt. Aber für uns hier reicht's«, sagt sie und verschwindet im Büro. Ich folge ihr.

»Da«, deutet sie auf eine Kommode. »Da muss es sein. Wie gesagt, wenn Gustav …«

»Ja, dann guck halt nach«, unterbreche ich sie. Viel zu barsch. Aber ich spüre in mir: Noch einmal darf der Name nicht fallen, sonst bricht es einfach aus mir heraus und ich sage ihr die Wahrheit.

Sie schaut etwas irritiert zu mir. »Is' ja schon gut. Konnte ja nicht wissen, dass wir es so eilig haben, Frau Heller.« Sie bückt sich, öffnet die große Schublade und zieht ein dickes Buch heraus. »Danke, Gustav, dass du doch auf deine alten Tage ein ordentlicher Mensch geworden bist«, stemmt sie den Wälzer mit beiden Händen in die Luft. Wie Charly Körbel damals den Uefa-Pokal.

KAPITEL 23

24. DEZEMBER 2020, 02.20 UHR

SEVERIN

Die Strecke Richtung Niederrad fühlt sich vertraut und gleichzeitig fremd an.

»Was hast du mit dem Greifvogel zu tun?« Ich versuche, Assad im Augenwinkel zu beobachten. *Kann das wirklich alles ein Zufall sein? Gustav, Hel und ich, die rein zufällig mit entführt wurden, und der Typ hier hat ausgerechnet im Greifvogel wichtige Unterlagen liegen? Das kann nicht sein.*

Assad schweigt, weshalb ich auf die Bremse trete und auf die Fahrbahn vor mir starre.

»Fahr weiter«, knurrt er neben mir. Ich atme tief ein. »Nein.«

»Nein?«

»Nein. Ich will erst wissen, was du mit dem Greifvogel zu tun hast.«

Assad lacht. Ich sehe ihn fest an. Seine Augen glitzern. Fast so, als würden jede Sekunde Tränen der Verzweiflung aus seinen

Augen platzen. Dann seufzt er, als würde er mir einen Gefallen tun, aber ein Teil in mir weiß, dass er das hier loswerden will. Seine Geschichte.

»Ich habe in Niederrad gewohnt und war deshalb manchmal im Greifvogel.«

»Das heißt, dass du Gustav kennst? Und trotzdem behandelst du ihn …«

»Ich kenne ihn nicht«, unterbricht Assad mich und wirft dann einen Blick auf sein Handy.

»Das ist unmöglich«, wehre ich ab. Wenn dieser Typ hier wirklich als junger Mann im Greifvogel war, dann kennt er auch Gustav. Irgendetwas stimmt nicht.

»Ich war immer nur da, wenn Claudia allein war.«

»Und warum?«, frage ich weiter nach. Es muss eine Verbindung geben.

»Weil sie mir geholfen hat.«

»Wobei?« Meine Geduld bröckelt.

»Warum ist das so wichtig, Severin?«

»Weil du uns am Stadion abgefangen und rein zufällig eine Vergangenheit im Greifvogel hast. Und warum zum Teufel sollte Claudia über all die Jahre Unterlagen für dich aufbewahrt haben?«

Wieder sieht er hinab auf sein Handy. Diesmal wird er panisch. »Wir müssen weiter.«

»Warum?«

»Weil wir keine Zeit haben. Die letzte Drohung wurde ausgesprochen und …« Er geht auf TikTok, was seltsam wirkt, und scrollt durch die Videos. »Die Welt weiß Bescheid.«

»Die Welt schläft«, erwidere ich und massiere meine Stirn.

»Bald schlafen weniger als jetzt und dann habe ich keine Chance mehr.«

»Eine Chance was zu tun, Assad? Dachtest du wirklich, dass du dieses Land unbeschadet verlassen kannst?«

Er sieht zu mir auf. Mein Blick klebt jedoch immer noch auf dem Handy, wo mein Gesicht zu sehen ist. *Dieser Russe hat also das Video gepostet. Super.* Das macht uns beide zu Gejagten. Und bevor Assad geschnappt werden darf, muss ich dieses Rätsel lösen.

Assad schüttelt den Kopf. »Um mich ging es nie, Severin Klemm.«

»Worum geht es dann?«

Er hebt seine Brauen. »Willst du wirklich alles wissen und damit zum Mittäter werden?«

»Ich bin eine Geisel. Eine, die vom Entführer seine traurige herzzerreißende Lebensgeschichte erfahren hat. Mehr nicht«, gebe ich mit einem schiefen Grinsen zurück. Obwohl das hier der völlig falsche Moment für ein Grinsen ist. Assad schnalzt mit der Zunge.

»Du würdest das alles nicht verstehen.«

»Einen Versuch ist es wert«, sage ich und sehe ihn auffordernd an. Noch vor einer Stunde hat genau dieser Mann mich gezwungen, jemanden tödlich zu verletzen. Aber etwas sagt mir, dass das nicht sein Wille war.

»Ich habe Unterlagen meines Bruders im Greifvogel versteckt.«

»Und die konnte Claudia dir nicht einfach zuschicken?«

»Natürlich hätte sie das gekonnt, aber sie weiß nichts davon. Außerdem nutzen sie mir nur hier in Deutschland etwas.«

»Und warum?«

»Weil mein Bruder sich einer terroristischen Gruppe angeschlossen hat, Severin. Und die wollen seine Freiheit.«

Ich lecke mir über die spröden Lippen. »Und was sollen die Unterlagen daran ändern?«

»Nichts.«

Ich schnaufe und starte den Motor neu. Die einzige Möglichkeit, herauszufinden, was hier gespielt wird, liegt wohl im Greifvogel. Also werde ich ihn hinbringen.

Ich fahre nicht mal mehr einen Kilometer weit, bis ich direkt vor dem Greifvogel parke und das Brennen in meiner Brust zu ignorieren versuche.

Eigentlich hätten wir hier sein sollen. Ja, wahrscheinlich wären wir bereits mehr als betrunken und würden alte Lieder singen, weinen und dann wieder auf Mic trinken. Aber dazu ist es nicht gekommen.

Als ich aussteige und Assad mir folgt, entdecke ich Licht im Inneren. Mein Puls erhöht sich schlagartig. »Da ist jemand«, faucht Assad neben mir. Dann hebt er seine Waffe an meine Schläfe und drängt mich vor. Ob das wirklich etwas bringt? Wenn uns jemand sieht, wissen sie, dass Assad mit mir unterwegs ist und nicht ebenfalls im Fernmeldeturm sitzt. Sie werden uns verfolgen und ich werde seine Geschichte nie zu hören bekommen. Und so langsam frage ich mich, warum ich das eigentlich so unbedingt will.

Assad drängt mich weiter vor, bis ich die Tür öffne und ein lautes Knallen ertönt. So, als wäre jemandem etwas runtergefallen. Zuerst sehe ich ein dickes Buch am Boden. Dann … *Lydia.* Hinter ihr steht Claudia, aber die nehme ich kaum wahr. Lyd quiekt erschrocken und hält sich die Hand vor den Mund. Und ich … ich fühle mich das erste Mal seit Stunden wieder sicher. Ich vergesse die Waffe an meinem Hinterkopf und stürme auf Lyd zu. Packe sie, schließe sie in meine Arme und drücke mein Gesicht in ihr rötliches Haar. Atme ihren Duft ein und fühle mich Zuhause.

»Sev … ich dachte … dein Vater dachte …«

Sie stemmt sich von meiner Brust ab und mustert mich, als könne sie nicht glauben, dass ich noch lebe. »Was tust du hier?«

»Assad«, sagt Claudia hinter ihr und da scheint Lydia das erste Mal einen Blick auf ihn zu werfen. Hass und Wut funkeln in ihren Augen, aber ich halte sie fest. »Hör mir zu Lyd…«, raune ich. Nicht, damit Assad mich nicht hört, sondern vielmehr, um zu ihr vorzudringen. »Ich habe das im Griff.«

»Er hat eine Waffe, Sev«, empört sie sich und duckt sich ein wenig, als Assad nähertritt.

»Ich möchte nur etwas holen«, sagt Assad ruhig, geht vor zur Bilderwand und nimmt ein Bild herunter. Ganz vorsichtig nimmt er die Rückwand heraus und zieht einen Briefumschlag hervor.

»Wir gehen.«

»Assad, was tust du denn da?«, fragt Claudia und ihre Stimme gleicht dabei der einer Mischung aus einer Mutter, die enttäuscht ist, und einer Person, die Angst hat.

»Ich hatte keine Wahl«, flüstert er und entfernt sich rückwärts. Sein Blick fordert mich stumm auf mitzukommen. Lyd krallt augenblicklich ihre Finger in meinen Oberarm.

»Du gehst nicht wieder mit ihm!«

»Ich muss«, sage ich ruhig und streiche ihr eine Strähne aus dem Gesicht hinters Ohr. Ihr normalerweise so akkurater Dutt sieht verwildert aus. Ihre Mascara ist verschmiert und ich hebe meinen Fingerrücken, um eine winzige Träne aufzufangen. Unter ihr erkenne ich Augenringe. Auch ihre Lippen wirken, als hätte sie stundenlang darauf herumgekaut.

»Nein!«, wispert sie. Ich habe keine Ahnung, wann ich Lydia das letzte Mal so schwach gesehen habe. Oder ob ich es überhaupt jemals getan habe. Nicht mal letztes Jahr, als die Sache mit Vera war. Ihr Körper bebt. Ihre Gesichtsmuskeln zucken.

Und da begreife ich, warum sich das hier nach Zuhause und Sicherheit anfühlt. Egal, was wir alles durchgemacht haben und wie schrecklich nervtötend sie manchmal sein kann. *Ich liebe sie.* Aber das hier ist der falsche Ort für ein Geständnis meiner Liebe. Lydia würde mich wahrscheinlich anschreien, könne sie meine Gedanken mithören, dass vielleicht doch genau das hier der richtige Moment wäre. Aber sie weiß genauso gut wie ich, dass ich nicht der Held aus einem Film bin, der gerade aus der Kinoleinwand herausspaziert ist. Also greife ich an mein Handgelenk und nehme die Uhr ab. »Sie sollte ein Geschenk sein.«

»Ich habe dein Zeichen verstanden«, sagt sie hektisch. Fast so, als hätte sie Angst, dass ich ohne die Gewissheit sterben könnte, wie gut sie mich kennt. Am besten von allen da draußen kennt.

»Tim wurde von einem Krankenwagen abgeholt. Bitte such nach ihm und schau, dass es ihm gut geht.«

»Severin. Du musst nicht mit ihm gehen.« Ihr Griff wird stärker.

»Du weißt doch, dass ich mich viel zu gerne in gefährliche Situationen manövriere«, sage ich und hebe einen Mundwinkel. Lyd verdreht die Augen. So wie immer. Und ich liebe es. Habe ich schon in der Uni.

»Was …«, ertönt Assads Stimme hinter mir. Ich sehe ihn an und folge seinem geschockten Blick zum Fernseher, der seit Corona dort hängt. Darauf erkenne ich die Bilder der letzten Stunden. Brennende Autos. In Flammen stehende Gebäude. Und dann erscheint mein Gesicht.

»Mach das lauter!«, fordert Assad und Claudia gehorcht. Trotzdem sieht sie ihn immer noch an, als wäre er ihr verlorener Sohn. Nur dass dieser verändert zurückgekehrt ist.

»Wie soeben bestätigt wurde, ist Severin Klemm einer der Geiseln. Im Darknet kursieren nun Videos, wie eben dieser

Forderungen stellt und Menschen verletzen soll. Aus rechtlichen Gründen können wir diese Videos nicht abspielen. Aber man sieht deutlich, wie ein weiterer Mann hier eine junge Frau ersticht.«

»Oh, fuck«, gebe ich von mir.

»Meusel wird durchdrehen«, sagt Lyd und ich werfe ihr einen verwunderten Blick zu. Ihre Aussage passt so gar nicht zu dem, was da gerade passiert ist.

»Eine Eilmeldung. Es gab eine weitere Forderung, die nun auch bei Twitter veröffentlicht wurde. Auf dem Dach des Fernmeldeturms befinden sich nach diesen Angaben Drohnen mit einer tödlicher Substanz.«

Lydia schlägt sich die Hand vor die Stirn.

»Wusstest du das?«

»Ja«, faucht sie und funkelt Assad zornig an. Doch der wirkt genauso wütend.

»Diese Bastarde«, schreit er durch den Raum und rauft sich die Haare. Geht auf und ab. Ich sehe wieder zu Lydia und hinab auf ihre Hand, in der nun ihr Handy liegt. Sie tippt etwas.

»Was soll das?«, fauche ich, so leise es geht.

»Ich hole Hilfe.«

»Das wirst du nicht«, sage ich und lege behutsam meine Hand auf ihre kühlen, zittrigen Finger.

»Du willst also einfach wieder mit ihm gehen? Das übersteigt wirklich alles, Severin Klemm!«

»Hört auf zu reden!«, befiehlt Assad hinter mir. Ich schließe kurz meine Augen, um Lydia eine leise Erklärung zu geben. Aber wie soll die aussehen?

Er hat Tim verschont, also fühle ich mich verantwortlich? Ich habe das Gefühl, dass er das Opfer ist? Ich habe Angst, dass er um sich schießt, wenn er die Polizei sieht und sie treffen könnte?

Aber welcher dieser Gründe stimmt? Oder ist es eine Mischung aus allen?

Im Bild erkenne ich aus dem Augenwinkel eine Explosion. Ich lasse meinen Blick zum Bildschirm wandern und reiße die Augen auf.

»Soeben gab es eine weitere Explosion. Getroffen wurde die JVA.«

Mein Mund öffnet sich automatisch. Und dann sehe ich zu Assad, der panisch auf den Fernseher blickt. »Nein!«, entfährt es ihm und er zerknüllt den Brief in seiner Hand.

»Nein!«, schreit er nun und kommt auf mich zu, packt mich und zieht mich von Lydia weg, die sich verzweifelt an mich klammert.

»Wir müssen gehen!«

»Ich ...« Mein Gehirn versucht zu begreifen, was da gerade geschehen ist. *Warum sollten sie plötzlich statt Hochhäusern das Gefängnis in die Luft jagen? Das ergibt keinen Sinn, außer ... sie planen einen Ausbruch.*

»Ich habe dir geholfen, du hilfst mir. Das war der Deal!«

Ich nicke benommen und schiebe dann Lyd von mir.

»Du darfst keinem sagen, dass wir hier waren!«, appelliere ich an sie. Sie schüttelt den Kopf, wobei weitere Tränen ihre Augen verlassen. »Das ergibt keinen Sinn. Warum willst du das?«

»Weil er nicht der Böse in dieser Geschichte ist!«, zische ich, weil ich es hasse, das zu glauben. Ich habe keinerlei Beweise dafür. Es ist einfach nur ein dummes Severin-Gefühl.

»Los!« Assads Stimme wird zorniger.

»Versprich es!«

»Ich verspreche es«, sagt sie widerwillig und schenkt mir einen trotzigen Gesichtsausdruck. Ein Lächeln bahnt sich von meiner Brust zu meinen Mundwinkeln.

»Ich komme wieder«, raune ich dann und drehe mich um. Doch dann wende ich mich ihr noch einmal zu, lege meine Hand in ihren Nacken und ziehe ihr Gesicht ganz sanft zu meinem. Sehe sie an. Sehe tief in ihre Augen. Etwas legt sich über ihre. Etwas wie ein Schleier. Und alles, was ich will, ist ihr so nah zu sein, wie ich noch nie zuvor jemandem nah war. Ich lege meine Lippen auf ihre und küsse sie. Zuerst ist sie erschrocken, erstarrt. Aber dann küsst auch sie mich. Meine Brust flackert. Es ist, als wäre ich das erste Mal in meinem Leben ich selbst. Das hier ist nicht wie die anderen Küsse. Lydia ist nicht wie die anderen Frauen.

Das hier ist allumfassend und zerstörerisch. Als würde ich einen Teil meiner Seele öffnen, der so verwundbar ist, dass ich ihn bisher verschlossen gehalten habe. Ich küsse sie weiter, bis Assad mich von ihr zieht und ich ihr noch einen letzten Blick zuwerfe. Ich will es ihr sagen. Herausschreien, dass ich sie liebe. Aber ich kann es nicht. Und vielleicht dauert es noch Jahre, bis ich diese Worte endlich irgendjemandem gegenüber aussprechen kann. Aber ich weiß, dass sie warten wird. Ich weiß, dass sie es weiß, das sehe ich in ihrem Blick. Denn niemand kennt mich so gut wie sie.

KAPITEL 24

24. DEZEMBER 2020, 02.40 UHR

LYDIA

»Oh ja. Mhmmmmmm. Pffffffff – Liebe muss schön sein. Wenn ich groß bin, kaufe ich mir auch ein halbes Dutzend davon!«

Claudia hat mir ihren Rücken zugedreht und umarmt sich selbst mit ihren Händen. »Ach. Bitte, gib mir mehr!«, flötet sie.

Ich spüre, wie mein Blut nach oben schießt und wahrscheinlich dafür sorgt, dass alles an mir rot wird. Mein Kopf von der Kinnspitze bis zum Ansatz meiner Haare. Wobei: Da würde es wahrscheinlich keiner mehr bemerken. Einem Rotschopf sieht man auf der Stirn jedenfalls nicht an, dass er verlegen ist.

»Ja. Nun ist doch gut!«, herrsche ich sie an.

»Nein, nein. Das war doch so süß! Rundherum explodieren die Granaten und Severin gesteht Lydia seine Liebe. Ganz großes Kino!«, antwortet sie lachend und ich bin mir nicht sicher, ob sie das ernst meint oder mich auf den Arm nimmt.

»Und was machen wir jetzt?«, will Claudia wissen.

»Na, zurück ins Stadion«, antworte ich knapp und sorge damit für einen Lachanfall bei Claudia.

»Klaro. Wir marschieren da jetzt ein. Mit Blasmusik und vorgehaltenen Händen. Und dann bitten wir darum, dass sie uns Handschellen anlegen und uns in den Knast stecken. Wir sind schließlich jetzt die Komplizen eines Entführers und haben ihn einfach laufen lassen.«

Klingt irrwitzig, aber da ist was dran. Wobei – Meusel zu sagen, dass uns dieser Assad im Greifvogel überrascht hat, wir aber nichts machen konnten, weil er bewaffnet war, mag ja noch angehen. Wie aber erklären wir Severins Rolle?

»Claudia, hör zu. Sev hat mir gesagt, er hat das im Griff. Und es geht ja nur um ihn und diesen Assad. Was da oben im Fernmeldeturm los ist, weiß ich jedenfalls nicht.« Einen Moment lang zögere ich, Claudia die ganze Wahrheit zu erzählen. Vor allem, weil ich nicht weiß, was sie überhaupt mitbekommen hat von all dem, was in dieser Nacht bisher passiert ist.

»Auf dem Fernmeldeturm?«

Bingo. Volltreffer. Sie weiß gar nichts. Hat wahrscheinlich im Greifvogel gesessen und auf Sev und die anderen gewartet, bis sie abgeholt wurde. Und dann musste sie mit Kevin im Konfi sitzen und ich gehe mal davon aus, niemand hat sie informiert. Und ich denke, das ist gut so.

»Sie haben wohl gedroht, den Turm in die Luft zu jagen«, antworte ich knapp und ausweichend. »Unseren Spargel?« Sie schüttelt fassungslos den Kopf. »Haben die noch alle Tassen im Schrank?«

»Wollen wir mal hoffen, dass es so weit nicht kommt. Die Polizei kriegt das schon hin.«

»Die Bullen. Als ob die irgendwas hinbekämen.«

»Das ist eine Spezialeinheit vom Landeskriminalamt. Und wenn es nötig ist, schalten die die Bundespolizei ein. Die sind genau für solche Einsätze geschult. Also keine Angst. Alles, was wir tun müssen, ist, diesem Polizeioberrat das Foto von Assad in die Hand zu drücken und zu schweigen. Dann machen die ihren Job.«

»Wenn du meinst…« Claudia scheint nicht wirklich überzeugt zu sein. Aber immerhin bohrt sie nicht weiter nach – zum Glück.

Die Fahrt zum Stadion verbringen wir schweigend. Zu viele Gedanken, die ich nicht teilen möchte, schwirren in meinem Kopf umher und sorgen dafür, dass sich mein Pulsschlag schwertut, wieder auf um die 60 zu kommen.

Severin! Dieser Kuss! Dieses unglaubliche Gefühl, angekommen zu sein. Nach einer jahrelangen Irrfahrt. Ich hatte es schon vor einem Jahr, als wir vor dem Polizeipräsidium hockten und wie aus dem Nichts dieses Gefühl der absoluten Geborgenheit da war. So wie gerade. Da hätten Bomben explodieren können, ich hätte mir keine Sorgen gemacht. Und dabei weiß ich doch nur zu gut, dass dieses Gefühl im höchsten Fall eine Seite der Medaille ist. Ich kenne Severin in und auswendig. Kenne damit auch seine Schwächen. Weiß, dass er in Situationen wie vorhin über sich hinauswächst und mir und anderen das sichere Gefühl geben kann, dass er alles im Griff hat. Aber es gibt auch den anderen Mann. Den, der sich in sein Schneckenhaus zurückzieht und mit Sarkasmus um sich wirft, nur um sich selbst zu schützen. Der mächtig auf Droge war und erbärmliche Angst davor hat, die Kontrolle zu verlieren. Den Severin Klemm, der meine Hilfe braucht, weil er ansonsten ziemlich verloren ist. Bin ich stark genug dafür? Oder ist es nur seine Stärke, die mich magisch anzieht seit damals in der Uni?

Wie oft habe ich mir diese Frage in den letzten zehn Jahren schon gestellt. Sehr oft. *Zu oft?* Und immer wieder mit einem klaren Nein beantwortet. Oder er hat mir gar keine Chance gegeben, diese Frage zu beantworten, und sich immer wieder blitzartig aus dem Staub gemacht. Wie dieser Halleysche Komet, der auch nur alle 75,3 Jahre wiederkehrt.

Ich muss lächeln. Stelle mir diesen Kometen mit Sevs Gesicht vor. Wie er an meinem Fenster vorbeizieht und winkt.

»Ich nehme mal an, dieser Bulle, dem du erzählt hast, er soll reinkommen, damit wir abhauen können, wird uns jetzt ziemlich blöd anmachen, oder?«

»Kann schon sein, aber das interessiert mich gerade gar nicht. Sozusagen: null. Viel wichtiger ist, dass wir uns absprechen. Wir können davon ausgehen, dass dieser Meusel von unserem kleinen Ausflug weiß und uns schon am Eingang festnageln wird.«

»Und was sagen wir ihm?«

»Nichts. Verstehst du. Gar nichts. Vor allem nichts davon, dass uns Severin über den Weg gelaufen ist.« Ich komme mir vor wie ein tibetanischer Wanderprediger. »Nur, dass dir plötzlich eingefallen ist, dass im Gästebuch des Greifvogels ein Foto von diesem Assad stecken könnte. Du dir aber nicht ganz sicher warst und wir das deshalb nicht an die große Glocke hängen wollten. Okay?«

»Okay. Du machst das schon. Wenn hier einer von uns beiden für große Erklärungen zuständig ist, dann ja wohl du!«

Als uns der Platzanweiser in Uniform kommen sieht, wendet er sich ab und brabbelt irgendetwas in sein Funkgerät. Darauf, noch mal von mir an der Nase herumgeführt zu werden, hat er offenbar keine Lust. Aber auch nicht, uns mal eben von oben herab zu maßregeln. Ich schaue ihn verwundert an und in mir verwandelt sich ein zarter Gedanke zur Gewissheit.

Ein Blick in Richtung Rampe reicht, um sicher zu sein.

»Der Typ hat Meusel schon informiert. Der Große da vorne. Das ist er. Mach dich auf was gefasst, aber halte dich auf jeden Fall an unsere Abmachung. Nur so kommen Sev und wir aus der Nummer heil raus.«

Ich weiß, es ist alles andere als okay, Claudia mit diesem Spruch davon zu überzeugen, kein Sterbenswörtchen über die Begegnung mit Sev und Assad zu verlieren, für mich allemal, aber ich weiß eben auch, ich muss dafür sorgen, dass sie schweigt. Und Meusel kann einen schon ziemlich anfahren.

»Frau Heller. Welch unglaubliche Ehre. Haben Sie Ihre kleine Spritztour schon beendet? Ist ja auch schon viel zu spät für zwei brave Mädels, allein durch die große Stadt zu tippeln. Und die Geschäfte haben ja auch zu«, schießt er mit einem Blick auf seine Uhr aus der Hüfte. Automatisch schaue ich auch auf mein Handgelenk. Ein Fehler. *Die Uhr von Sev. Scheiße.* Ich habe sie, bevor wir losgefahren sind, angelegt. Aber die darf Meusel nicht sehen. Sonst weiß er, dass wir uns irgendwo begegnet sein müssen. Ich täusche einen Hustenanfall vor und verstecke die Uhr unter der vorgehaltenen Hand. Dann schaue ich zu Meusel. Atme auf. Er hat offenbar nichts bemerkt. Wie auch? Der Mann hat meiner Theorie, dass Sev uns, nein – mir – ein Zeichen gegeben hat, ohnehin nicht geglaubt und das mit unserem Spiel in der Uni für Kinderkram gehalten. Wenn er überhaupt etwas geglaubt hat, dann die Nummer mit Ginni von Severins Vater.

Er schwenkt sein Handy durch die Luft. »Haben wir Ihnen das zu verdanken, Frau Pressesprecherin?«

»Was meinen Sie?«

»Seitdem ein gewisser Patrick Schmitt über Radio Frankfurt alle Welt hat wissen lassen, dass es sein könnte, dass die Explosionen in der Innenstadt mit einem Überfall auf die Eintracht-Geschäftsstelle in Zusammenhang stehen könnten, explodiert das Netz. Wir sind auf allen Social-Media-Kanälen der absolute Renner. Sollten langsam mal über Autogrammkarten nachdenken. Aber da können Sie uns sicher beraten, nicht wahr?« Sein Gesicht zeigt mir, dass er alles andere als amused ist. Im Gegenteil.

»Diese Schwachköpfe sagen, dass all das von der Regierung gemacht wird. Um die Menschen einzuschüchtern. Mit nur einem Ziel: Die Menschheit … das hat wirklich einer geschrieben … die Menschheit dazu zu bringen, Weihnachten zu Hause zu bleiben. Weil sie, ich zitiere, Schiss vor denen haben, die sich nicht länger an der Nase herumführen lassen wollen und gegen die Maßnahmen Widerstand leisten werden.« Meusel schüttelt den Kopf. »Also, Frau Heller. Haben wir diesen Scheiß Ihnen zu verdanken? Haben Sie mit diesem Patrick gesprochen?«

Ich versuche abzuwiegeln. Lügen wird wenig Sinn machen. So wie ich Meusel kenne, hat er Patty längst eingesackt und lässt ihn herbringen. Und der wird alles tun, aber in diesem Fall nicht seine Informantin schützen. Ich habe ihn schließlich belogen. »Ja, aber, also, ich habe doch gar nichts gesagt«, stottere ich. »Er hat mich angerufen. Was sollte ich denn machen?«

Keine gute Ausrede. Das wird mir sofort klar. Und in der Tat. Meusels Stimme wird kantiger: »Wollen Sie mir tatsächlich erzählen, Sie hätten die Nummer dieses Schmierfinken nicht abgespeichert?«, raunzt er mich böse an.

Und er hat natürlich recht. Hätte ich auf das Display geschaut, hätte ich seinen Namen gesehen und wäre nicht drangegangen. Mitten in der Nacht muss auch ich nicht jedes Telefonat eines Sportjournalisten beantworten. Aber ich habe eben nicht hingeschaut. Nichts anderes. Blöd, aber so war es nun mal.

Ich entscheide, Meusel einfach die Wahrheit zu sagen. Ohne Herumgedruckse. »Sehen Sie, Herr Meusel. Erstens haben Sie recht. Ich hätte besser auf mein Handy schauen sollen, bevor ich drangegangen bin. Zweitens habe ich ihm wirklich nichts gesagt, sondern ihm geraten, unseren Pressesprecher zu fragen. Aber was viel wichtiger ist: Wir haben ein Foto von diesem Entführer, zumindest von einem von denen, von diesem Assad.« Ich deute auf das Gästebuch, das Claudia mit beiden Händen festhält. »Wenn Sie das Foto durch Ihren Computer laufen lassen, kommen Sie vielleicht einen Schritt weiter.«

Meusel ist offenbar geplättet. Er zögert. Soll er wirklich einer übergeschnappten Pressetussi glauben, dass der Sohn des Oberstaatsanwalts ein verwertbares Zeichen hat einfließen lassen?

Jules taucht hinter ihm auf. Tritt nahe an ihn heran und flüstert ihm etwas ins Ohr. Er nickt. »Hmmmm! Also gut. Wir treten eh auf der Stelle, solange wir nicht verhandeln können. Also: Füttern wir unser Baby mal mit dem Foto dieses Assads. Ich glaube zwar nicht, dass uns das wirklich weiterbringt, aber schaden kann es ja nicht.«

Er zeigt einem seiner Männer an, mit Claudia und dem Buch reinzugehen und sich das Foto zeigen zu lassen. Dann dreht er sich abrupt um und geht den beiden nach.

Jules nestelt ihre Zigaretten aus der Tasche und hält mir das Päckchen hin. »Auch eine?«, will sie wissen. Ich nicke dankbar und spüre plötzlich diese bleierne Müdigkeit in mir aufsteigen. Kein Wunder. Ich bin um 7 Uhr aufgestanden, um alles für das Weihnachtsessen und die Feiertage einzukaufen und im Büro alles für Montag vorzubereiten. Ich bin jetzt mehr als 20 Stunden auf den Beinen. Mehr als 20 anstrengende, nervenaufreibende Stunden. Da ist es ja wohl völlig okay, wenn der Körper nach einer Pause schreit.

Ich nehme einen tiefen Zug und lasse das blöde Nikotin seine Arbeit tun.

»Was hast du Meusel eben eigentlich zugeflüstert?«

»Zugeflüstert?« Jules tut so, als hätte ich mir das eingebildet.

»Ach, Jules. Komm! Verkauf mich doch nicht für dumm. Eben gerade, als du zu uns herausgekommen bist.«

»Weiß gar nicht mehr. Wird schon nichts Besonderes gewesen sein.« Ich suche Augenkontakt, aber sie schaut bewusst weg.

»Na ja, es war zumindest so interessant für ihn, dass er sofort zugestimmt hat, das Bild einzuscannen. Also – erzähl mir doch nicht, dass du es nicht mehr weißt.«

»Betriebsgeheimnis!«

»Hör zu, es ist okay, wenn du noch angepisst bist, weil Sev mir mit der Uhr ein Zeichen gegeben hat, aber deshalb musst du mich nicht behandeln wie eine Fünfjährige. Ich weiß, was ich gesehen habe. Also …«

»Ich habe ihn nur an etwas erinnert. An damals. Da stand ich vor ihm und habe ihm einen Vorschlag gemacht. Das hat ihm nicht gepasst. Du weißt doch: Die Kerle und ihr Ehrgefühl.«

»Und?«

»Ja, was schon. Er hat meinen Vorschlag abgelehnt. Fertig.«

»Und mit der Erinnerung daran hast du ihn jetzt überzeugt? Willst du mich veräppeln?«

»Nein. Er hat meinen Vorschlag eine halbe Stunde später, als alles andere gescheitert war, doch noch angenommen und wir konnten fast alle Geiseln retten.«

»Fast alle?«

»Ja. Ein Mann ist gestorben, weil wir zu lange gezögert haben. Das konnte keiner wissen, aber es war so.«

»Und dann erzählst du mir, Meusel sei genau der richtige Mann für den scheiß Job?«

»Ja. Kann ich. Mag dir vielleicht merkwürdig vorkommen, aber genau das kann ich. Weil ich weiß, dass er einen solchen Fehler nie wieder machen würde. Hat er nicht und wird er nicht. Niemals.«

»Niemals?«

»Ja, Lydia. Es war einer von Meusels Männern. Hatte sich gegen eine Geisel, eine schwangere Frau, austauschen lassen und das mit seinem Leben bezahlt. Weil wir gezögert haben. Glaub mir. So etwas verfolgt dich bis an dein Lebensende. Das wirst du nicht mehr los.«

»Ach so. Das nennt man dann nicht zögern, wenn er zehn Minuten mit mir herumdiskutiert, oder wie?« Ich kann Jules Einstellung zu diesem Bruce Willis für Arme nicht verstehen.

»Er ist halt ein Kerl. Da kannst du nichts machen. Der wird sich nicht von einem Amateur – noch dazu einer Frau – seinen Job erklären lassen. Jedenfalls nicht vor seinen Leuten.«

»Und was hat ihn umgestimmt?«

»Ich habe ihn einfach nur erinnert. An damals. Das reicht aus. Jedenfalls bei den Guten.«

Ich muss an Severin und die anderen Geiseln denken. Vor allem an die oben im Fernmeldeturm. Gustav, wenn er überhaupt noch lebt, das Mädchen vom Catering, Tim, Helena, Eric und wen auch immer diese Schweine außerdem in ihre Gewalt gebracht haben. Ihr Leben hängt von Meusels Entscheidungen ab und ich bete, dass Jules richtig liegt. Oder ihn immer, wenn es darauf ankommt, erinnert. Mir ist zum Heulen zumute. Wenn ich daran denke, dass sie jetzt schon so viele Stunden Todesängste durchstehen müssen, wird mir flau im Magen. Wahrscheinlich haben sie das letzte Ultimatum mitbekommen und wissen genau: Sie werden die Ersten sein, die sterben müssen, wenn die geforderten 100 Millionen Euro nicht bezahlt werden oder uns etwas anderes einfällt, um diese Geschichte zu beenden. Meusel etwas anderes einfällt. 100 Millionen, die treibt Max nie und nimmer auf. Nicht in einer Nacht, vor allem nicht in der Nacht zu Heiligabend.

Dann muss ich an Severin denken, der in der Gewalt dieses Assads ist und offenbar ständig bedroht wird. *Auf welchen Deal hat er sich wohl eingelassen, um seinen Freunden helfen zu können und mit heiler Haut davonzukommen?*

Aus flau wird plötzlich übel. Ich habe das Gefühl, ich muss mich übergeben. Meine Beine zittern, alles dreht sich. Ich erkenne Jules sorgenvollen Blick. Höre ihre Stimme. Dann gehen die Lichter aus …

»Hallo! Lydia!« Irgendjemand tätschelt mir im Gesicht herum. Ich spüre eine kalte Hand und öffne die Augen. »Jules! Was ist passiert?«

»Na, sagen wir mal so: Ich tippe, du hast seit dem Frühstück nichts gegessen und so gut wie nichts getrunken. Das hält die stärkste Frau nicht aus. Der Sani hat dir eine Extradosis Energie reingepfiffen. Das sollte für die nächsten zwei Stunden reichen. Sagt er.«

Ich nicke dem jungen Mann im roten Overall zu. Flüstere »Danke!« und versuche, mich aufzurichten. Wir sind in Max' Büro. Er sitzt am Fußende und streichelt mir übers Bein. »Mensch Ly! Das tut mir alles so leid. Eigentlich solltest du zu Hause in deinem Bettchen liegen und davon träumen, welche Geschenke der Weihnachtsmann bringt.«

»Das Christkind, Max. Bei uns kommt das Christkind!« Ich muss lachen. Auch wenn das so gar nicht zur Situation passen will. Ich sehe ihn an. Sehe einen Menschen, der in ein paar Stunden um Jahre gealtert ist. Der Hans Dampf in allen Gassen, den so schnell nichts aus der Bahn werfen konnte, ist an seine Grenzen gekommen. Nicht erst bei den 100 Millionen, die die Arschlöcher im Turm jetzt gefordert haben. Selbst die 13 Millionen, um die es am Anfang ging, waren nicht aufzutreiben. Er wird lange an dieser Erfahrung zu beißen haben. Da bin ich sicher. Wenn du gewohnt bist, dass alles, was du anpackst, zu Gold wird, kann dich eine solche Erfahrung schon umhauen. »Es tut mir wirklich leid«, flüstert er.

Dann kreischt eine Stimme: »Yeah! Ein Hoch auf die Technik. Wer sagt es denn. 4 Minuten und 12 Sekunden und wir haben die Sau!« Alle Köpfe fliegen zu dem Mann, der begeistert auf den Monitor vor sich deutet. Das Bild von diesem Assad ist zu sehen. So ganz anders. Mit langen Haaren und einem Vollbart. Er sieht viel älter aus, als ich ihn in Erinnerung hatte. Aber ich erkenne diese Augen wieder. Dunkel, fast schwarz, geheimnisvoll, teuflisch. »Samir Al'Sheik. Jahrgang 1995. Ist 2013 nach Deutschland gekommen. Aus Syrien. Verheiratet, ein Kind. Vor drei Jahren erstmals auffällig geworden. Hat im Internet abstruse Erklärungen von sich gegeben. Seit Anfang 2019 unter Beobachtung des Verfassungsschutzes und ... scheiße ... der sitzt seit Oktober in der JVA Preungesheim.«

Meusel, der bisher wohlwollend zugehört und mir sogar so etwas wie einen anerkennenden Blick zugeworfen hat, bäumt sich regelrecht auf. »Als Freigänger, oder was? Wie kann das sein. Der steht unter Beobachtung der Kollegen, sitzt ein und kann gleichzeitig die halbe Stadt in die Luft jagen? In welchem scheiß System leben wir denn? Da stimmt doch was nicht, verdammte Hacke!«

Alle im Raum ziehen den Kopf ein. So, als erwarten sie jeden Moment, dass Meusel ein Sturmgewehr packt und alles um sich herum plattmacht.

KAPITEL 25

24. DEZEMBER 2020, 02.45 UHR

SEVERIN

Als wir wieder im Auto sitzen, beginnt Assad auf das Handschuhfach einzuprügeln.

»Fahr!«

»Und wohin?«, frage ich völlig irritiert. Von Lydia, davon, dass ich immer noch bei ihm bin ... und einfach von allem.

Er greift sich an den Kopf und schlägt dann wieder mit der Faust zu.

»Was zum Teufel soll das hier alles?«, frage ich viel lauter, als ich vorhatte.

»Was das soll? Wir müssten jetzt bereits beim Gefängnis sein. Aber das sind wir nicht. Also sind die Bullen vor uns dort.«

Ich sehe ihn einen Moment lang an. »Was?«

»Weißt du, was vor einem Jahr in Ostsyrien passiert ist?«, fragt er, als wüsste ich wirklich, welche genau von all den Nachrichten er meint.

»Der IS hat den Angriff der Türken genutzt, um eine Bombe im Gefängnis hochgehen zu lassen. Und dann haben sie da ihre Männer rausgeholt.«

Ich blinzle, als ich begreife, warum er so zornig ist.

»Wen wolltest du aus dem Gefängnis holen?« Er bleibt stumm. »Deinen Bruder?«

Er schließt die Augen.

»Wie soll der hier eingesperrt sein? Er ist sicher ausgeliefert worden.«

»Er ist ein deutscher Staatsbürger.«

»Was?« Ich verstehe die Welt nicht mehr. Und ich kann mir auch nicht vorstellen, dass dieser Kerl hier neben mir halb Frankfurt hochgejagt und Geiseln genommen hat, nur um seinen Terroristen-Bruder aus dem Gefängnis zu holen.

»Er ist kein Terrorist. Er wurde radikalisiert und manipuliert.«

»Und wo?«

»Im Gefängnis, du Genie!«, schreit er mich an. »Was denkst du, passiert mit den ganzen Rückkehrern und Sympathisanten, hm? Sie werden ins Gefängnis gesteckt und sind nicht plötzlich entradikalisiert, Severin. Sie bilden Gruppen und setzen ihr krankes Gedankengut in die Köpfe der Schwachen.«

Ich schlucke hart. »Woher weißt du das?«

»Weil ich hier zu Besuch war. Vor einem Jahr. Und ich habe mit ihm gesprochen. Wenn ich ihn nicht da raushole, dann ...«

Ich greife nach dem Briefumschlag, den er immer noch in der Hand hält, und öffne ihn. Meine Augen suchen die Papiere ab. Versuchen, zu verstehen, was das sein soll, und warum es so wichtig für ihn ist.

Und dann sehe ich zwei Pässe.

»Was ist das, Assad?«

Er lacht. Verzweifelt. »Das, mein lieber Severin, sind gefälschte Pässe.«

»Und die hast du hier im Greifvogel versteckt? Sie hätte jemand sehen können.«

»Mir war es egal, ob sie jemand findet, verstehst du. Ohne meinen Bruder habe ich sie nicht gebraucht. Und als der Haftbefehl gegen ihn erlassen wurde, habe ich die Pässe machen lassen. Nur leider war die Polizei schneller. Also habe ich sie versteckt.«

»Mit welchem Grund?«

»Meine Aufenthaltsgenehmigung war abgelaufen.«

»Aber deinen Bruder haben sie hier behalten?« Ich pruste.

»Denkst du wirklich, dass die Welt immer so gerecht ist, Severin? Ich war kein deutscher Staatsbürger, weil ich im Gegensatz zu meinem Bruder keine deutsche Frau hatte. Nachdem er herkam und heiratete, hat er mich hergeholt, mir das Vorspielen ermöglicht. Und als er wegen Mordes gesucht wurde, einem Mord, den er nicht begangen hat, habe ich das hier für ihn ausstellen lassen.«

»Und wie hast du dir das alles vorgestellt? Wolltest du die Pässe holen, dann deinen Bruder und anschließend ab zum Flughafen und auf und davon fliegen?«

»Nein. Ich wollte nur ihn rausholen. Ich habe Gründe, hier zu bleiben.«

»Und die wären?« Ich sehe ihn ernst an und Assad scheint zu begreifen, dass ich die Chance hatte zu fliehen. Aber geblieben bin. Weil ich ein gnadenloser Vollidiot bin.

»Sie haben meine Familie. Meine Frau und Kinder. Sie landen in ein paar Stunden am Flughafen.«

»Wer?«

»Spielt es eine Rolle, wie sie sich nennen? Sie wissen alles über mich und ich habe ihnen im Gegenzug zu ihrer Hilfe Geld versprochen. Sie haben mir dann Söldner an die Seite gestellt, die …«

»Völlig ausgeartet sind?«, vervollständige ich. Assad sagt aber nichts weiter. Wir wissen beide, dass er nicht das wollte, was dieser Russe will.

»Und jetzt?«

Er atmet schwer. Sagt aber nichts.

»Wollen diese Männer Geld oder deinen Bruder?«

»So wichtig ist er für sie nicht, Severin. Sie wollen Geld und ich will, dass wir alle Geld bekommen, um die Freiheitskämpfer zu unterstützen. Und jetzt fahr zum Gefängnis!«

Ich starte den Motor, um seine Geduld nicht überzustrapazieren, räuspere mich aber. »Da wimmelt es jetzt von Polizisten.« Ich frage mich selbst, warum ich das sage. Es ist wie eine Warnung. Dabei sollte ich doch genau darauf spekulieren. *Aber will ich überhaupt, dass dieser Mann hier neben mir festgenommen wird und seine Familie nicht retten kann? Ich sollte es, denn er hat Unschuldige in Gefahr gebracht, und Lisa verliert vielleicht ihr Leben. Aber wer entscheidet, was richtig und was falsch ist?*

Verdammt. Mein Kopf pocht und Assad deutet mir mit Handzeichen nur ständig den Weg, den ich fahren soll, obwohl ich ihn kenne. Ich könnte zu jedem Ort hier in Frankfurt fahren.

Mich lässt das Gefühl nicht los, dass etwas nicht stimmt. *Warum sollte eine solche Organisation seine Familie entführen und ihn unter Druck setzen, um an Geld ranzukommen? Da gibt es bessere, schnellere und einfachere Wege. Das ergibt einfach keinen Sinn.*

»Was ist wirklich der Plan, Assad?«, frage ich irgendwann geradeheraus. »Warum haben sie dich gewählt?«

Assad sieht nachdenklich aus dem Fenster. Beobachtet die vorbeiziehenden Lichter, als würde er in Erinnerungen schwelgen.

»Weil ich auf sie zugegangen bin.«

Ich verenge meinen Blick. »Du? Also bist du doch der Terrorist hier?«

Er lacht heiser und abfällig. »Bin ich das?« Er zuckt mit den Schultern. »Ich durfte nicht länger hierbleiben und wurde in ein Land gebracht, in dem Bürgerkrieg herrscht. Ich musste kämpfen, statt Fußball zu spielen. Trauern, statt Siege zu feiern.«

»Und das ist ein Grund, Deutschland und die Eintracht dafür verantwortlich zu machen?«

»Ich bin kein Terrorist«, sagt er ganz ernst. »Ich bin auf diese Organisation zugegangen, weil sie Freiheitskämpfer für unser Land sind. Ich wollte unser Leben besser machen. Ohne Gewalt. Aber ich habe ihre wahren Absichten übersehen. Und irgendwann hatte ich keine andere Wahl mehr, als das zu tun, was sie verlangten. Weil sie meine Familie haben.«

Ich atme schwer. Assad wurde erpresst.

»Ich hatte noch einen Bruder. Er war erst 12 und musste kämpfen. Und weißt du, was ich ihm erzählt habe? Dass sie kommen werden und uns da rausholen. Ich habe ihm Deutsch beigebracht, ich … habe es ihm versprochen.«

Mein Herz wird schwer, bei der Art und Weise, wie er über ihn spricht.

»Und er starb. Bamm. Einfach so. Eine Bombe, die ihn zerfetzte und mich verschonte. Obwohl ich ihm versprochen hatte, dass wir da rauskommen. Ihm von dem tollen Leben erzählt habe, das wir hier haben werden. Tot.«

»Und du willst jetzt Rache üben, Assad? Für etwas, das keiner wirklich zu verantworten hat?«

Er knallt seine Faust gegen die Tür. »Ich wollte jemanden zur Verantwortung ziehen. Ja, aber ich wollte vor allem unser Land retten und dann habe ich mich irgendwann auf diese Männer eingelassen. Ich dachte, es sei eine gute Sache. Sie wollen die Terroristen aus unserem Land jagen. Aber weißt du, was sie gar nicht mögen? Wenn jemand aussteigt.«

Ich umgreife das Lenkrad fester. »Man kann Feuer nicht mit Feuer bekämpfen. Und warum du? Was haben sie davon? Sie hätten dich auch erschießen können und einen willigen Soldaten nehmen können.«

»Sie wollten mich, es war ihre Art der Rache an mir. Und sie lieferten Gründe. Zum Beispiel meinen Bruder rauszuholen und meine Familie freizulassen.«

»Ich glaube, dass da noch etwas dahintersteckt.«

Assad lacht wieder. »Wahrscheinlich wirst du es nie wissen.«

Als wir fast an der JVA sind, wimmelt es nur so von Polizisten. Immer wieder fährt eine Streife an uns vorbei. Ich könnte etwas tun. Lichtzeichen geben oder einfach aussteigen und nach Hilfe rufen. Natürlich habe ich Mitleid mit ihm und will, dass er seine Familie retten kann. Aber hier will er gerade einen Mann aus dem Gefängnis holen, der terroristisches Gedankengut mit sich trägt. Das darf ich nicht zulassen. Assad scheint meine Nervosität zu spüren, denn plötzlich richtet er wieder kaum merkbar die Waffe auf mich.

»Du tust, was ich dir sage«, knurrt er und nickt mit dem Kopf nach vorn, damit ich weiterfahre.

Himmel. Was tue ich hier eigentlich?

»Dein Bruder wird hier nicht einfach herumlaufen, Assad. Das ist dumm.«

»Er weiß, wo er hinkommen muss. Also, fahr da lang!«, befiehlt er und deutet auf eine Art Schotterweg. Ich sehe mich um. Ist es wirklich möglich, dass hier ein schwarzes Auto einfach mal herumfahren kann, wenn gerade eine Explosion im Gefängnis stattgefunden hat? Offensichtlich schon, denn uns hindert niemand. Nein, denn hier wimmelt es nicht nur von Polizisten, sondern auch von Schaulustigen und Reportern. *Diese Rettungsaktion kann nicht gutgehen. Und wie zum Henker hat er seinen Bruder über all das hier informiert? Ist dieser Assad tatsächlich einfach in das Gefängnis spaziert, hat seinen Bruder besucht und ihm gesagt, wo er hinkommen soll, wenn die Bombe hochgeht? Und das haben die Leute zugelassen? Die Wachen? Alle?*

Ich habe kaum noch Verständnis für all das hier. Es ist verrückt und nicht nachvollziehbar. *Wie kann ein Freiheitskämpfer und eine Gruppe Söldner eine komplette Stadt in Aufruhr bringen und vor allem – sie in die Luft jagen?*

Wir fahren weiter, bis wir in der Nähe der JVA sind. Ich stelle den Motor und das Licht ab und sehe mich um, bevor ich wieder Assad ansehe.

»Warum machst du das hier?«

»Weil er mein Bruder ist. Der Bruder, der noch lebt! Ich muss ihm helfen«, sagt er so bitter, dass ich langsam, aber sicher begreife, dass dieser Kerl neben mir alles tun würde, um seine Familie zu befreien.

»Werden sie die Geiseln freilassen? Stimmt das mit dem tödlichen Zeug in den Drohnen?«

»Hör auf zu reden.«

Ich knalle meine Faust gegen das Lenkrad. »Verdammt, Assad, ich bringe dich sicher nicht zum Flughafen, wenn du nicht dafür sorgst, dass meine Freunde sicher sind. Also sprich endlich.«

Assad sieht mich kurz an, bevor er wieder die Umgebung in Augenschein nimmt.

»Was soll ich deiner Meinung nach tun? Den Russen anrufen und ihm sagen, er soll alle gehen lassen?« Er lacht trostlos auf. »Ich habe keine Kontrolle über sie.«

Ich blinzle. Das war einer der Gründe, ihm zu helfen. *Was zum Teufel tust du hier, Severin Klemm?*

Ich knurre, schnalle mich dann ab und steige aus. Assad faucht neben mir wie ein Tier und streckt mir seine Waffe entgegen. »Na los, dann erschieß mich!«, gebe ich lachend von mir. »All diese Polizisten werden es hören und deine Flucht wird garantiert mit einem eigenen Platz in diesem Gefängnis enden!«

Ich gehe weiter. Keine Ahnung, wohin ich gehen soll. *Zu einem der Polizisten? Zum Fernmeldeturm?*

»Genau das ist der Plan und jetzt bleib stehen!«

»Nein! Und wenn du mich weiter bedrohst, schreie ich.«

Was soll das heißen, das ist der Plan? Assad sieht mich mit hochgezogenen Brauen an. Als wäre ich ein kleines Kind. Dann steigt er selbst aus und kommt auf mich zu.

»Was willst du?«

»Die Wahrheit. Und den Weg, die Leute zu retten.«

»Was ist schon wahr und was falsch, Severin? Ich habe meine Wahrheit, du deine.«

»Dann erklär mir deine.« Ich sehe ihn fest an. Ich werde mich nicht mehr abspeisen lassen.

»Schön, ich habe mich an die Freiheitskämpfer gewandt und wollte Frieden. Für mich war es ein schöner Nebeneffekt, den Menschen Geld abzunehmen, die mich verarscht haben. Aber als ich herausfand, dass sie Menschenleben aufs Spiel setzen, wollte ich da raus.«

»Ein schöner Nebeneffekt? Sie könnten sterben. Wahrscheinlich sind schon Menschen gestorben.«

»In meinem Land sterben Tag für Tag, Nacht für Nacht eine Menge Menschen. Kinder. Schwangere. Meinst du, das interessiert jemanden?«

»Und deshalb ist es richtig?«

»Wer von euch interessiert sich für richtig oder falsch, wenn es nicht bei euch passiert? Wenn es nicht direkt vor eurer Haustür stattfindet, dann seht ihr von eurer schönen Couch in eurer schönen Wohnung aus auf den Bildschirm und seid pikiert, wie schlimm es den Menschen geht. Aber was tut ihr? Was hast du dagegen getan, Severin?«

»Ich? Was hätte ich tun sollen?«

Assad lacht. »Siehst du. Und wenn jeder Mensch das denkt, dann tut niemand etwas.«

»Ach so. Die Welt ist ziemlich einfach, wenn es nach dir geht. Du willst, dass sich jeder Mensch für andere einsetzt, aber gleichzeitig bringst du Tod und Gefahr mit hierher. Macht es das besser?« Ich deute auf die Rauchwolken hinter uns am dunklen Himmel. »Ist es das, was du darunter verstehst, dass man sich einsetzen soll?«

»Wenn sie nur so verstehen, was wir durchmachen. Ja. Vielleicht tun sie dann endlich etwas. Aber … richtig oder besser ist es nicht.« Er macht eine kurze Pause. »Und niemand wird das je verstehen. Stattdessen wird diese Welt verenden und überrannt. Stattdessen wird Amerika seine Truppen aus Afghanistan abziehen und die Taliban werden an Macht gewinnen. Und was denkst du, wird dann aus Syrien? Also. Wenn hierbei neben der Rettung meiner Familie noch Geld für die Freiheitskämpfer rausspringt, damit wir uns wehren können, wenn uns schon niemand hilft, dann nehme ich das an.«

»Also geht es auch dir doch nur um Geld«, sage ich und neige betreten den Kopf.

»Es geht nicht nur um Geld, Severin. Es geht hier um meine Familie. Und vor allem darum, dass meine Familie nicht in einem Land leben muss, das überrannt und zerstört wird.«

»Du hättest hier Zuflucht suchen können. Stattdessen machst du dich zum Straftäter.«

Assad geht in die Hocke und zieht Kreise mit seiner Pistole auf der matschigen Erde. Seine Wunde blutet kaum noch.

»Ich habe geglaubt, dass du schlauer bist, Severin. Ich dachte wirklich, dass du nicht den Märchen glaubst, die dir aufgetischt werden.«

»Was für Märchen?«, schreie ich ihn nun an. Ich habe keine Lust mehr, dass er mir Happen vorwirft, um mich zufriedenzustellen.

»Viele von uns wollen in ihrer Heimat bleiben. Wir wollen einfach nur ein besseres Leben. Und ihr denkt alle, dass wir das nicht verdient haben, weil wir in das falsche Land hineingeboren wurden.«

Ich schüttle den Kopf. »Ich verstehe die Diskussion nicht, Assad. Das alles erklärt nicht, warum die das hier tun. Es wird nichts an der Politik ändern. Und es wird bei all den Menschen, die falsch über euch denken, nur noch mehr dazu führen, dass sie euch verachten. Willst du das?«

»Was ich will«, sagt er und erhebt sich. Kommt mir verdammt nah. »Ist, meine Familie in Sicherheit zu wissen. Nichts mehr als das.«

»Nach dem, was hier heute passiert ist, wird sie das niemals sein.«

Er sieht mich an. Ausdruckslos und resigniert. Aber nicht über sich selbst, sondern über mich. Als würde er in dieser Sekunde begreifen, dass ich es nicht verstehe. Dass ich einer dieser weißen privilegierten Menschen bin, die zwar immer wieder für Flüchtlinge sprechen, aber nichts tun. Und ja, vielleicht bin ich genau so ein Mensch. Vielleicht, nein sogar sicher habe ich keine Vorstellung davon, wie es ist, er zu sein. Sein Leben zu leben.

»Da«, sagt Assad aufgeregt und deutet in eine Richtung. Ich kneife die Augen zusammen und sehe den Mann an, der dort angehumpelt kommt. Er sieht genauso aus wie Assad. *Zwillinge? Das muss es sein.* Und da begreife ich es. Er wollte sich austauschen. Gegen seinen Bruder. Er wollte seinen Platz einnehmen und sein Bruder sollte dann zu seiner Familie und sie in Sicherheit bringen. Zumindest muss das sein Plan gewesen sein, bevor auch Assad gesucht wurde. Jetzt würden sie beide verfolgt werden. Assad will vorstürmen, aber ich halte ihn auf. Etwas stimmt nicht. Sein Bruder hält sich den Bauch und läuft nicht gerade.

Assad aber reißt sich frei und rennt auf ihn zu. Hinter ihm erkenne ich Lichter und höre Hunde bellen. Mein Herz rast. *Was soll ich jetzt machen? Ihn warnen? Ihm helfen? Oder warten, bis die Polizei beide festnimmt?*

Ohne wirklich zu wissen, was ich tue, renne ich Assad nach, bis ich bei seinem Bruder ankomme und auf die Schusswunde in seinem Unterbauch blicke. Sein Gesicht ist blass. Tränen rinnen über sein Gesicht. Assad hält ihn. Berührt ihn überall, als würde er sicherstellen wollen, dass er lebt. Dass er wirklich hier ist und kein Geist. Und dann treffen mich die Augen des Bruders. Er schüttelt kaum merklich den Kopf und sieht dann wieder zu Assad.

»Ihr müsst gehen«, krächzt er mit einem noch stärkeren Akzent als Assad. Dann sagt er etwas auf Arabisch, aber Assad schüttelt den Kopf und schnaubt vor Zorn. »Wir fliehen zusammen«, befiehlt er und will ihn zum Auto schleifen.

Wieder sagt der Bruder etwas auf Arabisch, dann sieht er mich an. »Bring ihn hier weg!«

Ich bin wie erstarrt. Die flehenden, verquollenen Augen des Bruders wirken so echt. So liebevoll. So ehrlich. *Wie kann dieser Mann terroristische Gedanken haben? Wie…*

»Mir ist nicht mehr zu helfen. Aber ihm. Bitte.« Mein Herzschlag dröhnt in meinen Ohren. Meine Hand hebt sich automatisch und ich umklammere Assads Arm.

»Wir müssen weg. Sie kommen.« Ich habe keine Ahnung, warum ich das mache. Vielleicht, weil ich begreife, dass Assad kein schlechter Mensch ist, sondern einfach keine Wahl hatte. Und vielleicht auch sein Bruder keiner war, sondern zu einem gemacht wurde. Von seinem Land. Aber auch von all den anderen mächtigen Ländern, die nichts unternehmen. Ja, sie nehmen Flüchtlinge bei sich auf. Aber warum lassen sie zu, dass ein IS sich immer mehr verbreitet? So viele Menschen hier in ihrem schönen Heim würden wohl sagen, weil es nicht unsere Sache ist. Aber das ist es. Jeder Mensch auf dieser Welt sollte unsere Sache sein. Ihre Probleme sollten auch unsere sein, damit sie nicht alleine kämpfen müssen.

»Wir müssen gehen«, dränge ich, als das Bellen und die Lichter näherkommen.

»Wir nehmen ihn mit!« Assads Stimme ist kaum wiederzuerkennen. Ich sehe hinab auf die Wunde. Er wird das nicht überleben. Höchstens, wenn er sofort Hilfe bekommt. Und die werden wir ihm nicht geben können.

»Geh!«, sagt er und dann wieder etwas auf Arabisch. Assad ist wie erstarrt, bevor er sich vorbeugt, etwas flüstert und ihn auf die Stirn küsst. Dann sieht er mich an.

»Ich kann nicht.«

»Ihr müsst gehen!«, stöhnt Assads Bruder unter Schmerzen. Aber Assad bewegt sich nicht. Regt sich nicht. Als wäre er erstarrt.

»Ich bin kein guter Mensch«, appelliert der Bruder dann wieder an mich. Aber auch ich bin erstarrt. »Ich war schwach und habe mich überzeugen lassen. Und sieh, was das angerichtet hat.« Er deutet auf Assad. »Er ist ein guter Mensch!«

Ich sehe zu Assad und in diesem Moment greift sein Bruder nach der Waffe, hält sie an seine Schläfe und drückt ab. Meine Augen weiten sich, bevor auch mein Verstand wirklich reagiert und mein Herz begreift, was ich da gerade gesehen habe. Ich weiche zurück. Assad schreit. Schreit so bestialisch, als würde seine Seele gerade der schlimmsten Folter unterliegen.

Ich greife nach seinem Arm. Sehe noch einmal zu dem Körper, der einfach zu Boden gefallen ist, als wäre in ihm nie Leben gewesen, und ziehe Assad dann weg. Ziehe ihn zum Auto, während hinter uns Polizisten hervor stürmen.

Wir rennen zum Wagen. Steigen ein. Fahren los. Wie in Trance. Als wäre das hier nicht echt. Als wäre ich in einem verdammten Film gefangen. Ich fahre. Ich nehme nicht mal wahr wohin, und niemand folgt uns. Als wir endlich weit genug weg sind, fahre ich in einen schmalen Weg, halte an, steige aus und übergebe mich. Und selbst als nichts mehr in meinem Magen ist, würge ich noch. Meine Kehle brennt. Mein Herz ist bedeckt von Dunkelheit und Tod. Und als meine Kehle endlich nachgibt und sich ein wenig entspannt, lasse ich mich auf meine Knie sinken. *Was habe ich nur getan? Was habe ich mir hierbei gedacht?* Bin ich gerade wirklich von einem Tatort geflohen, an dem ein ausgebrochener Insasse sich selbst erschossen hat? Mit der Waffe seines Bruders, der Geiseln genommen, Drohungen ausgesprochen und Gebäude in die Luft gejagt hat?

Ist das noch meine Moral? Oder habe ich sie verbogen, weil ich mir so sehr wünsche, dass Menschen, die am Ende sind, die dunkel sind, immer gerettet werden können? So wie auch ich?

KAPITEL 26

24. DEZEMBER 2020, 4.20 UHR

LYDIA

Oh Scheiße! Mein Kopf dröhnt wie ein ganzes Geschwader Kampfflugzeuge. Wie damals nach dem Pokalsieg gegen die Bayern. Als ich aus dem Flieger gestiegen bin, habe ich gedacht, ich müsse tot umfallen. Zum Glück waren die Jungs immer noch im absoluten Feiermodus. Haben gesungen und mich einfach untergehakt und ab ging die Post. Oh ja. Die ging ab. Egal, wo wir mit unserem Konvoi aufgetaucht sind. Selbst auf der Strecke vom Flughafen zur Innenstadt standen die Menschen und haben uns zugejubelt. Geile Bilder für die Medien. Geile Bilder für unsere Köpfe. Apropos: Möchte mal wissen, was mir der Sani da reingepfiffen hat. Mein Geist ist hellwach. Aber der Rest meines Denkapparats implodiert wohl gerade. Es kommt mir so vor, als könne ich hören, wie das Blut durch meine Adern rauscht.

»Haben die mir auch gleich eine erste Impfung verpasst?«

»Quatsch! Impfung. Das geht doch erst Sonntag los und du gehörst absolut nicht zu den Ersten.« Die Stimme kenne ich.

Ich öffne die Augen und sehe direkt in Wolfgang Klemms Gesicht. Ich nicke brav. »Stimmt. Da haben Sie natürlich recht. Erst kommt Papa an die Reihe.«

Ist das meine Stimme, die da spricht? Und vor allem: Wenn ja, was redet sie da?

Ich richte mich auf und schaue mich um. Wir sind in Tims Büro. Ich liege auf seiner roten Couch. Sevs Vater hat sich an das Fußende gesetzt. Blickt mich mit einer Mischung aus Besorgtheit und Amüsement an.

»Was ist denn passiert?«, will ich wissen.

»Wie, was ist passiert? Nichts. Du hast gesagt, dass du dich einen Moment hinlegen musst und warst sofort weg.«

»Und wie lange ist das her?«

»Eine halbe Stunde. Aber mach dir mal keine Gedanken. Es ist nichts passiert. Meusels Truppe versucht weiter herauszubekommen, was es mit diesem Assad, der vielleicht gar nicht Assad heißt, auf sich hat und wie verhindert werden kann, dass diese Drecksbande ihre Drohung wahr macht.«

»Wie spät ist es?«

»Kurz nach halb fünf. Viel Zeit bleibt nicht mehr.«

»Muss die Stadt dann nicht evakuiert werden?«

»Keine Chance. So viele Menschen im Umkreis ... da braucht man Tage. Und nachts erreichen sie kaum jemanden. Die meisten schlafen noch.«

»Und die Regierung?«

»Die Regierung?«

»Ja. Irgendjemand muss doch in Berlin beim Innenminister oder bei der Kanzlerin persönlich angerufen haben. Die müssen doch die 100 Millionen bereitstellen. Sonst ...«

»Kann schon sein, dass Berlin inzwischen über die Lage informiert ist, aber ich kann mir nicht vorstellen, dass dort ernsthaft darüber nachgedacht wird, die Forderung zu erfüllen.«

»Nicht?« Wieder erkenne ich meine eigene Stimme kaum. »Aber dann müssen alle sterben.«

»Ich weiß es doch auch nicht. Ich glaube fast, nur ein Wunder kann uns noch helfen.« Damit richtet er sich auf und geht zur Tür. »Ist ja Weihnachten.«

Vielleicht gibt es ja wirklich so etwas wie das Wunder der Heiligen Nacht. So wie das Wunder von Bern, schießt es mir durch den Kopf, und ich bezweifle erneut, dass ich sie noch alle habe. *Was um Himmels willen hat mir dieser Typ in die Vene gejagt? Kokain? Oder irgendeinen üblen Energie-Cocktail, der mein Hirn auffrisst.*

Ich lasse mich nach hinten in das Kissen fallen und schließe die Augen. Irgendwann muss der Spuk ja vorbei sein. »Nur ein Viertelstündchen«, rufe ich Sevs Vater entschuldigend hinterher. »Ein Viertelstündchen, dann bin ich wieder fit. Bestimmt!«

Die Bilder dieser furchtbaren Nacht zucken wie die alten Urlaubsfotos bei Papas Dia-Abenden an mir vorbei. Erics toter Hund in der Küche, der brennende Messeturm, die Szene im Greifvogel mit diesem Assad, der auf dem Fahndungsfoto so anders aussieht, und Sev. Immer wieder Sev. Der Kuss. Sein eindringlicher Blick. Sein Flehen, ihm zu vertrauen. Das alte Foto bei uns im Flur. Mama.

Mama! Bei diesem Gedanken läuft mir ein eiskalter Schauer den Rücken hinunter. Sie ist das Wunder von Bern. Sie weiß viel mehr, als sie gesagt hat. Sie kennt Hintergründe. Sonst hätte sie wohl nicht angerufen. Wie hat Papa gesagt: ›Ich glaube, du bist ernsthaft in Schwierigkeiten. Ich kann mir nicht vorstellen, dass deine Mutter sich meldet, wenn es nicht wirklich wichtig ist!‹ Und ich blöde Kuh hab wieder nur mir Vorwürfe gemacht, weil ich Sev nicht gewarnt habe. Statt ihr zu sagen, dass es ja wohl das Letzte ist, mit einem Anruf dafür sorgen zu wollen, dass der eigenen Tochter nichts passiert und auf alle anderen zu scheißen. Wie kann man nur so sein?

Ich hole das Handy heraus und drücke die Wahltaste. Wieder kommt diese Stimme. Nicht erreichbar. *Pennt die? Nee. Warte, Lydia. Konzentrier dich. Sie ist irgendwo im Nahen Osten. Also wie war das. Bei der WM in Katar gibt es zwei Stunden Zeitunterschied. Und wenn sie noch östlicher ist, sind es jetzt vielleicht drei Stunden. Heißt: Mit Glück ist es dort, wo sie ist, jetzt halb acht. Mit Pech erst halb sechs.*

»Also Mama, geh gefälligst ran«, schreie ich das Handy an und wähle wieder ihre Nummer. Ohne Erfolg.

Ob sie sehen kann, dass jemand mit dem alten Handy anruft? Klar. Sonst hätte Papa das Ding ja nicht gehütet wie seinen Augapfel. Dieses Teil ist die Verbindungsschnur der beiden gewesen. Jedenfalls für Papa. Sie konnte ja jederzeit gefahrlos anrufen. Von überall her. Aus jeder Telefonzelle auf dieser Welt. Mit jedem Prepaidhandy. Ausmachen und schon hat sich die Spur verloren. Aber erreichbar war sie für Papa nur über dieses Handy. Ausschließlich. Also wird sie wissen, wer da anruft. Und warum sollte sie dann nicht rangehen?

Traut sie mir am Ende zu, dass ich das Handy nehme und damit zur Polizei renne? Niemals. Warum auch? Was würde das bringen? Was würde es mir bringen? Guten Tag, Herr Polizist, ich habe hier das Handy, mit dem sie die seit 15 Jahren gesuchte RAF-Sympathisantin Heller erreichen können. So blöd kann sie doch nicht sein, oder? Es muss eine andere Lösung geben.

Ich krame mein eigenes Handy heraus und wähle Papas Nummer. Es klingelt nur einmal, dann höre ich seine Stimme. »Ja! Lydia. Was ist? Geht es dir gut?«

»Ja, Papa. Alles gut. Also – mir geht es gut. Aber es ist nicht wirklich alles gut.«

»Was läuft da? Ich warte seit Stunden, dass du nach Hause kommst. Der Anruf deiner Mutter. Es hat also alles gestimmt, oder?«

»Ja. Ich glaube schon. Aber das ist eine lange Geschichte. Zu lange, um sie jetzt zu erzählen, Papa.«

»Muss ich mir Sorgen machen?«

»Sorgen, Papa? Nein, nein. Leg dich doch noch ein bisschen hin und schlaf. Und wenn du nachher aufwachst, ist alles gut. Bestimmt.« Ich muss schlucken und an die Schweine denken, die angedroht haben, alle Menschen in der Stadt zu töten. Wenn es wirklich dazu kommt, ist es besser, wenn er ein bisschen Kraft getankt hat. Denn so viel steht fest: In spätestens einer Stunde hält mich hier nichts mehr. Dann sitze ich im Auto, fahre nach Zeilsheim, hole ihn und verschwinde mit ihm aus der Stadt.

Ich gebe mir einen Ruck. *Noch ist es ja nicht so weit,* versuche ich mich mit einem Blick auf die Uhr zu beruhigen. 4.46 Uhr. »Papa. Ich muss mit Mama sprechen. Sie weiß mehr und ist wahrscheinlich die Einzige, die uns wirklich noch helfen kann.«

»Deshalb habe ich dir doch das Handy mitgegeben. So kann sie dich erreichen. Haben wir auch immer so gemacht.«

Eigentlich sollte mich dieses ›das haben wir auch immer so gemacht‹ maßlos aufregen. Ich wusste schließlich 15 Jahre nichts davon, dass es diesen Draht gibt. Aber jetzt ist nicht der richtige Moment dafür. »Sie ruft aber nicht an!«

»Vielleicht schläft sie?«

»Ach, Papa! Dieses scheiß Handy ist euer Draht zueinander. Das hat sie immer bei sich, oder? Und wenn sie schläft, steckt es unter ihrem Kopfkissen, oder? Gab es das jemals, dass du sie nicht erreicht hast? Auch nur einmal in all diesen Jahren?« Ich merke, dass ich viel zu laut werde, aber ändern kann ich es nicht.

»Doch. Einmal. Da konnte sie nicht telefonieren. Warum auch immer. Wir haben dann für diesen Fall vereinbart, dass ich eine SMS sende. Das kannst du jetzt machen. Schreib ihr Unity. Dann meldet sie sich, sobald es ihr möglich ist.«

»Unity … Eintracht. War klar. Danke. Und jetzt leg dich hin. Ich rufe an, wenn ich Neuigkeiten habe. Also leg dein Telefon auf den Nachttisch. Bitte. Papa. Es ist wichtig!«

Dann tippe ich die Buchstaben U N I T Y in das alte Handy ein, zögere einen Moment und setze noch S O F O R T hinzu. Dann drücke ich auf senden, lasse das Handy sinken und atme ein paar Mal tief durch.

»Die Viertelstunde ist rum!« Severins Vater steckt den Kopf durch die Tür. »Du solltest wieder rüberkommen. Die diskutieren jetzt ernsthaft darüber, die Bundeswehr anzufordern und den Turm in die Luft zu jagen. Es geht offenbar nur noch darum, die Drohnen nicht in die Luft steigen zu lassen. Einer dieser Überflieger hat errechnet, dass das Gift bei einem Beschuss vor Ort und den derzeitigen Windverhältnissen maximal 10.000 Menschen im direkten Einzugsgebiet des Turms bedrohen würde. Wenn sie sofort losschlagen, könnte etwa die Hälfte noch rechtzeitig aus der Gefahrenzone evakuiert werden. Ich versuche, sie von diesem Plan abzubringen. Sev ist dort oben und würde auf jeden Fall zu den Opfern zählen. Hilf mir, Lydia, bitte. Die dürfen das nicht tun!«

Seine Stimme bricht. Tränen schießen aus seinen zornig aufgerissenen Augen. Ich fürchte, so sieht jemand aus, der kurz davor ist, durchzudrehen. Sein Blick macht mir Angst. Er erinnert mich an Michael Douglas in ›Falling Down‹. Auch für Klemm sollte der 24. Dezember ein ganz normaler Tag werden. Für ihn. Für uns alle. Ich muss es ihm sagen. Bevor er explodiert und die Situation hier eskaliert.

»Herr Klemm«, beginne ich. »Severin ist nicht mehr da oben. Dieser Assad ist geflüchtet und hat Sev mitgenommen. Ich … also wir … haben die beiden im Greifvogel getroffen.«

»Severin? Im Greifvogel? Du? Was?«

Ich fürchte, jetzt ist auch Oberstaatsanwalt Klemm davon überzeugt, dass der Sanitäter mir alles andere als ein normales Aufbaupräparat gespritzt hat.

»Drehst du jetzt endgültig durch?«, brüllt er mich an. »Oder willst du mich mit einem perversen Märchen nur beruhigen?«

»Weder das eine noch das andere«, antworte ich ruhig und flehe ihn beinahe an. »Sie kennen mich. Sie wissen, dass ich so etwas nicht tun würde. Ich bin doch auf Ihrer Seite!«

Er zuckt zurück. ›Datenüberflutung‹, würde Tim jetzt sagen. Und er hätte wie so oft recht. Ich kann förmlich sehen, was im Kopf von Sevs Vater gerade abgeht. Die Gedanken überschlagen sich. Kämpfen mit allen Mitteln gegen eine unmessbar große Fülle von Emotionen. Er will mir glauben. Natürlich. Aber die Geschichte klingt ja auch wie Grimms Märchen. *Wie soll ich ihm … Claudia*, fällt mir ein.

»Claudia!«, sage ich. »Sie war dabei. Sie kann bestätigen, was ich sage.«

»Weil ihr euch abgesprochen habt«, donnert er zurück.

»Warum hätten wir das tun sollen?«

»Weiß ich doch nicht!«

Jetzt habe ich ihn, denke ich. *Kopf gibt auf. Hat keine Antwort mehr. Gut so. Dranbleiben. Jetzt nur dranbleiben.*

Wolfgang Klemm steht vor mir wie ein Preisboxer. Er versucht, die Linke hochzureißen, aber ist längst zu schwach, um noch zurückzuschlagen. Er taumelt. Sein Gehirn taumelt. Also nimmt er das Angebot dankbar an.

»Er ist nicht da oben in dieser Hölle?«

»Nein. Ist er nicht. Er ist zwar immer noch in Gefahr, aber nicht dort oben. Es ist alles anders, als Sie gedacht haben. Auch anders, als ich gedacht habe. Glauben Sie mir.«

»Aber warum kommt er dann nicht hierher?«

»Ich weiß es nicht. Aber ich vertraue ihm. Er hat gesagt: Alles wird gut. Also wird alles gut, nicht wahr?«

»Wenn du das sagst.«

Die Aggression ist aus seinem Gesicht gewichen. Er setzt sich auf die Couch und sinkt für einen Moment in sich zusammen. Dann melden sich die Lebensgeister zurück. Er bäumt sich auf. »Auch wenn Sev in Sicherheit ist, dürfen die den Turm doch nicht angreifen! Das wäre das Todesurteil für alle Geiseln und Tausende Menschen.«

Ich nicke. »Ja, dürfen die nicht. Also lassen sie uns dafür kämpfen, dass irgendjemand diese verdammten 100 Millionen auftreibt.« Ich reiche ihm die Hand, er packt zu. Kraftvoll. Jetzt wieder mit wachen Augen.

Ein Handy vibriert. Nein. *Das* Handy vibriert.

»Ich komme sofort nach«, rufe ich und drehe mich weg. Warte, bis Sevs Vater aus dem Raum gegangen ist.

»Mama?«

»Geht es dir gut? Bist du vom Stadion weggeblieben? Bei euch ist es doch erst kurz vor fünf. Wieso bist du noch wach? Warum schickst du eine SMS? Und warum hältst du dich nicht an die Abmachung, die ich mit deinem Vater getroffen habe. Ein Wort: Unity. Fertig.«

»Mama … nun mach mal langsam.«

»Ich mache überhaupt nicht langsam. Wenn, dann mache ich mir Sorgen!«

»Was du dir hättest ersparen können, wenn du mir gestern Abend bei deinem Anruf reinen Wein eingeschenkt hättest, statt mit kryptischen Andeutungen daherzukommen.«

»Kryptisch? Ich habe wohl sehr deutlich und unmissverständlich gesagt, dass du einfach mit deinem Hintern zu Hause bleiben sollst, Mäuschen.«

Mamas Lebensgeschichte überrascht mich jetzt ganz und gar nicht mehr. Diese Frau ist offenkundig eine Sprengladung auf zwei Beinen. *Merkwürdig, dass ich so wenig von ihr habe. Habe ich? Vielleicht habe ich es nur nicht rausgelassen. Bisher. Jetzt nicht mehr.*

»Hör zu! Es reicht eben nicht, seinen eigenen Hintern oder im Zweifel noch den seiner Tochter in Sicherheit bringen zu wollen. Deine ganze Lebensgeschichte, die ich ja bekanntlich erst seit einigen Stunden kenne, ist gespickt von genau diesen Feigheiten. Zu feige, sich seinen Wünschen zu stellen. Zu feige, sich seiner Verantwortung zu stellen, zu feige, sich seinen Taten zu stellen. Klingt sicher gut, wenn man behaupten kann, dass man gegangen ist, um seinen Mann und seine Tochter zu schützen. Klasse. Super. Aber so war es nicht. Du bist gegangen, damit sie dich nicht zur Verantwortung ziehen können. Damit du deine Freiheit nicht verlierst. Wenn du an uns gedacht hättest, dann hättest du mich gefragt. Dann hättest du Papa und mich über unser Leben selbst entscheiden lassen. Aber Miss Allmächtig weiß ja besser, was gut für uns ist. Miss Allmächtig kann ja auch ihre Tochter anrufen und ihr sagen ›bleib gefälligst weg vom Stadion‹ und sich dann wieder in ihr Beduinenzelt legen und von den guten alten Zeiten träumen.«

»Lydia! Vergiss nicht, mit wem du sprichst!«

»Nee, Mama. Wie könnte ich! Wir haben in den letzten 15 Jahren schließlich nicht so oft miteinander gesprochen, dass ich vergessen könnte, wen ich da am anderen Ende der Leitung habe.«

Einen Moment lang bin ich sehr unsicher, ob ich gerade den richtigen Weg beschreite, um sie davon zu überzeugen, uns zu helfen. Oder ob ich ihr eigentlich nur an den Kopf werfe, was ich Severin so gerne mal sagen würde. Ich bin sicher: Er würde wunderbar zu Mama passen. Immer mit dem Kopf durch die Wand und dann mit blutigem Schädel behaupten, das hat er nur für alle anderen gemacht. Und dann kommt die große Schlussszene: Er beugt sich hinunter zu dem kleinen rothaarigen Mädchen, küsst es und haucht sein ›Vertrau mir. Alles wird gut‹ ins Ohr. *Nee!* Ich muss mich schütteln.

»Mama. Pass auf. Wir haben jetzt nicht die Zeit, 15 verlorene Jahre aufzuarbeiten. Und daran hast du auch immer noch null Interesse. Sonst hättest du längst dein Muli gesattelt und wärst hergekommen. Also, vergiss es. Aber: Diese Leute, vor denen du mich gewarnt hast, haben Geiseln genommen. Freunde von mir. Kollegen. Sie haben die halbe Stadt angezündet und sie drohen, 10.000 Menschen im Umkreis zu vergiften, wenn wir nicht bis 6 Uhr 100 Millionen Euro bekommen.

»100 Millionen Euro. Fett!«

»Fett, Mama? Fett war ich mit 14. Das jetzt ist ein brachiales Fiasko. Weil diesen Typen eine Truppe wirklich hochkarätiger Polizeibeamter gegenübersteht, die vor allem eins sagen: Mit Terroristen wird nicht verhandelt.«

»Na, da hat sich ja nichts geändert bei euch!«

Ihre Arroganz ist himmelschreiend. Die war nicht … die *ist* immer noch eine Terrorbraut. Oder gibt es etwas anderes, das sie dazu bringt, jeden meiner Sätze saudumm und abwertend zu kommentieren? So, als würde ich dieses ganze furchtbare Szenario gerade erfinden?

»Mama? Hast du mir zugehört? Die drohen damit, die ganze Stadt zu vernichten. Und die Polizei kann wahrscheinlich gar nicht anders, als Schadensbegrenzung zu betreiben.«

»Schadensbegrenzung? Was bedeutet das?« Ich spüre deutlich – sie ist zum ersten Mal in unserem Gespräch betroffen.

»Sie werden den Turm gnadenlos in die Luft jagen, um zu verhindern, dass diese Giftdrohnen starten. Das kostet 5.000 Menschen, die direkt in Ginnheim wohnen, das Leben. Das haben sie errechnet. Plus alle Geiseln und die Terroristen und hoffentlich diesen Assad. Aber eben nicht alle Frankfurter.«

»Assad? Woher weißt du von Assad?«

»Ich weiß, dass er diesen ganzen Scheiß macht.«

»Nein. Nichts weißt du! Assad ist nicht so.«

»Ach. Guter Freund von dir, dieser Assad? Habt vorgestern noch einen Tee getrunken und ein Friedenspfeifchen zusammen geraucht, oder was?«

Einen Moment überlege ich, ob es die Rolle von Michael Douglas auch in einer weiblichen Version gibt. Ich fühle mich nämlich ganz so, als müsste Mama jetzt nur noch das Feuerzeug etwas näher an die Zündschnur bringen …

»Wo ist eigentlich dein Vater? Wieso hast du das Handy?«, will sie plötzlich wissen. Ich muss überlegen. Und ich fühle in diesem Moment genau: Meine Antwort wird entscheidend sein. Für den Ausgang dieses Gesprächs. Vielleicht sogar für den Ausgang dieser Nacht.

Ich bin durcheinander. Meine Chance ist so unvermittelt gekommen. Ich habe nicht damit gerechnet, dass sie mich nach Papa fragt. Ich dachte, sie ist cooler. Aber gut. Eine winzige

Schummelei, die keinem außer ihr wehtut, und ihre aus Lügen zusammengeschusterte Welt wird zusammenbrechen. Wie ein Kartenhaus, da bin ich sicher. Ganz sicher. Ich atme einmal tief durch.

»Er war mit mir im Stadion. Sie haben ihn. Er ist da oben im Fernmeldetum. Und er wird sterben, so wie es derzeit aussieht!«, ballere ich ihr die Unwahrheit im Stakkato um die Ohren und warte ab. *Nicht nachlegen, Lydia. Pssst*! Ich versuche meinen Puls zu senken. Halte das Handy am ausgestreckten Arm von mir weg. Sie soll nicht merken, dass sich mein Atem beschleunigt hat.

Jetzt nur nicht nachlegen. Wie hat Nico das damals gemacht? Genau – ›Stand jetzt‹, hat er gesagt und damit nicht einmal gelogen.

»Er ist da oben?« Mamas Stimme zeigt mir deutlich: Ich habe mein Ziel erreicht. Sie ist angeschlagen. Wenn ich jetzt geschickt nachlege, erfahre ich alles. *Soll ich wirklich? Es ist immer noch meine Mutter.*

Eine Mutter, die mich schmählich im Stich gelassen hat. Also: Was hindert mich?

»Und er wird sterben, wenn du weiter schweigst!«

Einen Moment lang wird mir schwarz vor Augen. *Eine solche Lüge … Darf man das? Darf das eine Tochter?*

»Warum hast du das zugelassen? Ich hatte dich gewarnt!« *Scheiße*! Sogar jetzt versucht sie noch anzugreifen, statt endlich klein beizugeben.

Ich beantworte die Frage nicht. Mein Pulver ist verschossen. Ich will keine weiteren Ammenmärchen erfinden. *Es ist genug. Endgültig genug.* Sie muss jetzt wählen. Sie oder wir.

»Ich weiß, du hast recht. Aber ich habe Angst, Mäuschen. Ich kann nicht ins Gefängnis gehen. Ich kann das nicht.«

»Ach ja. Aber wir schon? Papa schon? Der ist, seitdem du fortgegangen bist, in seinem Gefängnis festgekettet. Ohne eine Chance auf Begnadigung!«

»...«

Ich kann ihre Sprachlosigkeit wirklich hören. Seltsam.

»Mama. Du hast mehr als 15 Jahre deines Leben weggeworfen. Du hast sie *wieder* weggeworfen. Wie damals, als du in die DDR gegangen bist. Für nichts. Weil du für deine Scheiße nicht geradestehen wolltest. Jetzt hast du die Chance, alles auf null zu setzen. Neu anzufangen.«

»Ach, Kind. Du hast doch keine Ahnung!«

»Ich habe keine Ahnung? Sicher? Du kannst den Tod von tausend Menschen verhindern und ich habe keine Ahnung? Geht's noch?«

»Aber ich muss dafür in den Knast.«

»Und wenn schon. Du wirst schon genug Scheiße angestellt haben, oder?«

»Nein, nein. Ich habe nichts gemacht, wirklich nicht.«

»Okay. Aber das reicht. Du hast es gewusst, du hast es gesehen. Du hast es hingenommen.«

»Was bitte hätte ich denn deiner Meinung nach tun sollen?«

»Du hättest dich entscheiden können. Für welchen Weg auch immer. Aber: Du hättest dich entscheiden können.«

Schweigen.

»Und jetzt?«

»Jetzt stehst du wieder vor einem solchen Moment. Wieder musst du dich entscheiden, Mama. Hilfst du diesmal uns oder wieder nur dir?«

Ich spüre durchs Telefon, wie es in ihrem Kopf arbeitet.

»Euch!«, kommt dann die kurze Antwort. »Hast du jemanden, dem ich vertrauen kann? Der mir zuhört?«

»Mama, es geht nicht um dich. Es geht um das Leben vieler Menschen, aber nicht um dich.«

Severin schwirrt durch meinen Kopf. Aber nein, nicht nur er. Auch all die anderen, deren Leben bedroht ist. Eric, der immer ein treuer und guter Begleiter auch von Papa war und niemals ein böses Wort über Mama verloren hat. Auch wenn ich genau weiß, wie er denkt. Tim, der eigentlich mein Freund war, aber in Severin so etwas wie den immer vermissten großen Bruder gefunden hat. Der Medizinmann, der seit Jahren seine Freizeit opfert, um zum Team zu gehören. Alle.

»Sag mir alles, was du weißt. Mama. Bitte. Jetzt! Und wenn nicht, lege ich auf und wir hören uns nie wieder!«

Merkwürdig. In dem Moment, in dem ich diesen Satz mühevoll herausgepresst habe, macht sich in mir das Gefühl breit, endlich erwachsen geworden zu sein. Erkannt zu haben: Es gibt einen Punkt, da wird nicht weiterverhandelt. Da ist alles gesagt. Schluss. Aus.

Ich muss an Meusel denken. An seinen Satz ›Mit Terroristen wird nicht verhandelt‹. Ich fand ihn furchtbar. Den Satz und ihn, aber jetzt ergibt er auch für mich urplötzlich einen Sinn. Dieses Arschloch hat recht. Irgendwann ist es genug. Irgendwann gibt es nichts mehr zu verhandeln. Irgendwann geht es nur noch darum klarzumachen, ob man bereit ist, seine Zeche zu bezahlen.

KAPITEL 27

24. DEZEMBER 2020, 04.31 UHR

SEVERIN

Wir schweigen uns eine halbe Ewigkeit an. Assad spricht arabische Gebete und dann steigen wir wieder ein.

»Es tut mir leid«, sage ich, als ich den Motor starte.

»Du kannst verhindern, dass noch mehr Leute sterben, Assad.«

Seine tränengetränkten Augen sehen mich an. »Und wie?«

»Soll es noch mehr Explosionen geben?«

Assad streicht sich über seine Stirn, dann wischt er sich die Tränen aus dem Gesicht.

»Warum bist du noch hier? Ich habe keine Waffe mehr, um dich zu bedrohen.«

Ich verziehe den Mund und presse meinen Kiefer aufeinander. »Um Menschenleben zu retten.« Wir sehen uns eine ganze Weile an. Und wir wissen beide, dass das nicht die ganze Wahrheit ist. In einer anderen Welt könnte ich er sein.

»Ich helfe dir, deine Familie zu retten. Aber sobald sie in Sicherheit sind, stellst du dich.«

Assad nickt. »Klingt fair.«

»Und jetzt sag mir, ob noch Explosionen geplant sind.«

»Eine ist noch geplant. Sie soll der Ablenkung dienen, damit sie abhauen können.«

»Und wo?«

»Es wird der Grand Tower sein. Er wird leuchten wie ein Weihnachtsbaum. Passend, nicht wahr?«, murmelt er sarkastisch.

»Was?«, brülle ich ihn an. »Da leben Menschen drin. Unzählige Menschen.«

Mein Puls beschleunigt sich. »Können wir das stoppen?«

»Bist du ein Bombenentschärfungsexperte?«

»Das ist nicht witzig, Assad!«, schreie ich und balle meine Hände zu Fäusten. »Lass mich jemanden anrufen. Oder willst du wirklich für Tote verantwortlich sein?«

»Wenn sie rauskriegen, dass ich sie verraten habe, werden sie meine Familie nicht herbringen.«

»Wann startet der Flieger?«

»Sie sind schon in der Luft.«

»Dann kann nichts passieren.«

Assad lacht. Dieses Lachen macht mich so langsam wirklich sauer. »Sie können alles. Das Flugzeug fliegt über Ungarn und Orbán ist abhängig von Russland. Sie werden den Flieger einfach runterholen. Außerdem reisen sie nicht allein.«

»Dann …« Ich ziehe scharf die Luft ein und versuche, mich zu konzentrieren. Nachzudenken.

»Dann warten wir, bis der Flieger nicht mehr über Ungarn ist. Wann wird das sein?«

Assad nimmt sein Handy heraus und geht auf eine Nachricht. »Noch so ungefähr 40 Minuten.«

»Und wann landen sie?«

»In 1,5 Stunden.«

Mein Kopf dröhnt. »Und wann wollen die Wichser abhauen und den Turm in die Luft jagen?«

»In einer Stunde.«

Na super. Wenn die Polizei die Hochhäuser durchsuchen lässt, dann mit Sicherheit kein Wohnhochhaus, nach dem, was heute in die Luft ging.

Ich sehe mich um. Von hier brauchen wir nur 10 Minuten. Ich kann die Polizei nicht benachrichtigen. Also müssen wir dahin. Ich reiße den Lenker nach rechts. Assad prallt unsanft gegen die Scheibe. »Was tust du da?«

»Diese Sprengsätze holen.«

»Das kannst du nicht machen.«

»Ich kann machen, was ich will!«, brülle ich ihn an. »Da leben Menschen, verdammt. Familien. Kleine Kinder.«

Assad schweigt plötzlich. Vielleicht begreift er endlich, dass es nicht der Weg ist, das, was bei ihm zu Hause passiert ist, hierher zu bringen und so noch mehr Familien zu zerstören.

Ich rase durch die Stadt. Mittlerweile ist sie nicht mehr so leer. Vor allem jetzt, da wir an der Alten Oper vorbeifahren. *Verdammt.* Sie alle stehen da mit gezückten Handys, fotografieren und filmen den Main Tower.

Wenn wir heute jemals heil zum Flughafen kommen, ohne dass uns einer der Smombies filmt, muss das wahrhaftig ein Wunder sein.

Ich fahre weiter. Auf die Mainzer Landstraße, bis ich vor uns bereits den hohen Wohnturm erkennen kann. Als wir endlich davor stehen, fahre ich an die Seite, steige aus und reiße die Beifahrertür auf, wo Assad sitzt.

»Wo sind die Sprengsätze?«

Er sieht mich nachdenklich an. Fast, als wäre er noch nicht überzeugt. »Wo?«, wiederhole ich zorniger.

»Ganz oben.«

Ich schließe die Augen, dann ziehe ich ihn aus dem Auto und stürme auf die Glasfront und die Drehtüren zu. Als ich in das luxuriöse Innere trete, bemerke ich erst, wie fehl am Platz wir hier wirken. Der Blick des Pförtners beweist es.

»Sie können hier nicht einfach reinplatzen«, sagt er empört und starrt uns beide an. Wobei er an mir, dem Blut in meinem Gesicht und dem blauen Auge etwas länger hängenbleibt.

»Wir besuchen Freunde«, sage ich, obwohl ich genau weiß, dass das keinen Sinn ergibt.

»Ach und wen bitteschön?« Der Pförtner räuspert sich und greift zum Telefon. Assad kommt mir zuvor.

»Marie und Fin Hoover. 47. Stock, Penthouse.«

Ich starre ihn unverhohlen an, während der Concierge die Brauen hochzieht.

»Ich werde Sie ankündigen.«

»Es ist mitten in der Nacht«, sage ich irritiert.

»Und Sie, meine Herren, wollen mitten in der Nacht zu ihnen. Ergo, dürften sie wach sein, sollte Ihre Geschichte stimmen.«

Ich stöhne leise auf und sehe auf die Uhr über ihm. Wir haben keine Zeit. Aber wenn ich ihm jetzt sage, dass da oben eine beschissene Bombe ist, dann wird er mich entweder für verrückt halten und die Bullen rufen oder es ernst nehmen und die Bullen rufen. So oder so etwas, das Assad dazu bringen würde, durchzudrehen.

Also bleibt mir nur diese eine Wahl. Ich gehe auf ihn zu. Er ist zu langsam, um sich zu wehren, als ich ihn packe und seine Arme hinter den Rücken drücke. Er windet sich und ich verliere ihn fast, bis Assad mir endlich zu Hilfe kommt.

Es ist sicher nicht meine beste Idee, aber wir müssen ihn loswerden, also gehe ich zu den riesigen Fenstern mit den überdimensionalen Vorhängen und ziehe daran, bis sie mit einem lauten Geräusch reißen. Der Concierge starrt mich erst fassungslos an, bevor er lauthals zu schreien beginnt. Seltsamerweise aber nicht, um nach Hilfe zu rufen, sondern um mir Beleidigungen an den Kopf zu werfen, wie teuer das für mich wird. *Wow. Ich bin wirklich heilfroh, dass ich so etwas nicht zum Leben brauche.* Weder diese riesige runde Lampe, die aussieht, als sei sie von Mr. Swarovski höchstpersönlich designed worden, und auch nicht diese bunte Glitzerwand, die wahrscheinlich mehr kostet, als ein gut verdienender Mensch im Jahr bekommt.

Das hier ist nicht meine Welt. Trotzdem bin ich hier, um diese beschissene Bombe zu entfernen. Also gehe ich mit den Vorhängen zu Assad, der den Pförtner festhält, und wickle sie um seine Arme und Beine, bevor wir ihm noch den Mund stopfen und in eine Nische setzen, in der er nicht bemerkt wird.

»Sorry. Echt«, sage ich noch, bevor wir zu den Aufzügen sprinten.

»Gehen die?«

Assad hebt eine Karte hoch. »So schon.«

»Du warst hier, nicht wahr? Um die Bombe anzubringen. Das warst du.« Ich höre meine eigene Enttäuschung in meiner Stimme und frage mich, warum ich so enttäuscht bin. Wahrscheinlich, weil ich gerne auf seiner Seite wäre, aber es nicht kann. Assad schüttelt den Kopf. »Ich bin seit Wochen hier, um alles vorzubereiten. Aber das hier haben Arbeiter der Russen gemacht. Ich habe nur die Karte.«

»Und in diesen Wochen konntest du deine dämlichen Pässe nicht allein holen?«, entgegne ich genervt.

Die Aufzugtüren öffnen sich und wir steigen ein. Mein Magen verkrampft sich, als er mit einer ordentlichen Geschwindigkeit losfährt.

»Niemand durfte wissen, dass ich hier bin.«

Ich atme tief durch. »Ist sie … der Sprengstoff in dem Penthouse?«

»Ja.«

Ich fahre mir durch die Haare, drehe mich um und lasse meine Faust gegen den Aufzug segeln.

Meine Hände beginnen zu zittern und Schweiß perlt über meinen Nacken. »Was zum Henker machst du nur?« Ich kann mich nicht mehr richtig konzentrieren. Als würde ich meinen Verstand verlieren.

»Sie sind nicht zu Hause, Severin. Sie sind auf Geschäftsreise.«

»Na und?«, brülle ich ihn an, während die Aufzugtüren aufspringen. »Hier wohnen noch mehr Menschen. Feuer kann sich ausbreiten. Sie könnten sterben.«

Wir betreten das Penthouse und Assad reagiert nicht mehr. Unruhig bewege ich meine Finger hin und her und versuche, einen klaren Kopf zu bekommen. Das hier kann unmöglich an meinem Schlafmangel liegen. Aber warum bin ich so … *unkonzentriert? Liegt es an Lydia und dass ich sie geküsst habe? Nein. Das ist etwas, was ich zu lange vor mir her geschoben habe. Immer und immer wieder habe ich mir selbst eingeredet, dass ihre pingelige Besserwisserart mich daran hindert, sie zu lieben. Aber das stimmt nicht. Nichts an ihr könnte mich abschrecken.*

»Willst du den Sprengsatz jetzt entfernen oder tagträumen?«, fragt Assad und erst da sehe ich mich in dieser Luxuswohnung um. Aber vor allem fällt mir der Ausblick auf. *Frankfurt. So schön wie immer*, denke ich kurz. Aber wenn man genau hinsieht, dann fehlt etwas. Der Europaturm leuchtet nicht und seine Umrisse sind oben nicht mehr vollständig. Und dann fällt mein Blick auf den Fernmeldeturm. Er wird von unten angestrahlt. Wahrscheinlich von Polizisten umstellt. Dann werde ich endlich richtig wach und folge Assad auf die Terrasse. Ich komme mir immer noch vor, als wäre ich im falschen Film.

»Dort«, sagt Assad und zeigt auf die Strahler an der Häuserwand. »Da sind sie drin.«

»Zwei?« Ich mustere sie. *Die Lampen sind ziemlich klein. Können sie wirklich einen solch großen Schaden anrichten?*

»Drei«, sagt er und zeigt auf die Vertäfelung um das Fenster herum. Ich lege den Kopf schief. Assad stöhnt, geht dann darauf zu und entfernt den Vorsprung. Dahinter befindet sich ein riesiger Sprengsatz. Wahrscheinlich würde der das komplette Stockwerk zerfetzen. Ich schließe die Augen. Atme tief ein und öffne sie wieder, um Assad ernst anzusehen. »Kannst du die entschärfen?«

Er schüttelt den Kopf. *Gut. Also Plan B. Wir nehmen diese Dinger mit und … Und dann sehen wir weiter.*

»Bekommst du sie wenigstens da raus?«, frage ich und mustere die Kabel und Abbringungen. Etwas in mir schreit mich an, dass ich mehr Panik haben sollte. Aber wenn Assad recht hat, dann haben wir noch genug Zeit. Und wenn nicht, gehen wir ja bloß zusammen mit diesen Sprengsätzen in die Luft. Es wäre zumindest ein heldenhaftes Ende. Oder auch nicht. *Ich sollte einen Weg finden, die Polizei zu verständigen. Irgendein Bombenentschärfungskommando. Aber wie? Und vor allem, ohne dass diese Bastarde es mitbekommen und den Sprengsatz zünden? Sie haben ihre Augen überall.*

»Und was dann?«, fragt Assad und sieht mich nachdenklich an. »Willst du sie einfach von der Terrasse schmeißen und darauf hoffen, dass sie unten aufschlagen und kaputtgehen, statt in die Luft zu gehen?« Er prustet. Und mir platzt der Kragen. Ich gehe auf ihn zu und packe ihn.

»Hör mal zu, du Spitzenentführer. Euretwegen sind diese Sprengsätze hier. Und wir haben einen Deal. Ich bringe dich zu deiner Familie, dafür hilfst du mir hierbei.«

Assad befreit sich aus meinem Griff und streicht sich das Oberteil glatt.

»Ich wollte nie jemanden verletzen.«

Ich lache. Laut und herzhaft. »Ach so? Deshalb sollte ich Lisa tödlich verwunden? Deshalb hast du Sprengsätze hier angebracht? Wie blind bist du eigentlich?«

Assad schüttelt den Kopf. »Ich wurde gezwungen, verdammt! Denkst du wirklich, ich habe noch mehr Leid mit ansehen wollen?«

»Also hat es dein schwarzes Herz erwärmt, dass da oben wahrscheinlich gerade eine Frau stirbt?«

Assad sieht mich an. Ausdruckslos. »Ich habe viele Menschen verletzt oder tot gesehen, Severin.«

»Und das ist grausam. Aber es ist keine Lösung, weitere Menschen zu töten. Auch nicht, wenn sie dich erpressen.«

Ich drehe mich wieder den Sprengsätzen zu und verziehe den Mund. »Ich hole etwas, um die Schrauben zu lösen.« Mit diesen Worten gehe ich zurück ins Penthouse und sehe mich um. Ich bin mir ziemlich sicher, dass die Art Mensch, die hier wohnt, keinerlei Werkzeug besitzt. Wahrscheinlich holen sie sich sogar einen Handwerker, um die Glühbirnen zu wechseln. *Hoch leben die Vorurteile.* Ich schüttle den Kopf, gehe in die Küche und öffne die Schubladen, bis ich ein Brotmesser finde. Als ich die Schublade gerade wieder schließe, fällt mein Blick auf den Messerblock. Von ihm sehe ich zu Assad, der draußen in die Ferne blickt, und wieder zu den Messern. *Sollte ich mich bewaffnen? Ihn bedrohen und dazu zwingen, dass er ... ja, was tut? Was könnte ich von ihm verlangen? Er hat diese Söldner nicht in der Hand. Das ist eindeutig. Sie verfolgen ihre eigenen Ziele und werden sich sicher nicht aufhalten lassen.*

Wo diese Sprengsätze hier sind, hat er mir bereits verraten, und ich bin mir sicher, dass er die Wahrheit sagt und sie nicht entschärfen kann.

Aber ist es richtig, ihn nicht zu bedrohen und dann die Polizei zu rufen, nach allem, was er getan hat?

Ich schließe die Augen und lasse das kalte Metall des Brotmessers durch meine Finger streichen. »Er wird sich stellen, wenn seine Familie in Sicherheit ist«, sage ich leise zu mir selbst. Ich vertraue ihm. Ja, aus irgendeinem Grund vertraue ich, dass er all das nur für seine Familie tut. Und ich will mir nicht einmal vorstellen, was ich alles für meine Familie tun würde. Da hat er nicht unrecht. Für Mom. Dad. Für Leonard und für Nasti. Vor allem für Nasti. Egal, wie unser Verhältnis ist und wie sehr wir uns benehmen, als würden wir uns hassen. Wir sind zusammen aufgewachsen, haben uns so oft unterstützt und manchmal auch, ohne dass es der andere bemerkt hat. Ich weiß, dass ich auf sie zählen kann. Und ich weiß, dass ich auf Mom und Dad zählen kann. Ich muss lächeln, als ich mir vorstelle, wie Dad zu verhindern sucht, dass Mom den TV anschaltet. Das macht er schon immer. Er beschützt sie. Selbst dann, wenn sie nicht mal weiß, dass sie beschützt werden will. Manchmal übersieht er dabei, wie stark diese Frau eigentlich ist. Oder er weiß es ganz genau und sieht trotzdem, dass auch die Stärksten von uns manchmal jemanden brauchen, der einen stützt. Ich muss erneut grinsen, als ich an den letzten Abend denke und Dad, der in seinem schicksten Anzug auf dieser Leiter stand und das Rentier angebracht hat. Nicht sonderlich gut, aber er hat es getan. Für Mom. Und sie verlangt so etwas von ihm, weil sie genau weiß, dass er das ab und zu braucht. Dass auch er, trotz seiner Stellung, manchmal diese ganz normalen kleinen Dinge tun muss, auf die sie dann stolz ist. Auch wenn dieses Rentier abgestürzt ist und aussieht, als würde es besoffen in die Regenrinne kotzen.

Ich öffne die Augen wieder und sehe zum Fernseher. Dann bringe ich Assad das Messer und gehe wieder auf den TV zu. Auf dem Tisch liegt ein Tablet. *Super. Was ist eigentlich falsch an der guten alten Fernbedienung?*

»Ist dir bewusst, dass die uns jede Sekunde in die Luft jagen können?«, fragt Assad von draußen.

»Sag mir Bescheid, wenn der Timer losgeht«, gebe ich zurück. Auf jedem dieser Bomben steht eine Zeit von 8 Minuten.

Als ich endlich herausgefunden habe, wie dieser TV angeht, schalte ich einen Nachrichtensender ein und starre auf die Bilder. Eine Moderatorin steht vor dem brennenden Messeturm. Eigentlich sieht es fast schon schön aus. Wie ein Weihnachtsbaum. *Wow, Severin.* So langsam verliere ich wirklich mein Verständnis von Gut und Böse.

»Es sind schreckliche Szenen, die sich hier in Frankfurt am Main abspielen. Laut Polizei hängen die verschiedenen Explosionen nicht zusammen. Aber im Netz wird immer mehr die Vermutung verbreitet, dass hinter all dem ein terroristischer Akt steckt«, sagt die Moderatorin, während noch weitere zertrümmerte Gebäude gezeigt werden.

»Und wie uns gerade zugespielt wurde, steckt hinter all dem auch noch ein Geiseldrama, das sich im Fernmeldeturm abspielt.« Das Bild des Europaturms wird gezeigt. Hunderte Polizisten stehen auf dem Platz davor und beleuchten das

Gebäude. Die Kamera zoomt heran und ich sehe Menschen auf den Glasscheiben liegen. Um sie herum Kabel.

Die wollen doch nicht etwa die Fenster sprengen und…

»Warum tun die nichts dagegen?!«, zische ich. Assad kommt zu mir und sieht auf die Bilder.

»Während einige in den sozialen Medien behaupten, dass es sich bei den Entführern um Corona-Gegner handelt, sprechen andere vor allem auf Telegram von einer großen Lüge der Regierung, um uns an Weihnachten daran zu hindern, auf die Straßen zu gehen. Selbst Prominente äußerten schon kritische Vermutungen, vor allem, weil die Polizei die Bevölkerung im Dunkeln lässt. Gleichzeitig zeigen uns die kürzlich veröffentlichten Videos, dass es Forderungen gab. Da sie drohten, die Gebäude in die Luft zu jagen, wenn die Summen nicht auf ein Konto eingehen werden, können wir davon ausgehen, dass sie nicht bezahlt haben.«

Ich stütze mich auf das Sofa und sehe erneut auf die Uhr. *Wir haben noch Zeit. Wir müssen noch Zeit haben. Die Polizei darf diesen Russen nur nicht zu sehr unter Druck setzen.* Gedanken wirbeln durch meinen Kopf.

Die Moderatorin unterbricht sich selbst und fasst sich ans Ohr.

»Ich bekomme gerade die Meldung, dass im Netz Videos von dem Entführer und Severin Klemm aufgetaucht sind, der in den Videos die Forderungen ausgesprochen hat.«

Das Bild wechselt und man sieht uns. In dem Auto.

»Fuck«, entfährt es mir, denn ich weiß, dass dieses dumme Auto direkt vor der Tür unten steht. Nicht gerade gut geparkt. Das heißt, dass sie dieses Gebäude stürmen werden, wenn sie das Auto finden. Dann sehen sie den geknebelten Pförtner und… sie werden keine Bombenentschärfer dabei haben und ich werde keine Zeit haben, es ihnen zu erklären und … wir werden alle in die Luft gehen.

»Los!«, sage ich hektisch, renne in die Küche und hole auch mir ein Messer.

So schnell ich kann, löse ich die Schrauben. Ich würde gerade alles für einen Schraubenzieher oder einen Akkuschrauber geben. In dieser Sekunde muss ich wieder an das Ritalin denken.

»Was haben die Drogen da zu suchen gehabt?«, frage ich Assad, während ich das Messer so schnell ich kann drehe.

»Er pusht seine Männer damit hoch«, gibt Assad knapp zurück. Ich verziehe den Mund. Sage aber nichts weiter. Denn ich selbst weiß, wie sehr Ritalin mich schon gepusht hat. Und was der andere Kram für eine Wirkung hat, kann ich mir vorstellen.

Als wir endlich alles gelöst haben, renne ich hinein. Ins Schlafzimmer, öffne den Schrank und reiße alles heraus, bis ich eine Reisetasche finde.

Ich sprinte zurück, stopfe die Sprengsätze vorsichtig in die Tasche, hänge sie mir um, sehe Assad an und renne los zum Aufzug.

Und in diesem Moment beginnen die Sprengsätze zu piepen. Das Blut in meinen Adern gefriert. Die Zeit steht still. Wie in Zeitlupe öffne ich die Tasche ein wenig und sehe durch den Spalt.

7:55.

KAPITEL 28

24. DEZEMBER 2020, 05.04 UHR

LYDIA

Wir sitzen jetzt schon seit geraumer Zeit vor dieser Tür. Wobei die Zeit in dieser Nacht ihren Wert verloren hat. *Von wegen ›Stille Nacht, heilige Nacht, einsam wacht‹ und so.* Ich kann mich gut erinnern, wie es früher war. Als ich noch klein war und an das Christkind geglaubt habe. Da war diese Nacht vor Heiligabend sehr, sehr besonders und aufregend. Ich bin ins Bett gegangen und habe versucht, so lange es irgendwie möglich war, meine Augen aufzuhalten. Nur nicht einschlafen. Dann würde ich ja das Christkind verpassen. Sogar davor, Mama und Papa vorzuflunkern, ich hätte Angst, dass der Weihnachtsmann, weil es so dunkel ist, nichts sieht und mit seinem Schlitten gegen das Haus kracht, habe ich nicht zurückgeschreckt. Dabei wusste ich längst, dass es den Weihnachtsmann gar nicht gibt, sondern – wenn überhaupt – nur das Christkind. Aber egal. Sie haben das Licht in meinem Zimmer angelassen und mir ist es leichter gefallen, wach zu bleiben. Wobei: Gesehen habe ich das Christkind nie. Egal, wie lange ich wach geblieben bin.

Und jetzt sitzen wir vor dieser Tür und warten darauf, dass – nein – nicht das Christkind, sondern Oberstaatsanwalt Klemm sie öffnet, heraustritt und uns sagt, was zu tun ist.

Alle bisherigen – wie nennt Homburg das? – Ermittlungsansätze haben nichts gebracht: Die Befragung der Anwohner rund um den Tunnel hat nur für zusätzliche Aufregung gesorgt. Solange jedenfalls, bis Meusel den Einsatz abgeblasen hat. Homburg war nicht amüsiert, aber auch er musste einsehen, dass eine halbe Hundertschaft, die mitten in der Nacht zu Heiligabend brave Anlieger befragt, ob ihnen ein halbes Dutzend krimineller Aktivitäten aufgefallen ist, für Diskussionsstoff sorgt. Und wenn dann auch noch die Spitze des Commerzbank Towers ein paar Stunden vorher in Flammen gestanden hat, erst recht.

Und auch die Überprüfung der EZB und der beiden anderen ausgewählten Türme hat nichts gebracht. Meusel hatte recht: Es gibt zu viele Wolkenkratzer in Frankfurt und ausgerechnet den Messeturm hat keiner auf dem Zettel gehabt.

Also hat sich selbst Kriminaloberrat Meusel jetzt auf die Seite von Sevs Vater geschlagen. Dieser arrogante Fiesling, der am Ende wahrscheinlich die einzig brauchbare Lebensversicherung für Eric und die anderen sein wird. Auch wenn ich mir einen wahren Helden immer anders vorgestellt habe.

Eine halbe Stunde ist es her, dass ich mit meiner Mutter bis aufs Blut – witzig, wenn das eine Tochter über die Auseinandersetzung mit ihrer Mutter denkt – darum gekämpft habe, dieses Drama doch noch für alle Seiten glücklich zu beenden. Bis ich sie endlich so weit hatte, einzuknicken. Klein beizugeben.

Ausnahmsweise mal die anderen wichtiger zu nehmen als sich selbst.

Zumindest fast. Natürlich forderte sie im Gegenzug für ihre Informationen das, was in Filmen gerne ein Deal genannt wird. Aber sie hat es mir zumindest erklärt. »In den Kreisen, in denen ich mich bewege, wird nicht gefragt, warum du etwas getan hast. Die fackeln nicht lange. Hier schneiden sie dir die Kehle einfach so durch. Weil du es getan hast. Weil du geredet hast. Selbst dann, wenn es am Ende der Sache dient. Weil keiner dieser Leute Mord und Totschlag gutheißt.« So ihre Worte.

Ich habe ihr daraufhin angeboten, mit Severins Vater zu sprechen. Immerhin ein Oberstaatsanwalt. Erst hat sie nur gelacht, ›Ein Oberstaatsanwalt. Was will der schon machen‹. Bis ich ihr erzählt habe, wer Wolfgang Klemm ist und dass er sogar einen Hubschrauber illegal zum Fernmeldeturm hat fliegen lassen. Das hat ihr imponiert, glaube ich. Der zusätzliche Hinweis, dass er das für seinen Sohn macht, weil er als Vater niemals aufgeben würde, war ihr dann leider doch einmal mehr ziemlich egal. Aber ein Oberstaatsanwalt, der Gesetze bricht, das war und ist ganz nach dem Geschmack meiner Mutter.

»Himmel noch mal! Was passiert denn da drin?« Meusel ist der Erste, der die quälende Warterei satt hat und die Stille vor der Tür nicht mehr aushält. Kein Wunder. Er trägt bei dieser ganzen Aktion offiziell die Verantwortung, aber seit einer knappen halben Stunde – inoffiziell – dann doch nicht mehr so wirklich. Und das nur, weil er sich von einem Oberstaatsanwalt, der eigentlich wegen Befangenheit schon lange nichts mehr zu sagen hat, beschwatzen ließ. Jedenfalls so in der Art. Irgendwie. Mir ist das ohnehin alles zu hoch. Ich habe einfach nur Angst davor, dass Severins Vater meiner Mutter die Geschichte nicht abkauft. Das habe ich im Fußball zu oft erlebt. Da kann der

Vorstand noch so oft erklären, dass der Trainer nicht in Frage gestellt wird. Einen Tag später ist er weg.

Ich schaue zu Meusel hinüber und muss innerlich grinsen. In seinem Gesicht haben sich die vergangenen 20 Minuten sichtbar eingegraben. Falte für Falte. Die große direkt über der Nasenwurzel wahrscheinlich für den Satz von Severins Vater: »Sie können mich mal am Arsch lecken, Herr Kriminaloberrat. Hier wird es keinen paramilitärischen Schwachsinn geben.« Die darüber für den Einwurf von Homburg, dass es vielleicht Sinn machen würde, alle kriminalistischen Möglichkeiten auszuschöpfen, bevor 5.000 Menschenleben geopfert werden. »Wenn es reicht«, wie Homburg sarkastisch angemerkt hat. Und ich dachte noch: Wenn du mal einen Polizeibeamten brauchst, kommt hoffentlich er.

Und die Falte ganz oben unter dem, was ursprünglich mal Haaransatz war, für Jules' Einwand, dass die Nummer ziemlich blöd für Meusel ausgehen könnte. »Jedenfalls dann, wenn sich herausstellen sollte, dass die Schwachköpfe da oben gar kein Sarin haben.« So Jules Bedenken.

Das nämlich hat Mama mir und wohl auch Severins Vater bestätigt und mit relativ klaren Aussagen ihre Glaubwürdigkeit unterstrichen. Assad, den sie – Überraschung – in der Tat gut kennt, gehört zu einer Organisation, die die Bürgerkriegsparteien in Syrien unterstützt. »Die seit fast einem Jahrzehnt andauernde, bewaffnete Auseinandersetzung kostet Geld. Geld, das die oppositionellen Gruppierungen nicht haben«, hat Mama mir erklärt. Nicht erklären konnte sie mir, warum aus dem nachvollziehbaren Auslöser des Konflikts, einem friedlichen Protest gegen das autoritäre Regime Assads im Zuge des Arabischen Frühlings Anfang 2011, längst ein unerbittlicher Kampf verschiedener Organisationen aus religiösen und ethnischen Gründen geworden ist. Aber dazu hätte wahrscheinlich wirklich die Zeit gefehlt.

Das Entscheidende bei all ihren Erklärungen war, dass sie aus sicherer Quelle wusste, was gespielt wird. Auch, weil sie selbst Teil des Organisationsteams dieser Aktion war. Wenigstens im Hintergrund. Sie konnte schließlich mit ein paar internationalen Kontakten aufwarten. Als sie dann Wind davon bekommen hat, dass Assad nur zum Erfüllungsgehilfen dienen sollte und sich die Organisation in der Zwischenzeit mit ganz anderen Typen zusammengetan hatte, bekam sie kalte Füße und hat mich angerufen. Sie hat offenbar immer noch das Talent, in jeden Kackhaufen hineinzutreten, der irgendwo in ihrer Reichweite zu finden ist, aber immerhin so gerade noch den Absprung zu schaffen.

Die Bewegung hatte es sich in den Kopf gesetzt, wie Mama es formulierte, ›ein paar Dollar für die gute Sache‹ einzuspielen, mit welchen Mitteln war scheinbar egal. Und Assad, der dem Anschein nach eigentlich wirklich nur seine Familie retten wollte – wobei er durchaus nicht abgeneigt war, ›ein bisschen was abzuzwacken‹, dafür, dass die Eintracht ihn damals vermeintlich ausgebootet hatte –, musste sich darauf zwangsläufig einlassen. Wobei ich mir sicher bin: Wir haben fair gehandelt, sein Berater wohl eher nicht. Als sie dann seine Familie in ihrer Gewalt hatten, und Assad den wirklichen Plan erfuhr, hatte er längst keine Wahl mehr. Er musste seine Familie befreien.

»Coole Idee. Aber da ist irgendetwas aus dem Ruder gelaufen«, habe ich ihr flapsig geantwortet.

»Mag sein, aber ich weiß nicht, warum. Niemand hier weiß das. Alle dachten: Das wird eine schnelle Nummer. Ein paar Leute für ein paar Stunden festsetzen, um die 10 Millionen

Euro Kleingeld kassieren und Schluss. Assad kannte sich aus. Konnte sich als Tourist frei in der Stadt bewegen und alles perfekt vorbereiten. Ohne Verdacht zu schöpfen. Schließlich sitzt sein Bruder hier ein und seine Schwägerin lebt in Goldstein«, hat Mama gesagt. »Da konnte nichts schiefgehen.«

»Ist es aber. Und zwar gewaltig!«, habe ich geantwortet und ihr von dem letzten Video erzählt. »Der Akzent dieses Typs klang eher russisch und nicht arabisch. Und als er den Giftanschlag angedroht hat, war Assad offensichtlich gar nicht mehr dort oben. Er tauchte im Video nicht auf und ich habe ihn ja schließlich mit Severin im Greifvogel getroffen.«

Sie schwieg. Atmete einige Male hörbar ein und aus und sagte dann mit fester Stimme: »Ich gehe davon aus, Assad hat Mist gebaut. Damit ist das alles nicht mehr unsere Sache. Gib mir diesen Klemm. Und mach hin. Bevor ich es mir anders überlege.«

Und jetzt sitzen wir hier vor dieser Tür und warten. Darauf, dass Severins Vater das, was ihm meine Mutter über die Aktion sagen konnte, tatsächlich glaubt. Beweisen wird sie es ihm ja kaum können. Wie auch.

In diesem Moment kommt Klimaschewski um die Ecke. »Chef! Dieser Assad … er …«

»Was ist mit diesem Assad, Klimaschewski. Reden Sie«, brüllt Meusel ungeduldig.

»Na ja. Er ist tot. Bei einem Fluchtversuch hat ihn wohl eine Kugel erwischt. Lungendurchschuss.«

»Tot?« Meusel springt auf und hüpft herum wie das sprichwörtliche HB-Männchen. »Tot? Wie kann das denn sein? Der entführt harmlose Menschen, verschanzt sich auf dem Fernmeldeturm, erpresst Millionen und ist eigentlich tot? Wann soll denn das gewesen sein?«

»Vor 40 Minuten ist in der JVA Preungesheim eine Bombe hochgegangen und er hat mit einem weiteren Häftling das allgemeine Tohuwabohu genutzt, um zu flüchten. Ist aber nicht weit gekommen. Sie haben ihn am Bolzplatz Jaspertstraße gefunden. Wie gesagt: tot. Wer oder vielmehr mit welcher Waffe geschossen wurde, muss die Obduktion klären. Der zweite Mann ist flüchtig.« Klimaschewski wendet sich mit einem zufriedenen Grinsen schnell ab. Ahnt wohl schon, was folgen wird.

»Was ist das für eine verdammte scheiß Nacht. Warum bekomme ich jetzt erst diese Informationen.« Meusel ist mitten in einem seiner cholerischen Anfälle. Und spricht mir in diesem Moment durchaus aus der Seele.

Aber hier stimmt doch etwas nicht. Meusel hat recht. Wann soll Assad gestorben sein? Und warum hat sich Severin dann noch nicht gemeldet? Wann habe ich Sev und diesen Assad im Greifvogel gesehen? Und wann hat mir Sev in dem Video den Namen Assad verraten? Wie lange ist das her? Himmel noch mal: Konzentriere dich, Lydia! Sind sie von dort nach Preungesheim gefahren? Aber warum? Und wann kam es zu dem Ausbruch? Die Geiselnahme war doch schon gestern. Ist Sev am Ende wieder zum Spargel, um Tim und den anderen zu helfen? Dieser Wahnsinnige!

Hunderte Gedanken huschen durch meinen Kopf. Aber ich bekomme sie nicht zu fassen. Es sind zu viele. Nur einer wird immer klarer: *Severin, dieser Idiot!* Das würde er wirklich tun. So wie er den Entführern schon hinterhergefahren ist, um Tim zu helfen. Völlig kopflos, dafür aber mit viel Herz. *Ein Schwachkopf zum Liebhaben*, schießt es mir durch den Kopf, während alle anderen Gedanken ausgeblendet werden.

KAPITEL 29

24. DEZEMBER 2020, 05.06 UHR

SEVERIN

Fahr schneller!«, brülle ich wie wahnsinnig den Aufzug an und drücke hektisch auf dem Knopf herum.

»Was sollen wir jetzt tun?«, schreie ich eher mich selbst an, als wirklich mit Assad zu reden.

Als der Timer bei 6:34 steht, springt der Aufzug endlich auf. Ich renne auf die Türen zu, stoße sie auf und atme kurz durch, als ich feststelle, dass noch kein Polizist auf den Wagen aufmerksam geworden ist. Damit zu fahren, geht aber nicht mehr. Und was würde das auch bringen? Wo sollen wir denn damit hinfahren? In sechs Minuten schaffen wir es sicher nicht aus der Stadt.

Ich sehe mich um. Alles ist verschwommen. Mir wird schwindelig. *Wohin, Severin? Wohin?* Ich verkrampfe innerlich. Und dann sehe ich die Straße hinunter bis zur Unterführung. *Hafenstraße. Ja. Sie führt direkt zum … Main.*

Ohne weiter nachzudenken, renne ich los. Renne so schnell ich kann. Meine Lunge brennt. Mein Herz pumpt und pumpt. Ich sehe hinab auf die Bombe. 4:57. Ich bin ganz ordentlich im Training, aber definitiv kein Marathonmann. Kein Sprinter. Kein Superathlet. *Wie soll ich das schaffen?* Die Strecke ist mindestens einen Kilometer lang. *Fuck. Ich werde gemeinsam mit diesen scheiß Teilen in die Luft fliegen. Jede Wette.* Sie behindern mich beim Laufen. Sind verdammt schwer und ich habe Angst, sie durch meine Bewegungen hochzujagen. Ich schreie meine Wut heraus. Hier ist kaum jemand. Nur ein paar Autos. Die Menschen, die um diese Zeit schon wach sind, kann man an einer Hand abzählen. Ich erreiche die Unterführung unter den Gleisen. Höre meine Schritte von den Wänden hallen.

Fuck. Ich muss schneller sein. Ich muss.

3:16.

Nein. Nein. Nein. Das darf nicht passieren. Ich habe zwar schon einige Meter hinter mir. Vielleicht die Hälfte, aber wenn meine Erinnerung nicht komplett falsch ist, liegen die beschissenen Weltrekorde für einen Kilometer etwa bei 2 Minuten 10 Sekunden. Und selbst das wäre nicht schnell genug. Trotzdem renne ich weiter. Alles schmerzt. Die Wunde an meinem Kopf beginnt zu brennen und Blut läuft über mein Gesicht. Meine Füße bringen mich um.

So toll ich Chucks finde. Sie eignen sich nicht zum Rennen. Und schon gar nicht, eine Bombe einen Kilometer zu tragen, um sie dann in den Main zu schmeißen, ohne wirklich zu wissen, ob es das besser macht. In Filmen schon. Klar. Aber im echten Leben … Ich renne aus dem Tunnel heraus und steuere auf eine Gruppe Jugendlicher an der Ecke Gutleutstraße zu, die ihre Handys gezückt haben. Ich renne an ihnen vorbei und schnappe mir eines der Handys. Sie brüllen mir hinterher, einer verfolgt mich sogar. Wüsste der, was ich in meiner Tasche habe, würde er das sicher nicht tun.

»Verpiss dich!«, schreie ich nach hinten, aber er lässt nicht locker. *Keine Ahnung, warum ich dieses dumme Handy überhaupt genommen habe. Vielleicht, weil ich gehofft habe, ich könne irgendeine Nummer wählen und... mich verabschieden?*

Doch bei der Geschwindigkeit kann ich keine Nummer wählen. *Aber ich kann...*

»Okay Google!«, schreie ich das Ding an und es leuchtet direkt auf. Ich will gerade irgendeinen Befehl sagen, als ich sehe, dass es sich entsperrt hat und Instagram im Hintergrund offen ist. Das Mädchen, dem ich das Handy abgenommen habe, war gerade live.

Ich schiebe Google weg und halte die Kamera vor mich, während ich weiter renne, den Blick starr auf den Weg vor mir gerichtet, um nicht auch noch zu fallen.

Verflucht. Was soll ich jetzt sagen? Was soll ich sagen, was all das, was ich bisher zu den Menschen, die ich liebe, gesagt oder vielmehr nicht gesagt habe, besser macht?

Ich sehe kurz auf den Bildschirm. Man kann mein Gesicht zwar erkennen, aber es wackelt bei jedem Schritt heftig. Die Zuschauerzahl steigt und steigt. Sie steigt in den Tausenderbereich.

»Ich liebe euch«, sage ich das Einzige, was ich wirklich fühle und nie jemandem sagen konnte.

»Ich liebe dich Mom, Dad, Nasti, Leonard.« Ich keuche. Kann kaum richtig sprechen. Meine Lunge droht zu bersten. Ich schnappe nach Luft, komme endlich am Main an und biege rechts in den Bachforellenweg ab. *Fuck. Das Ganze hat mich zu viel Zeit gekostet.* Mir bleibt nur noch eine Minute. Wenn ich schnell genug bin, schaffe ich es auf den Flusskrebssteg, denn im Hafenbecken vor mir besteht die Gefahr, dass die Häuser auf der Halbinsel ordentlich was abbekämen. Ich hebe das Handy. Lydia würde jetzt sagen, ich habe sie nicht mehr alle.

»Ich liebe dich, Tim. Du bist mein bester Freund. Und …«

Ich sehe kurz nach unten.

0:37

»Und ich liebe dich, Lydia Heller.«

Ich drehe das Handy so, dass man die Sprengsätze und die Zeit sehen kann.

0:30

Als ich das Handy wieder hochnehme, hängt das Bild, weil der Stream überlastet ist. Die Zuschauerzahl ist so hoch, dass ich sie nicht auf einen Blick erkennen kann.

Der Main neben mir wirkt verdammt verlockend. Ich stecke das Handy in die Tasche und sehe wieder nach unten.

0:24

Fuck. Ich habe keine Zeit, stehen zu bleiben und diese Tasche weit genug zu schleudern. Das wird nicht reichen. Ich muss springen. Ich muss diesen Anlauf nutzen und mit den Sprengsätzen springen. Ich muss. Und am besten vom Steg aus.

Ich renne weiter gegen meine Schmerzen an. So langsam wird mein gesamter Körper taub. Das Handy vibriert unerlässlich in meiner Tasche.

Der Livestream läuft noch. *Wenn diese dramageilen Zuschauer Glück haben, sehen sie noch ein grelles Licht, bevor das Handy zusammen mit mir in die Luft fliegt. Das wird ein viraler Hit, der mich wahrscheinlich zum Influencer machen würde, wäre ich dann nicht längst in tausend Stücke gerissen worden.*

Ich sehe noch einmal hinunter.

0:10

Es ist seltsam. Aber genau dieser Countdown löst das erste Mal das Gefühl in mir aus, dass ich nicht sterben will. Auf keinen Fall.

0:09

Ich rieche das Wasser. Ich höre den Kerl hinter mir. Ich bete, dass er nicht mit mir springt.

0:08

Ich sehe vor mir den Steg. Und renne weiter. Meine Gedanken sind nicht mehr klar. Mein Herz hat keine Ahnung, was es noch fühlen soll.

0:07

Ich erreiche den Steg, biege links auf ihn ab und renne.

0:06

Ich muss springen oder die Tasche weit genug werfen, denn ein Haus gibt es am Ende der Halbinsel noch. *Ich darf kein Risiko eingehen.* Zu viele unschuldige Menschen wurden bereits verletzt.

0:05

Ich renne weiter. Höre nur noch meine Schritte.

0:04

Eine Hand packt mich.

»Du Mistkerl gibst mir das Handy meiner Freundin zurück!« Er wirbelt mich herum.

»Verpiss dich!«, brülle ich, doch er hält mich fest.

0:03

»Da ist eine beschissene Bombe in der Tasche!«, schreie ich, und er lässt los. Seine Augen weiten sich panisch.

0:02

Ich packe die Tasche und schleudere sie so weit ich kann vom Steg.

0:01

Der Junge ist wie erstarrt. Ich reiße ihn mit mir und renne. Renne, bis hinter uns ein ohrenbetäubender Knall ertönt. Der Steg bebt. Wasser spritzt. Nein. Es spritzt nicht. Es droht uns zu überdecken. Ich zerre den Jungen, der gestolpert ist, wieder hoch und ziehe ihn weiter. Unter uns erzittert alles. Das Wasser bildet eine riesige Welle, die uns verschlucken wird. Die diesen Steg mit sich reißen wird. Ich ziehe ihn weiter. Er ist so voller Panik, dass er nicht mal wegrennen kann.

»Los!«, schreie ich. Brülle gegen den tosenden Lärm an. Und ziehe ihn weiter mit mir, bis wir endlich das Ende des Stegs erreichen und ich kraftlos zu Boden falle. Ich drehe mich auf den Rücken und sehe hinter mir die meterhohe Wasserwand und den Steg, der krachend unter dem Druck zusammenbricht.

Menschen stürmen aus dem Haus, das direkt dahinter liegt. Das Handy vibriert weiter und weiter.

Super. Diese neumodischen Dinge kann nicht mal Wasser stoppen.

»Alles gut bei dir?«, frage ich an den Jungen gerichtet. Er starrt wie paralysiert auf die Unterwasserexplosion. Oder zumindest auf das, was sie angerichtet hat.

»Was …«, stottert er. Ich nehme das Handy aus meiner Tasche und sehe auf den Bildschirm. Sehe mein blutiges Gesicht. Herzen erscheinen. Klatschende Emojis. Feuerwerk.

»Ich glaube, der Account deiner Freundin ist jetzt berühmt«, sage ich mit einem schiefen Grinsen und reiche ihm das Handy. Als er auf das Display blickt, ist er plötzlich wieder voll da.

»Leute, ihr glaubt nicht, was mir gerade passiert ist.« Er dreht das Handy und filmt das Geschehen.

Wirklich besorgniserregend, dass diese Kids vor lebensbedrohlichen Situationen nicht wegrennen können, aber sobald sie einen

Bildschirm vor der Nase haben, plötzlich wieder voll in Aktion sind, denke ich zynisch.

Ich reibe mir meine schmerzenden Beine, bevor ich mich erhebe. Immer mehr Leute stürmen herbei. Ebenfalls etwas, das mir mein guter Menschenverstand verbieten würde, wenn ich so etwas live sehen würde. Klar gehen wir da hin, wo gleich eine Bombe explodieren wird. Hauptsache, wir filmen es und stehen den Einsatzkräften im Weg. *Großes Kino.*

Aber ich kann mich damit nicht aufhalten, denn genau diese Einsatzkräfte werden gleich hier auftauchen. Und ich habe Assad ein Versprechen gegeben.

Ich stehe auf und humpele zurück. Hoffentlich ist Assad nicht einfach am Grand Tower stehengeblieben.

Als ich darüber nachdenke, was ich in diesem Livestream vor Tausenden Menschen gesagt habe, verziehe ich missmutig den Mund.

Vielleicht ist es auch gut, es endlich ausgesprochen zu haben. Aber so richtig gut fühlt es sich nicht an, dass sie jetzt alle wissen, wie schwach und verletzlich ich wirklich bin.

Ich atme tief ein und aus. *Nein. Es ist nicht schwach, jemandem zu sagen, was man fühlt.*

Vielleicht ist es sogar das Mutigste, was ich je getan habe. Zumindest für mich.

Ich gehe die Straße weiter und verberge mein Gesicht, als die Feuerwehr an mir vorbeifährt. Und dann erkenne ich Assad an der Hafenstraße.

»Was jetzt?«, frage ich, als ich bei ihm angekommen bin und mir meine schmerzenden Rippen halte. Ich glaube, das letzte Mal hatte ich im Schulsport Seitenstechen und auch längst vergessen, wie schmerzhaft das sein kann.

Assad sieht auf die Uhr.

»Wir fahren zum Flughafen.« Ich nicke und sehe mich um. »Wir brauchen ein Auto.«

Er sieht noch einmal in die Ferne und dann zu mir. »Du wärst fast gestorben.«

Ich hebe die Schultern. »Karma. Der Tod verfolgt mich schon ’ne ganze Weile. Aber hey. Er kriegt mich nicht.«

Assad verzieht das Gesicht. Er kann mit meinem Humor nichts anfangen, das ist mir bereits ein paarmal aufgefallen. Aber so ist das Leben.

Dann geht er vor. Ich hoffe, Assad hat einen Plan und kann ein Auto kurzschließen, denn meinem Strafregister muss ich nicht noch Autodiebstahl hinzufügen.

Aber stattdessen steuert er ein dunkles Auto an, steigt ein, ohne es aufschließen zu müssen, und nimmt den Schlüssel, der hinter der Blende klebt.

»Ich nehme an, dass du gerade nicht fahren kannst«, stellt er fest und deutet auf den Beifahrersitz. Ich bleibe stehen und sehe ihn fragend an.

»Woher …«

»Ich habe Freunde, die ich benachrichtigt habe«, entgegnet er, als sei das selbstverständlich. Ich lache auf.

»Dein Ernst? Du hast solche Freunde, die innerhalb kürzester Zeit ein Auto für dich hier abstellen, aber entführst mich, um zum Flughafen zu kommen?«

Er runzelt die Stirn. »Wir wissen beide, dass ich dich nicht entführt habe, Severin.«

»Wie man es nimmt«, gebe ich zurück, gehe dann ums Auto herum und steige ein.

Assad setzt einen ›Sag ich doch‹-Blick auf.

»Ich habe dir ein Versprechen gegeben«, versuche ich mich zu verteidigen, dabei wissen wir beide, dass ich schon eine ganze

Weile nicht mehr als Opfer einer Entführung durchkommen würde.

»Ich hoffe nur, das Auto ist nicht von irgendwelchen Terroristen finanziert.« Assad stöhnt.

»Machst du dir wirklich Sorgen, als Terrorist zu gelten, nachdem du gerade dein Leben riskiert hast, um ein paar Sprengsätze in den Main zu werfen?«

»Nenn mich Bond. James Bond.«

Seine Miene bleibt kühl. Ich wünschte, Tim wäre hier. Er hätte den Spruch geliebt, auch wenn er genau wie Lydia nur die Augen verdreht hätte. Es ist, als würde mich dieses Augenrollen schon mein ganzes Leben lang verfolgen. Aber ich liebe es. Weil sie mich lieben. Genau für so etwas.

»Wir müssen aufpassen«, sage ich dann ernst. »Schließlich sind wir beide jetzt Social-Media-Stars.«

Assad startet den Motor und ich rede mir stumm ein, dass ich das Richtige tue.

KAPITEL 30

24. DEZEMBER 2020, 05.26 UHR

SEVERIN

Ich schalte das Radio an und lausche den hektischen Stimmen. Eigentlich ist das nicht üblich für Radiomoderatoren. Aber so ein bisschen kann ich es nachvollziehen.

Die Radiosender sind voll von Kommentaren zu dem Livestream, bei dem man verfolgen konnte, wie Severin Klemm eine Bombe in den Main geworfen hat. Mein Kiefer verkrampft sich.

Ich vergrabe mein Gesicht in den Händen. Am liebsten würde ich schreien. Meine Wunde pocht und blutet noch immer. Und ich habe keine Ahnung, wie ausgerechnet die zwei meistgesuchten Menschen in Frankfurt es in den Flughafen schaffen sollen.

Als mich etwas am Arm berührt, sehe ich auf. Assad hält einen kleinen Zettel an meinen Unterarm.

»Sieh es dir an«, sagt er und nickt mir zu. Als ich den Wisch nehme und auseinanderfalte, erkenne ich, dass es ein Foto ist.

Ich erkenne ihn darauf. Eine Frau, die ein Baby hält, und einen Jungen, der vorne steht und seine Zahnlücken präsentiert.

»Ist das deine Familie?«, frage ich in die Stille, nachdem ich das Radio ausgestellt und einen Moment gewartet habe. Er nickt.

»Mein ältester Sohn. Idris. Er erinnert mich so sehr an meinen kleinen Bruder Malek, dass …«, er atmet tief durch, »dass ich manchmal das Gefühl habe, Allah hat mir meinen Sohn geschickt, um es dieses Mal besser zu machen.«

Ich lecke mir über die spröden Lippen und schmecke Blut.

»Und machst du das?«

Assad gibt einen enttäuschten Laut von sich.

»Freiheitskämpfer fliegen sie außer Landes, damit sie in Sicherheit sind. Also ja. Oder nein, weil ich dafür schreckliche Dinge getan habe. Tun musste.«

»Freiheitskämpfer?«, hake ich nach. Er wirft mir kurz einen Blick zu.

»Du bist groß im Redenschwingen, aber nicht sehr gut im Zuhören, oder?«

Ich verziehe den Mund. Das ist eine meiner bekannten Charakterschwächen. Aber was habe ich überhört?

»Ich sagte dir, dass sie Geld brauchen, um den Widerstand aufrechtzuerhalten. Wir wollen Frieden. Keinen verdammten scheiß Krieg mehr. Keine unschuldigen Toten mehr.«

»Aber die sind nicht viel besser«, sage ich, weil ich nicht vergessen darf, was Assad heute alles im Namen dieser Organisation getan hat. Und vor allem, was sie geplant hatten.

»Vielleicht hast du recht. Vielleicht verschwimmen die Grenzen irgendwann.«

»Und ist das richtig? Ist das die zweite Chance, von der du gesprochen hast, die du nutzt?«

»Nichts ist richtig. Aber ich lebe nicht in dieser Welt hier. Ich lebe in einer Welt voller Hass und Krieg. Ich habe nicht dieselben Vorstellungen wie du. Auch wenn ich dafür kämpfe, sie meinen Kindern bieten zu können.«

Ich sehe aus dem Fenster. »Wie sah dein Plan aus? Wolltest du mit deiner Familie fliehen? Wie hätte das aussehen sollen? Einfach in ein Flugzeug steigen, nach allem, was war, und keiner würde dich aufhalten?«

»Ich hatte nie geplant zu fliehen.«

»Sondern?«

»Mein einziges Ziel war, meine Familie in Sicherheit zu wissen. Und mich hätten sie erschießen oder festnehmen können. Hauptsache, sie haben ein besseres Leben.«

»In einem fremden Land, ohne Aufenthaltsgenehmigung?«

»Das klingt schlecht für dich? Was denkst du, warum Tausende Menschen ihren Job und ihr Zuhause zurücklassen und einen gefährlichen Weg auf sich nehmen, um herzukommen. Nicht, weil es bei ihnen eigentlich besser ist, Severin. Ich habe so viel Leid gesehen und irgendwann keinen Lichtblick mehr. Meine Kinder sollen so nicht aufwachsen. Sie sollen leben dürfen, wie du es kannst. Und das wollte ich auch für meinen großen Bruder, nachdem ich bei meinem kleinen versagt habe.«

Ich schweige und denke darüber nach, ob sie das jemals werden. *Sie kommen nicht als Flüchtlinge hierher, also wer sollte ihnen gestatten, hier zu bleiben? Sie werden ewig auf der Flucht sein, keine Ausbildung machen können. Nichts. Das ist nicht die Lösung. Und Assad ist viel zu intelligent. Es gibt nur eine einzige Sache, die es ihnen ermöglichen würde.*

»Du wolltest gegen sie aussagen, nicht wahr?«

Assad sagt nichts. »Du wolltest einen Deal aushandeln, dass deine Familie hierbleiben kann, und im Gegensatz verrätst du die Männer, die die Sache eingefädelt haben. Selbst, wenn du für deinen Bruder im Gefängnis geschmort hättest.«

»Bist du etwa empört, dass ich diese Menschen hintergehe? Es sind Monster. Sie haben keinen Glauben oder eine Familie, für die sie das tun. Die in diesem Turm sind Söldner, denen es nur um Geld und den Kick geht.«

»Es ist trotzdem nicht richtig.«

»Nein?« Die Frage überrascht mich und ich fange wirklich an, darüber nachzudenken, ob es falsch ist. Ich habe sie gesehen. Habe diesen Typen erlebt. Die Erkenntnis, dass er seinen eigenen Mann getötet hat, weil ich ihn schlimm zugerichtet habe, und er für ihn wohl nicht mehr brauchbar war, erwischt mich kalt.

Und ja, vielleicht hat Assad doch recht. Ich habe keine Ahnung, warum dieser Mann mich heute Abend so oft dazu bringt, an meinen eigenen Einstellungen zu zweifeln und meine Moral über Bord zu werfen. Und doch will ich, dass seine Familie in Sicherheit ist. Und ja, ich will, dass er diese Schweine verrät.

»Ich könnte jemanden anrufen, aber …« Ich breite meine Finger aus und sehe sie an, um mich zu beruhigen und meinen nächsten Schritt noch einmal zu bedenken. Durchzudenken, was ich ihm gerade vorschlagen will. »Ich habe seine Nummer nicht bei mir, mein Handy ist weg. Er arbeitet am Flughafen.«

Assad hält den Wagen an. Vor uns erkenne ich den Flughafen. Dann greift er in seine Tasche und reicht mir mein Handy. Ich blinzle irritiert. »Du hattest es die ganze Zeit bei dir?«

Er nickt und ich nehme es an mich. Fahre es hoch. Es ist voller verpasster Anrufe und Nachrichten.

Ich sehe noch einmal auf. Assad direkt an. »Wir könnten aber auch die Polizei anrufen und jetzt diesen Deal durchziehen. Sie werden deine Familie in Sicherheit bringen.«

»Ich vertraue ihnen nicht«, sagt Assad.

»Sie tun viel für Kronzeugen.«

»Nein, nicht der Polizei. Sondern den Männern, die meine Familie in den Flieger setzen wollten. Ich muss erst mit eigenen Augen sehen, dass sie hier in Deutschland gelandet sind.«

Ich nicke und suche in meinem Handy nach Patrice. Bevor ich es mir anders überlegen kann, drücke ich auf Wählen. Es tutet einige Male, bevor ein genervtes »Was ist?« ertönt.

»Ich brauche deine Hilfe«, platzt es sofort aus mir heraus.

»Severin, du! Ich hab echt 'ne lange Nachtschicht hinter mir und wenn ich gleich nach Hause fahre, gehe ich schlafen. Nichts was du sagst, könnte mich daran …«

»Ich muss in den Flughafen rein«, platze ich dazwischen. »Auf das Rollfeld.«

»Ja, genau, und mein Sohn möchte zu Weihnachten einen Gutschein vom Weihnachtsmann bekommen, um mit Delfinen zu schwimmen. Wir kriegen nicht immer das, was wir wollen.«

»Pat, es ist wichtig.«

»Bist du besoffen, Sev? Wir haben uns seit Monaten nicht gehört und dann bittest du mich um sowas? Gleich kommt die erste Maschine aus Doha. Die fällt noch in meine Schicht. Also – ich habe keine Zeit für sowas.«

»Pat, hör mir zu. Du musst mir sagen, wie ich auf das Rollfeld komme. Es geht um Leben und Tod.«

»Ganz ehrlich, wenn ich dich hier einfach reinlasse, dann tötet mich mein Boss. Also klettere über den Zaun und setz dein Leben aufs Spiel, aber nicht meins.«

»Ich …«

»Und sauf nicht so viel. Es ist Heiligabend, Mann.«

Mit diesen Worten legt er auf. Ich sehe Assad an, der mitgehört hat.

»Wir warten, bis der Flieger gelandet ist und dann klettern wir über den Zaun«, bestimmt Assad.

»Und dann? Die werden uns jagen. Das ist ein Flughafen, kein Schwimmbad, in das wir besoffen einbrechen.« Ich schaue ihn ungläubig an.

»Wir werden es bis zum Flieger schaffen.«

»Verdammt, Assad!«, fahre ich ihn harsch an. »Dann wirst du festgenommen und kannst nichts mehr tun, wenn deine Familie wirklich nicht drinsitzt. Ich rede noch mal mit Patrice«, sage ich und wähle erneut die Nummer. Dann steige ich aus.

Das hier ist wahrscheinlich die dümmste Entscheidung, die ich je getroffen habe. Und das muss schon was heißen.

Meine geliebten Kinder!

Ich schreibe euch dies, weil ihr die Wahrheit erfahren müsst. Nur so könnt ihr euer neues Leben annehmen. Und ich weiß, dass ihr stark genug seid, um den Schmerz, den ich euch mit meinen Worten bereite, zu überwinden.

Glaubt mir: Ihr seid das Beste, was ich in meinem Leben zustande gebracht habe. Und ich liebe euch mehr als mein Leben.

Aber es ist an der Zeit, dass ich meine Augen nicht länger zu Boden senke und auf Allah und die Ältesten vertraue, sondern aufstehe und etwas für die Freiheit und unseren Frieden unternehme. Zu viel ist passiert, auch weil ich es nicht verhindert habe. Es nicht wenigstens versucht habe. Dass ich mich ängstlich in staubigen Kellern hinter hoch aufgetürmten Hoffnungen verkrochen habe, statt wie ein Mann für meine Familie selbst gegen übermächtige Gegner anzutreten. Es wäre so viel besser gewesen, im Kampf für Freiheit zu sterben, als in Selbstmitleid zu versinken und an der eigenen Angst zu ersticken. Dann könntet ihr wenigstens stolz auf mich sein.

So werdet ihr bittere Tränen über euren Vater weinen, weil es schwer sein wird, all den Lügen, die schon bald über mich erzählt werden, etwas entgegenzusetzen.

Glaubt mir: Die Menschen werden euch eine Menge Dinge über mich erzählen, die nicht stimmen. Zumindest nicht wirklich. Denn sie zeichnen das Bild eines üblen Verbrechers, der Reichtümer erlangen will und keine Seele besitzt. Der brutal und unerbittlich seine Ziele verfolgt. Koste es, was es wolle.

Aber dieser Mensch bin ich nicht.

Ihr wisst das. Alles, was ich von jetzt an tue, tue ich für euch. Und für meine Fehler der Vergangenheit. Für eure Zukunft. Das müsst ihr mir glauben. Und ich werde es mit einem reinen Gewissen tun. Denn es geht mir nicht um Reichtum und Wohlstand. Nicht einmal um Glauben.

Es geht nur um euch und eure Mutter. Ich habe nach langem Zögern endlich einen Weg gefunden, der euch Sicherheit und Freiheit bringt. Und wenn alles so läuft, wie ich es vorgesehen habe, werde ich schon in einigen Jahren wieder bei euch sein können.

Erschreckt deshalb nicht. Habt keine Angst: Ich bin nicht verletzt oder im Krieg. Ich muss für eure Freiheit nicht mit meinem Leben bezahlen. Ich muss nur ein paar Dinge tun, für die ich danach, wenn sie getan sind, meine Strafe erhalten werde. Und die werde ich erhobenen Hauptes entgegennehmen. Weil meine Gründe erhaben sind.

Ich bin mit mir im Reinen. Glaubt mir. Und deshalb flehe ich euch an: Schaut nach vorne. Bitte. Gemeinsam mit eurer Mutter, die ich über alles liebe und die sicher sehnsüchtig auf meine Rückkehr warten wird. Und eurem Onkel und eurer Tante in Deutschland, die ebenfalls für euch da sein werden. Jederzeit. Sie sind mir verpflichtet. Ihr könnt mich beim Wort nehmen.

Und vergesst nie: Ich bin in jeder Sekunde mit jeder Faser meines Herzens bei euch. Weil nichts auf dieser Welt wichtiger ist als meine Familie. Nichts wichtiger als ihr und eure Mutter.

Seid umarmt und geküsst. Allah sei mit euch.

KAPITEL 31

24. DEZEMBER 2020, 05.26 UHR

LYDIA

Endlich geht die Tür auf. Sevs Vater tritt aus dem Zimmer. Sein Gesicht zeigt wieder die Züge des kantigen Oberstaatsanwalts. »Meusel, hören Sie zu. Wir brauchen jetzt Ihre guten Verbindungen.« Dabei deutet er mit dem Zeigefinger in Richtung Decke. »Ich gehe davon aus, dass uns Frau Heller ... also Lydias Mutter ... die Wahrheit über diese Aktion sagt. Aber wenn wir ganz sicher sein wollen, müssen wir zwei Namen überprüfen. Und die stehen nicht im Telefonbuch. Also vielleicht sollten Sie besser den Innenminister wecken!«

»Den Innenminister? Warum nicht gleich die Kanzlerin oder – noch besser – die ganze Regierung!« Meusel scheint der Vorschlag nicht zu schmecken. Seine Beziehungen reichen offenbar nicht bis zum Innenministerium.

Da springt Max von seinem Sessel auf. Er hat bisher nur aufmerksam zugehört. Immer noch betroffen darüber, dass das mit dem Lösegeld nicht hinzukriegen war. Aber jetzt kann er helfen. »Ich kann ihn anrufen. Wir haben zwar seit seiner Durchsuchungsaktion in der Nordwestkurve vor dem Europa League-Spiel gegen Donezk nicht gerade das beste Verhältnis, aber ich habe seine Nummer. Damit Missverständnisse wie im Februar 2019, als er den Spruch von Eric, ›das Stadion muss brennen – und wenn ich sage, dass das Stadion morgen brennt, dann brennt das morgen!‹, zum Anlass für die deutlich überzogenen Maßnahmen genommen hat, schnell ausgeräumt werden können.« Er wedelt aufgeregt mit dem Handy herum, als hätte er es gerade zu Weihnachten geschenkt bekommen.

Meusel nickt sichtlich erfreut und Sevs Vater schiebt Max durch die Tür.

»Meusel. Machen Sie alles bereit für die Stürmung des Turms. Da oben gibt es, so wie es aussieht, kein Gift. Alles nur ein Riesenbluff. So 'ne Riesennummer scheinen die wohl doch nicht zu sein. Also: Lassen Sie Ihre Hundertschaften los. Sobald wir vom Minister grünes Licht bekommen, können Sie loslegen.«

»Da können Sie sicher sein. Es ist jetzt 5.28 Uhr. Viel Zeit für den Weckdienst bleibt Ihnen aber nicht.«

Die letzten Minuten sind wie im Film an mir vorbeigerauscht. Selbst wenn die da oben keine Drohnen mit Gift haben, wüsste ich nicht, wie Meusels Männer auf die Plattform kommen sollten. *Wie in den amerikanischen Filmen? Aus Helikoptern abseilen und sich durch den Kugelhagel Schritt für Schritt zu den Bösen durchkämpfen?*

Wieder steigt die Angst in mir hoch. Das würden Eric und die anderen, vielleicht ja auch Sev, mit dem Leben bezahlen. So viel ist sicher. Selbst wenn dieser Assad wirklich nicht mehr leben sollte. Seine Männer, oder die des neuen Anführers, würden sich nicht kampflos ergeben. Nein. Wahrscheinlich würden sie die Geiseln als Schutzschild vor sich hertreiben, bis alle tot sind.

Wäre es nicht besser, diesen Scheißkerlen einen kampflosen Abzug anzubieten? Damit die anderen eine Chance haben? Jules hat meine Frage, auch wenn ich sie tonlos in die Runde geschickt habe, verstanden. Sie greift nach meiner Hand. »Sie würden das niemals annehmen. Wenn, dann würden sie die Geiseln mitnehmen. Sie sind ihre Lebensversicherung. Erst recht, wenn wir ihnen sagen, dass wir ihren Bluff durchschaut haben.«

Meusel hat zugehört. »Mädels. Macht euch keine Gedanken. Dieser Severin wird seinen Arsch schon rechtzeitig in Sicherheit bringen und meine Jungs wissen ebenso wie die GSG-Leute genau, was zu tun ist. Wir sind alle auf Terrorismusbekämpfung, Geiselbefreiung und Bombenentschärfung spezialisiert. Außerdem hat Vater Meusel ja einen Plan.« Er grinst dabei wie ein Honigkuchenpferd.

Dann pfeift er seine Männer zusammen und wir gehen zurück in Max' Büro.

»Also. Folgendes. Wir fordern drei Hubschrauber vom LKA an, die an der Turmspitze für ordentlich Radau sorgen. Die müssen so nahe ran, dass die drinnen nichts anderes mehr mitbekommen als den Lärm der Rotoren. Aber kein Schuss. Nichts. Die Jungs von der Antiterroreinheit sollen sich mit ihrem Zweiturbinen-Hubschrauber derweil von oben anschleichen. Im Flüstermodus sozusagen. Die Männer müssen sehen, ob sie die Aussichtsplattform erreichen können. Ich habe keine Ahnung, ob das geht, aber ich habe einen Plan B. Klimaschewski. Die Zeichnungen. Auf den Bildschirm! Pronto!«

Auf dem Monitor erscheinen die Querschnittzeichnungen des Fernmeldeturms und drei Detailbilder. Sie zeigen Aufzugsschächte.

»Die Schweinebande ist – nehme ich jedenfalls an – mit diesem Aufzug nach oben gekommen. Der wird bis heute genutzt, falls Techniker oder irgendwelche Ausflügler zur Plattform wollen. Damit haben sie wahrscheinlich auch all die Drohnen nach oben geschafft. Durch die Luft hätte es irgendjemand mitgekriegt. Auch wenn alle zu Hause bleiben sollen wegen Corona.« Er deutet auf den Plan mit einem weiteren Aufzugsschacht. »In diesem Schacht testet ein Aufzugsbauer scine Technik. Heißt: Der Aufzug darin ist funktionsfähig und selbst wenn oben jemand die andere Tür bewacht, geht plötzlich hinter ihm eine Tür auf. Wir müssen die Verblüffung nutzen. Wobei ich davon ausgehe, dass die Burschen sich eher im ehemaligen Restaurant verschanzt haben und niemand vor den Aufzugtüren steht. Wir müssen nur dafür sorgen, dass uns keiner hört.«

»Und wenn der Helikopterlärm nicht ausreicht? Die Aufzugmotoren sind nicht mehr die jüngsten«, wirft Homburg ein.

»Ich habe keine Ahnung, wie laut das Scheißding ist. Dann müssen die draußen eben ein bisschen Feuerwerk machen.«

»Feuerwerk. Wie lange?«, will Homburg wissen.

»Das kann ich Ihnen sagen. Jedenfalls über den Daumen gepeilt. Als die Aufzüge eingebaut wurden, sind sie mit einer Geschwindigkeit von vier Metern pro Sekunde nach oben geballert. Macht bei 227 Metern bis zur Kanzel … knapp eine Minute«, schwenkt er seinen ausgestreckten Daumen hin und her.

»Wow!«, entfährt es mir. Höhe ist nicht unbedingt mein Ding. Eine Minute in einem Aufzug eingesperrt nach oben befördert zu werden, wäre für mich tatsächlich unerträglich. Und dann nicht zu wissen, was mich erwartet, wenn die Tür oben aufgeht. Ein kalter Schauer läuft mir über den Rücken.

»Was ist mit der Vibration?« Homburg lässt nicht locker.

»Ja. Nicht auszuschließen. Aber das Risiko müssen wir eingehen. Oder wir schicken zwei Mann in den Schacht, die an den Seilen nach oben klettern – hallo, das sind dann wahrscheinlich 240 Meter – und dann das Teil mit der Handkurbel nach oben bringen. Wir sind hier nicht bei Tom Cruise, der mal eben ein Seil an die Decke schießt und dann ... husch ... mit so einem kleinen Motordings nach oben katapultiert wird.« Meusel hat offenkundig von den Einwänden genug. Jules nickt. Homburg wendet sich ab.

»Also? Keine Einwände mehr?« Meusel schaut in die Gesichter. Nimmt sich Zeit für jedes einzelne. Wie Adi Hütter, als er die Elfmeterschützen im Halbfinale gegen Chelsea an der Stamford Bridge festgelegt hat. Die Meinung seiner Männer ist diesem Meusel bei allem Rumkrakele wichtig. Jetzt. Ausgerechnet jetzt nimmt er sich die Zeit, sich von jedem Einzelnen die Zustimmung abzuholen. Jetzt, wo für meine Begriffe keine Zeit mehr ist.

Eine gefühlte Ewigkeit vergeht. Dann stürmt Meusel mit einem gehetzten »Start in zwei Minuten« an mir vorbei zu den Fahrzeugen. Ich packe ihn am Arm. »Herr Meusel. Sie müssen die Geiseln da rausholen. Bitte. Tun Sie alles dafür, dass kein weiteres Blut vergossen wird. Bitte«, flehe ich und würde am liebsten vor ihm auf die Knie gehen. Er nickt kurz und nimmt dann meine Hand von seinem Arm. »Wir machen das schon! Verlassen Sie sich darauf, Frau Heller«, krächzt er und lässt mich stehen. Seine Männer folgen ihm.

Nur Klimaschewski bleibt beinahe ungerührt sitzen. Fummelt an den Monitoren herum und verkabelt sie neu. »Sie dürfen live dabei sein, wenn Sie wollen«, sagt er und schaut uns erwartungsvoll an. Für ihn scheint es fast undenkbar, dass ich zwar hin und wieder mal ganz gerne einen Actionfilm sehe, aber live mitanzusehen, wie der Turm gestürmt wird. Nein, danke. Allein bei dem Gedanken, ich könnte Severin sehen, wie ihn diese Bastarde erschießen, knicken mir die Beine weg.

»Danke, Herr Klimaschewski. Lieber nicht«, sage ich und verlasse den Raum. Dann schon lieber draußen eine Zigarette nach der anderen rauchen und irgendwelche Fantasien im Kopf haben, als zuzusehen, wie … Diese unsägliche Wut steigt wieder in mir hoch. Warum hat sich dieser Blödmann – selbst, wenn er wie auch immer in den Turm zurück ist – nicht bei mir gemeldet. *Ach Sev. Nur ein Anruf. Eine WhatsApp. Das hätte er doch tun können. Tun müssen. Für mich.*

Vor dem Raum, in dem Max wohl noch immer versucht, den Innenminister zu erreichen, läuft mir Claudia in die Arme. Sie ist außer sich.

»Du blöde Schlampe. Wusstest doch genau, was mit Gustav ist, und hast mir nichts gesagt!« Ihre Faust kommt meinem Kopf bedrohlich nah, da öffnet sich die Tür. Max erkennt die Situation sofort und hält Claudias Rechte mit einem schnellen Griff fest. Hinter ihm Sevs Vater. Beide schauen ziemlich gelöst. »Er hat alle Hebel in Bewegung gesetzt und es stimmt: Deine Mutter hat die Wahrheit gesagt. Diese Entführer kämpfen seit Jahren für Frieden in ihrem Land und sind auf die Idee gekommen, mal schnell ein paar Millionen zu besorgen. Weil Weihnachten ist.« Sevs Vater schüttelt den Kopf. »Wenn ich das in meinem Club erzähle, glaubt mir das niemand. So stellt sich Klein Erna die Welt vor. Wir gehen da rein, entführen mal ein halbes Dutzend Leute, zündeln ein bisschen rum, drohen mit dem Ende der Welt und alles wird gut. Das ist Kindergeburtstag.«

Er ist offenbar tief betroffen von dem, was er in den vergangenen 30 Minuten erfahren hat. Von der Arglosigkeit, mit der die Dinge vorangetrieben wurden.

Er schüttelt ungläubig den Kopf und winkt Homburg zu sich. »Der Innenminister hat über seine Kanäle den Wahrheitsgehalt der Aussage der Zeugin Heller … Christina Heller … bestätigt. Da oben gibt es zu 99 Prozent keinen Tropfen Gift. Allenfalls ein paar Maschinengewehre und Pistolen aus irgendwelchen dunklen Kanälen hier in Frankfurt. Also: Meusel soll dem Spuk ein Ende bereiten. Und … bitte richten Sie ihm aus: Der Innenminister und ich erwarten, dass es keine Opfer unter den Geiseln gibt. Verstanden?«

Dann muss er sich setzen. Klar. Dieser Mann hat gerade den Befehl erteilt, den Turm zu stürmen. Obwohl es durchaus sein könnte, dass sein Sohn wieder dort oben ist. Das kann einem schon mal die Beine unter dem Körper wegreißen.

Ich nehme einen Stuhl und schiebe ihn neben seinen.

»Herr Klemm. Ich habe nachgedacht.«

Er blickt mich mit unfassbar leeren Augen an. Diese letzten Anweisungen haben ihn alle übrige Kraft gekostet. »Was, Lydia, über was hast du nachgedacht?«

Ich zögere einen Moment. »Ich glaube, selbst wenn Sev wieder dort hoch ist, weiß er genau, was er tut, Herr Klemm. Kann schon sein, dass er Tim und die anderen nicht im Stich lassen will. Aber er rennt nicht kopflos in eine Falle. Das wissen wir doch beide nur zu gut. So blöd ist er nicht. «

Ich kann sehen, wie das Blut in seine Wangen schießt. Die Lebensgeister zurückkehren.

»Nicht? Wieso nicht? Wie kommst du darauf? Er ist doch ansonsten für jeden Blödsinn zu haben. Erinnerst du dich nicht an die Nummer in der Türkei?«

»Ja. Natürlich. Schon. Aber diesmal ist alles anders. Diesmal geht es nicht um irgendeine Spiel-Mafia. Es geht um seine Freunde.«

»Und warum hat sich Severin dann nicht längst gemeldet? Selbst wenn er kein Handy hat, kann man ja in dieser Stadt wohl irgendwo telefonieren?«

»Das verstehe ich ja auch nicht.« *Ach Scheiße. Ich weiß ja selbst nicht, was ich denken soll.*

»Und wenn du recht hast, Lydia! Wo in dieser Stadt oder auch in diesem scheiß Turm bitteschön könnte sich mein Herr Sohn dann aufhalten? Jetzt? In diesem Moment?« Wolfgang Klemm ist außer sich. Sich damit abzufinden, dass sein Sohn sich bei der Erstürmung des Turms in höchster Lebensgefahr befindet und trotzdem die Spezialeinheit loszuschicken, ist das eine. Jetzt wieder völlig ahnungslos zu sein, hat offenkundig noch viel mehr Gewicht. Lieber einen löchrigen Strohhalm in der Hand halten, als hilflos den Boden unter den Füßen verlieren.

»Die Helis sind in der Luft. Das SEK wird in vier Minuten vor Ort sein«, hören wir Klimaschewskis Stimme. »Wir haben Funkverbindung.«

Severins Vater, Jules und Homburg zögern keine Sekunde und schlüpfen in den Raum. Max und ich stehen ratlos im Flur. »Willst du dir das ansehen?«, fragt Max zögerlich. Ich schüttle den Kopf. Claudia neben mir schreit auf. »Was ansehen?«, will sie wissen.

»Die Polizei wird den Fernmeldeturm stürmen, um die Geiseln zu befreien«, erklärt Max knapp. Dann winkt er diesen Merbolt zu sich und schiebt ihm die zitternde Claudia in den Arm. »Können Sie vielleicht … ?«, fragt er. Merbolt versteht und schiebt Claudia in Richtung Küche.

Dann schauen wir uns beide wortlos an und gehen schließlich ebenfalls widerwillig in sein Büro.

Klimaschewski hat sechs Monitore aufgebaut. Auf dem ersten sieht man den Fernmeldeturm. Offenbar aus einem der Helis.

Auch auf dem zweiten Monitor blitzt plötzlich das Bild des Turms auf. »Das sind die Kameras der beiden Piloten. Der Heli, der die Männer von oben absetzen soll, hat keine Funkverbindung zu uns. War in der Kürze der Zeit nicht machbar. Wobei es eh ein Wunder ist, dass die Verbindungen so schnell zustande gekommen sind«, erklärt Klimaschewski dienstbeflissen. »Und was ist mit den restlichen Bildschirmen?«, fragt Homburg.

»Das sind die Kameras des Sondereinsatzkommandos. Sobald Meusel mit seinen Männern vor Ort ist, werden wir hoffentlich etwas sehen.«

»Hoffentlich?« Sevs Vater deutet auf die schwarzen Monitore. »Was heißt das?«

»Wir wissen nicht exakt, was passiert, wenn die Männer in den Aufzug steigen. Schon mal versucht, in einem Fahrstuhl zu telefonieren? Da ist es meistens zappenduster. Und keiner konnte uns auf die Schnelle sagen, wie diese Betonröhre abgeschirmt ist. Wir kommen ja an die meisten Informationen, die wir brauchen, selbst ran, aber eben nicht an alle. Vor allem nicht an die Sachen, die bei irgendjemandem im Kopf sind. Und nur da. Immerhin wissen wir durch die eingespielten Videos: Sobald da oben die Türen aufgehen, haben wir ein Bild.«

»Ankunftszeit 5.52 Uhr«, hören wir plötzlich Meusels Stimme. Beinahe so klar, als würde er mit uns in diesem Raum sitzen und nicht gut 10 Kilometer entfernt in Bockenheim.

»Sind durch die Eingangstür und stehen jetzt direkt vor den Aufzügen. Wäre schön, wenn die Kavallerie jetzt ein bisschen Rambazamba für uns machen könnte.«

»Verstanden«, antwortet eine unbekannte Stimme. Ich nehme an einer der Piloten. Dann können wir sehen, dass sich die Helis der Kanzel des Turms deutlich nähern. Sie leuchten mit ihren Strahlern direkt hinein, doch es ist keine Bewegung zu erkennen. Im ehemaligen Restaurant herrscht Stille. Wobei die Scheiben schräg angebracht sind, die Kameras der Helikopter können folglich nicht in die Tiefe des Raumes sehen.

»Ich ziehe mal hoch«, erklingt die Stimme einer der beiden Piloten und sofort zeigt der obere Monitor eine abrupte Flugbewegung über die fünf Stockwerke der Kanzel hinweg bis zur Aussichtsplattform. Drei, vier vermummte Gestalten huschen dort im Scheinwerferlicht umher und suchen Schutz hinter mannshohen Kabeltrommeln.

»Meusels Plan geht auf«, jubelt Klimaschewski: »Die sind damit beschäftigt, die Drohnen loszujagen oder zumindest so zu tun als ob. In der Hoffnung, dass wir vielleicht doch noch zahlen.« Er nimmt beide Hände an seinen Kopf und wackelt damit herum. »Ihr könnt uns aber keine Angst mehr einjagen. Ätsch«, jubelt er ausgelassen.

Dann herrscht knisternde Stille im Raum. Die Monitore, die uns eigentlich Bilder aus dem Fahrstuhlschacht zeigen sollten, bleiben dunkel.

»Klimaschewski. Hören Sie. Wir kriegen das mit der Übertragung nicht hin. Zuviel Beton um uns herum. So wie es aussieht. Egal. Wir fahren da jetzt rauf. Wir bringen das zu Ende!« *Meusels Stimme klingt selbst geflüstert noch kalt und anmaßend,* denke ich und zähle im Geiste die Sekunden.

Eine Minute kann eine Ewigkeit sein, schießt es mir durch den Kopf. Damals, als Papa seinen Schlaganfall erlitten hat und sie ihn zurückgeholt hatten, dachte ich, es wären Minuten vergangen, bis der Herzton endlich wieder zu hören war. Dabei waren es nicht einmal 40 Sekunden.

Und jetzt? Jetzt starre ich auf die schwarzen Monitore und erblicke auf denen daneben, wie die Gestalten auf der Aussichtsplattform ziellos hin- und herrennen. Dann reißt einer seine Maschinenpistole hoch und ballert in den Nachthimmel. Offenbar hat er den dritten Helikopter wahrgenommen.

»Sieht doch alles ganz passabel aus«, wirft Jules ein. »Die Burschen sind ordentlich beschäftigt und haben wohl nicht die Zeit, sich um ihre Geiseln zu kümmern. Recht so.«

»Sie sollten wissen, dass die Nummer für sie durch ist. Und dass wir wissen, dass sie mit ihrer Drohung nur geblufft haben, haben jetzt wohl auch die gecheckt«, hört sich Homburg schon fast euphorisch an.

Der Mann hat eine Menge Erfahrung, denke ich und kann spüren, wie sich die Fessel um meinen Hals ein wenig zu lockern scheint.

In dem Moment öffnet sich die Fahrstuhltür und zumindest zwei der Monitore zeigen ein Bild. Eine vermummte Gestalt stürmt direkt auf die Kamera zu, wird aber mit einem satten Hieb niedergestreckt. »Schöne Träume«, witzelt Meusel und gibt sofort klare Kommandos: »Wenn da oben auf dem Dach drei bis vier Angreifer sind, und es maximal sechs waren, dürfte uns hier unten nur noch einer das Leben schwer machen. Also Leute – zwei dort lang, zwei auf der anderen Seite, der Rest kommt mit mir. Wenn wir Pech haben, müssen wir fünf Stockwerke durchsuchen, bis wir auf die Geiseln treffen. Und viel Zeit bleibt uns nicht. Die auf dem Dach werden uns schließlich bald entgegenkommen.«

»Meusel, hören Sie«, mischt sich Sevs Vater ein. »Wir wissen, dass die Geiseln im Restaurant waren. Das hat unser Pilot bestätigt. Die Täter werden sie nicht fünf Stockwerke rauf- und wieder runtergebracht haben. Also können wir davon ausgehen, dass sie auf Ihrer Ebene sind.«

»Verstanden«, gibt Meusel zurück. Dann gehen die beiden Monitore aus.

Klimaschewski haut auf den Dingern herum, versucht sie irgendwie wieder in Gang zu bringen, aber nichts passiert.

»Spielen Sie uns kein Theater vor, Kollege«, sagt Jules scharf. »Sie kennen doch Ihren Chef. Der gute Meusel hat uns den Saft abgedreht. Die nächsten Minuten möchte er gerne ungestört sein.«

Klimaschewski schaut Jules angriffslustig an. »Was reden Sie denn da?«

»Mag sein, ich kenne Meusel doch besser als Sie. Mag aber auch sein, Sie wissen sehr genau, was ich meine. Also: Wie lange werden wir jetzt auf die schwarzen Bildschirme starren müssen?«

»Bis es vorbei ist. So oder so!«, antwortet Klimaschewski kleinlaut und schaut bedröppelt zu Boden.

Wir alle schauen zu Boden. Warten darauf, dass der Kontakt wiederhergestellt wird. Beten dafür, dass wir dann die Gesichter der befreiten Geiseln als Erstes sehen. Und keine Toten.

»Sicher«, platzt eine Stimme in die Stille hinein. »Sicher!«, folgt die Antwort. Das Bild auf einem der beiden Monitore flackert kurz auf, erlischt wieder und zeigt dann den Raum, in dem das erste Ultimatum aufgenommen wurde. Jedenfalls meine ich mich an die karge Betonwand, vor der Sev stand, zu erinnern. Die Kamera schwenkt nach unten. Dort liegt Lisa und die anderen kauern daneben. Eric hat sich aufgerichtet. Hält den Daumen hoch. Neben ihm Helena und … Gustav! Es scheint ihm zum Glück soweit gut zu gehen.

»Alle hier sind wohlauf und auch die Frau, die mit dem Messer verletzt wurde, ist noch am Leben. Schwach, aber am Leben«, krächzt Meusel: »Ich lasse sie nach unten bringen und gehe mit dem Rest der Truppe nach oben. Ich denke mal, viel Gegenwehr müssen wir nicht mehr erwarten. Wir haben sie einfach überrumpelt. Sie waren überzeugt davon, dass wir ihnen die Giftstory abnehmen.« Die letzten Worte gehen in seinem breiten Lachen fast unter.

»Können Sie ihn fragen, ob Severin Klemm auch da ist, und ob es ihm gut geht?«, wispere ich kleinlaut und blicke hilfesuchend zu Klimaschewski.

Der zeigt mit dem Finger auf seinen Laptop. Dort blinkt ein heller Punkt auf. In der Nähe des Flughafens, soweit ich das erkennen kann. »Ich gehe mal davon aus, dass Herr Klemm nicht da oben ist. Er hat gerade telefoniert. An der Unterschweinstiege. Die Kollegen sind schon dabei, herauszubekommen mit wem. Kann nur ein paar Minuten dauern.«

›Himmelhochjauchzend, zu Tode betrübt‹ – würde Papa meinen Gemütszustand jetzt wohl umschreiben. ›Du führst 1:0 und kriegst noch zwei rein. Wie die Bayern gegen Manchester. Es gibt kein schlimmeres Gefühl.‹

Recht hat er. Eben noch dachte ich, dachten wir alle, es sei endlich vorbei. Dass wir es geschafft hätten. Und jetzt erfahren wir, dass Severin nicht zu den Menschen gehört, die Meusels Truppe befreit hat, sondern am Flughafen hockt und telefoniert. Am Flughafen! Ich verstehe die Welt nicht mehr.

»Können sie das Handy exakt orten?«, will Severins Vater wissen. »Nö. Nur die Funkzelle, in der es eingeloggt ist. In diesem Fall der Flughafen. Aber vielleicht hilft uns ja die Nummer weiter.«

Homburg nickt. »Gut. Hier gibt es jetzt eh nichts mehr zu tun. Also fahren wir zum Flughafen und Sie, Klimaschewski, informieren uns, sobald Sie wissen, mit wem Severin Klemm telefoniert hat.«

Alle verlassen schlagartig den Raum.

»Lydia!«, hält mich ausgerechnet Jules auf. »Das solltest du dir anschauen«, sagt sie und drückt mir ein Handy mit einem offenen Video in die Hand, bevor die anderen mich drängen weiterzugehen.

Ich erkenne Sevs Gesicht. Auch wenn das Bild heftig wackelt. Höre seine Stimme. Er ist völlig außer Atem, aber die Wortfetzen sind eindeutig. Mein Herz pocht wie wild und ich kann nicht glauben, was er da gerade sagt.

KAPITEL 32

24. DEZEMBER 2020, 06.11 UHR

SEVERIN

Ich öffne die Autotür und sehe Assad an.

»Ich hoffe, dass dein gefälschter Ausweis glaubhaft ist. Er meldet uns an«, sage ich, nachdem ich mich auf stumm gestellt habe. »Name!«, fordere ich dann.

»Janusch Malakai.« Ich nicke nur und gebe den Namen weiter. Das hier hat in ein paar Minuten ein Ende. Seine Familie wird in Sicherheit sein und ich werde ihn der Polizei übergeben. Das war's. Dann bin ich raus aus der Sache und werde hoffentlich auch niemals wieder meinen Kopf in irgendwelche Angelegenheiten stecken, die mich eigentlich rein gar nichts angehen.

»Wir fahren«, sage ich dann, als ich das Telefonat beendet habe, und steige wieder ein, um Assad den Weg zu zeigen. Er mustert mich, während er den Motor startet.

»Warum hat dein Freund jetzt doch zugestimmt?«, fragt er, als würde er eine Falle erwarten.

»Weil ich ihm dafür meine Nintendo-Spielsammlung vermache.« Meine Stimme trieft vor Zorn.

»Und was ist die Wahrheit?«, hakt Assad nach. Ich runzle die Stirn.

»Die Wahrheit? Diese Spiele sind mit Sicherheit 10.000 Euro wert. Aber darum geht es nicht. Sie sind Sammlerstücke, die bald nicht mehr mir gehören. Also fahr und nerv mich nicht weiter«, maule ich wie ein kleines Kind, dem man sein Spielzeug weggenommen hat. Und genau so ist es ja auch, nur dass ich wohl kein Kleinkind mehr bin.

Ich habe damals drei Monate nicht mit Dad geredet, nachdem er eines meiner Spiele in die Mikrowelle gesteckt hat, um mir zu drohen, dass ich endlich mein Zimmer aufräumen sollte. Allerdings hat er nicht damit gerechnet, dass bereits eine Sekunde reicht, um das Spiel explodieren zu lassen. Zumindest hat er mir sofort ein neues gekauft.

Als wir am Eingang ankommen und parken, wische ich mir mit Spucke ein bisschen Blut aus dem Gesicht. Wahrscheinlich würden die hier sonst ziemlich unangenehm werden, wenn zwei verwahrlost aussehende Typen hier um diese Uhrzeit reinkommen. Ich wuschle meine Haare durch, lege sie dann so, dass man mein blaues Auge nicht richtig sehen kann, und richte meine Kleidung. Ich melde uns als Gäste von Patrice am Eingang an, wir müssen einem genervten Typen unsere Ausweise vorzeigen und bekommen einen Besucherpass.

Wir gehen durch die Ladenzeile, bis ich Patrice erkenne, der mit schiefgelegtem Mund dasteht und dann mit einem knappen »Hallo« vorgeht.

»Keine Ahnung, was du da willst, Severin. Aber wenn du denkst, dass du dir irgendwelche Sachen aus dem Frachter holen kannst … Da hast du dich geschnitten.«

»Klar, ich komme zum Flughafen, um eine Frachtmaschine auszurauben.« Ich verdrehe die Augen. Mehr sage ich aber nicht. Es könnte Assad nervös machen, wenn ich zu viel verrate.

Wir treten nach draußen, wo Pat einige Männer begrüßt, die gerade eine rauchen. Er führt uns dann zu einem kleinen Wagen, mit dem er uns über das Rollfeld kutschiert. Mein Puls beschleunigt sich. *Was, wenn seine Familie gar nicht im Flugzeug sitzt? Was, wenn diese Arschlöcher Assad nur verarscht haben, und sie seine Frau und seine Kinder weiter behalten, um noch mehr Forderungen zu stellen? Was, wenn er hier dann vollkommen ausrastet?*

Ich schiebe die Gedanken beiseite und starre in den Himmel, wo die Lichter des Flugzeugs immer näher und näher kommen.

Wir halten an. Pat spricht kein Wort und auch Assad schweigt, während wir dem Flugzeug beim Landen zusehen.

Hinter uns und den Zäunen des Flughafens ertönen laute Sirenen. Pat sieht sich um und wirft mir dann einen panischen Blick zu. »Sind die hinter euch her, Sev?«

Ich sage nichts, was Antwort genug ist.

»Spinnst du?«, schreit er mich an und stolpert aus dem kleinen Wagen. *Fuck. Was jetzt?* Aber bevor ich auch nur ansatzweise eine Erklärung finden kann, damit er wieder runterkommt, rennt Patrice weg. Wahrscheinlich rennt er zur Security. Oder zur Bundespolizei. *Verdammt. Wir haben keine Zeit.*

»Komm!«, weise ich Assad an, steige aus und laufe zum Flugzeug, das immer noch rollt. Wir müssen es erreichen, bevor uns jemand festnimmt. Wir müssen seine Familie sehen, damit er weiß, dass sie in Sicherheit sind. Ich habe es ihm versprochen.

Ich atme schwer und meine Beine schmerzen, als würde sie jemand mit brennender Säure füllen. Auch wenn ich joggen gehe, heute habe ich meine Muskeln überstrapaziert.

Wir rennen weiter, bis das Flugzeug endlich zum Stehen kommt. Die Sirenen kommen näher. Ich bin mir sicher, dass sie bereits auf dem Rollfeld sind. Dass sie uns bald haben.

Männer stehen vor dem Flugzeug und starren uns an.

»Was wollt ihr hier?«, schreit einer der Kerle, der gerade die Laderampen des Fliegers herunterfahren lässt.

»Da sind Menschen drin!«, sage ich das Erste, was mir einfällt und es entspricht ja auch der Wahrheit. »Lassen Sie sie raus!«

»Hören Sie mal zu, junger Mann ...« In diesem Moment rastet die hintere Laderampe ein. Stille. Keiner redet mehr. Da sind nur die immer näherkommenden Sirenen. Einsatzwagen halten mit quietschenden Reifen. Waffen werden auf uns gerichtet.

»Holen Sie sie raus!«, schreie ich.

»Keine Bewegung!«, ertönt es hinter uns. Und dann vernehme ich ein gebrochenes »Severin?« Es ist Lydia. Ich würde ihre Stimme unter Millionen erkennen. Ich drehe mich um. Sehe in ihre blauen Augen, die mich fassungslos anstarren und dann erkenne ich den großen Mann, der neben ihr steht. Mein Vater. Und er hat ... *Tränen in den Augen*. Aber sie gelten nicht der Enttäuschung. Nein, dieser Ausdruck ist nicht derselbe, den ich schon so lange immer und immer wieder auf seinem Gesicht sehen und in seinen Augen lesen musste. Das da ist etwas anderes. Es ist Erleichterung. Er hat sich Sorgen gemacht. Er hatte Angst um mich und egal in welche Scheiße ich mich nun wieder hineinmanövriert habe, ist alles, was er bei meinem Anblick fühlt, Erleichterung, seinen Jungen wieder zu haben.

»Herr Klemm«, sagt ein Mann und tritt vor. Ein Polizist in Zivil. Von der Kripo nehme ich an.

»Er wird sich stellen«, unterbreche ich ihn sofort, weil er seiner Stimme einen liebevollen Ton verleiht. Als würde er gerade einen irren Amokläufer überzeugen wollen, nicht zu schießen. »Er will nur sehen, dass seine Familie in Sicherheit ist.«

Die Lider des Mannes zucken. »Mein Name ist Homburg. Kriminalhauptkommissar Ulf Homburg. Sind Sie sicher, dass sie in diesem Flugzeug sind?«, erkundigt er sich skeptisch.

»Ja«, sage ich und sehe mich um. Beginne mich zu fragen, warum niemand zugreift. Wir sind nicht bewaffnet. Wir sind keine Gefahr ... Doch, in ihren Augen sind wir das. In ihren Augen steckt Assad genauso hinter den Bomben wie dieses Arschloch auf dem Turm. Also befürchten sie, dass er etwas hochgehen lässt, wenn sie zugreifen. Vielleicht befürchten sie sogar, dass ich es bin, dem er einen Sprenggürtel angelegt hat.

»Also gut. Gehen Sie! Nun gehen Sie schon«, befiehlt der Polizist und deutet auf das Flugzeug. Aber nichts passiert. Assad bewegt sich nicht. Steht mit hochgereckten Armen da und versucht etwas im Bauch der Maschine zu erspähen. Nichts geschieht. Niemand erscheint darin, bis plötzlich ein hagerer Kerl in Uniform heraustritt. Der Pilot.

»Sind Menschen bei Ihnen an Bord?«, fragt Homburg immer noch in dieser ruhigen besonnenen Tonart. Der Uniformierte rückt seine Kappe nervös zurecht. »Ja«, sagt er dann schuldbewusst. Wahrscheinlich denkt er, dieses Aufgebot hier gelte ihm und der illegalen Mitnahme von Menschen.

»Holen Sie sie raus!«

Der Pilot verschwindet kurz, dann erscheint ein kleiner Junge. Assad bricht neben mir zusammen. Ich versuche, ihn zu halten, aber ich habe keine Chance. Er sinkt auf die Knie und schreit auf. Weint. Schluchzt und dankt Gott.

»Papa«, ruft der Junge und läuft los. Hinter ihm taucht eine Frau mit einem Kleinkind auf dem Arm auf. Assad erhebt sich wieder und geht auf sie zu. Die Polizisten zücken die Waffen.

»Bleiben Sie stehen!«

Assad, der bereits bei seiner Familie ist, gehorcht nicht und schließt sie in seine Arme.

Ich sehe dabei zu, als wäre das hier ein Film. In mir wächst das Gefühl, ihn nicht im Gefängnis wissen zu wollen. *Ja, ich wünschte, die Polizei hätte uns nicht entdeckt und ich könnte ihn zusammen mit seiner Familie gehen lassen. Aber das wäre nicht richtig. Doch was ist richtig?*

Ich gehe auf Assad zu, lege meine Hand auf seine Schulter und sehe ihn fest an. »Du weißt genug über diese Organisation. Handle einen Deal aus«, flüstere ich und nicke dem Polizisten dann zu. Sie greifen zu, nehmen mich und Assad fest und führen seine Familie ab. Der Pilot redet leise und ängstlich mit einem der Polizisten, woraufhin sie sofort das Flugzeug stürmen und mit zwei Männern herauskommen. Offenbar die Aufpasser der Organisation.

Mein Vater kommt auf mich zu, während mich der Polizist, der mir Handschellen angelegt hat, auf dem schnellsten Wege zu einem der Autos bringen will.

»Lassen Sie sofort meinen Sohn los!«, sagt Dad so autoritär, dass der Polizist zusammenzuckt.

»Er ist ein Verdächtiger …«, nuschelt dieser. Mehr fällt ihm nicht ein.

»Er ist eine Geisel, Sie Vollidiot! Und er hat dafür gesorgt, dass der Mann sich stellt. Also lassen Sie ihn sofort los und ich bringe ihn zu den Sanitätern.«

Der Mann gehorcht. So wie jeder meinem Vater gehorcht. Ich sehe ihn an. Unendliche Sekunden lang treffen sich unsere Blicke, dann stürmt er auf mich zu und schließt mich in seine Arme. So fest, so voller Liebe, dass mir Tränen aus den Augen platzen. »Gott sei Dank geht es dir gut, mein Junge«, raunt er dicht neben meinem Ohr, schiebt mich dann ein wenig von sich, mustert mich und führt mich zu einem Krankenwagen.

Während ich verarztet werde, telefoniert er, aber ich höre nicht, mit wem er da spricht. Wahrscheinlich boxt er mich aus der Scheiße. So wie immer.

Und dann steht Lydia wie aus dem Nichts vor mir. Sie sieht unsicher aus und wendet ihren Blick von mir zu dem Sanitäter, der mich verarztet hat. »Wie geht es ihm?«

»Och. An sich gut. Keine gravierenden Verletzungen.«

»Gut«, sagt sie noch, dann holt sie aus und trommelt mit beiden Fäusten ziemlich unsanft auf meine Brust. Ich blinzle irritiert, ringe nach Atem und starre sie an.

»Du bekommst dein Handy wieder und rufst irgendeinen Freund an statt die Person, die du angeblich liebst. Zumindest hast du das ja der ganzen Welt auf Instagram live und in Farbe verkündet«, giftet sie zornig. »Weißt du eigentlich, wie sehr ich dir vertrauen musste, um niemandem zu verraten, dass ich dich im Greifvogel gesehen habe?« Sie schüttelt den Kopf. »Ich habe meinen Arsch für dich riskiert und du kannst nicht mal 'ne WhatsApp schreiben, dass es dir gut geht?!«

Ich stehe auf, lasse die Decke fallen, die mir der Sanitäter auf die Schultern gepackt hat, und gehe auf sie zu.

»Du hast recht«, sage ich und greife nach ihren kühlen Händen.

»Was?!«, Lydia schaut perplex drein.

»Es tut mir leid.«

Sie öffnet den Mund, aber keine Silbe verlässt ihn. Als hätte sie mit Gegenwehr gerechnet. Aber sie hat recht. Ich habe sie in eine beschissene Lage gebracht und hätte ihr wenigstens sagen müssen, dass es mir gut geht, als ich die Gelegenheit hatte, ein Handy zu benutzen.

»Ich …«, stammelt sie dann. »Dieses Video. Das mit der Bombe. Ich weiß, dass du in dem Moment dachtest, dass du stirbst, also werde ich dich nicht auf das festnageln, was du gesagt hast, aber …« Ich unterbreche ihren Redeschwall, indem ich sie an mich ziehe und küsse.

Ich spüre, dass sie sich kurz wehren will, es dann aber doch zulässt und sich voll und ganz in meinen Armen fallen lässt.

Als ich mich aufrichte, hebe ich einen Mundwinkel und sehe sie an. »Ich hatte einen echten Scheißtag und ich befürchte, du auch.«

Sie hebt die Brauen. »So kann man das nennen.«

»Wie wärs, wenn wir uns was zum Frühstücken holen und dann zu Tim ins Krankenhaus fahren. Sie stellen uns bestimmt Liegen zu ihm ins Zimmer und wir können den ganzen Tag schlafen.«

»Genau, Severin, und morgen kommt der Weihnachtsmann.« Sie stockt, als sie bemerkt, wie wahr ihre Worte sind.

»Gut erkannt, Sherlock«, grinse ich und streiche ihr eine Strähne aus dem Gesicht.

»Du wirst eine Aussage machen müssen«, sagt sie dann ernst und deutet auf Homburg, der uns beobachtet. »Und sei froh, dass es nicht Kriminaloberrat Meusel ist, der dich in die Mangel nimmt. Bei ihm würde es den ganzen Tag dauern. Bis zur Bescherung. Da will er nämlich zu Hause sein.«

Ich verziehe den Mund. »Ich bin müde«, maule ich. Lydia lacht. »Ach, da ist er ja wieder. Der kleine Severin Klemm, nur am Nörgeln.«

Ich grinse und lege meinen Kopf auf ihre Schulter.

»Ich bin wirklich müde und ich habe wirklich Hunger. Und ich muss wirklich wissen, wie es Tim geht.«

Ich atme tief ein und sehe sie dann wieder an.

»Danke.«

»Wofür?«

»Dass du mir vertraut hast.«

»Du hast es zwar nicht verdient, aber ich würde es wieder tun. Und es ist ja zum Glück alles gut gegangen. Was man von deinen Plänen leider nicht immer behaupten kann.«

Ich zucke mit den Schultern.

»Bist du bereit?«, fragt Lydia und nickt mir zu. Ich nicke ebenfalls, hauche ihr dann noch einen Kuss auf die Stirn und folge ihr. Und genau in dem Moment merke ich, ich würde ihr immer folgen.

EPILOG

SEVERIN

Tim fingert nervös an meiner Fliege herum.

»Beruhig dich«, brumme ich und fahre mir durchs Haar.

»Das hier ist ein wichtiger Tag, Sev«, brummt er und mustert mich dann von oben bis unten. Es ist seltsam im Anzug. Ich fühle mich ein wenig wie die kleine Version meines Vaters.

»Bist du wirklich bereit? Weißt du, was du sagen willst?«, fragt Tim mit einem Blick auf die Uhr. Dann lässt er ihn zur Tür schweifen, die zum Zimmer führt, in dem sich gerade die Frauen zurechtmachen.

Ich schlucke hart, nicke aber. »Ich bin bereit.«

»Lydia steht schon draußen«, sagt er dann und wirft mir einen vielsagenden Blick zu. Ich lächle.

Noch heute erinnere ich mich gerne an den Tag, als sie mir am Flughafen wohl am liebsten eine geknallt hätte und ich sie stattdessen geküsst habe. Drei Jahre ist das jetzt her. Und ich liebe sie genauso wie an diesem Tag.

Das wunderschöne Landhaus, in dem wir uns gerade befinden und wo die Trauung gleich im Garten stattfinden wird, hat sie entdeckt. In solchen Dingen ist sie unschlagbar. Sie hat ein Auge für liebevolle Details. Für das Schöne. Auch für das Schöne, was tief verborgen ist und was nicht für alle sichtbar ist. Und selbstverständlich auch dann, wenn ihr Geist eigentlich mal wieder voll und ganz auf die Eintracht und ihre Wirkung nach außen gerichtet ist.

Tim sieht mich erneut unruhig an. »Ich schaffe das, Tim«, bläue ich ihm noch einmal ein. Ich bin nicht mehr der chaotische unüberlegte Severin. Okay, vielleicht noch ein bisschen, denn dieser Teil gehört einfach zu mir. Und doch haben mich die Ereignisse von vor drei Jahren erwachsener werden lassen. Auch wenn es ein Prozess war, der selbst jetzt noch nicht abgeschlossen ist. Aber vor allem hat es Assads Schicksal geschafft, mir darüber klar zu werden, dass ich mein Leben nutzen muss. Dass ich es ordnen muss und nicht auf ewig der Junggeselle Severin sein kann, der in seiner kleinen Studentenbude hockt und die Welt verachtet – seine Welt verachtet. Und das, obwohl sie so viel Gutes beinhaltet.

Ich straffe meine Schultern und erwidere dann Tims Blick.

»Hier geht es heute um dich«, sage ich und streiche ihm den Smoking glatt.

»Los!«, ertönt eine Stimme vor der Tür. Tims Vater streckt seinen hochroten Kopf hinein. In seinen Augen stehen bereits Tränen. Hinter ihm drückt sich seine Mutter durch den Spalt. Auch sie beginnt augenblicklich zu weinen und hält sich ein Tuch unter die geschwollenen Augen.

»Mein Sohn«, wimmert sie voller Stolz. Ich klopfe Tim brüderlich auf den Rücken und wir laufen los. Gehen die Flure des Landhauses entlang, bis wir auf die Veranda treten und einen Blick auf Meike werfen können, die in einem wunderschönen Kleid vorne steht und wartet.

»Danke«, flüstert Tim und schenkt mir ein Lächeln. Dabei hat er sich das hier selbst zu verdanken. Ich musste ihn damals zwar dennoch ein wenig schubsen, damit er sie endlich datet. Aber auch er hat sich durch die Entführung verändert.

In der hintersten Reihe erkenne ich Lydia. Ihr rötliches Haar glänzt in der Sonne und das grüne Kleid umschmiegt ihren wunderschönen Körper. Ihre Augen leuchten auf, als sie mich sieht. Mein Herz erwärmt sich.

Vielleicht habe ich jahrelang gedacht, dass es das Schönste der Welt ist, wenn diese Frau die Augen über mich verdreht. Ja. Doch nur, weil ich damals noch nicht wusste, wie es sich erst anfühlt, wenn ihre Augen aufleuchten, sobald sie mich sieht. Wie sich ihre Körperhaltung ändert. Sie stärker wird. Als wäre ich der Mensch, der dieser starken Frau noch mehr Stärke, noch mehr Sicherheit gibt. Und vor allem habe ich nie auch nur ansatzweise geahnt, wie es sich anfühlt, wenn diese Frau mich so bedingungslos und wahrhaftig liebt und das mit jeder Faser ihres Körpers zum Ausdruck bringt.

Ich gehe Seite an Seite mit Tim, beuge mich aber dennoch kurz zu Lydia und küsse sie, bevor ich ihr ein ›Ich liebe dich‹ ins Ohr hauche, das wunderschönste Lächeln zurückbekomme, nur um mich dann von sich zu schieben, damit ich Tim dabei unterstützen kann, die Liebe seines Lebens zu heiraten. Und eines Tages werde auch ich meine heiraten. Aber bis dieses wunderbare Geschöpf ›Ja‹ zu mir sagt, kann es noch lange dauern. Sie lässt mich für all die Jahre zappeln.

Aber das halte ich aus, denn ich würde eine Ewigkeit auf sie warten, wenn es sein muss. Auch wenn ich überzeugt bin, dass ich das schneller schaffe …

DANKE

Am Ende eines Buchs Danke zu sagen, ist für mich keine Frage des guten Tons. Es ist ein Muss. Denn selbst wenn, wie in diesem Fall, die Adressaten sich da und dort wiederholen, steckt keine Belanglosigkeit dahinter. Der dritte von drei Eintracht Frankfurt-Krimis ruht eben wie schon seine beiden Vorgänger auf starken Schultern.

Vorneweg Ehefrau/Mutter/Schlichterin/Gutzurednerin Iris Müller-Braun. Als Tochter und Vater sich ›sowas um die 350-Seiten-Krimi-schreiben übern Sommer weg‹ im Frühling 2018 vorgenommen hatten, konnte auch sie nicht ahnen, dass am Ende mehr als 1.000 Seiten herauskommen würden. Hübsch aufgeteilt in drei Bände. Wobei dies eben und zuvorderst für sie bedeutete, die Familie dreimal hintereinander durch einen Sommer mit allerlei atmosphärischen Störungen manövriert zu haben. Dass sie dabei heuer als Schalker Mädchen uns – die Eintrachtler – den Abstieg ihres Herzensvereins nicht spüren ließ – Chapeau!

Dieses »Hut ab« gilt natürlich einmal mehr auch Tochter/Co-Autorin/Weiterbildnerin/Verzweiflungstäterin Dana, die bis weit ins neue Jahr hinein damit beschäftigt sein dürfte, drei Kreuze zu machen. Drei Kreuze für den dann doch sturzfrei zu Ende gebrachten Parforceritt mit einem älteren und zu Weilen mürrischen Herrn. Drei Kreuze für eine so und so sehr einmalige Lebenserfahrung und drei Kreuze dafür, dass wir es beim nachmitternächtlichen Wunsch, den anderen in die ewige Hölle zu verdammen, belassen haben und uns noch näher gekommen sind.

Dank außerdem an Magdalena Sporer-König, die selbst bei tiefsitzenden Rechtschreibschwächen noch zielsicher dazwischen fährt, an unsere Lektorin Julia Lübbecke, die mahnend den Finger erhebt, ohne krawallig auf den Tisch zu hauen, an Andrea Silberstein, die noch immer und weiter die Idee zum Eintracht-Krimi hatte, und an das gesamte Team des Societäts-Verlags um Bianca Haag.

Und einen Dank noch an das Onlinemagazin sge4ever, das uns aus dem Artikel über die 2. Mannschaft der Eintracht zitieren lässt.

Papas Worten folgen die der Tochter ... also meine. Da er alle wichtigen Personen erwähnt hat, erwähne ich nur die eine, die er verständlicherweise ausgelassen hat, denn ... wer dankt sich selbst?

Also ... Danke Papa für den Schatz an Erfahrung. Und hier geht es nicht um eine Kiste, die wir auf einer einsamen Insel gesucht und gefunden haben (mithilfe einer Schatzkarte).

Nein. Es geht um eine Erfahrung, die nervenaufreibend, zerstörerisch, aber ebenso bereichernd und wunderschön war. Wir haben keinen Schatz gesucht. Hatten keine Karte. Kein Schiff. Und doch wollten wir diesen Schatz und haben unsere eigene Karte gemalt. Unser eigenes Schiff gebaut und uns unser eigenes Ziel gesteckt. Mit Liebe und Wut. Streit und Versöhnung. Mit Lob und ... nein ... es gab natürlich nur Lob.

Wie auch immer. Ich liebe es, diese Reise mit dir gemacht zu haben. Denn ein Teil von dir lebt in mir. Für immer. Und ich erkenne jeden Tag so vieles von mir in dir (oder, wenn es nach dir geht, umgekehrt). Und ja, Vati, ich mache drei Kreuze. Und diese drei Kreuze befinden sich auf der Schatzkarte unserer Reise. Denn dreimal haben wir einen Schatz gefunden ... und das muss natürlich markiert werden. Fett und Rot. Weil es so besonders ist. So wunderschön. So einzigartig. Sie haben diese drei Kreuze verdient. Sie sind unsere Schätze, die wir gegen alle Widrigkeiten gefunden haben. Erschaffen haben ... Zusammen.

DIE AUTOREN

Dana Müller-Braun wurde Silvester 1989 in Bad Soden am Taunus geboren. Geschichten erfunden hat sie schon immer – mit 14 Jahren fing sie schließlich an, ihre Fantasie in Worte zu fassen. Als das Schreiben immer mehr zur Leidenschaft wurde, begann sie Germanistik, Geschichte und Philosophie zu studieren und veröffentlichte schließlich 2017 ihren Debütroman, auf den weitere Bücher folgten.

Ulrich Müller-Braun, Jahrgang 1956. Nach seinem Studium volontierte er bei der Frankfurter Neuen Presse. Eine seiner Leidenschaften – den Sport – lebt er seitdem nicht nur bei mehreren Stationen als Redaktionsleiter und Sportchef aus, sondern auch in sportlichen Funktionen. Er war Presse- und Marketingleiter des Handball-Bundesligisten SG Wallau/Massenheim und Pressesprecher bei Eintracht Frankfurt e. V. 1999 machte sich der leidenschaftliche Frankfurter selbstständig und verantwortet seither unterschiedliche Projekte im Verlagswesen.